Zürcher Reihe
Japanische Literatur
Herausgegeben von
Eduard Klopfenstein

Der Theseus-Verlag dankt der Japan Foundation Tokio für die Unterstützung bei der Übersetzung des vorliegenden Werkes.

Natsume Sōseki

Sanshirō

Roman

Aus dem Japanischen
von Christoph Langemann

Theseus Verlag

Titel der japanischen Originalausgabe:
„Sanshirō"
Erschienen 1908

Bei der Namensschreibung wird die japanische Reihenfolge Familienname – persönlicher Name beibehalten.

Lektoriert von Michael Weissert
Umschlaggestaltung: Eugen Bisig
Gesamtherstellung: Kösel, Kempten
Printed in Germany
ISBN 3-85936-046-9

Natsume Sōseki
SANSHIRŌ

I

Als Sanshirō wieder erwachte, hatten die Frau und der Mann neben ihr ein Gespräch begonnen. Es war sicher derselbe alte Bauer, der vor zwei Stationen den Zug bestiegen hatte. Sanshirō konnte sich gut daran erinnern, denn jener war im letzten Moment vor der Abfahrt mit einem wilden Schrei in den Wagen gesprungen, hatte sich plötzlich seines Obergewandes entledigt und einen Rücken voller Moxa-Narben entblößt. Sanshirō hatte aufmerksam zugeschaut, wie der Alte sich den Schweiß abwischte, sich den Kimono wieder überzog und sich neben die Frau setzte.

Die Frau war in Kyōto zugestiegen. Von Anfang an fiel Sanshirō ihre dunkle Hautfarbe auf. Als er mit der Sanyō-Linie auf dem Weg von Kyūshū her gen Osten sich allmählich Osaka und Kyōto genähert hatte, war nämlich die Hautfarbe der Frauen immer heller geworden, und er hatte damit auch immer mehr das traurige Gefühl bekommen, sich von der Heimat zu entfernen. Deshalb erschien ihm die Frau, als sie das Zugsabteil betrat, wie eine Verbündete des anderen Geschlechts. Ihre Hautfarbe war waschechtes Kyūshū-Braun.

Es war die gleiche Hautfarbe wie diejenige des Fräuleins Omitsu aus dem Geschlecht der Miwata. Diese Omitsu war Sanshirō bis zu seinem Aufbruch aus der Heimat eher ein Greuel gewesen. Sich von ihr zu verabschieden hatte ihn nicht traurig gemacht. Jetzt aber erschienen ihm Mädchen von Omitsus Art plötzlich gar nicht mehr so übel.

Das Gesicht dieser Frau hier war nun allerdings weitaus hübscher. Nicht nur hatte ihr Mund nichts Schlaffes, auch die Augenlider waren klar geformt, und die Stirn war nicht zu hoch wie bei Omitsu. Irgendwie paßte alles aufs angenehmste zueinander, was bewirkte, daß Sanshirō alle paar Minuten seine Augen zur Frau hin wandte. Ab und zu trafen sich ihre Blicke. Als der Alte sich dann neben sie setzte, betrachtete Sanshirō sie solange wie möglich mit großer Aufmerksamkeit. Sie lächelte, indem sie dem Alten einen Platz anbot. Kurz darauf wurde Sanshirō schläfrig und nickte ein . . .

Während er gedöst hatte, waren sich die beiden offensichtlich nähergekommen und hatten ein Gespräch angefangen. Jetzt öffnete

Sanshirō die Augen und hörte schweigend zu. Die Frau erzählte gerade:

Kinderspielzeug sei in Kyōto eben doch billiger und besser als in Hiroshima. Sie habe in Kyōto sowieso etwas zu erledigen gehabt und habe bei dieser Gelegenheit neben dem Takoyakushi-Tempel gleich auch Spielsachen gekauft. Nun freue sie sich darauf, nach langer Zeit wieder in ihre Heimat zu kommen und ihre Kinder zu sehen. Sie sei jedoch besorgt, weil sie von ihrem Mann schon lange kein Geld mehr zugeschickt bekommen habe. Jetzt müsse sie wohl oder übel ins Dorf ihrer Eltern ziehen. Ihr Mann habe lange im Kriegshafen zu Kure gearbeitet; während des russisch-japanischen Krieges[1] habe er dann in Port Arthur auf der Halbinsel Liao-tung eine Stelle gefunden. Nach dem Sieg der Japaner sei er für kurze Zeit wieder zurückgekommen, habe dann aber gesagt, er könne drüben mehr Geld verdienen, und sei sogleich wieder Richtung Dairen abgereist. Anfänglich sei sie mit dieser Situation recht zufrieden gewesen, denn regelmäßig seien von ihm Briefe und Geldsendungen eingetroffen. Nun aber habe sie seit bald einem halben Jahr nichts mehr von ihm gehört. Er sei ein rechtschaffener Mann, da mache sie sich keine Sorgen, sie könne aber unmöglich ohne zu arbeiten auf unbestimmte Zeit hinaus einfach in den Tag hineinleben, wolle also bei den Eltern bleiben, bis sie wisse, wie es ihm ergangen sei.

Anscheinend kannte der Alte den Takoyakushi-Tempel nicht und hatte auch für Spielzeug nichts übrig, denn er antwortete anfänglich immer nur knapp: „Jaja“. Aber nach der Erwähnung von Port Arthur war plötzlich sein Interesse geweckt, und er sagte, wie leid ihm die Frau tue. Auch seine eigenen Kinder seien während des Krieges ins Heer eingezogen worden und irgendwo drüben auf dem Kontinent umgekommen. Übrigens verstehe er nicht ganz, wozu der Krieg überhaupt diene. Zwar gehe es der Wirtschaft nachher besser, aber dafür seien die Kinder tot, und die Preise stiegen auch zu hoch. So etwas Sinnloses! In ruhigeren Zeiten habe niemand im Ausland Arbeit suchen müssen. Alle Probleme seien einzig und allein auf den Krieg zurückzuführen. Jedenfalls sei wichtig, daß sie ihrem Mann vertrauen könne. Er sei bestimmt noch am Leben und arbeite – So

[1] Russisch-Japanischer Krieg: 1904–1905.

versuchte der Alte wiederholt, die Frau zu trösten. Nach einer Weile hielt der Zug. Der Mann wünschte ihr alles Gute, verabschiedete sich und verließ rüstigen Schrittes das Coupé.

Ihm nach stiegen noch etwa vier Personen aus; nur ein einziger Fahrgast kam herein. Das Abteil war schon vorher nicht voll besetzt gewesen; jetzt war es fast leer – vielleicht, weil schon die Abenddämmerung hereingebrochen war. Laut trampelten die Bahnarbeiter, die von oben her brennende Öllampen in die Decke einsetzten, über das Dach des Eisenbahnwagens. Als hätte er sich erst jetzt daran erinnert, nahm Sanshirō den Imbiß, den er an der vorherigen Station gekauft hatte, hervor und begann zu essen.

Etwa zwei Minuten, nachdem sich der Zug wieder in Bewegung gesetzt hatte, stand die Frau auf und glitt seitlich an Sanshirō vorbei zum Ausgang des Abteils. Erst jetzt konnte er die Farbe ihres *Obi*[2] erkennen. Er hatte eben den Kopf einer gedünsteten Bachforelle in den Mund gesteckt und starrte der entschwindenden Gestalt entgeistert nach. »Sicher ist sie zur Toilette gegangen«, dachte er, indem er hastig weiterkaute.

Es dauerte nicht lange, bis sie wieder zurückkam. Jetzt sah er sie von vorne. Seine Mahlzeit neigte sich allmählich dem Ende zu. Er beugte den Kopf nach vorne, stieß mit den Eßstäbchen tief in die Pappschachtel und stopfte sich zwei bis drei Bissen aufs Mal in den Mund – Die Frau aber schien nicht an ihren Platz zurückkehren zu wollen. Als er wieder flüchtig aufschaute, um sich zu vergewissern, stand sie immer noch da. Aber kaum hob er den Blick, als sie sich auch schon wieder in Bewegung setzte. Anstatt nun jedoch wie erwartet an ihm vorbei zu ihrem Platz zurückzugehen, kam sie zuerst geradewegs auf ihn zu, bog dann zur Seite, lehnte sich aus einem Fenster und schaute ruhig hinaus. Sanshirō fielen ihre Schläfenhaare auf, die im starken Fahrtwind wirbelten. Mit seiner ganzen Kraft schleuderte er die leergewordene Imbißschachtel aus seinem Fenster, das von der Frau aus gesehen das übernächste war. Wie ein weißer Blitz tanzte der Deckel der Pappschachtel, die er gegen den Wind geworfen hatte, zurück. Jetzt erst merkte er, daß er vielleicht

2 Obi: Breiter Stoffgürtel, der über dem Kimono getragen wird und in der Farbgebung zu diesem paßt.

etwas Dummes getan hatte, und blickte unwillkürlich hinüber zur Frau, die sich leider noch immer zum Fenster hinauslehnte. Sie zog gelassen den Kopf zurück und begann, sich mit einem gemusterten Baumwolltaschentuch sorgfältig die Stirn abzutupfen. Sanshirō dachte, es sei wohl besser, sich erst mal bei ihr zu entschuldigen.

„Das tut mir aber furchtbar leid", sagte er.

„Aber nein", antwortete die Frau. Sie war noch immer daran, sich das Gesicht abzuwischen, so daß ihm nichts übrigblieb, als zu schweigen. Auch sie sagte nichts, sondern lehnte sich wieder zum Fenster hinaus. Im schummrigen Lampenlicht machten die paar wenigen Fahrgäste schläfrige Gesichter. Niemand sprach. Nur der Zug ratterte. Sanshirō schloß die Augen und döste wieder.

Nach einer Weile ertönte plötzlich wieder die Stimme der Frau: »Kommen wir nicht bald in Nagoya an?« Als Sanshirō die Augen öffnete, sah er, daß sie ihren Platz gewechselt hatte und sich vorbeugte, so daß ihr Gesicht dem seinen sehr nahe kam. Er erschrak heftig.

„Wohl schon . . ." sagte er, obwohl er zum ersten Mal im Leben nach Tōkyō fuhr und es deshalb gar nicht wußte.

„Nicht wahr, wir sind verspätet?"

„Ein wenig."

„Steigen Sie auch in Nagoya aus?"

„Ja."

Nagoya war die Endstation des Zugs; das Gespräch war also äußerst banal. Danach saßen sich Sanshirō und die Frau schweigend schräg gegenüber, und wieder war lange Zeit nichts als das Rattern des Zuges zu hören.

Beim nächsten Halt redete die Frau Sanshirō endlich wieder an. Sie bat ihn um den Gefallen, ihr bei der Suche nach einem Nachtquartier in Nagoya behilflich zu sein. Alleine sei es ihr unheimlich, beschwor sie ihn immer wieder. Er sah ein, daß ihre Bitte vernünftig war, hatte aber einfach keine Lust, dieser Pflicht zu genügen, und zögerte deshalb lange – Er kannte die Frau ja gar nicht! Andrerseits brachte er aber auch nicht den Mut auf, entschieden abzulehnen, und so sagte er schließlich etwas unwillig ja. Unterdessen war der Zug in Nagoya angekommen.

Um seinen großen Reisekorb brauchte Sanshirō sich keine Sorgen zu machen; den hatte man direkt nach Shinbashi in Tōkyō geschickt. Er konnte also bloß mit einer leichten Segeltuchtasche und dem Regenschirm am Arm die Fahrkartenkontrolle passieren. Auf dem Kopf trug er die Sommermütze seiner Oberschuluniform, von der er das Abzeichen der Schule entfernt hatte, um zu zeigen, daß er die Abschlußprüfung bestanden hatte. Im Tageslicht konnte man sehen, daß die Farbe dort, wo es befestigt gewesen war, noch nicht verblichen war. Die Frau folgte dicht hinter Sanshirō nach. Es war ihm ein wenig peinlich, daß er diese Mütze trug, aber jetzt, da die Frau hinter ihm ging, konnte er nichts dagegen tun. Für sie wiederum handelte es sich um nichts als eine gewöhnliche alte Mütze.

Der Zug, der eigentlich um neun Uhr dreißig hätte ankommen müssen, war um etwa vierzig Minuten verspätet, so daß schon zehn Uhr vorbei war. In dieser warmen Jahreszeit jedoch waren die Straßen belebt wie sonst nur am früheren Abend. Gleich gegenüber dem Bahnhof gab es mehrere Gasthäuser, die Sanshirō aber alle zu protzig schienen. Deshalb schlenderte er mit gleichgültiger Miene an den dreistöckigen Häusern, in denen elektrische Lichter brannten, vorbei, ohne zu wissen, wohin er ging – Er kannte die Stadt ja gar nicht. Es zog ihn immer nur dorthin, wo es am dunkelsten war. Die Frau folgte ihm wortlos nach. In einer vergleichsweise stillen Seitengasse stießen die beiden schließlich beim zweiten Haus auf ein Schild mit der Aufschrift „Hotel“. Es war ein verblichenes Schild, das gut zu ihnen paßte. Über die Schulter hinweg beriet sich Sanshirō kurz mit der Frau. Sie war einverstanden, und sie traten entschlossen ein. Am Eingang wurden sie, als Sanshirō eben sagen wollte, daß sie nicht zusammengehörten, sofort wortreich empfangen und zum Zimmer Nummer vier, „Pflaumenblüte“, geleitet, so daß ihnen nichts anderes übrig blieb, als schweigend zu folgen.

Nachdem das Zimmermädchen sie allein gelassen hatte, um Tee zu holen, saßen sie einander reglos gegenüber, und als das Zimmermädchen den Tee brachte und sie ins Bad bat, hatte Sanshirō schon nicht mehr den Mut, zu sagen, diese Dame sei nicht seine Begleiterin. Statt dessen ergriff er ein Handtuch, entschuldigte sich und ging hinaus zum Bad, das sich am Ende eines Korridors gleich neben der

Toilette befand. Es war düster und sah nicht eben sauber aus. Sanshirō entkleidete sich, sprang in den Badezuber und überlegte. Eben plätscherte er beim Gedanken, wie mühsam dies alles doch sei, im Wasser herum, als vom Korridor her Schritte ertönten. Jemand schien die Toilette betreten zu haben. Bald darauf kam die Person wieder heraus und wusch sich die Hände. Als sie auch damit zu Ende war, schob sie die quietschende Badezimmertüre zur Hälfte auf. Aus der Öffnung erscholl die Stimme der Frau: „Soll ich Ihnen den Rücken waschen?“ „Nein danke!“ erwiderte Sanshirō laut, aber die Frau machte keinerlei Anstalten wegzugehen – im Gegenteil: Sie kam ganz herein und begann, sich den *Obi* zu lösen. Offensichtlich wollte sie mit Sanshirō zusammen baden und empfand dabei nicht die geringste Scham. Mit einem Satz sprang er aus dem Wasser, trocknete sich hastig ab und kehrte ins Zimmer zurück. Er saß tief erschrocken auf einem Kissen, als das Zimmermädchen das Gästebuch brachte.

Er nahm das Buch zur Hand und trug wahrheitsgemäß ein: „Ogawa Sanshirō, aus Masamura, Bezirk Miyako, Provinz Fukuoka, Student, 23 Jahre.“ Als er zum Abschnitt für die Frau kam, wußte er nicht mehr weiter. Hätte er es nur bleiben lassen, bis sie vom Bad zurückkam! Jetzt mußte er fortfahren; das Zimmermädchen wartete. „Ogawa Hana, gleiche Adresse, 23 Jahre“, schrieb er aus dem Stegreif und reichte das Buch zurück. Dann wedelte er angestrengt mit dem Fächer.

Bald darauf kehrte die Frau zurück. „Entschuldigen Sie bitte die Störung vorhin“, sagte sie. „Nicht der Rede wert“, erwiderte Sanshirō.

Er zog ein Heft aus seiner Tasche hervor und begann, an einem Tagebucheintrag zu arbeiten. Es wollte ihm aber nichts Erwähnenswertes einfallen. Ihm schien, als hätte er unzählige Dinge zu schreiben gewußt, wenn nur nicht die Frau dabeigewesen wäre. Da sagte sie: „Ich bin gleich wieder zurück!“ und verließ das Zimmer. Nun war er noch weniger fähig, seinen Tagebucheintrag zu schreiben. Er fragte sich immer nur, wohin sie denn bloß gegangen sein könnte.

Nach einer Weile kam das Zimmermädchen wieder, um das Bett herzurichten. Aber sie brachte nur eine einzige, breite Matratze.

Sanshirō teilte ihr mit, daß sie unbedingt auf zwei separaten Betten schlafen müßten, doch das Zimmermädchen machte immer neue Ausreden. Sie behauptete, sowohl das Zimmer als auch das Moskitonetz seien zu eng für zwei Matratzen. Man sah ihr jedoch an, daß es ihr einfach zu mühsam war. Schließlich meinte sie, der Geschäftsführer sei eben ausgegangen, aber wenn er zurück sei, wolle sie ihn um eine zusätzliche Matratze bitten und diese dann bringen. Stur beharrte sie darauf, die eine Matratze im Moskitonetz auszulegen, und verließ nach getaner Arbeit das Zimmer.

Nach längerer Zeit kam die Frau wieder zurück. Sie entschuldigte sich, daß es so spät geworden sei, und hantierte hinter dem Moskitonetz mit irgendwelchen Dingen herum, wobei ein leises Klingeln ertönte wie von Schellen. Das waren sicher die Spielsachen, die sie für ihre Kinder als Mitbringsel gekauft hatte. Kurz darauf schien sie das Reisebündel wieder zuzuknüpfen. Nun ertönte von jenseits des Moskitonetzes ihre Stimme: „Ich lege mich jetzt schlafen!" „Ja, bitte!" antwortete Sanshirō nur, setzte sich auf die Türschwelle und gebrauchte seinen Fächer. Es kam ihm der Gedanke, daß er die Nacht über vielleicht besser in dieser Stellung verharren sollte. Bald jedoch umschwirrten ihn Mücken; er konnte unmöglich hier draußen bleiben. Er stand schnell auf, klaubte ein Kalikohemd und Unterhosen aus der Tasche, zog sie über die nackte Haut und band einen indogoblauen Stoffgürtel darum. Dann schlüpfte er ins Moskitonetz, wobei er zwei Frottiertücher mit sich nahm. Auf der anderen Seite der Matratze lag die Frau, die ebenfalls noch daran war, sich etwas Kühlung zuzufächeln.

„Entschuldigen Sie bitte, aber ich bin sehr empfindlich: Ich schlafe nicht gern auf fremden Matratzen. Gestatten Sie, daß ich eine ‚Flohsperre' errichte!"

Mit diesen Worten rollte Sanshirō das Unterleintuch, das über die Matratze gespannt worden war, von seiner Seite her so auf, daß es zwischen ihm und der Frau eine lange, weiße Grenze bildete. Drüben hatte sich die Frau auf die andere Seite gedreht. Nun entfaltete Sanshirō die zwei Frottiertücher, breitete sie hintereinander über seinen Teil der Matratze aus und legte sich dünn und langgestreckt darauf hin. In jener Nacht streckte er nicht einen einzigen Zoll eines Fingers oder einer Zehe über den Rand der schmalen Frottiertücher hinaus. Er sprach kein Wort zur Frau, und auch sie blieb mit dem Gesicht zur Wand gekehrt die ganze Nacht über reglos liegen.

Endlich brach der Tag heran. Als die beiden nach der Morgentoilette beim Frühstück saßen, fragte die Frau lächelnd: „Wie war's denn letzte Nacht mit den Flöhen?" „Vielen Dank für die Nachfrage; ich hab' keine bemerkt", antwortete Sanshirō mit ernster Miene. Er senkte seinen Blick und begann, mit den Eßstäbchen schwarze Bohnen aus einem kleinen Schälchen zu klauben.

Erst als sie wieder am Bahnhof standen, nachdem sie die Rechnung beglichen und das Hotel verlassen hatten, sagte die Frau, daß sie nun mit der Kansai-Linie nach Yokkaichi fahren müsse. Eben rollte Sanshirōs Zug ein. Die Frau ihrerseits hatte noch ein Weilchen zu warten. Sie begleitete Sanshirō bis zum Bahnsteig. „Ich habe Ihnen wohl große Mühe verursacht... Leben sie wohl!" sagte sie und verbeugte sich höflich. Sanshirō, der in der einen Hand wieder die Tasche und den Regenschirm hielt, nahm mit der freien Hand die alte, verbeulte Mütze ab und sagte bloß: „Auf Wiedersehen!" Die Frau blickte ihm tief ins Gesicht und stellte dann gelassen fest: „Nicht wahr, Sie sind eher ein feiger Mensch?" Sie lächelte überlegen. Sanshirō war es, als werde er auf den Bahnsteig geschleudert. Als er in den Zug stieg, war er bis über beide Ohren rot. Eine Weile lang blieb er reglos sitzen und machte sich ganz klein. Endlich hallte die Trillerpfeife des Schaffners vom einen bis zum anderen Ende des langen Zuges, der sich allmählich in Bewegung setzte. Sanshirō ging zum Fenster und schaute ängstlich hinaus; die Frau jedoch war schon lange verschwunden, und nur die große Bahnhofsuhr war zu sehen. Sanshirō setzte sich rasch wieder auf seinen Platz. Der Wagen war recht gut besetzt; niemand schien jedoch sein Verhalten zu bemerken. Nur ein Mann, der ihm schräg gegenübersaß, blickte kurz in seine Richtung.

Irgendwie wurde Sanshirō unter dem Blick jenes Mannes ganz verlegen. Er wollte in einem Buch lesen, um sich etwas zu zerstreuen, aber als er die Tasche öffnete, sah er, daß er die Frottiertücher, die er in der letzten Nacht benützt hatte, zuoberst hineingestopft hatte. Er schob sie, so gut es ging, zur Seite, steckte seine Hand tief in die Tasche und zog das erste beste Buch, das er berührte, hervor: Es war eine Sammlung von Essays des Philosophen Francis Bacon[3], ein Werk, von dem er kaum ein Wort verstand. Über den armseligen dünnen Papiereinband des billigen Buches hätte sich Bacon wohl nicht sehr gefreut. Es wäre Sanshirō gar nie in den Sinn gekommen, dieses Werk auf der Reise zu lesen; er hatte es nur zusammen mit ein paar anderen Büchern in die Tasche geworfen, als er beim Aufräumen entdeckte, daß er vergessen hatte, es in den Reisekorb zu packen. Unglücklicherweise war ihm jetzt ausgerechnet dieses Buch in die Hände gefallen. Er öffnete es auf der Seite 23. Eigentlich war er jedoch gänzlich unfähig, irgendetwas zu lesen, geschweige denn, Bacon zu studieren! Trotzdem öffnete er den Band ehrfurchtsvoll auf der Seite 23 und ließ seinen Blick gleichmäßig über die ganze Papierfläche kreisen. Angesichts dieser Seite 23 ließ er die Ereignisse der letzten Nacht Revue passieren.

Was für eine Frau war sie eigentlich? Gab es in der Welt tatsächlich solche Personen? Konnten diese Wesen wirklich immer so selbstsicher und gleichmütig bleiben? War diese Frau so, weil sie ungebildet war, weil sie mutig war, oder gar, weil sie einfach naiv war? Nun, er würde es nie erfahren, denn er war mit ihr nicht weit genug gegangen. Hätte er nur kurz entschlossen ein wenig mehr riskiert! Aber er hatte einen entsetzlichen Schreck gehabt, als er sich beim Abschied hatte sagen lassen müssen, er sei ein Feigling. Es war ihm vorgekommen, als werde die ganze Schwäche seiner 23 Jahre mit einem Schlag ans Licht gezerrt. Nicht einmal seine Eltern hätten ihn so empfindlich treffen können . . .

Bei diesen Gedanken wurde Sanshirō ganz niedergeschlagen. Er fühlte sich von dieser zweifelhaften Person gedemütigt und übers Ohr gehauen. Fast schon wollte er sich bei der Seite 23 im Bacon entschuldigen.

Nie hätte er derart in Verlegenheit geraten dürfen! Gelehrsamkeit und Studium zählten hier nichts; es war reine Sache des Charakters. Er hätte doch eigentlich besser wissen müssen, wie er sich zu verhalten hatte. Wenn aber die Frauen sich immer so benahmen wie diese, blieb ihm kein anderer Weg als der gestrige offen: Er durfte sich ihnen nie leichtfertig nähern. Dieser Gedanke

3 Francis Bacon (1561–1626), Politiker, Philosoph und Literat des Elisabethanischen England.

war zwar irgendwie kleinmütig und deprimierend, aber er schien in dieser Hinsicht doch als Krüppel geboren worden zu sein. Und dennoch . . .

Schnell wandte er sich anderen Gedanken zu. Bilder einer ganz neuen Welt stiegen ihn ihm auf: Er war auf dem Weg nach Tōkyō, wo er die Universität besuchen würde. Er würde mit berühmten Gelehrten in Berührung kommen, mit Studenten Umgang pflegen, die Geschmack und Kultur besaßen. Er würde in der Bibliothek Forschung betreiben, würde Bücher schreiben. Die ganze Welt würde ihm Beifall zollen. Seine Mutter wäre überglücklich. Als er sich in dieser ungeordneten Weise seine Zukunft ausmalte, kehrten seine Lebensgeister zurück, und er mußte seinen Kopf nicht mehr hinter der Seite 23 des Buches verstecken. Mit einem Ruck schaute er auf. Der Mann schräg gegenüber sah wieder in seine Richtung. Diesmal erwiderte Sanshirō den Blick.

Der Mann hatte einen dichten Schnurrbart. Hager, mit länglichem Gesicht, erinnerte er auf unergründliche Weise an einen Shintōpriester. Nur sein gerader Nasenrücken paßte nicht ins Bild: Dieser glich dem eines Europäers. Sanshirō, der eine lange Schulzeit durchlaufen hatte, war fast zu hundert Prozent sicher, daß er es mit einem Lehrer zu tun hatte. Der Mann trug unter einem blau-weiß gefleckten Kimono ein höchst korrektes, weißes Unterhemd; die Füße steckten in dunkelblauen japanischen Socken. Aus dieser Tracht schloß Sanshirō, daß es ein Mittelschullehrer war. Ihm, der sich auf eine große Zukunft einrichtete, erschien dies allzu unbedeutend. Der Mann war wohl gegen vierzig Jahre alt. In seinem Leben würde es kaum mehr interessante Entwicklungen geben. Er rauchte ständig Zigaretten. Wie er den Rauch in langen Schwaden zu den Nasenlöchern herausblies und die Arme verschränkt hielt, strahlte er eine große Selbstsicherheit aus. Andrerseits stand er immer wieder auf; vielleicht, um zur Toilette zu gehen. Manchmal streckte er sich dabei kräftig, als ob er sich langweilte. Obwohl sein Sitznachbar fertig gelesene Teile einer Zeitung neben ihn hinlegte, zeigte er keinerlei Neigung, diese anzusehen. Sanshirō fühlte sich unwillkürlich verlegen, und er schlug das Buch von Bacon zu. Zuerst hatte er vorgehabt, ernsthaft in einem anderen Werk, etwa einem Roman, zu lesen; jetzt schien ihm sogar das zu mühsam. Er streckte seine Hand nach der Zeitung aus. Als er sie schon berührte, fragte er absichtlich noch den Schnauzbärtigen: „Gestatten Sie?" Gelassen antwortete jener: „Nehmen Sie sie nur! Ich glaube nicht, daß sie jemand im Moment braucht." Sanshirō, der seinerseits alles andere als gelassen war, nahm die Zeitung.

Kaum hatte er sie jedoch aufgeschlagen, erkannte er, daß gar nichts Wissenswertes darin stand. In knapp zwei Minuten hatte er alles von vorne bis hinten durchgelesen. Er faltete sie wieder korrekt zusammen und legte sie an ihren ursprünglichen Platz zurück, nicht ohne in die Richtung des Bärtigen eine leichte Verbeugung zu machen. Dieser erwiderte mit einem Nicken und fragte: „Sind Sie Oberschüler?"

Sanshirō freute sich, daß der andere den Fleck bemerkt hatte, den das Abzeichen auf seiner Mütze hinterlassen hatte.

„Ja", antwortete er.

„Aus Tōkyō?"

„Nein, Kumamoto, aber..." begann er, fuhr dann jedoch nicht fort, zu sprechen. Er hatte erklären wollen, daß er jetzt Student sei, aber dann erschien ihm das überflüssig, und er schwieg. „Ach so", sagte sein Gegenüber bloß und rauchte weiter. Er geruhte nicht zu fragen, warum denn ein Schüler aus Kumamoto in dieser Zeit nach Tōkyō fahre. Vielleicht interessierte er sich nicht dafür. In diesem Moment murmelte der Mann, der Sanshirō direkt gegenübersaß, im Schlaf: „Ach natürlich!" Er schlief wirklich und führte nicht nur Selbstgespräche. Der Schnauzbärtige blickte Sanshirō an und verzog sein Gesicht zu einem ironischen Grinsen.

Sanshirō nahm dies zum Anlaß zu fragen: „Und wohin fahren denn Sie?"

„Tōkyō." Dieses eine Wort sprach der Mann ganz langsam aus. Er hatte immer weniger Ähnlichkeit mit einem Mittelschullehrer, aber da er in der dritten Klasse fuhr, konnte er kein wichtiger Mann sein. Sanshirō brach das Gespräch ab. Der Schnauzbärtige, der immer noch die Arme verschränkt hielt, trommelte von Zeit zu Zeit mit den vorderen Rändern seiner *Geta*[4] einen Rhythmus auf den Boden des Eisenbahnwagens. Er schien sich ziemlich zu langwei-

[4] Geta: Sandalen mit Holzsohlen.

len. Seine Langeweile war jedoch offenbar nicht von der Art, die nach einem Gespräch verlangt.

Als der Zug in Toyohashi hielt, fuhr der Schlafende plötzlich auf und stieg aus, noch während er sich die Augen rieb. Sanshirō bewunderte diese Fähigkeit, im richtigen Moment aufzuwachen. Besorgt blickte er aus dem Fenster, um sich zu vergewissern, daß der Mann nicht etwa in seiner Schlaftrunkenheit an der falschen Station ausgestiegen war. Aber dem war nicht so. – Ohne Zwischenfall passierte er die Fahrkartenkontrolle und verließ zielstrebig den Bahnhof. Beruhigt wechselte Sanshirō zum gegenüberliegenden Sitz. Jetzt saß er neben dem Schnauzbärtigen. Dieser lehnte sich nun seinerseits aus dem Fenster, um Pfirsiche zu kaufen.

„Wollen Sie auch davon?“ fragte er, indem er die Früchte zwischen sich und Sanshirō hinstellte.

Sanshirō bedankte sich und nahm einen Pfirsich. Dem Mann schienen sie gut zu schmecken, denn er aß mit großem Appetit sehr viele und drängte auch Sanshirō, sich doch noch zu bedienen. Sanshirō aß einen zweiten Pfirsich.

Während die beiden in dieser Weise das Obst verzehrten, wurden sie etwas vertrauter miteinander und begannen, über dies und das zu reden.

Den Theorien des Mannes zufolge war der Pfirsich unter den Früchten diejenige, die am meisten an die taoistischen Unsterblichen[5] erinnert. Ob dies wohl darauf zurückzuführen sei, daß der Pfirsich irgendwie einen verrückten Geschmack habe? Oder darauf, daß man den Kern zu nichts Vernünftigem gebrauchen könne? Dieser habe ja eine lustige Form, so voller Löcher! Sanshirō hatte solche Ideen noch nie vernommen, fand aber, dieser Mann rede eigentlich Unsinn.

Der Mann fuhr fort: Der Dichter Shiki[6] habe Obst über alles geliebt und habe jede beliebige Menge davon verzehren können. Einmal habe er gar sechzehn im Sakefaß eingelegte, große Kakifrüchte verspiesen und dabei keine negative Wirkung verspürt. Er selber könne es Shiki niemals gleichtun. Sanshirō hörte zu und

5 Unsterbliche: Bewohner der legendären chinesischen „Inseln der Unsterblichkeit“.

6 Shiki: Masaoka Shiki (1867–1902), Dichter und enger Freund Natsume Sōsekis.

mußte lachen. Im Moment empfand er vor allem für Shiki Interesse und wollte noch etwas länger bei diesem Gesprächsthema verweilen, doch der Mann kam ihm zuvor: „Nicht wahr, unsere Hände recken sich ganz automatisch nach Dingen, die wir besonders gern haben. Nun, bei den Schweinen sind es nicht die Hände, sondern die Schnauzen, die sich strecken. Wenn man ein Schwein so fest anbindet, daß es sich nicht bewegen kann, und ihm einen Leckerbissen vor die Schnauze stellt, dann dehnt sich der Rüssel, wie ich gehört habe, allmählich in die Länge, bis er die Nahrung erreicht. Wahrhaftig, es gibt nichts so Beeindruckendes wie ein zielstrebiger Wille!" Er grinste. Es war nicht ganz klar, ob er im Scherz oder im Ernst sprach.

„Wir zwei können nur von Glück reden, daß wir keine Schweine sind, denn dann würden sich unsere Nasen sicher ohne unser Zutun in die Richtung begehrter Dinge strecken, bis sie so lange wären, daß wir nicht einmal in diesen Zug einsteigen könnten." Sanshirō prustete los. Wider Erwarten blieb sein Gegenüber aber ruhig. „Ja, es ist wirklich gefährlich! Leonardo da Vinci hat einmal eine Arsenlösung in den Stamm eines Pfirsichbaumes injiziert, um herauszufinden, ob das Gift bis zu den Früchten vordringe. Jemand aß von den Pfirsichen und starb. Es ist gefährlich! Man muß äußerst vorsichtig sein im Leben ..." Während er so vor sich hinredete, sammelte der Mann die verstreuten Kerne und Schalen der verspeisten Pfirsiche ein, wickelte sie in Zeitungspapier und warf das Paket zum Fenster hinaus.

Diesmal verging Sanshirō das Lachen. Er war eingeschüchtert vom Namen Leonardo da Vinci. Zudem erinnerte er sich plötzlich an den Vorfall mit der Frau, was ihn auf seltsame Weise bedrückte. Er schwieg ehrfürchtig. Der Mann schien nichts davon zu bemerken.

„Wohin in Tōkyō fahren Sie eigentlich?« fragte er.

„Wissen Sie, ich war noch nie dort und kenne mich gar nicht aus. Ich denke, ich werde vorläufig im Studentenhaus meiner Heimatprovinz unterkommen."

„Dann kehren Sie nicht mehr nach Kumamoto zurück?"

„Nein, ich habe dort eben die Abschlußprüfung bestanden ..."

„Ach!" sagte der Mann, ohne etwas hinzuzufügen etwa im Sinne, daß er gratuliere, oder daß er das fein fände. Er fragte nur: „Dann gehen Sie jetzt wohl auf die Universität?" – Wie wenn das das Selbstverständlichste auf der Welt wäre!

Sanshirō war unbefriedigt. „Hmm", antwortete er unwillig, nur um etwas zu sagen.

„Welche Fakultät?"

„Die erste."

„Jura?"

„Nein, Literatur."

„Ach!" sagte der Mann wieder. Jedesmal, wenn Sanshirō dieses „Ach" hörte, wurde ihm ganz seltsam zumute. Sein Gegenüber war offenbar entweder ein sehr bedeutender oder ein völlig rücksichtsloser Mensch, oder er hatte einfach keine Beziehung zur Universität und deshalb auch kein Verständnis. Sanshirō war ratlos. Er wußte nicht, wie er sich diesem Manne gegenüber verhalten sollte, denn er konnte nicht abschätzen, welche der drei Möglichkeiten zutraf.

Als hätten sie es miteinander abgesprochen, kauften sich in Hamamatsu beide einen Imbiß. Der Zug war noch immer nicht weitergefahren, als sie schon mit dem Essen zu Ende waren. Vom Fenster aus sah Sanshirō, wie vor dem Zug einige Europäer auf und ab gingen. Darunter war auch ein Ehepaar, das sich trotz der großen Hitze an den Händen hielt. Die Frau war ganz in Weiß gekleidet. Sie war wunderschön. Sanshirō hatte bisher in seinem Leben nur wenige Europäer gesehen. Zwei davon waren Oberlehrer in Kumamoto gewesen, von denen einer leider einen Buckel hatte. Nur eine einzige Frau war daruntergewesen: eine Missionarin. Sie hatte ein äußerst spitziges Gesicht wie ein Barrakuda oder ein Seehecht. Prächtige Exemplare wie diese hier waren für Sanshirō etwas völlig Neues. Sie schienen sehr vornehm zu sein. Sanshirō starrte sie völlig hingerissen an. Er fand es verständlich, wenn solche Leute hochmütig waren. Er dachte sogar, er würde sich sehr klein vorkommen, wenn er in den Westen ginge und sich unter lauter solchen Menschen bewegte. Obwohl er genau hinhörte, als das Paar unter seinem Fenster redete, verstand er kein Wort. Die Aussprache schien völlig verschieden zu sein von derjenigen seiner Lehrer in Kumamoto.

In diesem Moment lehnte sich der Schnauzbärtige hinter Sanshirō zum Fenster hinaus. „Wir scheinen immer noch nicht abzufahren“, sagte er. Er warf einen Blick auf das europäische Ehepaar, das soeben vorbeigegangen war, und murmelte:

„Wunderschön!“ Dann unterdrückte er ein leichtes Gähnen. Sanshirō kam sich vor wie der letzte Tölpel vom Lande. Rasch zog er seinen Kopf aus der Fensteröffnung zurück und setzte sich. Auch der Mann kehrte an seinen Platz zurück. „Wie schön die Europäer doch sind!“ sagte er.

Sanshirō wußte darauf keine Antwort und nickte nur mit einem kleinen Lachen. Der Schnauzbärtige fuhr fort: „Wir beide sind doch miserable Gestalten! Mit solchen Gesichtern und derart schwächlichen Körpern können wir Japaner lange über die Russen siegen, wir werden trotzdem nie zu den führenden Nationen gezählt! Sehen Sie unsere Architektur, unsere Gärten an! Sie passen zu unseren Gesichtern. Sie fahren ja zum ersten Mal nach Tōkyō . . . Dann haben Sie wohl noch nie den Fuji gesehen. Schaun Sie jetzt aus dem Fenster! Das ist die berühmteste Sehenswürdigkeit in ganz Japan. Wir haben sonst nichts, womit wir prahlen könnten. Der Fuji ist aber schon immer dagewesen. Wir haben ihn nicht aus eigener Kraft errichtet.“ Wie üblich verzog der Mann sein Gesicht zu einem ironischen Grinsen. Sanshirō wäre nie auch nur auf den Gedanken gekommen, er würde nach dem russisch-japanischen Krieg noch auf einen solchen Menschen treffen. Dieser Mann wirkte fast nicht mehr wie ein echter Japaner.

„Aber Japan wird sich von jetzt an doch noch entwickeln!“ versuchte Sanshirō sein Land zu verteidigen.

Der Mann entgegnete kühl: „Es wird untergehen.“ Hätte er das in Kumamoto gesagt, wäre er auf der Stelle verprügelt worden, wenn er nicht sogar das Pech gehabt hätte, wie ein Landesverräter behandelt zu werden. Sanshirō war in einer Umgebung aufgewachsen, in der man für derlei Gedanken nicht einmal den kleinsten Winkel im Kopf freiließ. Er fragte sich deshalb, ob der andere von seiner Jugend und Unerfahrenheit profitierte, um sich über ihn lustig zu machen. Wie immer grinste der Bärtige, aber seine Worte zeugten von großer Selbstsicherheit. Sanshirō wußte immer noch nicht, wie er ihn einschätzen sollte, und schwieg.

Da begann der andere wieder: „Tōkyō ist größer als Kumamoto.

Japan ist größer als Tōkyō. Größer noch als Japan . . ." Er unterbrach sich kurz und schaute auf, aber Sanshirō hörte aufmerksam zu. „Größer noch als Japan ist es in Ihrem Kopf drin. Sie dürfen sich nicht zu sehr einnehmen lassen! Wie sehr Sie Japan auch lieben, bedenken Sie, daß man durch übertriebene Zuneigung auch schaden kann!"

Als Sanshirō das hörte, wußte er, daß er Kumamoto endgültig hinter sich gelassen hatte. Er erkannte, daß er in Kumamoto die ganze Zeit über ein großer Feigling gewesen war.

An diesem Abend erreichten sie Tōkyō. Der Schnauzbärtige gab bis zum Abschied seinen Namen nicht preis. Sanshirō fragte auch nicht danach, denn er meinte, in Tōkyō würde er unzählige solcher Männer treffen.

II

Es gab in Tōkyō vieles, worüber Sanshirō sich wunderte. Zuerst erstaunte ihn das Klingeln der Straßenbahnen. Dann war er überrascht, weil so viele Leute zwischen den Klingelzeichen ein- und ausstiegen. Als nächstes war er entsetzt über die Geschäftigkeit des Marunouchi-Quartiers. Was ihn aber am meisten erschreckte, war die Tatsache, daß die Stadt Tōkyō scheinbar kein Ende hatte. Wie weit er auch ging, immer lagen irgendwo hingeworfene Balken und Steinhaufen herum, standen Neubauten, einige Meter von der Straße zurückversetzt, während vorne noch die alten, halbverfallenen Lagerhäuser trostlos vor sich hindämmerten. Alles sah so aus, als sei es ständiger Zerstörung ausgesetzt. Gleichzeitig schien es in andauerndem Aufbau begriffen zu sein. Die Stadt war in ständigem Umbruch.

Sanshirō war bis ins Innerste erschrocken. Eigentlich unterschied sich sein Staunen durch nichts von demjenigen eines gewöhnlichen Bauernburschen, der vom Land ins Zentrum der Hauptstadt kommt. Gegen diese Verfassung wirkte auch seine Gelehrsamkeit nicht als Medizin. Der Schreck ließ sein Selbstvertrauen um etwa vierzig Prozent schwinden, und er war todunglücklich.

Dieses gehetzte Hin und Her war mit Sicherheit als die eigentliche Realität anzusehen, mit der sein Leben bis dahin nichts zu tun gehabt hatte. Es war, als ob er mitten im Kriegsgetümmel zwischen zwei Heeren eingeschlafen wäre und es verpaßt hätte, sich dem Sieger anzuschließen. Jetzt aufzuwachen und seinen Anteil an dieser Betriebsamkeit zu leisten, war schwierig. Er stand zwar im Zentrum der ganzen Aktivität, war also in eine Lage versetzt worden, von der aus er auf allen Seiten Regsamkeit sehen mußte; sein Leben als Student blieb aber dasselbe. Die Welt lag im Umsturz, und er mußte zuschauen. Seine Welt und die Realität waren zwar in der gleichen Ebene angeordnet, berührten sich aber an keinem Punkt. Die Realität mit ihrer Betriebsamkeit lief weiter und ließ ihn im Stich. Er war in höchstem Maße bestürzt.

Solche Gefühle überfielen ihn, als er mitten in Tōkyō stand und das Gewimmel der Straßenbahnen, der Eisenbahnzüge, der weißgekleideten und schwarzgekleideten Menschen sah. Er war noch nicht darauf gekommen, daß im Hintergrund seiner Existenz als Student eine ganz andere Geschäftigkeit wartete: diejenige des Geistes. Jetzt in der Meijizeit[7] war man nämlich eben daran, in nur 40 Jahren 300 Jahre der vergangenen europäischen Geistesgeschichte nachzuholen.

Während Sanshirō sich im geschäftigen Tōkyō immer bedrückter und schwermütiger fühlte, traf ein Brief seiner Mutter aus der Heimat ein. Es war der erste, den er in dieser Stadt erhielt. Vielerlei Dinge standen darin. Am Anfang schrieb sie, in diesem Jahr sei die Ernte glücklicherweise sehr gut ausgefallen. Es folgten Ratschläge: Er solle doch Sorge zu seiner Gesundheit tragen und sich in acht nehmen vor den Tōkyōtern, die allesamt gerissen und bösartig seien. Er solle außerdem beruhigt sein; sie werde es schon so einrichten, daß er das Geld für die Universität jeweils am Ende des Monats erhalten werde. Der Brief schloß mit dem Hinweis, ein Vetter des Katsuta Masa, der die Universität abgeschlossen habe, arbeite jetzt an der „Naturwissenschaftlichen Hochschule", oder so ähnlich. Sanshirō solle ihn doch bitte besuchen und sein Wohlwollen erbitten. Die Mutter hatte zunächst offensichtlich das Wichtigste vergessen; erst nachträglich hatte sie den Namen „Nonomiya Sōhachi" an den Rand des Blattes notiert. Daneben standen noch ein paar weitere Dinge: Sakus Pferd sei krank geworden und gestorben, worüber Saku untröstlich sei. Miwata Omitsu habe ihr Fische geschenkt, die aber verdorben wären, wenn sie sie nach Tōkyō weitergeschickt hätte. Sie habe sie deshalb selber aufgegessen. Undsoweiter undsofort.

Sanshirō kam es vor, als erreiche ihn mit diesem Brief eine Botschaft aus einer uralten, längst vergangenen Welt. Er ging sogar soweit, zu denken, es sei seiner Mutter gegenüber zwar nicht ganz gerecht, aber er habe einfach keine Zeit mehr, sich mit derlei Kram abzugeben. Nichtsdestoweniger las er den Brief zweimal durch. Wenn er jetzt einen Berührungspunkt mit der Realität suchte, kam dafür im Moment nur seine Mutter in Frage: eine altmodische Dame, die in der rückständigen Provinz lebte. Außerdem war da noch die Frau, die er im Zug getroffen hatte. Aber sie hatte eher einem Blitz aus der Welt der Realität geglichen, und sein Kontakt mit ihr war allzu kurz und scharf gewesen. Er entschied sich, Nonomiya Sōhachi zu besuchen, wie ihm seine Mutter geraten hatte.

[7] Meijizeit: Regierungsperiode des Kaisers Meiji, 1868–1912. Das 40. Jahr ist 1907, das Jahr, in dem der Roman spielt.

Am folgenden Tag war das Wetter noch heißer als bisher. Sanshirō vermutete, er würde Herrn Nonomiya nicht in seiner Hochschule antreffen, denn jetzt waren Sommerferien. Aber da ihm seine Mutter die Wohnadresse des Herrn nicht mitgeteilt hatte, wollte er versuchen, sich über die Hochschule zu ihm durchzufragen. Also ging er am Nachmittag etwa um vier Uhr an der Oberschule vorbei und betrat das Universitätsgelände durch das Tor von Yayoichō. Die Straßen waren mit einer etwa zwei Zoll tiefen Staubschicht bedeckt, in der die Sohlen der Geta, Schuhe und Strohsandalen hübsche Abdrücke hinterließen. Die Spuren der Wagen und Fahrräder waren so zahlreich, daß man sie nicht entwirren konnte. Auf der Straße war es kaum auszuhalten, aber im Universitätsgelände wuchsen viele Bäume, so daß Sanshirō sich etwas erholte. Die erste Türe der Hochschule, an die er gelangte, war verschlossen. Er ging zur Rückseite des Gebäudes, hatte aber auch dort keinen Erfolg. Als er schließlich zur Sicherheit noch an der Seite eine Türe versuchte, gab sie glücklicherweise nach, und er öffnete sie. Im Innern schlief ein Schuldiener an der Ecke zwischen zwei Korridoren. Als Sanshirō diesem den Zweck seines Besuches erklärt hatte, starrte er eine Weile lang geistesabwesend hinaus in den Wald von Ueno, bis er sein Bewußtsein wiedererlangt hatte. Dann sagte er plötzlich: „Vielleicht ist er hier", und verschwand ins Innere des Gebäudes. Es wurde ganz still. Da kam der Schuldiener wieder zurück. „Er ist hier; kommen Sie mit!" sagte er in fast freundschaftlichem Ton. Sanshirō folgte ihm dicht auf den Fersen: um die Ecke herum, durch einen Korridor mit gestampftem Zementboden und eine Treppe hinunter. Plötzlich wurde alles dunkel. Sanshirōs Augen waren wohl von der grellen Sonne draußen geblendet worden; nun entspannten sich allmählich seine Pupillen, und er konnte seine Umgebung erkennen. Hier unten im Keller war es vergleichsweise kühl. Rechts war eine Türe. Sie ging auf, und in der Öffnung erschien ein Gesicht, das mit seiner hohen Stirn und den großen Augen an irgend etwas Buddhistisches erinnerte. Dieser Mann trug über einem Hemd aus Baumwollkrepp einen Straßenanzug, der hier und dort Flecken hatte. Er war äußerst hochgewachsen, und seine hagere Gestalt paßte sehr gut zur gegenwärtigen Hitze. Er machte eine Verbeugung, wobei er seinen Rücken und seinen Kopf in einer geraden Linie hielt.

„Hierher bitte!“ sagte er und zog seinen Kopf ins Zimmer zurück. Sanshirō ging zur Türe und spähte hinein. Nonomiya hatte sich schon auf einen Stuhl gesetzt. „Hierher!“ sagte er noch einmal. Mit diesem Wort meinte er wohl ein Gestell, das aus vier rechteckigen Pfosten und einem darübergelegten Brett bestand. Sanshirō setzte sich darauf und begann, sich vorzustellen und Nonomiyas Wohlwollen zu erbitten. Nonomiya hörte zu und antwortete immer nur: „Ja, ja.“ In seiner Art glich er entfernt dem Mann mit den Pfirsichen im Zug. Als Sanshirō alle seine Sprüche vorgebracht hatte, schwieg er. Auch Herr Nonomiya hörte auf mit seinem „Ja, ja.“.

Nun sah sich Sanshirō um. Zuerst fiel sein Blick auf einen großen Eichentisch, der sich in der Mitte des Zimmers befand. Darauf standen irgendwelche verworrene, mit dicken Drähten umwickelte Apparate und daneben eine große Glasschüssel, die mit Wasser gefüllt war. Außerdem lagen da eine Feile, ein Messer und eine Krawatte achtlos hingeworfen. Zuletzt sah Sanshirō in die gegenüberliegende Ecke des Zimmers. Dort stand auf einem etwa drei Fuß hohen Granitsockel ein kompliziertes Gerät, das etwa die Ausmaße einer Büchse für eingelegtes Gemüse hatte. Daran waren seitlich zwei Löcher angebracht. An diese Öffnungen legte Sanshirō sein Gesicht. Sie leuchteten ihn an wie die Augen einer Riesenschlange. Sehen Sie Licht?“ fragte Nonomiya lachend. Dann fing er an zu erklären:

„Während des Tages bereite ich alles so vor, wie Sie es hier sehen. In der Nacht, wenn der Straßenverkehr ruht, sitze ich dann in diesem stillen, dunkeln Keller und gucke durch jenes Fernrohr auf die augenartigen Öffnungen. Ich versuche auf diese Weise die Druckkraft des Lichts zu messen. Zwar habe ich mich schon im Januar dieses Jahres ans Werk gemacht, aber da diese Apparate sehr heikel sind, habe ich bis jetzt noch keine brauchbaren Resultate erzielt. Im Sommer ist es hier unten vergleichsweise angenehm, aber im Winter ist es fast nicht auszuhalten. Sogar wenn ich Mantel und Schal anziehe, vergehe ich fast vor Kälte.“

Sanshirō war tief beeindruckt. Es fiel ihm aber trotzdem schwer zu verstehen, daß Licht eine Druckkraft haben konnte und wozu diese, falls vorhanden, nützte.

Nun sagte Nonomiya: „Werfen Sie doch mal einen Blick hier

hindurch!“ Halb aus Interesse, halb aus Jux trat Sanshirō hinüber zum Fernrohr, das einige Meter vom Granitsockel entfernt aufgestellt war, und spähte mit seinem rechten Auge hindurch; er sah aber nichts. „Nun, was sehen Sie?“ fragte Nonomiya. „Gar nichts“, antwortete Sanshirō. „Ach, der Deckel ist ja noch dran!“ sagte Nonomiya, indem er auf einen Stuhl stieg und die Kappe vom Objektiv entfernte.

Jetzt sah Sanshirō einen diffusen Lichtfleck, in dessen Mitte sich eine Skala befand. Von unten her kam eine 2 ins Blickfeld. Wieder fragte Nonomiya: „Nun, was sehn Sie?“ „Ich sehe eine 2 – Jetzt bewegt sie sich!“ antwortete Sanshirō, während Nonomiya auf der anderen Seite des Zimmers mit etwas herumhantierte.

Die Skala im erleuchteten Fleck begann sich zu ändern: Die 2 erlosch. Nacheinander erschienen eine 3, eine 4 und eine 5. Schließlich blieb die Skala bei 10 stehen. Dann bewegte sie sich in der Gegenrichtung: Die 10 verschwand; die 9, 8, 7, 6 erschienen nacheinander, bis die Skala bei 1 wieder stehenblieb. Nonomiya fragte wieder: „Nun?“ Sanshirō trat staunend vom Fernrohr zurück. Er hatte jedoch keine Lust, sich nach der Bedeutung der Skala zu erkundigen.

Höflich bedankte er sich und verließ den Keller. Oben, unter den Menschen, war die Welt noch voller Licht. Trotz der Hitze schöpfte Sanshirō tief Atem. Die untergehende Sonne schien auf die breite Straße, die den Hang hinunterführte. Links und rechts glühten die Glasfenster der Gebäude der Ingenieurschule auf, als ob sie brennten. Der Himmel war ganz klar. Von seinem westlichen Rand her schienen schwachrote Flammen bis über Sanshirō Kopf zurückzuzüngeln. Sanshirō bog links in den Wald hinein. Sein Rücken, wie auch der Wald, lagen zur Hälfte im Licht, zur Hälfte im Schatten. Stellenweise leuchtete es glutrot zwischen den dunkelgrünen Blättern. Auf dem dicken Stamm eines Eichenbaumes saß eine Zikade und zirpte. Sanshirō gelangte an einen Teich, an dessen Ufer er sich niederkauerte.

Es war außerordentlich still. Die Straßenbahnen waren überhaupt nicht zu hören. Hier am Teich erinnerte sich Sanshirō plötzlich daran, daß er in seiner Heimat einmal in der Zeitung gelesen hatte, eine Straßenbahnlinie habe durch diesen Bezirk geführt werden sollen, habe dann aber auf Einspruch der Universität hin den Umweg über Koishikawa nehmen müssen. Eine Universität, die nicht einmal die Bahnen durch ihr Land fahren ließ, das mußte eine weltabgewandte Institution sein!

Betrat er einen Keller, traf er dort Leute wie Nonomiya an. Nonomiya hatte über ein halbes Jahr lang die Druckkraft des Lichts gemessen. Er war ganz schlicht gekleidet: Begegnete man ihm draußen, würde man ihn für den Hilfsingenieur einer Firma für elektrische Lampen oder ähnliches halten. Er war aber ein großer Mann, denn er widmete sich in seinem Keller unermüdlich seinen Forschungen und ließ sich durch nichts beirren. Aber wie sehr sich die Skala in seinem Fernrohr auch hin- und herbewegte – es war klar, daß Nonomiya keine Beziehung zur Realität hatte. Vielleicht wollte er auch gar keine haben. Wenn Sanshirō diese stille Luft atmete, schien es ihm fast, er selbst werde auch so. Vielleicht würde auch er ein Leben ohne Ablenkung und ohne Kontakt mit der Welt führen.

Starr blickte Sanshirō auf die Wasserfläche. Einige große Bäume spiegelten sich am Grund des Teiches; dahinter sah man den tiefblauen Himmel. Ein Gefühl überflutete Sanshirō, das offener und weiter war als die Straßenbahnen, als Tōkyō, als ganz Japan.

Aber plötzlich überzog ein Dunstschleier sein Gemüt: die Einsamkeit. Er empfand eine Verlassenheit, als sitze er mutterseelenallein in Nonomiyas Keller. Zwar war es auch während seiner Schulzeit in Kumamoto öfter mal vorgekommen, daß er allein in die noch stillere Gegend des Tatsutaberges gewandert war, oder daß er sich auf dem verlassenen Sportplatz, wo nur Nachtkerzen wuchsen, niedergelegt hatte, um die Verwirrungen dieser Welt zu vergessen. Heute aber fühlte er sich zum ersten Mal wirklich einsam.

Es war wohl seine Reaktion auf die übermäßige Betriebsamkeit der Stadt Tōkyō. Oder... Sanshirō wurde rot, weil er sich soeben an das Erlebnis mit der Frau im Zuge erinnert hatte. Er konnte offensichtlich nicht ganz auf die Realität verzichten, obwohl sie doch gefährlich war und er ihr nicht zu nahe kommen durfte. Er entschied sich, frühzeitig in seine Pension zurückzukehren und der Mutter einen Brief zu schreiben.

Als er den Blick hob, sah er auf einem kleinen Hügel zu seiner Linken zwei Frauen stehen. Direkt zu ihren Füßen lag der Teich; ein steiler Abhang bildete das gegenüberliegende Ufer. Darüber wuchs ein Wäldchen, hinter dem ein leuchtendes, rotes Backsteingebäude in gotischem Stil hervorguckte. Dies alles erglänzte im schräg einfallenden Licht der Sonne, die seitlich dahinter unterging. Die Frauen waren der Abendsonne zugewandt. Von Sanshirō aus gesehen, der im niederen Schatten kauerte, stand der Hügel in vollem Licht. Die eine Frau schien geblendet zu sein: Sie hielt sich ihren Rundfächer über die Stirn, so daß ihr Gesicht nicht deutlich auszumachen war. Ganz klar erkenntlich waren aber die Farben ihres Kimonos und ihres *Obis*. Sanshirō sah auch das Weiß ihrer japanischen Socken. Hätte sie *Geta* getragen, hätte er vielleicht sogar die Farbe der Kordeln erkennen können – Sie hatte aber Sandalen an. Die andere Frau war ganz in Weiß gekleidet. Sie hatte nichts bei sich, auch keinen Fächer. Mit leicht gerunzelter Stirn blickte sie hinüber ins Geäst der alten Bäume, das vom gegenüberliegenden, hohen Ufer tief über das Wasser des Teiches hing. Die Frau mit dem Fächer stand etwas vor der anderen, die einen Schritt vom Rand des Ufers zurückgetreten war. Sanshirō sah schräg auf die beiden.

Bei diesem Anblick war seine einzige Empfindung, daß die Farben wunderschön seien. Da er vom Lande kam, war es ihm unmöglich, seinen Eindruck genauer zu umschreiben, sei es mit Worten, sei es mit dem Pinsel. Es fiel ihm nur ein, daß die weiße Person wahrscheinlich eine Krankenschwester sei.

Wieder war er hingerissen. Nun setzte sich die weiße Person in Bewegung. Sie schien jedoch kein bestimmtes Ziel zu haben. Es sah aus, als hätten ihre Beine plötzlich von selbst angefangen zu gehen. Die Frau mit dem Fächer folgte unwillkürlich nach. Als hätten sie es miteinander abgesprochen, schlenderten die beiden Frauen ziellos den Hang herunter. Sanshirō schaute immer noch zu.

Der Weg führte zu einer Steinbrücke. Wenn man geradeaus ging, ohne diese zu überqueren, gelangte man zur Naturwissenschaftlichen Hochschule. Überquerte man sie, kam man entlang dem Ufer bis hin zur Stelle, wo Sanshirō kauerte. Dies taten die beiden Frauen. Diejenige mit dem Fächer schützte ihr Gesicht nicht mehr damit, sondern hielt in der rechten Hand eine kleine, weiße Blume, an der sie schnupperte. Dann entfernte sie sie von der Nase, um sie zu betrachten, und hielt deshalb den Blick während des Gehens gesenkt. Nur wenige Meter vor Sanshirō blieb sie plötzlich stehen.

„Was ist das wohl für ein Baum?“ fragte sie, indem sie den Blick nach oben richtete. Über ihrem Kopf ragten die Äste einer Eiche, so dicht mit Blättern bewachsen, daß sie das Sonnenlicht fast nicht durchließen, in kreisrunder Form bis weit über das Wasser des Teiches hinaus.

„Das ist eine Eiche“, antwortete die Krankenschwester in einem Ton, als erkläre sie es einem Kind.

„Ach, trägt dieser Baum denn gar keine Früchte?“ Der Blick der Frau kehrte wieder nach unten zurück und fiel auf Sanshirō. Dieser hatte genau gesehen, wie sich ihre Augäpfel bewegten. In diesem Augenblick erlosch in ihm der Eindruck schöner Farben und er traf auf etwas, das in Worten gar nicht zu fassen war. Dieses Etwas glich irgendwie dem Gefühl, das ihn überwältigt hatte, als die Frau vom Zug ihn einen Feigling genannt hatte. Sanshirō bekam es mit der Angst zu tun.

Die zwei Frauen gingen an ihm vorbei. Die Jüngere ließ die Blume, an der sie gerochen hatte, vor ihm auf den Boden fallen. Sanshirō starrte den beiden entgeistert nach. Die Krankenschwester ging einige Schritte vor der anderen Frau, die einen *Obi* mit einem eingefärbten Motiv von weißem Susukigras auf buntem Hintergrund trug. In ihre Frisur hatte sie eine einzige – ebenfalls schneeweiße – Rose gesteckt, die sich im Schatten der großen Eiche leuchtend von den schwarzen Haaren abhob.

Sanshirō war verwirrt. „Das widerspricht sich!“ sagte er leise zu sich selbst. Aber was war miteinander unvereinbar? Etwa die Frau mit der Universitätsluft! Oder die Farben mit ihrem Blick? Oder war es widersprüchlich, daß er jetzt an die Frau im Zug dachte? Standen die zwei Wege, die er für sich selbst in der Zukunft sah, im Gegensatz zueinander? War es, daß er sich jetzt glücklich fühlte, sich aber auch fürchtete? Dieser junge Mann vom Lande verstand die Welt nicht mehr. Für ihn war alles nur ein einziger Widerspruch.

Er hob die Blume, die die Frau hatte fallen lassen, auf und roch daran, konnte aber keinen besonderen Duft feststellen. Da warf er sie hinaus in den Teich, wo sie auf der Wasseroberfläche schwamm. Plötzlich hörte er jemanden vom gegenüberliegenden Ufer her seinen Namen rufen.

Er löste seinen Blick von der Blume: Es war die hochgewachsene Gestalt Nonomiyas, die jenseits der Steinbrücke stand.

„Sie sind also noch hiergeblieben", sagte er. Sanshirō stand auf und ging langsam hinüber zur Brücke. Erst hier antwortete er: „Ja..." Er war völlig verwirrt, was aber Nonomiya nicht im geringsten zu überraschen schien.

„Sie genießen wohl noch etwas die Kühle?" fragte er. Sanshirō gab wieder nur eine undeutliche Antwort.

Nonomiya schaute ein Weilchen hinaus aufs Wasser, während er mit der Hand in der rechten Westentasche wühlte. Ein Briefumschlag ragte zur Hälfte daraus hervor. Die Handschrift darauf sah aus wie diejenige einer Frau. Nonomiya schien das, was er suchte, nicht gefunden zu haben und ließ seine Hand wieder wie vorher an seiner Seite baumeln. Dann sagte er: „Heute stimmt etwas mit meinen Apparaten nicht. Ich werde in der Nacht keine Experimente machen. Eigentlich hatte ich vor, über Hongō nach Hause zu spazieren. Kommen Sie mit?"

Freudig sagte Sanshirō zu. Sie gingen zusammen hinauf zum Hügel. Nonomiya machte etwa dort, wo die beiden Frauen gestanden hatten, einen kleinen Halt und überblickte alles: das gegenüberliegende Ufer mit den Bäumen, das rote Gebäude dazwischen, den steilen Abhang, neben dem das Wasser des Teiches in die Tiefe zu fallen schien.

„Ganz schön, diese Aussicht! Sehn Sie, wie die eine Ecke des Gebäudes hervorragt aus den Bäumen? Nicht wahr, das ist hübsch? Hatten Sie es auch bemerkt? Jenes Gebäude ist im Stil recht gut gelungen. Die Architektur der Ingenieurschule ist auch nicht schlecht, aber die hier ist besser."

Nonomiyas Urteilsvermögen verblüffte Sanshirō. Um ehrlich zu sein, er hätte selbst nicht im geringsten feststellen können, welches der Häuser in besserem Stil errichtet war. Jetzt war er es, der immer nur: „Ja, ja" sagte.

„Und dann der Effekt der Bäume und des Wassers... nichts Besonderes, aber doch, hier, mitten in Tōkyō... Wie still es ist! Nur an einem Ort wie diesem kann man sich ganz der Gelehrsamkeit widmen. Es ist doch schlimm, wie Tōkyō in letzter Zeit immer lärmiger geworden ist – viel zu lärmig! Dort drüben ist übrigens das Palais", sagte Nonomiya und wies im Gehen mit der linken Hand darauf. „Dort werden die Fakultätssitzungen abgehalten. Ich würde lieber nicht hingehen; mir genügt das Kellerleben vollauf. Aber die Wissenschaften entwickeln sich neuerdings in so rasantem Tempo, daß man ins Hintertreffen gerät, wenn man nur ein bißchen nachlässig ist! Wenn die Leute mich in meinem Keller sehen, meinen sie, ich mache nur Spielereien. Aber wenn ich mich mit solchen Dingen beschäftige, findet in meinem Kopf allerlei Aktivität statt. Mehr Aktivität wohl als bei den Straßenbahnen! Deshalb ist es mir im Sommer sogar zu schade, in die Ferien zu gehen." Beim Sprechen legte Nonomiya den Kopf zurück und schaute in den weiten Himmel hinauf, aus dem allmählich das letzte Tageslicht schwand.

Ein langes Band feiner weißer Wolken überzog wie die Spur eines groben Pinsels diagonal die höchste Schicht des blauen, stillen Himmels.

„Kennen Sie jenes Phänomen?" Sanshirō blickte hinauf zum halbtransparenten Wolkenschleier.

„Jene Wolke besteht aus nichts als Schneekristallen. Von hier unten betrachtet, scheint sie sich nicht zu bewegen. In Wirklichkeit aber wird alles mit einer größeren Kraft herumgewirbelt, als der schlimmste Orkan auf der Erdoberfläche aufbringt. Haben Sie je Ruskin[8] gelesen?" Sanshirō verneinte erstaunt. Nonomiya entgegnete nur: „Ach so." Nach einer Weile sagte er: „Es wäre interessant, diesen Himmel einmal zu malen. Ich werde darüber mit Haraguchi sprechen." Natürlich hatte Sanshirō noch nie von einem Kunstmaler namens Haraguchi gehört.

Die zwei spazierten an der Bronzebüste des Deutschen Mediziners Erwin Baelz[9] vorbei und stießen seitlich des Karatachitempels zur großen Straße von Hongō. Nonomiya fragte Sanshirō, ob er den Bronzekopf gelungen fände, aber auch hier blieb Sanshirō die

[8] Ruskin: John Ruskin (1819–1900), englischer Schriftsteller der Romantik, der großen Einfluß auf das neue Naturgefühl der Meijizeit hatte und deshalb hier mit den Wolken in Verbindung gebracht wird.

[9] Erwin Baelz (1849–1913) war 1875–1905 Medizinprofessor an der Kaiserlichen Universität.

Antwort schuldig. Dahinter, auf der Straße, war großer Betrieb. Unaufhörlich rasselten die Straßenbahnwagen vorbei.

„Stören Sie die Straßenbahnen nicht?“ fragte Nonomiya. Sanshirō fürchtete sich eher vor ihnen, als daß er sie als störend empfand, doch wieder sagte er nur: „Ja.“ „Auch mich stören sie“, meinte Nonomiya. Seinem Gesicht war das aber nicht anzusehen.

„Ohne die Hilfe der Schaffner bin ich völlig unfähig, richtig von einer Straßenbahn auf die andere umzusteigen. In den letzten paar Jahren sind immer mehr neue Linien gebaut worden. Aber anstatt einfacher zu werden, wird das Fahren damit immer nur komplizierter. Es ist dasselbe wie mit den Wissenschaften“, sagte Nonomiya und lachte.

Da das neue Schuljahr eben begonnen hatte, trafen sie auf der Straße viele Gruppen von Oberschülern mit neuen Mützen an. Nonomiya schaute ihnen mit offensichtlicher Freude zu.

„Es gibt viele Neue dieses Jahr“, sagte er. „Die jungen Leute sind so voller Leben! Übrigens, wie alt sind denn Sie?“ Sanshirō gab die gleiche Zahl an, die er ins Gästebuch des Hotels eingetragen hatte.

„Dann sind Sie ja nur sieben Jahre jünger als ich! In nur sieben Jahren kann ein Mensch schon recht viel leisten. Aber die Zeit vergeht schnell, nicht wahr? Sieben Jahre sind im Nu vorbei“, sagte Nonomiya. Sanshirō konnte nicht entscheiden, welche der zwei Aussagen nun zutraf.

Allmählich gelangten sie in die Nähe einer Kreuzung, wo es zu beiden Seiten der Straße viele Buch- und Zeitschriftenläden gab. In einigen dieser Geschäfte drängten sich die Leute zuhauf, um Zeitschriften zu lesen. Nach vollendeter Lektüre gingen sie dann wieder weg, ohne etwas zu kaufen. „Alles gerissene Kerle!“ lachte Nonomiya. Er selbst schlug in einem Geschäft eine Nummer der Zeitschrift „Sonne“ auf und las darin.

Links auf ihrer Seite der Kreuzung gab es eine Geschenkboutique für westliche Importartikel; gegenüber lag ein Geschäft für einheimische japanische Produkte. Auf der Straße dazwischen rasten mit enormer Gewalt Straßenbahnen um die Ecke und ließen ihre Glokken bimmeln. Es war ein so dichtes Gedränge auf der Straße, daß es fast unmöglich war, sie zu überqueren. Nonomiya wies auf das Geschäft gegenüber und sagte: „Ich gehe dort drüben rasch etwas einkaufen!“ Worauf er sich ins Getümmel stürzte. Sanshirō eilte ihm nach über die Straße. Nonomiya betrat sogleich das Geschäft. Während Sanshirō draußen auf ihn wartete, bemerkte er, daß in einer Vitrine im Schaufenster lauter Kämme und Haarpfeile ausgestellt waren. Er wunderte sich: Was in aller Welt wollte Nonomiya hier nur kaufen? Plötzlich stieg in ihm ein Verdacht auf, und er betrat den Laden. Nonomiya hielt ihm ein Band hin, das zart und fein war wie Zikadenflügel: „Wie finden Sie dies?“ Sanshirō kam die Idee, für Fräulein Omitsu ein Geschenk zum Dank für die Fische zu kaufen. Aber dann tat er es doch nicht. Omitsu würde vielleicht meinen, er verfolgte damit andere, eigennützigere Zwecke als nur zu danken.

Anschließend lud Nonomiya Sanshirō in ein westliches Restaurant ein. Er behauptete, es sei das beste Lokal in ganz Hongō, aber für Sanshirō schmeckten die Speisen einfach alle nach westlichem Essen. Nichtsdestoweniger aß er alles auf, was man ihm vorsetzte.

Vor dem westlichen Restaurant verabschiedeten sich die beiden voneinander. Um nach Oiwake zu seiner Pension zu gelangen, verfolgte Sanshirō sorgfältig den Weg, den sie vorhin gegangen waren, zurück bis zur Kreuzung und bog dann nach links um die Ecke. Er wollte sich noch ein Paar neue *Geta* kaufen, aber als er in ein Schuhgeschäft hineinblickte, saß da im grellen Schein einer Gaslampe ein Mädchen mit kreideweiß geschminktem Gesicht, das aussah wie ein Gipsgespenst. Angewidert wandte sich Sanshirō ab und verzichtete auf den Kauf. Auf dem Heimweg mußte er immer nur an das Gesicht der Frau denken, die er am Ufer des Teiches bei der Universität gesehen hatte. Ihr Teint hatte einen Stich ins rötlich Beige gehabt, wie über dem Feuer leicht angeröstete Reisklöße. Die Haut war unglaublich fein gewesen. Sanshirō kam zum Schluß, daß nur eine solche Farbe einer Frau gut zu Gesicht steht.

III

Das Semester begann am elften September. Sanshirō nahm das Datum ernst und ging am Vormittag dieses Tages um halb elf zur Universität. Dort fand er zwar am Eingang das Anschlagebrett mit dem Stundenplan, aber keinen einzigen Studenten. Pflichtbewußt schrieb er die Titel und Zeiten der Vorlesungen, die er zu besuchen hatte, in sein Notizbuch. Dann ging er zum Verwaltungsbüro. Und wirklich, die Angestellten waren da. Er erkundigte sich, wann die Vorlesungen begännen. „Am elften September", antwortete man ihm, als ob das genug sei. Als er dann fragte, warum in keinem Zimmer eine Vorlesung stattfinde, hieß es, die Professoren seien eben noch nicht zurück. „So ist es also!" dachte er, indem er das Büro verließ. Er ging zur Hinterseite des Gebäudes und schaute durch die Äste eines Zelkovabaumes hinauf in den weiten, hohen Himmel, der ihm heller zu leuchten schien als sonst. Dann spazierte er durch das niedrige, weiß-grün gestreifte Bambusgras hinunter zum Teich, wo er sich unter derselben Eiche wieder hinkauerte. „Wie schön wäre es, wenn auch die gleiche Frau wieder vorbeikäme!" dachte er. Immer wieder blickte er hinüber zum Hügel, obwohl er genau wußte, daß dort kein Mensch erscheinen würde. Trotzdem blieb er noch lange hocken und wartete. Da gab es plötzlich einen lauten Knall – der Mittags-Signalschuß. Bis aufs Mark erschüttert kehrte er schnell in seine Studentenpension zurück.

Am folgenden Tag ging er wiederum pünktlich um acht Uhr zur Universität. Als er durch das Haupttor trat, fielen ihm die zwei Reihen Gingkobäume zu beiden Seiten der breiten Straße auf. Weiter vorne, etwa dort, wo die Allee zu Ende war, führte der Weg leicht bergab, so daß vom Haupttor aus, wo Sanshirō stand, nur ein Teil des oberen Stockwerks der weiter hinten liegenden Naturwissenschaftlichen Hochschule sichtbar war. Hinter dem Dach der Hochschule erglänzte der Wald von Ueno im Licht der Morgensonne. Sie schien Sanshirō direkt ins Gesicht. Mit Freude genoß er die Tiefe und Weite der Aussicht.

Dort, wo rechts die Reihe der Gingkobäume anfing, befand sich die Fakultät für Rechts- und Geisteswissenschaften. Linkerhand lagen die Naturkundehörsäle. Beide Bauten waren im gleichen Stil errichtet: Über hohen, langen Fenstern ragten spitz auslaufende, dreieckige Giebel. Die Grenzen zwischen den roten Backsteinen an den Rändern dieser Giebel und dem schwarzen Dach bildeten jeweils feine, gerade Linien aus Steinen, deren bläuliche Tönung zusammen mit dem leuchtenden Ziegelrot der Backsteine eine recht interessante Wirkung erzielte. Eine große Zahl der hohen Fenster und der dreieckigen Giebel reihte sich aneinander. Seit jenem Gespräch mit Nonomiya hatte Sanshirō rasch die Schönheit solcher Architektur schätzen gelernt. Heute morgen nun kam es ihm erstmals vor, als seien seine Gedanken nicht von Nonomiya übernommen, sondern seine ureigenste, langgehegte Meinung. Insbesondere fand er es bemerkenswert, daß das Naturkundegebäude nicht auf der gleichen Linie wie die Fakultät für Rechts- und Geisteswissenschaften lag, sondern etwas zurückversetzt war. Wenn er Nonomiya wieder traf, würde er ihm diese Entdeckung, die er ganz für sich allein gemacht hatte, mitteilen.

Sanshirō bewunderte auch die Bibliothek, die rechts von der Fakultät für Rechts- und Geisteswissenschaften stand und etwa 50 Meter weiter nach vorne ragte als diese. Sie schien im gleichen architektonischen Stil errichtet zu sein wie die beiden anderen Gebäude. Dicht vor ihrer roten Mauer war eine Reihe von fünf oder sechs Fächerpalmen gepflanzt, was Sanshirō besonders gelungen fand. Die Ingenieurschule, die ganz hinten links zu sehen war, glich wiederum eher einem mittelalterlichen europäischen Schloß. Der Grundriß und die Fenster waren quadratisch; einzig die vier Ecken und der Vorbau beim Eingang waren kreisrund – sie waren wohl Türmen nachempfunden. Das Gebäude stand fest und unverrückbar da wie eine Burg – ganz im Gegensatz zur Fakultät für Rechts- und Geisteswissenschaften, die zerbrechlich und wacklig schien. Die Ingenieurschule glich irgendwie einem kurzgewachsenen, festen Sumō-Ringer.

Sanshirō betrachtete alles, was sich seinem Auge darbot. Wenn er bedachte, daß die Universität noch aus vielen anderen Gebäuden bestand, die außerhalb seines Blickfeldes lagen, erfüllte ihn ein erhabenes Gefühl. „So und nicht anders muß ein rechter Sitz der Gelehrsamkeit geartet sein, um einen geeigneten Nährboden für die wissenschaftliche Forschung abzugeben – Großartig!“ Endlich fühlte er sich als echter Akademiker.

Als er den Hörsaal betrat, läutete zwar die Glocke, aber kein Professor erschien. Entsprechend ließ sich auch kein einziger Student blicken. Eine Stunde später – dasselbe. Wütend verließ Sanshirō den Hörsaal. Um ganz sicher zu sein, machte er noch zwei Runden um den Teich, dann kehrte er unverrichteter Dinge in sein Logis zurück.

Erst volle zehn Tage später fanden die Vorlesungen endlich wirklich statt. Als Sanshirō erstmals mit anderen Studenten zusammen im Hörsaal auf den Professor wartete, überfiel ihn Ehrfurcht. „So fühlt sich wohl ein Shintōpriester, der in voller Ritualtracht auf den Beginn einer Zeremonie wartet." Auf diese Weise versuchte er in Gedanken, seine Stimmung in Worte zu fassen. Jetzt hatte ihn nun wohl doch die Wissenschaft in ihrer ganzen Größe berührt. Als nach dem Läuten dann volle 15 Minuten vergingen, ohne daß der Professor erschien, nahm Sanshirōs Respekt noch zu. Endlich öffnete sich die Türe. Ein älterer Europäer von vornehmer Erscheinung trat herein und begann, in flüssigem Englisch eine Vorlesung zu halten. Sanshirō lernte, daß das englische *answer* vom angelsächsischen *and-swaru* abstammte. Dann erfuhr er den Namen des Dorfes, in dem Sir Walter Scott[10] zur Primarschule gegangen war. Beides notierte er sorgfältig in sein Heft. Als nächstes besuchte er eine Vorlesung über Literaturtheorie. Beim Betreten des Raumes warf der Professor einen flüchtigen Blick auf die Wandtafel, auf die jemand die zwei Wörter *Geschehen* und *Nachbild* geschrieben hatte, sagte lachend: „Ach, Deutsch!" und wischte sie eilends weg. Dies war der Grund, warum der Respekt, den Sanshirō bisher vor der deutschen Sprache gehegt hatte, etwas dahinschwand. Nun zählte der Professor ungefähr zwanzig Definitionen von Literatur auf, die verschiedene Autoren über die Epochen hinweg geprägt hatten. Auch dies notierte Sanshirō sorgfältig in sein Heft. Am Nachmittag ging er dann in den großen Hörsaal, wo etwa 70 bis 80 Studenten Platz genommen hatten. Der Professor trug seine Vorlesung vor wie eine große Rede. „Ein einziger Schuß aus Commodore Perrys[11] Kanonen hat Uraga

[10] Sir Walter Scott (1771–1822), englischer Schriftsteller.

[11] Commodore Perrys Kanonen: 1853 kam Commodore Perry mit einem amerikanischen Kriegsschiff nach Uraga, um Japan, das sich dem Ausland gegenüber verschloß, durch die überlegene Technologie zur Öffnung zu zwingen.

aus seinen Träumen gerissen!“ begann er. Das Thema der erzwungenen Öffnung Japans interessierte Sanshirō sehr, und er hörte gespannt zu. Aber dann kamen im Laufe der Vorlesung immer mehr Namen deutscher Philosophen vor, so daß er mit der Zeit die größten Schwierigkeiten hatte, überhaupt noch etwas zu verstehen. Eingehend betrachtete er die Oberfläche seines Pultes, in die jemand geschickt die zwei Zeichen für „durchgefallen“ geschnitzt hatte. Die Person hatte dafür offensichtlich recht viel Zeit investiert. Der Fertigkeit nach, mit der sie das harte Eichenholz traktiert hatte, war sie kein Anfänger. Das Werk zeugte von nicht geringem Können. Unterdessen machte Sanshirōs Sitznachbar die ganze Zeit über rege Notizen – Das heißt, er schrieb gar nicht, sondern zeichnete eine Karikatur des Professors. Als er bemerkte, daß Sanshirō zu ihm herüberguckte, schob er ihm das Heft näher hin, um es ihm zu zeigen. Die Zeichnung war recht gut gelungen. Warum aber daneben das Haiku: „Hoch in den Wolken des unermeßlichen Himmels – der Kuckuck“ stand, das war Sanshirō völlig schleierhaft.

Nach der Vorlesung fühlte sich Sanshirō todmüde. Er stützte in einem Fenster des ersten Stockes seinen Kopf in die Hände und schaute hinunter in den Garten der Universität. Dieser bestand aus nichts als hohen Kiefern und japanischen Kirschbäumen, zwischen denen breite Kieswege hindurchführten. Aber eben gerade weil man ihn nicht übermäßig pflegte, war es angenehm, ihn zu betrachten. Nonomiya zufolge war es hier ursprünglich nicht so schön gewesen. Einer seiner Lehrer, ein gewisser Herr, habe erzählt, zu seiner Studienzeit sei man hier noch mit dem Pferd durchgeritten. Ihm sei einmal sein Pferd auf bösartige Weise durchgebrannt und, ohne auf seine Rufe zu achten, unter den Bäumen herumgaloppiert, so daß seine Mütze an einem Kiefernast hängengeblieben sei, und seine *Geta* sich in den Steigbügeln verfangen hätten. Die ganze Belegschaft des Friseurladens *Kitadoko* gegenüber dem Haupttor sei herausgekommen und habe vergnügt zugeschaut. Damals habe ein Sympathisant eine Geldsammlung veranstaltet, um auf dem Universitätsgelände einen Stall, drei Pferde und einen Reitlehrer zu unterhalten. Leider sei der Reitlehrer aber ein großer Trinker gewesen; er habe das beste, weiße Pferd verkauft und den Erlös vertrunken. Jenes Pferd sei uralt gewesen; es habe noch aus der Zeit von Napoleon III. gestammt. „Nein, unmöglich!“ dachte Sanshirō. So alt konnte kein Pferd werden. Aber unbekümmerte Zeiten waren das ja schon gewesen! In diesem Moment trat der junge Mann, der vorhin die Karikatur gezeichnet hatte, auf ihn zu und sagte: „Die Vorlesungen sind langweilig, nicht wahr?“ Sanshirō gab eine ausweichende Antwort. Wie konnte er denn wissen, ob die Vorlesungen interessant waren oder nicht? Aber von da an bestand zwischen den beiden eine Gesprächsbeziehung.

Der Tag war uninteressant und deprimierend gewesen. Sanshirō verzichtete sogar auf seinen gewohnten Rundgang um den Teich und ging sogleich nach Hause. Nach dem Abendessen las er nochmals seine Notizen durch, ohne dabei ein gutes oder schlechtes Gefühl zu haben. Dann schrieb er seiner Mutter einen Brief im umgangssprachlichen Stil: „Die Schule hat begonnen. Ich besuche sie täglich. Das Gelände der Universität ist weitläufig und schön. Auch die Gebäude sind schön. Im Gelände gibt es auch einen Teich, um den ich gerne herumspaziere. Ich habe mich jetzt allmählich an das Straßenbahnfahren gewöhnt. Ich wollte Dir etwas kaufen, wußte aber nicht, was. Wenn Du irgend etwas brauchst, schreibe mir nur! In diesem Jahr werden die Reispreise noch ansteigen. Es wäre also besser, unsere Ernte nicht zu verkaufen. Sei auch lieber nicht zu freundlich zu Miwata Omitsu. Hier in Tōkyō gibt es nämlich so viele Menschen: Männer, aber auch Frauen.“ Solches schrieb Sanshirō bunt durcheinander.

Nachdem er den Brief beendet hatte, las er einige Seiten in einem englischen Buch. Aber bald hatte er genug. Was nützte es schon, nur ein einziges Buch zu lesen? Er beschloß, seine Matratze auszubreiten und sich schlafen zu legen. Aber er konnte nicht einschlafen. Beim Gedanken, er werde vielleicht wegen Schlaflosigkeit ins Spital gehen müssen, schlummerte er endlich ein.

Am folgenden Tag ging er zur gewohnten Zeit wieder zur Universität, um die Vorlesungen zu besuchen. In der Pause wurde rege darüber diskutiert, welche der letztjährigen Studienabgänger wo und zu welchem Lohn eine Stelle gefunden hätten. Dem Gerücht nach lagen zwei Leute, die noch übrig geblieben waren, im Wettstreit wegen einer Position an der Staatsschule. Sanshirō spürte einen undeutlichen, leichten Druck, als ob ihm seine ferne Zukunft direkt vor Augen geführt werde. Bald aber vergaß er alles wieder, denn viel interessanter waren für ihn die Gespräche über eine gewisse „Shōnosuke". Er fing im Korridor einen Studienkollegen des gleichen Jahrganges ab, der auch aus Kumamoto stammte, und fragte ihn, was denn „Shōnosuke" bedeute. Es stellte sich heraus, daß dies eine Geschichtenrezitatorin war, die im *Yose*-Variété auftrat[12]. Der Kollege erklärte Sanshirō, wie das Ankündigungsbrett des betreffenden *Yose*-Theaters aussah und wo in Hongō er es finden könne. Zudem lud er ihn ein, mit ihm zusammen am folgenden Samstag eine Vorstellung zu besuchen. Sanshirō fand, jener Kollege sei sehr gut unterrichtet, doch auf entsprechende Nachfrage hin stellte sich heraus, daß auch er erst gestern erstmals das *Yose* besucht hatte. Sanshirō bekam große Lust, selber einmal hinzugehen und die Shōnosuke zu hören.

Er war eben im Begriff, nach Hause zu gehen, um das Mittagessen einzunehmen, als ihn der junge Mann, der am vorigen Tag die Karikatur gezeichnet hatte, begrüßte und ins *Yodomiken,* ein Lokal an der Hongōstraße, mitschleppte, um ein Curryreisgericht zu essen. Das *Yodomiken* hatte vorne einen Laden, in dem Früchte verkauft wurden. Es war soeben neu erbaut worden. Der Junge, der die Karikatur gezeichnet hatte, wies auf die Fassade und erklärte, sie sei im *Art Nouveau*-Stil gestaltet. Sanshirō hatte nicht gewußt, daß es auch in der Architektur einen *Art Nouveau*-Stil gab. Auf dem Rückweg lernte er auch das *Aogidō* kennen, ein Lokal, das offenbar von den Studenten der Universität stark frequentiert wurde. Durch das „Rote Tor" betraten die beiden das Universitätsgelände wieder. Zusammen machten sie noch eine Runde um den Teich. Hier erzählte der Karikaturist Sanshirō, daß der verstorbene Englischprofessor Lafcadio Hearn[13] den Fakultätsraum der Universität nie gerne

12 Shōnosuke: Jōruri-Rezitatorin *(Musume gidayū),* die damals, besonders im Jahre 1907, zusammen mit ihrer Schwester Shōgiku in Tōkyō großen Erfolg hatte. Die beiden traten in den sogenannten *Yose*-Theatern auf. Diese waren eine Art Variété, in denen Musiker, Sänger, Geschichtenerzähler etc. das Programm bestritten. Die *Yose* scheinen etwas Anrüchiges an sich gehabt zu haben, denn zeitweise war es für Studenten verboten, sie zu besuchen.

13 Lafcadio Hearn (Koizumi Yakumo, 1850–1904), der irisch-amerikanische Autor, war der Vorgänger Natsume Sōsekis auf dem Lehrstuhl für Englische Literatur an der Kaiserlichen Universität von Tōkyō.

betreten habe und deshalb oft nach seinen Vorlesungen um diesen Teich spaziert sei. Er berichtete dies in einem Ton, als habe er es vom Herrn Professor persönlich erfahren. Als Sanshirō ihn fragte, warum denn Lafcadio Hearn den Fakultätsraum nicht gemocht habe, sagte er: „Das ist doch sonnenklar! Du mußt nur die unverständlichen Vorlesungen dieser Herren hören, um zu wissen, daß Herr Hearn im Fakultätsraum keinen vernünftigen Gesprächspartner hat finden können." Sanshirō war erstaunt über den Gleichmut, mit dem der andere diese scharfe Kritik vorbrachte. Der junge Mann hieß Sasaki Yojirō. Er hatte die Berufsschule besucht und war jetzt Hauptfachstudent. Er wohnte in Higashikatamachi Nr. 5 bei Herrn Hirota und lud Sanshirō ein, ihn nächstens einmal zu besuchen. Als Sanshirō ihn fragte, ob das eine Studentenpension sei, sagte er: „Woher auch! Herr Hirota ist Lehrer an der Oberschule."

Eine Weile lang ging Sanshirō jeden Tag zur Universität und hörte sich pflichtbewußt die Vorlesungen an. Zeitweise besuchte er sogar Veranstaltungen, die außerhalb des obligatorischen Kurrikulums stattfanden. Aber er war unbefriedigt. Dann besuchte er sogar ab und zu spezielle Fachvorlesungen. Aber die meisten dieser Veranstaltungen gab er nach zwei bis drei Stunden auf. Die wenigsten besuchte er einen ganzen Monat lang. Trotzdem kam sein Pensum in der Woche auf etwa vierzig Stunden zu stehen. Das war ein bißchen zu viel, und wenn er auch noch so fleißig war. Sanshirō verspürte einen ständigen Druck. Er war unbefriedigt, und die ganze Sache machte ihm gar keinen Spaß.

Als er sich eines Tages mit Sasaki Yojirō über dieses Problem unterhielt und ihm sagte, daß er in der Woche etwa vierzig Stunden Vorlesungen besuche, machte Yojirō runde Augen und sagte: „Du Dummkopf! Du wärest ja auch nicht zufrieden, wenn du zehnmal im Tag vom schlechten Essen deiner Studentenpension erhieltest!" Gegen diesen schlagfertigen Vergleich konnte Sanshirō nichts erwidern. Ehrfürchtig fragte er: „Ja, was soll ich denn tun?" Mit der Straßenbahn fahren", sagte Yojirō. Sanshirō dachte, das sei wieder irgendein Vergleich, und überlegte ein Weilchen. Es fiel ihm aber nichts ein. Also fragte er: „Mit der wirklichen Straßenbahn?" Yojirō brach in schallendes Gelächter aus. „Wenn du 15 oder 16 mal mit der Straßenbahn in Tōkyō herumfährst, wirst du automatisch zufrieden."

„Warum?"

„Warum denn wohl! Den lebendigen Kopf so mit toten Vorlesungen zuzukleistern, wie du es tust, nützt gar nichts. Du mußt ihn ins Freie an die frische Luft führen. Es gibt auch andere Wege, Zufriedenheit zu erlangen, aber mit der Bahn zu fahren ist die einfachste und praktischste für den Anfänger."

Noch am selben Abend machte Yojirō sich mit Sanshirō im Schlepptau auf den Weg. Die beiden bestiegen in Yonchōme die Straßenbahn und fuhren nach Shinbashi. Dann kehrten sie um und ließen sich in der Gegenrichtung nach Nihonbashi bringen, wo sie ausstiegen. „Nun, wie gefällt's dir?" fragte Yojirō.

In Nihonbashi bogen sie von der großen Straße in eine enge Seitengasse ein und betraten ein Restaurant, auf dessen Schild der Name *Hiranoya* stand. Hier nahmen sie das Abendessen ein und tranken Sake. Die Serviertöchter sprachen allesamt im Kyōtodialekt, was dem Ort eine komplizierte, überladene Atmosphäre verlieh. Als die beiden nachher wieder auf der Straße standen, fragte Yojirō, der einen ganz roten Kopf bekommen hatte, wieder: „Nun, wie gefällt's dir?«

Nun schlug Yojirō vor, zum ursprünglichsten aller *Yose*-Theater zu gehen. Es hieß *Kiharadana* und befand sich ebenfalls in einer engen Seitengasse. Hier hörten sie dem Geschichtenerzähler Kosan[14] zu. Nach 10 Uhr war die Vorstellung zu Ende. Wieder fragte Yojirō: „Nun, wie gefällt's dir?"

Weder sagte Sanshirō, daß er jetzt befriedigt sei, noch spürte er weiterhin seine Frustration. Yojirō fing an, lange Erläuterungen über Kosan abzugeben.

Kosan sei ein Naturtalent. Ein solches Genie gebe es nur selten. Es sei schade, daß seine künstlerische Leistung gering geachtet werde, weil man ihn jederzeit hören könne. In Wirklichkeit sei es ein großes Glück, in der gleichen Zeit zu leben wie er. Wären sie etwas früher oder später auf die Welt gekommen, wäre es für sie unmög-

[14] Kosan: Yanagiya Kosan III (1856–1930), berühmter *Rakugo*-Erzähler. Das *Rakugo* ist ein „Einmanntheater", in dem der Darsteller witzige Anekdoten erzählt. Es war ebenfalls Teil des Programms der *Yose*-Theater.

lich gewesen, Kosan zu erleben. Zwar sei auch Enyū[15], ein anderer Geschichtenerzähler, sehr begabt. Aber sein Stil unterscheide sich grundlegend von demjenigen Kosans. Wenn Enyū zum Beispiel einen Spaßmacher darstelle, sei es lustig, weil man hinter der Rolle noch den wahren Enyū erkenne. Bei Kosan existiere aber der Spaßmacher ganz unabhängig vom Schauspieler. Wenn man den Enyū-Anteil der Personen, die jener darstelle, wegstreiche, bleibe nicht mehr viel übrig. Bei Kosan steckten die Personen aber auch ohne den Anteil seiner Persönlichkeit voller Leben. Das eben sei das Großartige an ihm.

Wieder fragte Yojirō: „Nun, wie gefällt's dir?" Um die Wahrheit zu sagen, wußte Sanshirō nicht, wie er Kosan würdigen sollte. Außerdem hatte er Enyū noch gar nie gehört. Deshalb war es für ihn schwierig zu entscheiden, ob das, was Yojirō sagte, zutraf oder nicht. Aber er bewunderte Yojirōs Fähigkeit, diesen Vergleich in fast literarischer Manier vorzubringen.

Als sie sich vor der Oberschule für diesen Abend voneinander trennten, bedankte sich Sanshirō mit den Worten: „Dank dir bin ich jetzt endlich befriedigt!" Darauf erwiderte Yojirō: „Dann ist es jetzt höchste Zeit für dich, in die Bibliothek zu gehen!" Mit diesen Worten verschwand er um die Ecke Richtung Higashikatamachi. Dieser eine Satz brachte Sanshirō die Existenz der Bibliothek zu Bewußtsein.

Vom nächsten Tag an besuchte Sanshirō nur etwa die Hälfte seiner 40 Wochenstunden und ging stattdessen in die Bibliothek. Diese war ein breites, langes Gebäude mit hoher Decke und vielen Fenstern auf den Längsseiten. Von der eigentlichen Bücherei war nur der Eingang zu sehen. Sanshirō gelang es, einen Blick ins Innere zu werfen. Dort schienen unzählige Bücher gelagert zu sein. Als er so dastand, kam eben jemand mit zwei oder drei dicken Bänden unter dem Arm aus der Türe und bog nach links ab in das *Lesezimmer für Lehrpersonal*. In jenem Raum gab es auch andere Leute, die irgendwelche Bücher, die sie benötigten, aus dem Gestell zogen, sie öffneten und stehend darin herumblätterten. Sanshirō wurde ganz neidisch. Wie gerne würde er hineingehen, in den ersten, dann in den zweiten Stock hinaufsteigen und an einem Ort hoch über Hongō,

[15] Enyū: Sanyūtei Enyū (1849–1907), *Rakugo*-Erzähler.

fern von allem Leben, den Duft des Papiers riechen und – lesen! Aber er hatte keine deutliche Vorstellung davon, was er gerne lesen würde. Er konnte es nicht wissen, bevor er sich nicht umgeschaut hatte, aber ihm schien, dort drinnen müßten viele wichtige und interessante Dinge stehen.

Als Student im ersten Semester hatte er nicht das Recht, die Bücherei zu betreten. Also hockte er sich beim großen Katalogkasten nieder und begann, die Kartei Blatt für Blatt durchzugehen. Wieviele Zettel er aber auch umblätterte, immer erschienen neue Titel. Schließlich fing ihn seine Schulter an zu schmerzen. Er richtete sich auf, um eine kleine Pause zu machen, und blickte sich in der Halle um. Es war so still, wie man es von einer Bibliothek erwartet, obwohl sehr viele Benützer da waren. Die Köpfe der Leute auf der gegenüberliegenden Seite des Raumes waren nur als schwarze Silhouetten ohne Gesichter erkennbar. Durch die Fenster konnte Sanshirō Bäume und ein kleines Stück Himmel sehen. Von weither dröhnte der Lärm der Stadt. Er stand auf. Ihm schien, das Studentenleben sei eine beschauliche und tiefsinnige Sache. Für heute ließ er das Forschen bleiben und kehrte nach Hause zurück.

Am nächsten Tag lieh er sich, ohne sich seinen Tagträumen hinzugeben, gleich anfangs ein Buch. Er hatte sich aber im Titel geirrt und gab es sogleich wieder zurück. Das nächste Buch retournierte er ebenfalls; es war für ihn zu schwierig. Auf diese Weise lieh er sich im Tag etwa acht oder neun Bücher. In einigen las er sogar ein wenig. Was ihn aber erstaunte, war die Tatsache, daß anscheinend jedes Buch, das er sich lieh, schon vor ihm von jemandem gelesen worden war. Dies war daran zu erkennen, daß hier und dort im Text jeweils Bleistiftzeichen angebracht worden waren. Nur um sicher zu sein, daß wirklich alle Bücher schon mindestens einmal gelesen worden waren, lieh er sich einen Roman einer gewissen Aphra Behn[16]. „Unmöglich kann dies jemand gelesen haben", dachte er. Aber als er das Buch aufschlug, gab es doch tatsächlich auch hier fein säuberlich geschriebene Bleistiftnotizen. Nach diesem Erlebnis hatte er genug. Eben jetzt marschierte draußen eine Musikkapelle vorbei, was er zum Anlaß nahm, einen

[16] Aphra Behn (1640–1689), englische Romanschriftstellerin.

kleinen Spaziergang zu machen. Er trat auf die Straße und landete schließlich im *Aogidō*.

Hier saßen an den Tischen zwei Gruppen von Studenten und getrennt davon, in der gegenüberliegenden Ecke, ein einzelner Herr. Kaum hatte Sanshirō dessen Gesicht im Profil erblickt, als er in ihm den Mann vom Zug erkannte, der soviele Pfirsiche gegessen hatte. Der Mann merkte nichts. In entspannter Haltung nahm er jeweils abwechselnd ein Schlückchen Tee und einen Zug aus seiner Zigarette. Heute trug er nicht den weißgefleckten Baumwollkimono, sondern einen Straßenanzug – ein nicht besonders prächtiges Modell. Nur sein weißes Hemd war eindeutig eine Stufe besser als dasjenige Nonomiyas, des Lichtdruck-Forschers. Nachdem Sanshirō den Mann eine Weile angesehen hatte, war er sicher, daß dies der „Pfirsich" war. Jetzt, nachdem er Erfahrung mit den Vorlesungen gemacht hatte, schienen ihm die damaligen Worte dieses Mannes plötzlich Sinn zu haben. Er wollte zu ihm hinübergehen und ihn begrüßen. Aber der Mann starrte immer nur vor sich hin, rauchte, trank Tee, rauchte wieder, trank wieder und gab Sanshirō keine Gelegenheit, mit ihm ins Gespräch zu kommen.

Sanshirō betrachtete noch einmal genau das Profil des Mannes, dann trank er in einem Zug sein Glas Wein aus, verließ fluchtartig das Lokal und kehrte wieder in die Bibliothek zurück.

Wegen des Weines und einer Art geistiger Erregung gelang es ihm heute, sein Studium mehr zu genießen als je zuvor. Das machte ihn glücklich. Zwei Stunden lang schwebte er im Nirvana seiner Lektüre; dann erst fiel ihm ein, daß es jetzt allmählich Zeit war heimzugehen. Arglos schlug er das letzte der geliehenen Bücher auf, das er noch überhaupt nicht angeschaut hatte. Das leere Vorsatzblatt des Bandes hatte jemand mit wilder Bleistiftschrift vollgekritzelt:

„Als Hegel in Berlin Vorlesungen hielt, hatte er nicht die geringste Absicht, der Welt seine Philosophie zu verkaufen. Seine Reden beschränkten sich nicht auf die Zunge; es waren Reden des Herzens. Wenn das Wahre sich mit einem Menschen zu edler Verbindung trifft, sind alle Worte, alle Erklärungen dieses Menschen nicht Reden um der Rede willen, sondern Reden um der Wahrheit willen. Erst Philosophievorlesungen, die diese Stufe erreicht haben, lohnen den Besuch. Wenn jemand seine Zunge leichtsinnig mit der Wahrheit spielen läßt, dann sind seine Worte nichts als bedeutungslose, tote Tintenspuren auf totem Papier. Welchen Sinn können sie haben?! ... Ich lese jetzt für die Prüfung, und folglich auch, um mir später mein Brot verdienen zu können, unter Wut und Tränen dieses Buch. Merk Dir, o Leser, daß ich, indem ich meinen vor Schmerz dröhnenden Kopf mit den Händen umklammere, unser Prüfungssystem auf immer und ewig verfluche!" Dies stand auf dem Blatt. Natürlich hatte der Urheber seinen Namen nicht daruntergesetzt. Unwillkürlich mußte Sanshirō lächeln. Er hatte aber trotzdem das unbestimmte Gefühl, etwas Wichtiges erfahren zu haben. „Ja, das stimmt; nicht nur bei der Philosophie, auch bei der Literaturwissenschaft ist es so", dachte er. Als er die Seite umdrehte, stand da noch mehr: „Hegels ..." – Der Verfasser schien von Hegel begeistert zu sein – „Hegels Studenten, die aus allen Himmelsrichtungen nach Berlin strömten, um seinen Vorlesungen zu lauschen, waren nicht mit dem Ehrgeiz gekommen, den Inhalt für den Erwerb von Kleidern und Nahrung auszunützen. Nein, sie kamen mit völlig reinen Herzen, denn sie hatten erfahren, daß Hegel, ein Philosoph, von seinem Katheder herunter die absolute, ungetrübte Wahrheit verkündete, und in ihrem heißen Begehren, in der Wahrheitssuche Fortschritte zu machen, saßen sie zu seinen Füßen, um die brennenden Fragen, die sie beschäftigten, klären zu lassen. Hegel zuzuhören ermöglichte es ihnen, ihre Zukunft selbst zu entscheiden und ihr eigenes Schicksal neu zu gestalten. Ihr japanischen Studenten, die Ihr wie gesichtslose Gespenster Vorlesungen besucht, Prüfungen besteht und wieder weggeht: Euch mit jenen Studenten auf eine Stufe zu stellen ist eine Anmaßung! Ihr seid nichts als Schreibmaschinen, gierige Schreibmaschinen! Nichts, was ihr tut, denkt, sprecht, steht in irgendwelcher Beziehung zur sprudelnden Lebenskraft unserer sich wandelnden Gesellschaft. Ihr werdet bis zu eurem Tod gesichtslose Gespenster bleiben, gesichtslose Gespenster!" So wurde der Ausdruck „gesichtslose Gespenster" am Schluß zweimal wiederholt. Sanshirō war tief in Gedanken versunken, als ihn plötzlich von hinten jemand auf die Schulter klopfte. Es war Yojirō. Bisher hatte Sanshirō ihn noch nie in der Bibliothek angetroffen, obwohl doch gerade er die Meinung verfochten hatte, man solle auf die Vorlesungen verzichten und stattdessen hierher kommen. Aber Yojirō ging trotzdem nur selten in die Bibliothek.

„Ach, da bist du ja! Gerade eben hat Herr Nonomiya Sōhachi dich gesucht“, sagte er. Sanshirō wäre nie auf den Gedanken gekommen, Yojirō könnte Herrn Nonomiya kennen, und so fragte er, ob das der Herr Nonomiya von der Naturwissenschaftlichen Hochschule sei. Yojirō nickte. Sofort legte Sanshirō sein Buch nieder und ging hinaus zur Stelle beim Eingang, wo Zeitungen zur Lektüre ausgelegt waren. Nonomiya war nicht dort. Nun durchquerte Sanshirō den Gang, stieg die Steintreppe hinunter und schaute mit gestrecktem Hals in alle Richtungen, aber Nonomiya war nirgends zu sehen. Also blieb ihm nichts anderes übrig, als in die Bibliothek zurückzukehren. Als er wieder an seinem Platz angekommen war, wies Yojirō mit dem Finger auf den Text über Hegel und sagte leise: „Ganz schön verrückt, nicht wahr? Das muß ein alter Studienabgänger sein. Früher waren die Studenten nicht zu bremsen. Aber sie hatten auch ihre interessanten Seiten. Ja, wirklich!“ Er grinste. Der Text schien ihm gut zu gefallen.

„Ich habe Nonomiya nirgends gefunden“, sagte Sanshirō.

„Aber er stand doch gleich beim Eingang!“

„Sah es so aus, als ob er etwas von mir wollte?“

„Ja, das könnte sein.“

Die zwei jungen Männer verließen zusammen die Bibliothek. Yojirō erzählte: Nonomiya komme oft Professor Hirota besuchen; er sei nämlich sein Schüler gewesen. Er sei ein begeisterter Wissenschaftler, der auch viel geschrieben habe. Alle Leute seines Faches, sogar im Westen, kennten den Namen Nonomiya.

Sanshirō erinnerte sich wieder an Nonomiyas Geschichte vom Lehrer, dessen Pferd ihm im Universitätsgelände so viel Ungemach bereitet hatte, und fragte sich, ob das wohl Professor Hirota sei. Auf entsprechende Nachfrage hin meinte Yojirō, so ganz ausschließen könne man so etwas bei Professor Hirota nicht.

Der folgende Tag war ein Sonntag; Sanshirō würde Nonomiya also nicht in der Hochschule antreffen. Aber er war beunruhigt darüber, daß jener ihn gestern gesucht hatte. Glücklicherweise hatte er Nonomiya in dessen neuem Haus noch nicht besucht. Er beschloß, dies heute zu tun und ihn bei dieser Gelegenheit gleich auch zu fragen, was er von ihm wolle. Sanshirō hatte den Entschluß am Morgen gefaßt, aber indem er trödelte und die Zeitung las, war es Mittag geworden. Als er sich nach dem Essen dann endlich auf den Weg machen wollte, kam eben ein Freund aus Kumamoto vorbei, den er schon lange nicht mehr gesehen hatte. Bis er diesen verabschiedet hatte, war vier Uhr schon vorbei. Das war etwas spät, aber er ging trotzdem, wie er es sich vorgenommen hatte.

Nonomiyas Haus war ziemlich weit weg; er war nämlich vor vier oder fünf Tagen nach Okubo gezogen. Mit der Straßenbahn konnte man jedoch recht schnell dorthin gelangen. Es würde auch nicht schwierig sein, das Haus zu finden, denn Sanshirō hatte vernommen, daß es nicht weit von der Station entfernt sei. Nur war es leider so, daß Sanshirō seit jenem Ausflug zum *Hiranoya* beim Straßenbahnfahren die schlimmsten Fehler gemacht hatte. Einmal zum Beispiel hatte er in der Absicht, nach Kanda zur Höheren Handelsschule zu fahren, in Hongō Yonchōme die Straßenbahn bestiegen, hatte jedoch seine Station verpaßt und war bis nach Kudan gelangt. Von dort aus hatte es ihn dann nach Iidabashi verschlagen, wo er endlich auf die richtige Linie umgestiegen war, die ihn über Ochanomizu nach Kandabashi gebracht hatte. Aber wieder hatte er nicht gemerkt, daß seine Station schon vorbei war, und so war er mit großer Geschwindigkeit die Kamakuragashi-Straße hinunter nach Sukiyabashi gefahren. Nach diesem Erlebnis erfüllten ihn die Straßenbahnen mit Schrecken. Da er diesmal aber im voraus erfahren hatte, daß er mit der Kōbulinie direkt an sein Ziel gelangen konnte, unternahm er die Fahrt ruhigen Mutes.

An der Station Okubo stieg er aus, ging aber nicht auf der Nakahyakunin-Straße in die Richtung der Militärakademie von Toyama, sondern bog gleich nach dem Bahnübergang in einen kaum drei Fuß breiten, engen Weg ein. Langsam ging es leicht bergauf bis zu einem hohen, lockeren Bambusgestrüpp. Davor und dahinter war je ein Haus. Dasjenige Nonomiyas war das vordere. Das bescheidene Eingangstor stand im schrägen Winkel zur Richtung des Sträßchens, so daß es ohne Beziehung dazu errichtet worden zu sein schien. Wenn man durch das Tor trat, war auch das Haus nicht dort, wo man es erwartete. Das Tor und der Eingang waren dem Haus wohl später zugefügt worden.

Zur Küche hin wuchs eine prächtige Hecke, während es auf der Seite des Gartens keinerlei Abgrenzung gab. Nur ein großer Süßkleebusch, höhergewachsen als ein Mensch, verdeckte mit seinen Zweigen etwas die Veranda des Wohnzimmers. Auf diese Veranda hatte Nonomiya einen Stuhl hinausgetragen, auf dem er nun saß und eine westliche Zeitschrift las. Als er Sanshirō erblickte, rief er: „Hierher bitte!" Es waren genau die gleichen Grußworte, wie er sie damals im Keller der Naturwissenschaftlichen Hochschule gebraucht hatte. Sanshirō zögerte. Sollte er durch den Garten gehen oder den Umweg über das Haus nehmen? „Hierher!" drängte Nonomiya, worauf Sanshirō kurz entschlossen durch den Garten ging. Der Wohnraum – eigentlich eher ein Studierzimmer – hatte eine Fläche von acht Matten. Von den zahlreichen Büchern war ein großer Teil westlicher Herkunft. Nonomiya verließ seinen Stuhl und setzte sich zu Sanshirō auf den Verandaboden. Sanshirō eröffnete das Gespräch mit einigen unzusammenhängenden höflichen Bemerkungen, wie, daß es hier schön ruhig sei, daß man eigentlich recht schnell von Ochanomizu hierher gelangen könne, und ob die Forschungen mit dem Teleskop wohl Fortschritte gemacht hätten. Dann fragte er: „Sie haben mich gestern gesucht. Wollten Sie etwas von mir?" Nonomiya machte ein reumütiges Gesicht: „Nein, gar nichts." Sanshirō sagte darauf nur: „Ach so."

„Sind Sie deswegen extra hierher gekommen?"

„Nein, das kann man nicht sagen."

„Nun, Ihre Mutter hat mir zum Dank, daß ich mich um Sie kümmere, etwas Gutes aus Ihrer Heimat geschickt. Ich wollte Ihnen nur dafür danken . . .«

„Ach so. Sie hat Ihnen etwas geschickt?"

„Ja, eine Art roten Fisch, in Sakehefe eingelegt."

„Sie meinen wohl *Himeichi*."

Sanshirō fand, seine Mutter habe etwas Uninteressantes geschickt. Nonomiya indessen stellte allerhand Fragen über *Himeichi*. Bei seinen Erklärungen betonte Sanshirō besonders, worauf man beim Zubereiten des Fisches achten müsse. Man erhitze ihn zusammen mit der Hefe und entferne diese erst einen Moment, bevor man ihn auf dem Teller anrichte. Sonst gehe der Geschmack verloren, dozierte Sanshirō.

Während des Gespräches über *Himeichi* war es allmählich Abend geworden. Sanshirō wollte jetzt heimgehen und war im Begriffe, sich zu verabschieden, als plötzlich ein Telegramm eintraf. Nonomiya riß den Umschlag auf, las den Text und murmelte: „Verdammt!"

Sanshirō konnte sich nicht ganz unbeteiligt geben. Andrerseits wollte er sich aber auch nicht zu sehr mit Fragen einmischen. So fragte er nur steif: „Ist etwas geschehen?" „Nichts Schlimmes", sagte Nonomiya, indem er Sanshirō das Telegramm, das er noch in der Hand hielt, zeigte. „Komm sofort zu mir!" stand darauf.

„Werden Sie jetzt gehen?"

„Ja. Meine jüngere Schwester liegt krank im Universitätsspital. Sie ist es, die mich bittet, zu ihr zu gehen." Nonomiya schien überhaupt nicht aufgeregt zu sein, aber Sanshirō war erschüttert. In seinem Kopf verbanden sich die Wörter „Nonomiyas Schwester", „krank" und „Universitätsspital"; dazu gesellte sich das Bild der Frau, die er beim Teich gesehen hatte. Alles vermischte sich und – er erschrak.

„Das ist ja eine furchtbare Nachricht!"

„Nein, so schlimm ist sie wohl nicht. Meine Mutter sorgt für die Kranke. Wenn ihr Zustand sich wirklich sehr verschlechtert hätte, wäre Mutter wohl mit der Straßenbahn hierher gekommen. Das ist nämlich schneller. Nein, es ist wohl eher eine Marotte meiner Schwester. Sie ist nicht so ganz recht im Kopf und tut oft solche Dinge. Seitdem ich hierher gezogen bin, habe ich sie nicht ein einziges Mal besucht. Da heute Sonntag ist, hat sie mich wohl erwartet, und deshalb . . ." Nonomiya neigte den Kopf zur Seite und dachte nach.

„Gehn Sie doch lieber! Es könnte ja sein, daß es Ihrer Schwester doch schlechter geht."

„Ja. Ich glaube zwar nicht, daß sich ihr Zustand innerhalb von wenigen Tagens sehr verändern könnte, aber ich gehe doch lieber hin."

„Es ist das beste, was Sie tun können!"

Nonomiya entschied sich also, zu gehen. Er sagte, er habe noch eine Bitte an Sanshirō: Sollte das Telegramm doch wegen einer Verschlechterung der Krankheit seiner Schwester aufgegeben worden sein, würde er heute nacht wohl nicht mehr zurückkommen können. In diesem Fall müßte die Dienstmagd ganz allein das Haus hüten. Diese sei aber eine äußerst furchtsame Person, und zudem sei die Gegend hier auch wirklich besonders unheimlich. Es sei ein großes Glück, daß Sanshirō ausgerechnet heute vorbeigekommen sei. Wenn der morgige Unterricht dies erlaube, solle er doch bitte die Nacht über hier bleiben. Er, Nonomiya, würde, falls es sich um ein gewöhnliches Telegramm handle, bald wieder zurück sein. Wenn er es nur früher gewußt hätte, hätte er Sasaki Yojirō bitten können, doch dafür sei es jetzt zu spät. Es sei ja nur für eine einzige Nacht. Er wisse ja, daß es egoistisch sei, eine völlig unbeteiligte Person so zu belästigen, wenn er nicht einmal wisse, ob er die Nacht überhaupt im Spital verbringen müsse oder nicht... Natürlich brachte Nonomiya seine Bitte nicht so fließend vor, aber das war bei Sanshirō auch gar nicht nötig; er war sofort einverstanden.

Als das Dienstmädchen fragte, wie es mit dem Essen sei, sagte Nonomiya: „Ich esse nicht hier." Zu Sanshirō sagte er: „Es tut mir leid, aber essen Sie doch bitte nachher allein!" Ohne Abendessen ging er also gleich hinaus. Kurz, nachdem er das Haus verlassen hatte, rief er mit lauter Stimme hinter dem dunklen Süßkleebusch hervor: „Schauen Sie sich doch mal die Bücher in meinem Studierzimmer an! Sie sind nicht besonders amüsant, aber vielleicht finden Sie irgend etwas, das Sie interessiert. Es hat auch ein paar Romane darunter." Dann war er verschwunden. Als Sanshirō, der Nonomiya bis zur Veranda begleitet hatte, höflich darauf antwortete, konnte er jeden einzelnen Stengel des lockeren, etwa drei Aren großen Bambusgebüschs erkennen.

Bald darauf wurde für Sanshirō mitten im Acht-Matten-Studierzimmer ein kleines Eßtischchen hergerichtet, und er nahm die Abendmahlzeit ein. Auf dem Eßtischchen befand sich getreu dem Versprechen Nonomiyas auch seine Portion *Himeichi*. Sanshirō freute sich, endlich wieder einmal den Duft seiner Heimat zu riechen, aber ansonsten dünkte ihn das Essen nicht besonders hervorragend. Der Gesichtsausdruck der Dienstmagd, die ihn bei Tisch bediente, war in der Tat furchtsam, wie es Nonomiya gesagt hatte.

Nach dem Essen ging die Magd wieder in die Küche zurück, und

Sanshirō blieb allein im Zimmer. Jetzt, als er sich allmählich entspannte, begann er sich plötzlich wegen Nonomiyas Schwester Sorgen zu machen. Es schien schlimm um sie zu stehen. Sicher war Nonomiya nicht schnell genug zu ihr gelangt. Sanshirō war fast überzeugt, daß diese Schwester keine andere war als die Frau, die er damals gesehen hatte. Wieder einmal rief er sich ihr Gesicht in Erinnerung: ihre Augen, ihre Kleider, wie sie damals gewesen waren, und er stellte sich die Frau in einem Spitalbett vor. Dann stellte er Nonomiya neben sie und ließ die beiden im Gespräch ein paar Worte wechseln. Aber er war mit dem Bruder nicht zufrieden und ersetzte ihn durch sich selbst. Er stellte sich vor, wie er die Frau auf mannigfaltige Weise umsorgte. Plötzlich donnerte unmittelbar unter dem Bambusgestrüpp ein Zug vorbei. Das Zimmer bebte leicht, entweder wegen der Art, wie die Querbalken des Hauses konstruiert waren, oder wegen der Bodenbeschaffenheit.

Sanshirō ließ die Krankenpflege sein und schaute sich im Zimmer um. Das Haus sah recht alt aus. Die Stützpfosten aus Holz hatten eine schöne dunkle Patina, aber die Papierschiebetüren paßten nicht gut in ihre Rahmen, und die Decke war kohlrabenschwarz. Im Moment gab nur eine einzige westliche Öllampe etwas Licht. Sie glich in ihrer Art ganz Nonomiya, dem modernen Wissenschaftler, der aus Liebhaberei ein solches altmodisches Haus gemietet hatte und seine Tage im Angesicht eines feudalistischen Bambusgestrüpps verbrachte. Liebhaberei ist zwar Sache jedes Einzelnen, aber was, wenn Nonomiya aus finanziellen Gründen gezwungen war, ins Vorstadtexil zu gehen? Dann wäre er bemitleidenswert. Wie Sanshirō gehört hatte, verdiente ein solcher Wissenschafter im Monat nur etwa 55 Yen. Das genügte wohl nicht, wenn die Schwester im Spital lag. Vielleicht war Nonomiya deswegen nach Okubo gezogen . . .

Der Abend war noch nicht weit fortgeschritten; hier in dieser Gegend war es jedoch schon ganz still. Vorne im Garten schrillten und zirpten die Insekten. Wie Sanshirō so allein dasaß, spürte er die Einsamkeit des beginnenden Herbstes. Da ertönte in der Ferne plötzlich ein Ruf: „Ah, Ah, nur noch kurze Zeit!“ Die Stimme schien von irgendwoher hinter dem Haus zu kommen. Woher genau, das war schwierig zu bestimmen, weil sie so weit weg war und so schnell wieder schwieg. Aus dem einen Satz hörte Sanshirō aber genau heraus, daß dies der wahre Monolog eines Menschen gewesen war, der von allem im Stich gelassen worden war und von nichts mehr eine Antwort erwartete. Sanshirō wurde es unheimlich. Wieder donnerte aus der Ferne ein Zug heran. Das Geräusch kam näher, wurde lauter, zog mit einem viel riesigeren Getöse als der vorherige Zug unter dem Bambus vorbei und entschwand wieder in der Ferne. Sanshirō blieb unbeweglich sitzen, bis das leichte Beben im Zimmer verklungen war. Dann durchfuhr es ihn wie ein Blitz. Der Klageruf von vorhin und der Lärm des Zuges verbanden sich plötzlich zu einem einzigen Ereignis. Sanshirō fuhr auf: Dieses Ereignis war grauenhaft.

Er war unfähig, noch länger still sitzen zu bleiben. Den ganzen Rücken hinunter bis zu den Fußsohlen kribbelte es ihm vor Entsetzen. Er stand auf, ging zur Toilette und spähte aus dem Fenster. Draußen leuchteten am mondlosen Himmel die Sterne. Auf dem Bahngeleise unterhalb des Abhangs war alles still – totenstill. Trotzdem starrte er noch längere Zeit hinaus in die Dunkelheit, die Nase zwischen die Stäbe des Bambusgitters geklemmt.

Nach einer Weile kamen vom Bahnhof her dem Gleis entlang Männer mit leuchtenden Handlaternen. Den Stimmen nach waren es drei bis vier Leute. Nach dem Bahnübergang verschwanden die Laternen hinter dem Abhang. Als die Männer unter dem Bambusgebüsch vorbeigingen, waren nur noch ihre Stimmen zu hören. Diese allerdings schienen zum Greifen nahe zu sein.

„Ein bißchen weiter vorne!"

Die Schritte verhallten allmählich. Sanshirō ging hinüber zum Garten, schlüpfte in seine *Geta,* schlitterte den über zwei Meter hohen Abhang hinunter und rannte den entschwindenden Laternen nach.

Etwas weiter vorne sprang noch jemand den Abhang herunter.

„Ist jemand überfahren worden?"

Sanshirō wollte antworten, aber seine Stimme versagte. Eine schwarze Männergestalt eilte an ihm vorbei. »Das ist wohl der Besitzer des hinteren Hauses«, dachte Sanshirō, indem er ihm nachfolgte. Die Laternen, und mit ihnen die Männer, waren etwa 50 Meter weiter vorne stehengeblieben. Die Männer hielten ihre Laternen schweigend in die Höhe. Wortlos blickte Sanshirō in den hellen Kreis. Auf dem Boden lag eine halbe Leiche. Der Zug hatte den Körper von der rechten Schulter unter der Brust hindurch bis zur linken Hüfte fein säuberlich durchgetrennt und hatte den abgeschrägten Rumpf liegenlassen. Das Gesicht war unversehrt. Es war eine junge Frau.

Sanshirō hatte ein Gefühl, das er nie wieder vergessen sollte. Er wollte sich so schnell wie möglich auf den Absätzen umdrehen und nach Hause gehen, aber er konnte seine steifen Beine nicht bewegen. Wie er den Abhang hinaufkroch und ins Zimmer zurückkehrte, fing sein Herz an zu pochen. Er rief die Dienstmagd herbei und bat sie um ein Glas Wasser. Glücklicherweise schien sie von allem nichts zu wissen. Nach einer Weile gab es im hinteren Haus Lärm. Sanshirō schloß daraus, daß der Hausherr zurückgekehrt sei. Bald darauf ertönte auch von unterhalb des Abhangs lautes Stimmengewirr. Danach wurde es wieder still. Unerträglich still.

Ganz deutlich stand Sanshirō das Gesicht der jungen Frau vor Augen. Als er dieses Gesicht, die kraftlose Stimme, die „Ah, ah!" gerufen hatte, und das gnadenlose Schicksal, das sich vermutlich dahinter verbarg, in Gedanken zusammenbrachte, fühlte er, daß die kräftigen Wurzeln eines Menschenlebens jederzeit plötzlich locker werden und ins Dunkel entgleiten konnten. Sanshirō hatte solche Angst, daß er sich selbst vergaß. In einem einzigen Moment, im Lärm eines vorbeifahrenden Zuges . . . Bis kurz vorher war sie noch voller Leben gewesen.

Plötzlich erinnerte er sich daran, wie der Mann im Zug, der ihm die Pfirsiche angeboten hatte, gesagt hatte, das Leben sei gefährlich, er müsse sich in acht nehmen. Jener Mann schien die Seelenruhe selbst zu sein, obwohl er von Gefahr sprach. Vielleicht wurde man so, wenn man von einer Position aus sprach, in der man sich außerhalb aller Gefahr wußte. Das war wohl interessant für solche Menschen, die zwar in der Welt standen, aber trotzdem zuschauten. Der Art nach, wie jener Mann Pfirsiche aß, wie er im *Aogidō* abwechslungsweise einen Schluck Tee und einen Zug aus seiner Zigarette nahm und immerzu vor sich hinstarrte, war er eben ein solcher Mensch, ein *Kritiker*. Sanshirō versuchte, das Wort „Kritiker" in dieser unüblichen Bedeutung zu gebrauchen. Er fand es passend und freute sich. Er stellte sich vor, er selbst würde eines Tages ein solcher „Kritiker“ sein. Solche Gefühle hatte der Anblick jenes schrecklichen Totenantlitzes in ihm hervorgerufen.

Der Reihe nach betrachtete er das Pult in der Ecke des Zimmers, den Stuhl, der davorstand, die Bücherkästen neben dem Stuhl und die ordentlich darin aufgereihten westlichen Bücher. Der Besitzer dieses ruhigen Studierzimmers lebte sicher sorglos und glücklich wie jene „Kritiker“. Um den Druck der Lichtstrahlen zu messen, mußte er wohl keine Frauen zum Selbstmord treiben. Die jüngere Schwester des Herrn war zwar krank. Es war jedoch nicht eine Krankheit, die ihr Bruder verursacht hatte. Sie hatte sie ganz von sich aus bekommen. So schweiften Sanshirōs Gedanken von einer Sache zur anderen, bis es elf Uhr war. Der letzte Zug Richtung Nakano fuhr vorbei – Nonomiya kam nicht. Sanshirō fing wieder an, sich Sorgen zu machen: War die Krankheit jetzt doch so schlimm, daß Nonomiya im Spital übernachten mußte? Da kam ein Telegramm: „Schwester geht es gut. Komme morgen“.

Beruhigt legte sich Sanshirō schlafen. Seine Träume waren aber voller Gefahr: Nonomiya und die Frau, die sich vor den Zug geworfen hatte, hatten eine Beziehung miteinander. Nonomiya war nicht nach Hause zurückgekommen, weil er von der Frau wußte. Er hatte das Telegramm nur aufgegeben, um Sanshirō zu beruhigen. Daß es der Schwester gut ging, war eine Lüge; sie war im gleichen Moment gestorben, in dem die Frau vom Zug überfahren worden war. Und die Schwester war keine andere als die Frau, die Sanshirō am Ufer des Teiches gesehen hatte . . .

Am folgenden Tag stand Sanshirō ungewöhnlich früh auf.

Er betrachtete seine verlassenen Bettdecken an diesem Ort, an dem zu schlafen er nicht gewohnt war, und rauchte eine Zigarette. Die Ereignisse der letzten Nacht kamen ihm vor wie ein Traum. Er trat hinaus auf die Veranda und blickte unter dem tief herunterhängenden Dach hervor zum Himmel. Heute war schönes Wetter. Die Welt bot sich in den heitersten Farben dar. Nach dem Frühstück trank er eine Tasse Tee, dann nahm er den Stuhl mit sich hinaus auf die Veranda und las die Zeitung. Wie er so dasaß, kam wie versprochen Nonomiya zurück.

„Ich habe gehört, daß hier letzte Nacht jemand vom Zug überfahren worden ist“, sagte er. Er schien die Geschichte bei der Station oder sonst irgendwo vernommen zu haben. Sanshirō erzählte alles, was er erlebt hatte.

„Das ist mal was Neues! So etwas kommt selten vor! Wäre ich nur zu Hause geblieben! Jetzt haben sie die Leiche wohl schon weggeräumt, und ich kann sie mir nicht mehr ansehen.“

„Nein, wohl nicht“, entgegnete Sanshirō einsilbig. Er fand Nonomiyas Unbekümmertheit befremdend, und er beschloß, diese Gefühllosigkeit dem Unterschied zwischen dem Tag und der letzten Nacht zuzuschreiben. Er kam nicht darauf, daß sich hier die Eigenart eines Menschen äußerte, der daran gewöhnt war, die Druckkraft des Lichts zu untersuchen. Dafür war er wohl noch zu jung.

Sanshirō wechselte das Thema und fragte nach der Kranken. Nonomiya zufolge hatte sich die Krankheit wie erwartet nicht verschlimmert. Die Schwester hatte den Bruder nur aus Langeweile zu sich gerufen, weil er sie seit fünf oder sechs Tagen nicht besucht hatte und sie deshalb unzufrieden war. Als er dann auch an diesem Sonntag nicht gekommen war, hatte sie einen Wutanfall bekommen. „Meine Schwester ist nicht ganz richtig im Kopf“, sagte Nonomiya. Er schien das wirklich zu glauben. Es sei unsinnig, einem so beschäftigten Mann die Zeit zu stehlen, meinte er. Sanshirō begriff das gar nicht. Wenn die Schwester Nonomiya so sehr sehen wollte, daß sie sogar ein Telegramm aufgab, dann war es doch nicht schade um den einen oder anderen Sonntagabend. Die Zeit, die Nonomiya bei ihr verbrachte, war für Sanshirō wirkliche Zeit, im Gegensatz zu den Tagen und Monaten, die während der Lichtmessungen im Keller verstrichen. Die waren nur vom eigentlichen Menschenleben ausgeklammerte Freizeit. An Nonomiyas Stelle wäre Sanshirō froh gewesen, wenn seine Studien von der Schwester unterbrochen worden wären. So dachte er und vergaß ganz die überfahrene Frau.

Nonomiya sagte, er habe heute einen ganz wirren Kopf, da er letzte Nacht kaum geschlafen habe. Zum Glück sei heute der Tag, an dem er nicht zur Universität gehe, sondern erst am Nachmittag in der Privatschule Waseda unterrichte; so könne er sich bis dahin noch etwas hinlegen. „Sind Sie letzte Nacht bis spät aufgeblieben?“ fragte Sanshirō. Nonomiya erzählte, daß an diesem Abend zufällig auch Herr Hirota, sein früherer Oberschullehrer, bei der Schwester einen

Krankenbesuch gemacht habe. Im Gespräch sei die Zeit so schnell verstrichen, daß es für die letzte Straßenbahn zu spät geworden sei. So habe er irgendwo übernachten müssen. Zuerst habe ihn Herr Hirota eingeladen, zu ihm zu kommen, aber die Schwester habe eigensinnig darauf beharrt, daß er im Krankenhaus bleiben solle. Da sie nicht nachgegeben habe, habe er die Nacht in einem engen Zimmerchen im Spital verbringen müssen, qualvoll und ohne ein Auge zuzutun. Ja, seine Schwester sei wirklich ein Dummkopf. Wieder griff er sie an, was Sanshirō allmählich komisch fand. Er wollte etwas zu ihrer Verteidigung sagen, doch fiel es ihm schwer, und er ließ es bleiben.

Stattdessen fragte er nach Herrn Hirota. Drei- oder viermal schon war der Name in seiner Gegenwart gefallen. Er versuchte in Gedanken einmal, dem Lehrer mit den Pfirsichen und im *Aogidō* den Namen Hirota zu geben. Dann nannte er auch den Herrn, dem das Pferd bösartigerweise durchgebrannt war, und der von der gesamten Belegschaft des *Kitadoko* ausgelacht worden war, „Professor Hirota". Auf entsprechende Nachfrage hin sagte Nonomiya, ja, derjenige mit dem Pferd sei tatsächlich Professor Hirota gewesen. Also mußte auch der Mann mit den Pfirsichen Hirota sein, entschied Sanshirō, obwohl es bei längerem Überlegen doch recht an den Haaren herbeigezogen schien.

Als Sanshirō Anstalten machte, zu gehen, bat ihn Nonomiya, auf dem Heimweg der Schwester einen leichtgefütterten Kimono, den sie noch vor Mittag benötige, ins Krankenhaus zu bringen. Sanshirō tat nichts lieber als das.

Er war stolz, mit seinem neuen, viereckigen Studentenhut zum Krankenhaus zu gehen. Mit gutgelauntem Gesicht verließ er Nonomiyas Haus.

Mit der Straßenbahn fuhr er nach Ochanomizu. Dann nahm er eine Rikscha – etwas, das er sonst nie tat. In gehobener Stimmung ließ er sich durch das „Rote Tor" ziehen, als eben in der Fakultät für Rechts- und Geisteswissenschaften die Glocke läutete. Es war die Zeit, um die er normalerweise mit Heft und Tintenfaß bewaffnet den Hörsaal Nummer acht betrat. Nun, es würde nichts ausmachen, wenn er eine oder zwei Stunden Vorlesungen verpaßte, dachte er und ließ sich bis zum Eingang der Aoyama-Abteilung für innere Medizin bringen.

„Nach der Türe geradeaus den Gang hinunter, bei der zweiten

Abzweigung nach rechts, dann am Ende des Korridors links um die Ecke; das östliche Zimmer" – so erklärte man es ihm, und da war es auch tatsächlich: Auf einem schwarzlackierten Brettchen an der Türe standen die Zeichen „Nonomiya Yoshiko". Sanshirō las den Namen und blieb erst ein Weilchen vor der Türe stehen. Er kam vom Lande und wußte nicht, daß es höflich gewesen wäre, seine Anwesenheit durch ein Klopfen kundzutun.

„In diesem Zimmer liegt eine Frau. Sie ist Nonomiyas Schwester und heißt Yoshiko", dachte er, während er so dastand. Er wollte einerseits schnell die Tür öffnen und ihr Gesicht sehen; andererseits fürchtete er, seine Hoffnungen könnten enttäuscht werden. Das Gesicht der Frau, das in seinem Kopf umhergeisterte, glich Nonomiya Sōhachi nämlich überhaupt nicht.

Da näherten sich von hinten schlurfend die Schritte einer Krankenschwester, die Sandalen trug. Kurz entschlossen stieß Sanshirō die Türe halb auf. Sein Blick fiel auf das Gesicht der Frau im Zimmer. In der rechten Hand hielt er den Türgriff.

Die Frau hatte große Augen, eine schmale Nase und dünne Lippen. Mit der breiten Stirn und dem knochigen Kinn glich ihr Kopf einer nach oben geweiteten Schale. Diese Gesichtszüge konnte Sanshirō feststellen; in ihnen äußerte sich eben jetzt einen Augenblick lang ein Ausdruck, wie er ihn noch nie gesehen hatte. Nun bemerkte er auch die dunklen Haare, die ihr in natürlicher Weise von der bleichen Stirn über die Schultern fielen. Das Licht der Morgensonne, das durch das östliche Fenster hereinströmte, schien von hinten darauf, so daß die Haare am Rand violett schimmerten und einen leuchtenden Hof um sich trugen wie zu gewissen Zeiten der Mond. Das Gesicht und die Stirn lagen im Schatten, bleich in der Dunkelheit. Die Augen darin schienen in weite Ferne gerichtet zu sein. Eine Wolke hoch oben im Himmel läßt sich nicht leicht vom Fleck bewegen, und doch kann sie nicht am gleichen Ort verweilen. So gleicht ihr Dahintreiben einem langsamen Schmelzen. Diesen Eindruck machten auf Sanshirō die Augen der Frau, als sie ihn anblickte.

In ihrem Ausdruck sah er träge Melancholie und unverhüllte Fröhlichkeit miteinander vereint. Dieses Vereinte bedeutete für ihn ein wertvolles Stück Menschenleben und eine große Entdeckung.

Den Griff immer noch in der einen Hand, hielt er sein Gesicht halb im Türschatten, halb schon im Zimmer, und überließ sich bis zur Selbstaufgabe dem Gefühl des Augenblicks.

„Kommen Sie doch herein!"

Die Frau sagte es so, als habe sie Sanshirō erwartet. Sie sprach in einem ruhigen Tonfall, wie es bei Frauen, die einen Mann zum ersten Mal sehen, selten ist. So konnte nur ein reines Kind sprechen oder eine Frau, die die Männer zur Genüge kannte. Aber bei ihr wirkte es nicht aufdringlich. Es war einfach so, als ob die beiden von Anfang an alte Bekannte wären. Die Frau verzog ihre mageren Wangen zu einem Lächeln. Eine freundliche Wärme stieg in ihr Gesicht. Wie von selbst trugen Sanshirōs Füße ihn ins Zimmer hinein. Im Geist des jungen Mannes war das Bild seiner Mutter in der fernen Heimat aufgetaucht.

Erst als er voll durch die Türe eingetreten war und vor ihr stand, grüßte ihn eine über fünfzigjährige Frau. Sie war von ihrem Stuhl aufgestanden, als er sich noch im Schatten der Türe befunden hatte. „Sind Sie Herr Ogawa?" fragte sie. Ihr Gesicht glich denjenigen Nonomiyas und der Tochter – glich ihnen, aber nichts weiter. Sanshirō überreichte ihr das Bündel, das sie dankend annahm. Dann wies sie auf ihren Stuhl und sagte: „Bitte sehr." Sie selber ging hinüber zur anderen Seite des Bettes.

Die Matratze auf dem Bett war schneeweiß bezogen. Die Decken waren ebenfalls schneeweiß. Sie waren zur Hälfte schräg nach hinten geschlagen worden. Wie, um der Stelle am Fußende auszuweichen, wo sich dadurch eine Verdickung ergab, saß die junge Frau mit dem Rücken zum Fenster am Rand des Bettes. Ihre Füße reichten nicht bis zum Fußboden. In den Händen hielt sie Strickzeug. Die zur Kugel aufgewickelte Wolle war unter das Bett gerollt, so daß sich der Faden als rote Linie zu den Händen der Frau hinzog. Sanshirō wollte zuerst die Wolle aufheben, aber da die Frau ihre Strickarbeit gar nicht zu beachten schien, verzichtete er darauf.

Unterdessen bedankte sich die Mutter immer wieder für Sanshirōs Hilfe in der letzten Nacht. Dabei sei er sicher sehr beschäftigt. Undsoweiter. Sanshirō wehrte ab und sagte, er habe sowieso nichts Gescheites zu tun gehabt. Yoshiko schwieg. Als das Hin und Her der beiden zu Ende war, fragte sie plötzlich: „Haben Sie gestern die

Überfahrene gesehen?“ Sanshirō sah, daß in einer Ecke des Zimmers eine Zeitung lag. „Ja“, sagte er. „Und haben Sie sich nicht gefürchtet?“ fragte sie und wandte ihren Kopf zur Seite, um Sanshirō anzuschauen. Dieser sagte weder ja noch nein – Er sah nur die Kurve ihres Halses. Einerseits war die Frage so naiv, daß er um eine Antwort verlegen war; andrerseits hatte er sie schlichtweg vergessen. Die Frau merkte es und wandte ihren Kopf wieder zurück. Eine Spur von Röte huschte über ihre bleichen Wangen. Sanshirō beschloß, daß es jetzt Zeit sei zu gehen.

Als er sich verabschiedet und das Zimmer wieder verlassen hatte, sah er auf dem Weg zum Ausgang im grün schimmernden Viereck, das dieser am Ende des Korridors bildete, die Frau vom Teich stehen. Er erschrak so sehr, daß seine schnellen Schritte aus dem Rhythmus fielen. Die dunkle Silhouette der Frau, die sich auf der Leinwand der durchsichtigen Luft abbildete, machte soeben einen Schritt nach vorne. Wie von einer fremden Macht wurde Sanshirō in ihre Richtung gezogen. Die beiden näherten sich einander, vom Schicksal dazu bestimmt, irgendwo auf dem einzig möglichen Weg in diesem Korridor aneinander vorbeizugehen. Plötzlich wandte sich die Frau um. In der hellen Luft hinter ihr befand sich nichts als das schwebende Grün des einsetzenden Herbstes. Nichts erschien in Erwiderung ihres Blickes; nichts war da, das ihn erwartet hätte. Unterdessen prägte sich Sanshirō ihre Figur und ihre Kleidung ein.

Die Farbe ihres Kimonos war schwierig zu bestimmen. Sie glich dem umwölkten Spiegelbild der immergrünen Bäume damals am Teich. Leuchtende Streifen zogen sich von oben bis unten über die ganze Länge. Sie schlugen Wellen, kamen einander nahe, entfernten sich wieder voneinander, verbanden sich zu breiten Streifen und trennten sich wieder. Etwa ein Drittel von oben wurde dieses Muster, das zwar unregelmäßig, aber nicht chaotisch war, von einem breiten *Obi* unterbrochen. Dieser gab den Eindruck von Wärme; vielleicht, weil im Muster unter anderem auch Gelb enthalten war.

Als die Frau sich drehte, zog sie ihre rechte Schulter nach hinten. Die linke Hand, die an ihrer Hüfte lag, kam nach vorne. In dieser Hand hielt die Frau ein Taschentuch, das dort, wo es über die Fingerspitzen herausragte, aufgebauscht war. Es war wohl aus

Seide. Unterhalb der Hüfte war die Stellung der Frau unverändert geblieben.

Danach wandte sie sich wieder um. Mit gesenkten Augen machte sie zwei Schritte auf Sanshirō zu. Dann zog sie plötzlich den Kopf zurück und blickte den jungen Mann direkt an. Die fein ausgezogenen Schlitzaugen mit den doppelten Lidfalten schauten ruhig und selbstsicher in die Welt. Sie blitzten lebendig unter den auffallend schwarzen Brauen hervor. Gleichzeitig zeigte sich, daß die Frau schöne Zähne hatte. Die Zähne und die Hautfarbe ihres Gesichtes bildeten einen Kontrast, den Sanshirō so bald nicht vergessen würde.

Heute hatte sie eine feine Schicht weißer Schminke aufgetragen. Aber sie war nicht so geschmacklos, ihre Haut ganz zu verdecken. Vielmehr schien sie den Puder nur hauchdünn über ihre dunkle Haut gestäubt zu haben, da diese wegen der gesunden Farbe wohl nicht stark von der Sonne angegriffen wurde. Die Haut war nicht glänzend.

Die Gesichtshaut, die Wangen, der Kiefer waren straff. Nirgends lag über den Knochen zu viel Fleisch. Trotzdem war das ganze Gesicht weich, wenn nicht aufgrund des Fleisches, dann aufgrund der Knochen. Es war ein Gesicht, das ein Gefühl von großer Tiefe gab.

Die Frau machte eine Verbeugung. Eher, als von der Tatsache überrascht zu sein, daß ihm eine wildfremde Person diese Höflichkeit erwies, staunte Sanshirō über die Gewandtheit, mit der sie es tat. Ihr Oberkörper fiel leicht nach vorne wie ein vom Wind getriebenes Stück Papier. Die Bewegung war schnell und hörte, als sie einen gewissen Winkel erreicht hatte, mühelos und präzise wieder auf. Natürlich hatte die Frau dies nicht bewußt gelernt.

„Darf ich Sie etwas fragen?“ tönte es zwischen den blendend weißen Zähnen hervor. Die Stimme war ein wenig energisch, doch entspannt und großzügig. Von einer solchen Stimme würde man nie erwarten, daß sie im Hochsommer bloß fragen würde, ob die Eichen denn Früchte trügen. Sanshirō hatte aber keine Zeit, sich derlei Gedanken zu machen.

„Ja“, sagte er und blieb stehen.

„Wo geht es wohl zum Zimmer Nummer 15?“

Die Nummer 15 war das Zimmer, das Sanshirō eben verlassen hatte. „Meinen Sie Fräulein Nonomiyas Zimmer?"

Jetzt war die Reihe an der Frau, „Ja" zu sagen.

„Fräulein Nonomiyas Zimmer... Da müssen Sie hier um die Ecke, bis zum Ende des Korridors, nach links – dann ist es das zweite Zimmer rechts."

„Diese Ecke?" fragte die Frau und wies mit ihrem schlanken Finger nach vorne.

„Ja, dann die nächste Ecke..."

„Vielen Dank!"

Die Frau ging vorbei. Sanshirō blieb stehen und blickte ihr nach. Sie erreichte die Abzweigung. Bevor sie um die Ecke ging, drehte sie sich plötzlich um. Sanshirō fühlte sich ertappt und errötete. Die Frau lächelte und machte ein Zeichen, das bedeutete: „Diese Ecke?" Sanshirō nickte unwillkürlich. Die Frau verschwand nach rechts hinter der weißen Wand.

Ohne Ziel schlenderte Sanshirō ins Freie. „Sie hat mich wohl nach dem Zimmer gefragt, weil sie mich für einen Medizinstudenten gehalten hat", dachte er. Er machte ein paar Schritte. Plötzlich fiel ihm ein, daß er die Frau, als sie ihn fragte, zu Yoshikos Zimmer hätte zurückbegleiten sollen, um es ihr zu zeigen. Wie dumm von ihm, es nicht getan zu haben!

Jetzt hatte er nicht mehr den Mut, zurückzugehen. Resigniert setzte er sich wieder in Bewegung. Aber plötzlich blieb er mit einem Ruck wieder stehen. In Gedanken sah er das Band, mit dem die Frau ihre Haare gebunden hatte. Es glich in Farbe und Beschaffenheit genau demjenigen, das Nonomiya damals im *Kaneyasu* gekauft hatte. Wie sich Sanshirō daran erinnerte, wurden ihm seine Beine schwer. Eben quälte er sich mühevoll an der Bibliothek vorbei zum Haupttor, als plötzlich irgendwoher Yojirō auftauchte und ihm zurief: „He, warum machst du blau? Heute habe ich die Vorlesung eines Italieners gehört, der erklärt hat, wie man richtig Makkaroni ißt!" Er kam auf Sanshirō zu und klopfte ihm auf die Schulter.

Die beiden gingen ein Weilchen nebeneinander her. Als sie zum Haupttor kamen, fragte Sanshirō: „Tragen denn die Frauen in dieser Jahreszeit feine Haarbänder? Tun sie das nicht eher an heißen Sommertagen?" Yojirō lachte schallend. Er wollte Sanshirō nicht ernstnehmen und sagte: „Du mußt Professor X fragen! Er weiß alles."

Beim Tor sagte Sanshirō, er fühle sich heute nicht wohl und könne nicht zur Universität gehen. Wie um ihm zu bedeuten, es sei eine Zeitverschwindung gewesen, ihn so lange zu begleiten, kehrte Yojirō eilends in seinen Hörsaal zurück.

IV

Sanshirōs Seele kam nicht zur Ruhe. Die Worte der Vorlesungen, die er besuchte, drangen nur wie von ferne an seine Ohren. Wenn es schlimm war, vergaß er, wichtige Dinge zu notieren. Wenn es ihm ganz schlecht ging, war es ihm, als höre er mit fremden Ohren. Er war schrecklich zerstreut. Es blieb ihm kein Ausweg, als sich bei Yojirō zu beklagen, daß die Vorlesungen in letzter Zeit so langweilig geworden seien. Yojirōs Antwort war stets dieselbe:

„Die Vorlesungen sind immer langweilig! Du Unschuld vom Lande hast sie bis jetzt geduldig ertragen in der Meinung, es würde doch noch etwas Bedeutendes kommen. Das ist die Höhe der Dummheit! Die Vorlesungen sind seit der Erschaffung der Welt nie anders gewesen! Es lohnt sich nicht, jetzt noch enttäuscht zu sein!"

„Nein, ganz so ist es nicht . . ." verteidigte sich Sanshirō. Seine düstere Grabesstimme stand zu Yojirōs scherzendem Tonfall in fast komischem Kontrast.

Dieses Gespräch wiederholte sich im Verlauf von etwa vierzehn Tagen mehrmals. Allmählich verging Sanshirōs Gefühl, daß seine Ohren nur gemietet seien. Eines Tages war es Yojirō, der seinen Freund anredete und ihn kritisierte: „Du machst heute aber ein komisches Gesicht! Als ob du lebensmüde wärst – Ein richtiges *fin de siècle*-Gesicht!" Wie immer verteidigte sich Sanshirō mit seinem: „Nein, ganz so ist es nicht . . ." Er war noch zu kurz der Atmosphäre von Künstlichkeit ausgesetzt gewesen, um an Ausdrücken wie *„fin de siècle"* Spaß zu haben. Auch war er zu wenig vertraut mit den Werten derjenigen Gesellschaft, in der man zum Vergnügen mit solchen Worten spielte. Nur die Bezeichnung „lebensmüde" gefiel ihm. Ja, er schien in der Tat müde zu sein. Der Durchfall, an dem er litt, konnte nicht der einzige Grund dafür sein. Aber seine Lebensanschauung war nicht so modebewußt, daß er der ganzen Welt absichtlich ein müdes Antlitz gezeigt hätte. Das Gespräch entwickelte sich deshalb nicht weiter, sondern versiegte.

Unterdessen war es richtig Herbst geworden – die Jahreszeit, in der der Appetit angeregt ist und in der ein junger Mann von 23 Jahren unmöglich über längere Zeit lebensmüde bleiben kann. Sanshirō hielt sich viel im Freien auf: Er spazierte am Teich, ohne daß sich etwas Besonderes ereignete. Mehrmals ging er auch zum Eingang des Spitals, aber er begegnete niemand Außergewöhnlichem. Dann besuchte er Nonomiya an der Naturwissenschaftlichen Hochschule. Er fragte ihn, wie es seiner Schwester gehe. Sie sei aus dem Krankenhaus entlassen worden, hieß es. Eigentlich wollte sich Sanshirō noch nach der Frau erkundigen, die er im Korridor des Krankenhauses getroffen hatte, aber Nonomiya schien so beschäftigt zu sein, daß er es lieber bleiben ließ. Es war wohl besser, das Thema bei seinem nächsten Besuch in Okubo in aller Ruhe anzuschneiden; dann würde er in großen Zügen ihren Namen und ihre Herkunft erfahren. Für jetzt zog er sich zurück, um Nonomiya nicht weiter zu belästigen. Ruhelos wanderte er bald hierhin, bald dorthin: Nach Tabata, Dōkanyama, zum Friedhof von Somei, zum Gefängnis von Sugamo, zum Gokoku-Tempel – ja, bis zum Yakushi-Tempel von Arai. Auf dem Rückweg wollte er noch bei Nonomiya vorbeischauen, aber er wählte beim Krematorium von Ochiai die falsche Straße und landete in Takeda. Um wieder nach Hause zu gelangen, nahm er von Mejiro aus den Zug. Während der Fahrt aß er ganz allein einen großen Teil der Kastanien auf, die er als Geschenk für Nonomiya gekauft hatte. Mit dem Rest machte Yojirō am nächsten Tag kurzen Prozeß.

Je mehr Sanshirō von der flatterhaften Ruhelosigkeit erfüllt war, desto wohler fühlte er sich aber auch. Er hatte sich anfänglich wohl etwas zu verbissen auf die Vorlesungen konzentriert, so daß seine Ohren taub geworden und seine Notizen durcheinandergeraten waren. Jetzt hörte er nur ganz gewöhnlich zu, und siehe, er hatte überhaupt keine Probleme. Während der Vorlesungen machte er sich allerlei Gedanken. Es störte ihn nicht, wenn er irgendein Detail verpaßte. Wenn er Yojirō und die anderen Studenten genau beobachtete, schien es bei ihnen nicht anders zu sein. Sanshirō kam zum Schluß, daß es genüge, auf diese Weise zuzuhören.

Während er so seinen Gedanken nachhing, fiel ihm von Zeit zu Zeit auch das Haarband der Frau ein. Dann machte er sich jeweils Sorgen, und er wurde bedrückt. Es drängte ihn, unverzüglich nach Okubo zu gehen, um in diese Frage endlich Klarheit zu bringen. Aber jedes Mal wurde er nach einer Weile von seinem Vorhaben abgelenkt, sei es durch weitere Gedankenassoziationen oder durch äußere Faktoren. So lebte er eigentlich recht sorglos dahin und träumte. Der Besuch in Okubo kam nicht zustande.

Eines Nachmittags bummelte Sanshirō wie gewohnt in der Stadt herum. Er bog am oberen Ende der Dangozaka-Gasse nach links in die breite Straße von Sendagihayashichō ein. Das Wetter war herbstlich schön; der Himmel über Tōkyō war tief und klar wie sonst nur auf dem Lande. Schon nur der Gedanke, daß man unter einem solchen Himmel lebte, machte den Kopf ganz hell. Und dann plötzlich in die offene Landschaft hinauszutreten – Das war unvergleichlich! Der Geist entspannte sich und die Seele wurde weit und groß wie der Himmel. Das verhinderte aber nicht, daß der ganze Körper straff blieb. Es war etwas ganz anderes als die milde Entspanntheit des schlaffen Frühlings. Sanshirō betrachtete die Hecken links und rechts des Weges. Erstmals in seinem Leben roch er den Duft des Herbstes von Tōkyō.

Vor ein paar Tagen war am unteren Ende der Dangozaka-Gasse die Chrysanthemen-Puppen-Schau eröffnet worden. Sanshirō hatte die Banner gesehen, als er um die Ecke bog. Jetzt hörte er nur noch aus der Ferne Stimmen und die Pauken und Zimbeln einer Musikkapelle. Die Musik schwebte der Gasse entlang den Hang empor und breitete sich in der glasklaren Herbstluft aus, bis sie zu hauchfeinen Wellen wurde. Diese riefen wiederum weitere Wellen ins Leben, die ihrerseits bis an Sanshirōs Trommelfelle drangen und hier zum Stillstand kamen. Sanshirō empfand die Musik nicht als Lärm; eher war es ihm angenehm, ihr zu lauschen.

Plötzlich tauchten aus einer Seitengasse zwei Männer auf. Einer rief: »Heda!« als er Sanshirō erblickte.

Yojirōs Stimme war heute etwas zurückhaltender als sonst, denn er hatte einen Begleiter. Kaum hatte Sanshirō diesen erblickt, als er auch sogleich wußte, daß seine Vermutung stimmte, der Mann, der im Aogidō Tee getrunken hatte, sei Herr Hirota. Seit der Geschichte mit den Pfirsichen bestanden zwischen ihm und diesem Mann seltsame Bande. Und seitdem jener ihn aus dem Aogidō in die Bibliothek zurückgejagt hatte, indem er abwechslungsweise rauchte und Tee trank, war er ihm noch unvergeßlicher im Gedächtnis haften geblieben. Er sah immer noch aus wie ein Shintōpriester mit der Nase eines Europäers. Auch heute trug er Sommerkleider; er schien nicht zu frieren.

Sanshirō suchte nach passenden Grußworten, aber er wußte nicht, was er sagen sollte, denn zu viel Zeit war nach dem letzten Treffen vergangen. So nahm er nur wortlos den Hut ab und verbeugte sich. Das war Yojirō gegenüber etwas zu höflich, Herrn Hirota gegenüber aber ein wenig zu kurz angebunden – Sanshirō war zwischen Stuhl und Bank geraten.

„Dies ist ein Student meines Jahrgangs. Er ist von der Oberschule in Kumamoto direkt nach Tōkyō gekommen", sagte Yojirō, ohne zu fragen, ob er überall laut verkünden dürfe, daß Sanshirō frisch vom Lande sei. Dann wandte er sich Sanshirō mit den Worten zu: „Dies ist Herr Hirota. Er unterrichtet an der Oberschule . . ." So mühelos entledigte Yojirō sich seiner Vorstellungspflicht.

„Wir kennen uns. Wir kennen uns", sagte Herr Hirota zweimal. Yojirō machte ein seltsames Gesicht. Aber er stellte keine komplizierten Fragen darüber, wie sie sich kennen gelernt hatten. Stattdessen fragte er Sanshirō: „Weißt du zufällig, ob hier in der Gegend ein Haus zu vermieten ist? Aber groß und schön muß es sein und ein Studentenzimmer haben."

„Ein Haus? . . . Ja."

„Wo? Aber es darf nicht zu schmutzig sein!"

„Nein, ich denke an ein schönes Haus mit einem großen Eingangstor aus Stein."

„Toll! Wo ist es? Nicht wahr, Herr Professor, ein Tor aus Stein, das ist gut? Das ist doch das Richtige, oder nicht?" drängte Yojirō.

„Ein Tor aus Stein? Unmöglich!" widersprach der Professor.

„Unmöglich? Wie dumm! Warum denn unmöglich?"

„Einfach so."

„Ein Tor aus Stein ist doch etwas Schönes! Aber Herr Professor, Sie könnten wie ein neuer Baron leben!"

Yojirō meinte es ernst. Herr Hirota lächelte. Schließlich siegte der Ernst, und sie beschlossen, sich auf jeden Fall einmal das Haus anzusehen. Sanshirō wies den Weg.

Sie gingen auf der Nebenstraße zurück bis zu einer kleinen Gasse, von der etwa 50 Meter weiter nördlich wiederum ein Sträßchen abzweigte, das so aussah, als ob es in einer Sackgasse endete. In dieses Sträßchen hinein führte Sanshirō seine zwei Begleiter. Sie gingen geradeaus, bis sie zum Hof einer Gärtnerei gelangten. Ein paar Meter vor dem Eingang blieben sie stehen. Rechterhand waren zwei Pfosten aus Granit aufgestellt mit Torflügeln aus Eisen. „Das ist es", sagte Sanshirō. Und wirklich hing dort ein Schild mit der Aufschrift: „Zu vermieten."

„Ein furchterregendes Tor!" meinte Yojirō und versuchte, die Eisenflügel aufzuschieben. Sie waren verriegelt. „Ich gehe mal nachfragen. Bin gleich wieder zurück!" rief er noch, und schon war er im Innern der Gärtnerei verschwunden. Hirota und Sanshirō, die sich plötzlich wie im Stich gelassen vorkamen, fingen ein Gespräch an.

„Wie ist es in Tōkyō?"

„Ja . . ."

„Nicht wahr, es ist zu groß und schmutzig?"

„Ja . . ."

„Hier gibt es wohl nichts, was dem Fuji vergleichbar wäre."

Sanshirō hatte den Fuji völlig vergessen. Ja, der Fuji, den er auf Hirotas Anweisung hin aus dem Zugfenster betrachtet hatte, war wirklich erhaben gewesen. Er war in keiner Weise mit dem Wirrwarr zu vergleichen, das jetzt in Sanshirōs Kopf herrschte. Er schämte sich, daß ihm sein damaliger Eindruck so einfach hatte entfallen können. Da wurde er plötzlich mit einer völlig unerwarteten Frage konfrontiert: „Haben Sie schon einmal versucht, den Fuji zu übersetzen?"

„Zu übersetzen?"

„Es ist interessant, daß man, wie immer man die Natur auch zu übersetzen versucht, sie immer vermenschlicht. Zum Beispiel durch ›erhaben‹, ›überragend‹, ›heroisch‹ . . ."

Jetzt erst verstand Sanshirō, was Hirota mit „übersetzen" meinte.

„Es sind alles Wörter, die den menschlichen Charakter beschreiben. Die Natur hat keinen harmonisierenden Einfluß auf den Charakter derjenigen Menschen, die sie nicht mit solchen Ausdrücken beschreiben können."

In der Meinung, es käme noch mehr, schwieg Sanshirō aufmerksam. Doch Hirota sagte nichts mehr. Er blickte hinüber zum Hof der Gärtnerei und murmelte wie zu sich selbst: „Was macht Sasaki denn bloß so lange?"

„Soll ich nachsehen?“ fragte Sanshirō.

„Nein, Sasaki ist nicht einer, der kommt, wenn man nachsieht! Es ist einfacher, wenn Sie hierbleiben“, sagte Hirota. Darauf kauerte er sich bei einer Hecke von dornigem Zitrus nieder und begann, mit einem Kieselstein etwas in den Sand zu zeichnen. Das wirkte sehr unbekümmert. Seine Unbekümmertheit unterschied sich aber grundlegend von derjenigen Yojirōs; nur im Maß glichen sich die beiden.

Von jenseits der Kiefern in der Gärtnerei rief Yojirō: „Herr Professor, Herr Professor!“

Der Angesprochene fuhr fort mit seiner Zeichnung, die so etwas wie einen Leuchtturm darzustellen schien. Da er nicht antwortete, mußte Yojirō wohl oder übel zu ihm herüberkommen.

„Herr Professor! Sie müssen es ansehen! Es ist ein gutes Haus! Es gehört den Besitzern dieser Gärtnerei. Sie haben gesagt, daß wir das Tor öffnen dürfen, aber es ist schneller, hintenherum zu gehen.“

Die drei gingen also hintenherum zum Haus. Sie öffneten die Wetterschutzläden und schauten sich alle Zimmer der Reihe nach an. Es war ein Haus, dessen sich gutbürgerliche Leute nicht hätten zu schämen brauchen. Die Miete sei 40 Yen; drei Monatsmieten seien als Kaution zu hinterlegen, hieß es. Die drei Männer verließen wieder hintenherum das Haus.

„Wie sind wir überhaupt dazu gekommen, ein so stattliches Haus anzuschauen?“ fragte Hirota.

„Warum sollten wir es uns nicht ansehen? Das kostet uns ja nichts!“ entgegnete Yojirō.

„Aber wenn wir es dann ja doch nicht mieten!“

„Eigentlich hatte ich vor, es zu nehmen, aber sie wollten mit der Miete nicht auf 25 Yen heruntergehen.“

Hirota meinte darauf nur: „Das versteht sich von selbst!“ Nun fing Yojirō an, die Geschichte des Steintors zu erzählen. Es habe ursprünglich am Eingang der Residenz irgendwelcher Gönner der Gärtnerfamilie gestanden. Anläßlich eines Umbaus habe man es hierher gebracht und an seinem gegenwärtigen Platz aufgestellt. Yohirō hatte wieder einmal in der für ihn typischen Weise seltsame Nachforschungen betrieben.

Die drei Männer gingen zur großen Straße zurück und gelangten über Dōzaka ins Tal von Tabata. Als sie unten ankamen, spazierten sie nur noch; sie hatten völlig vergessen, daß sie ein Haus suchten. Einzig Yojirō machte von Zeit zu Zeit eine Bemerkung über das Steintor. Er erzählte, allein die Arbeit, es von Kōjimachi nach Sendagi zu bringen, habe fünf Yen gekostet. Die Leute in der Gärtnerei müßten wohl sehr reich sein. Überhaupt – Wer, dachten sie wohl, als sie das Haus bauten, würde im Monat 40 Yen Miete bezahlen? Solche überflüssigen Dinge plapperte Yojirō. Schließlich meinte er, die Besitzer würden sicher den Preis senken, wenn sie keine Mieter fänden. Man müsse später wieder hingehen und nochmals verhandeln. Hirota, dem man ansah, daß er keineswegs eine solche Absicht hegte, sagte: „Du hast mit deinem unnützen Geschwätz zuviel Zeit vergeudet. Du hättest doch, als du in der Gärtnerei warst, maßhalten und schnell herauskommen sollen!"

„Habe ich so lange gebraucht? Sie haben etwas gezeichnet – Sie sind wirklich auch ein sehr unbekümmerter Mensch, Herr Professor!"

„Ich weiß nicht, wer von uns beiden der unbekümmertere ist."

„Was haben Sie denn gezeichnet?"

Hirota schwieg. Da ergriff Sanshirō mit ernster Miene das Wort: „War es nicht ein Leuchtturm?" Sowohl der Künstler als auch Yojirō mußten lachen.

„Ein Leuchtturm! Das ist eine neue Idee! Dann haben Sie wohl Herrn Nonomiya Sōhachi gezeichnet!"

„Wieso denn das,"

„Nonomiya leuchtet im Ausland, aber für Japan ist er stockdunkel – niemand kennt ihn. Er sperrt sich ein in seinen Keller und verdient nur ein winziges Gehalt – Wirklich kein lohnenswertes Geschäft für ihn! Wenn ich Herrn Nonomiyas Gesicht sehe, überfällt mich manchmal Mitleid!"

„Du gleichst dafür einer Nachtlaterne aus Papier! Dein Licht schimmert von dort aus, wo du sitzest, kaum bis in einen Umkreis von zwei Fuß!"

Als Yojirō sich in dieser Weise mit einer Papierlaterne verglichen sah, wandte er sich abrupt Sanshirō zu und fragte: „Ogawa, in welchem Jahr der Regierung Meiji bist du eigentlich geboren?" Sanshirō antwortete einfach: „Ich? Ich bin 23."

„Ja, so etwa habe ich es mir gedacht ... Herr Professor, ich hasse Dinge wie Papierlampen und ‚Gänsehals'-Tabakpfeifen! Sie stoßen mich ab – Sie sind irgendwie so altmodisch! Vielleicht kommt es daher, daß ich nach Meiji 15 geboren bin. Wie stets denn mit dir, Ogawa?" Er wandte sich wieder Sanshirō zu.

„Mich stören sie nicht besonders", antwortete dieser.

„Natürlich!" Du bist eben erst aus der tiefsten Provinz gekommen; dein Kopf steckt noch ganz in den Anfangsjahren der Meiji-Zeit!"

Darauf gingen weder Sanshirō noch Herr Hirota ein. Nach einer Weile kamen die drei an einem alten Tempel vorbei, in dessen unmittelbarer Nachbarschaft man einen Zedernhain niedergehauen, den Boden schön planiert und ein blau gestrichenes Haus im westlichen Stil errichtet hatte. Professor Hirota betrachtete nebeneinander den Tempel und das bemalte Haus. „Das ist ein Anachronismus! Genauso sieht es in der gesamten dinglichen und geistigen Welt Japans aus! Ihr kennt doch sicher den Leuchtturm von Kudan[17]?" Wieder war von Leuchttürmen die Rede. „Er ist uralt. Er kommt sogar in den *Berühmten Szenen von Edo*[18] vor."

„Aber Herr Professor! Sie scherzen wohl! Wie alt der Leuchtturm von Kudan auch sei, so alt, daß er in den *Berühmten Szenen von Edo* vorkommt, kann er unmöglich sein!"

Herr Hirota mußte lachen. Er habe eigentlich ein anderes Buch mit Holzschnitten gemeint, nämlich die *Berühmten Szenen von Tōkyō,* sagte er, und erklärte, daß gleich neben jenem alten Leuchtturm das moderne Backsteinhaus der Offiziersgesellschaft stehe. Die zwei Gebäude sähen nebeneinander wahrhaftig lächerlich aus, und dennoch merke es niemand; allen sei es gleich. Das sei ein Sinnbild für die Situation der gesamten japanischen Gesellschaft.

Yojirō und Sanshirō äußerten sich beifällig zu den Ausführungen des Professors. Etwa 600 Meter weiter, nachdem sie am Tempel vorbeigegangen waren, gelangten sie zu einem großen, schwarzen Eingangstor. Yojirō schlug vor, durch es hindurch nach Dōkanyama

17 Leuchtturm von Kudan: Erbaut 1871.

18 *Berühmte Szenen von Edo: Edo meisho zukai,* 1836 erschienenes Buch mit Text und Illustrationen über die Stadt Edo (Tōkyō). Ein Buch mit dem Titel *Berühmte Szenen von Tōkyō* ist nicht bekannt.

zu gehen. Als die andern Zweifel äußerten, ob das wohl gestattet sei, versicherte er, doch, dies sei die alte Vorstadtresidenz der Satake-Familie, hier dürfe jedermann frei hindurchgehen. Da sie nun alle Lust dazu verspürten, traten die drei Männer durch das Tor und nahmen einen Weg, der durch viel Gebüsch zu einem alten Teich führte. Da erschien plötzlich ein Wächter, der sie schrecklich ausschalt. Yojirō entschuldigte sich in fast kriecherischer Weise.

Über Yanaka gelangten sie nach Nezu. Gegen abend kehrte Sanshirō nach Hongō in seine Studentenpension zurück. Er hatte das Gefühl, in letzter Zeit noch nie einen so schönen Nachmittag verlebt zu haben.

Am folgenden Tag war Yojirō nicht an der Universität. Auch am Nachmittag kam er nicht, und in der Bibliothek war er ebenfalls nicht zu finden. Von fünf bis sechs Uhr besuchte Sanshirō die Vorlesung, die für alle Studenten der Literatur bestimmt war. Es war zu dunkel, um Notizen zu machen, aber doch noch zu hell, das elektrische Licht einzuschalten. Es war die Zeit, während der es hinter den Ästen der Zelkovabäume vor den hohen schmalen Fenstern allmählich so dunkel wurde, daß man die Gesichter des Professors und der Hörer nicht mehr deutlich erkennen konnte. Die Stimmung war geheimnisvoll, wie wenn man im Dunkeln in eine mit süßem Bohnenmus gefüllte Semmel beißt. Sanshirō fand es merkwürdig, daß er kein Wort von der Vorlesung verstand. Er stützte den Kopf in die Hände. Seine Nerven wurden immer stumpfer, sein Geist immer abwesender. Gerade in diesem Gefühl lag für ihn aber der Reiz dieser Vorlesung. Da gingen plötzlich die Lichter an, und alles wurde hell und klar. Sofort verspürte Sanshirō nur noch den Drang, möglichst schnell heimzukehren und das Abendessen einzunehmen. Der Professor schien die Gedanken seiner Studenten gut zu kennen, denn er führte seine Vorlesung rasch dem Ende zu. Eilends kehrte Sanshirō nach Oiwake zurück.

Nachdem er sich umgezogen hatte und sich vor sein Eßtischchen gesetzt hatte, sah er, daß neben dem in der Teeschale gedämpften Gericht ein Brief lag. Ein Blick auf den Umschlag genügte, und er wußte, daß der Brief von seiner Mutter stammte. Bedauerlicherweise hatte er sie während der letzten zwei Wochen völlig vergessen. In den letzten zwei Tagen war er so sehr von Anachronismen, dem Charakter des Fuji, geheimnisvollen Vorlesungen und Ähnlichem in Anspruch genommen worden, daß er auch kein einziges Mal hatte an die Frau denken müssen. Ihm konnte das nur recht sein. Er beschloß, später in aller Ruhe den Brief seiner Mutter zu lesen; vorerst aß er einmal und rauchte eine Zigarette. Er blickte den Rauchschwaden nach und gab sich den Erinnerungen an die heutige Vorlesung hin.

In diesem Moment kam plötzlich unangemeldet Yojirō herein. Als Sanshirō ihn fragte, warum er denn heute nicht zur Universität gekommen sei, antwortete er, für solche Dinge habe er keine Zeit gehabt; er sei nämlich mit der Wohnungssuche beschäftigt gewesen.

„Müßt ihr denn so schnell umziehen?" fragte Sanshirō.

„Eigentlich hätten wir schon letzten Monat ausziehen müssen, aber die Frist wurde uns bis übermorgen, dem Geburtstag des Kaisers[19], erstreckt. Das bedeutet, daß wir bis morgen unbedingt etwas finden müssen. Weißt du nichts Geeignetes?"

Sanshirō war es unbegreiflich, wie sie gestern den ganzen Nachmittag hatten vertrödeln können, obwohl es so dringend war, so daß man kaum gewußt hatte, ob es eine Haussuche oder ein Spaziergang gewesen war. Yojirō begründete es damit, daß der Professor dabeigewesen sei. „Der Professor hätte bei dieser Haussuche nie mitmachen dürfen! Er hat so etwas bestimmt gar noch nie getan. Was war wohl gestern mit ihm los? Seinetwegen sind wir in der Satake-Residenz so ausgescholten worden! Er hat mich in jene peinliche Lage gebracht! – Weißt du wirklich kein Haus?" drängte er sofort wieder. Ein Haus zu finden, schien wirklich der einzige Zweck seines Besuches zu sein. Auf wiederholtes Nachfragen hin kam heraus, daß Yojirō in einem Anflug von Ärger verkündet habe, sie wollten sogleich ausziehen, als ihr Hausherr, ein Wucherer, grundlos die Miete erhöht habe. Also war doch er verantwortlich für die ganze Sache.

„Heute bin ich bis nach Okubo gegangen, aber ich habe nichts gefunden . . . Übrigens habe ich bei dieser Gelegenheit gleich auch Nonomiya Sōhachi besucht. Ich habe auch Fräulein Yoshiko gesehen. Sie sieht sehr kränklich aus – Man könnte fast sagen, eine

[19] Geburtstag des Kaisers Meiji (19. Nov.).

Schönheit, bleich und matt wie eine wilde Schalotte – Ihre Mutter läßt dich übrigens grüßen. Seit jener Nacht scheint es in der Gegend wieder sehr ruhig zu sein. Offenbar ist niemand mehr vom Zug überfahren worden."

Yojirōs Rede flog von einem Thema zum andern. Immer schon recht ungezügelt, war er heute wegen der Haussuche noch zusätzlich aufgeregt. Kaum war ein Gesprächsthema erschöpft, fragte er wie im Refrain: „Weißt du denn nichts? Weißt du denn wirklich nichts?" Schließlich mußte Sanshirō lachen.

Unterdessen verwuchs Yojirōs Hinterteil immer fester mit dem Boden in Sanshirōs Zimmer. Er zitierte sogar genußvoll Zeilen chinesischer Gedichte wie: „Im Herbst genießt man es, bei Lampenlicht zu lesen."[20] Schließlich kam das Gespräch auch auf Herrn Hirota.

„Wie heißt denn eigentlich dein Herr Professor mit Vornamen?"

„Chō", antwortete Yojirō und schrieb es mit seinem Finger in die Handfläche. „Ein unübliches Zeichen. Ob es wohl im Wörterbuch steht? Ein seltsamer Vorname, nicht wahr?"

„Er ist Lehrer an der Oberschule?"

„Ja, schon seit vielen Jahren! Wirklich eine tolle Leistung! Man sagt, zehn Jahre vergingen wie ein Tag, aber bei ihm sind es nun wohl schon 12 oder 13."

„Hat er Kinder?"

„Kinder? Er ist doch noch ledig!"

Sanshirō war erstaunt. Wie war es überhaupt möglich, so lange ledig zu bleiben?

„Warum heiratet er denn nicht?"

„Das ist eben das Professorale an ihm! Er ist ein großer Theoretiker. Er scheint, ohne erst zu heiraten, schon theoretisch entschieden zu haben, daß er keine Frau braucht. Es ist lächerlich! Deshalb verwickelt er sich immer in solche Widersprüche. Einerseits sagt er, Tōkyō sei schmutzig, andrerseits hat er Angst davor, sich ein schönes Steintor anzusehen und wehrt sich mit: ‚Nein, nein, das ist mir zu prächtig!'"

„Wie wäre es, wenn er mal versuchsweise heiraten würde?"

[20] Zitat aus einem Gedicht des Chinesischen Literaten Han Yü (768–824).

„Ja, wer weiß, vielleicht fände er das sogar gut!"

„Wenn der Professor Dinge sagt wie, daß Tōkyō schmutzig sei, oder daß Japan häßlich sei – Ist er denn schon einmal im Ausland gewesen?"

„Daß ich nicht lache! Der Herr Professor? Nein, er ist so, weil sein Kopf in jeder Hinsicht weiter entwickelt ist als die Realität – Dafür beschäftigt er sich viel mit Photographien aus dem Westen. Er besitzt viele: vom Arc de Triomphe bis zum Parlamentsgebäude in London. Klar, wenn er Japan mit jenen Bildern vergleicht, ist es schmutzig! Und das Bemerkenswerte ist, daß es ihm überhaupt nichts ausmacht, wenn seine eigene Wohnung verfallen und schmutzig ist!"

„Im Zug fuhr er in der dritten Klasse."

„Beklagte er sich nicht dauernd darüber, daß es nicht sauber sei?"

„Nein, er hat sich über nichts besonders beschwert."

„Ja, weißt du, der Herr Professor ist eben ein Philosoph."

„Unterrichtet er an der Schule auch Philosophie?"

„Nein, das nicht, nur Englisch. Aber er ist ein interessanter Mensch, weil er selbst ganz und gar aus Philosophie besteht."

„Hat er etwas geschrieben?"

„Nein, nur ein paar Aufsätze, die aber gar kein Echo hatten. Es kann nicht so weitergehen! Was kann er tun, wenn er in der Welt so völlig unbekannt ist? Er hat mich mit einer Papierlampe verglichen, aber er selber ist das große Dunkel!"

„Er sollte einmal versuchen, sich in der Welt einen Namen zu machen."

„Ja, schon. Aber der Herr Professor ist ein Mensch, der gar nichts von sich aus unternimmt. Wenn ich nicht da wäre, würde er nicht einmal seine drei Mahlzeiten am Tag einnehmen!"

Sanshirō lachte, wie um zu sagen, das sei wieder einmal übertrieben.

„Das ist keine Lüge! Es ist schrecklich, wie wenig er tut! Ich bin es, der die Magd anweisen muß, damit alles im Haus seinem Wunsch gemäß erledigt wird... Aber nun mal abgesehen von solchen Kleinigkeiten: Ich habe jetzt vor, mich kräftig ins Zeug zu legen, damit der Herr Professor endlich einmal eine Stelle an der Universität bekommt!"

Yojirō meinte es ernst. Sanshirō war schockiert über seine Großmäuligkeit. Aber das machte Yojirō nichts aus; er beließ Sanshirō in seinem Entsetzen und fuhr fort: „Du wirst uns wohl helfen, wenn wir umziehen?" Er brachte seine Bitte so vor, als habe er schon längst ein Haus gefunden.

Als Yojirō endlich fortging, war es schon fast zehn Uhr. Sobald Sanshirō allein dasaß, überkam ihn ein Frösteln. Er merkte, daß das Fenster beim Schreibtisch noch offenstand. Er schob die *Shōji*[21] zur Seite: Draußen war eine helle Mondnacht. Bläuliches Licht schien in die Zypressen, deren Anblick Sanshirō jedesmal mit Unbehagen erfüllte, und die Ränder der schwarzen Silhouetten sahen wie Rauch aus. „Interessant, den Herbst angesichts dieser immergrünen Bäume zu erleben", dachte er, indem er die Wetterläden schloß.

Er legte sich sogleich ins Bett. Er las wenig, denn er war eher ein Wanderer als ein Mensch mit Neigung zum Studium. Dafür wiederholte er in seinem Kopf Szenen, die ihm ausschöpfenswert erschienen, und genoß sie in der Erinnerung immer wieder aufs neue. Seiner Ansicht nach verlieh dies seinem Leben mehr Tiefgang. Jetzt war die Zeit, in der er eigentlich die Stimmung jenes Moments, als während der geheimnisvollen Vorlesung plötzlich die Lichter angingen, noch einmal hätte auskosten sollen, doch er beschloß, zuerst noch den Brief der Mutter zu lesen.

Sie schrieb, Shinzō habe ihr Honig gegeben, von dem sie jeden Abend einen Becher voll mit Schnaps vermischt trinke. Shinzō war ein Pächter der Familie, der ihnen jeden Winter zwanzig Säcke Reis als Landzins ablieferte. Er war ein äußerst ehrlicher Mensch, hatte aber eine starke Neigung zum Jähzorn. Ab und zu kam es vor, daß er seine Frau mit einem Stück Brennholz verprügelte. Sanshirō lag im Bett und erinnerte sich an die Zeit, in der Shinzō mit der Bienenzucht begonnen hatte. Es war vor etwa fünf Jahren gewesen. Shinzō hatte entdeckt, daß über 200 Bienen in einer Traube von den Ästen der Eiche hinter dem Haus hingen. Sogleich besprühte er sie mittels eines Reis-Abfülltrichters mit Sake, wodurch es ihm gelang, sie allesamt lebendig einzufangen. Er hielt sie in einer Schachtel, in die er als Ein- und Ausgang ein Loch gebohrt hatte. Die Schachtel stellte

21 *Shōji:* Lichtdurchlässige, aus papierbespanntem Holzgitter hergestellte Schiebetüren.

er auf einem Stein an einem sonnigen Platz auf. Allmählich vermehrten sich die Bienen. Die eine Schachtel wurde ihnen zu klein. Shinzō stellte eine zweite Schachtel auf, die ebenfalls bald nicht mehr genügte. Eine dritte kam hinzu, und so ging es weiter; die Bienen vermehrten sich so stark, daß Shinzō gegenwärtig etwa ein halbes Dutzend Schachteln besaß. Jede Schachtel nahm er einmal im Jahr von ihrem Stein herunter und entfernte daraus die Honigwaben – zum Wohl der Bienen, wie er sagte. Jedes Jahr, als Sanshirō sich während der Sommerferien zu Hause aufhielt, hatte Shinzō auch versprochen, ihnen Honig zu schenken. Nie hatte er aber welchen gebracht. Dieses Jahr schien sich nun sein Gedächtnis plötzlich gebessert zu haben: Erstmals hatte er sein Versprechen eingelöst.

Im Brief der Mutter hieß es weiter, Heitarō habe sie gebeten, den Grabstein, den er für seinen Vater geschaffen habe, doch mal anzusehen. Sie sei hingegangen: Der Stein, ein Granitbrocken, habe mitten im Hof gestanden, aus dessen roter Erde kein Baum, kein Gräschen mehr wachse. Heitarō sei sehr stolz auf den Granit. Er habe ihn in den Bergen in tagelanger Arbeit aus dem Fels gehauen; für die Bearbeitung beim Steinmetz habe er dann noch zehn Yen auslegen müssen. Er habe gemeint, ein einfacher Bauer könne das nicht ermessen; der junge Herr aber, der zur Universität gehe, der verstehe sicher etwas von der Qualität des Steines. Er habe sie gebeten, Sanshirō in ihrem nächsten Brief mitzuteilen, daß Heitarō für seinen Vater einen zehn Yen teuren Grabstein errichtet habe, und ihn ein bißchen zu loben. Sanshirō mußte heimlich lachen. Das war ja noch schlimmer als die Geschichte des Steintors in Sendagi!

Dann bat die Mutter Sanshirō noch, ihr ein Photo zu schicken, auf dem er die Studentenuniform trage. Ja, er würde sich einmal für sie photographieren lassen, dachte er, und las weiter. Wie erwartet war da die Rede von Fräulein Miwata Omitsu: Omitsus Mutter sei kürzlich einmal zu Besuch gekommen und habe sich erkundigt, ob der Herr Sanshirō, der ja nächstens die Universität abschließe, nicht ihre Tochter heiraten wolle. Fräulein Omitsu sei ja auch wirklich hübsch und sanftmütig; ihre Familie besitze recht viel Reisland, und überdies hätten früher schon Beziehungen zwischen den beiden

Häusern bestanden. Deshalb passe eine solche Heirat beiden Seiten recht gut, meinte die Mutter. Danach folgten zwei Postskripte: „Fräulein Omitsu würde sich auch freuen“, und: „Die Gemütsart der Tōkyōter ist undurchschaubar – Ich traue ihnen nicht!“

Sanshirō rollte den Brief wieder zusammen, steckte ihn in den Umschlag, legte ihn neben sein Kopfkissen und schloß die Augen. An der Decke lärmten plötzlich herumtobende Mäuse; dann wurde es wieder still.

Sanshirō sah, wie sein Leben sich in drei verschiedenen Welten abspielte: Die erste war weit weg. Sie hatte den Duft der Zeit vor Meiji 15, wie Yojirō es ausgedrückt hätte, und alles in ihr war still und behaglich, ja fast schläfrig. Sanshirō würde keine Hilfe brauchen, um in sie zurückzukehren; er konnte es jederzeit sofort tun. Aber das kam nur im äußersten Notfall in Frage. Jene Welt war für ihn wie ein Zufluchtsort. Er hatte seine Vergangenheit abgelegt und dorthin verbannt. Auch seine liebe Mutter war dort vergraben, dachte er etwas wehmütig. Nur wenn er einen Brief bekam, konnte er für eine kurze Weile in jener Welt umherstreifen und alte Freuden aufwärmen.

In der zweiten Welt gab es moosbewachsene Backsteinmauern, Lesesäle, so groß, daß man von der einen Ecke aus die Gesichter der Menschen auf der anderen Seite nicht erkennen konnte, und in denen so viele Bücher aufeinandergehäuft waren, daß man eine Leiter aufstellen mußte, um die obersten zu erreichen. Die Bücher waren vom vielen Befingern mit schmutzigen Händen schwarz geworden. Sie erglänzten von Goldlettern. Staub rieselte über alles: Pergament, Rindsleder, zweihundert Jahre altes Papier – ehrwürdiger Staub, der sich über zwei bis drei Jahrzehnte angehäuft hatte, und dessen Stille die Stille der vielen Tage und Monate noch übertraf.

In dieser Welt bewegten sich Menschen, die meist ungepflegte Bärte hatten. Einige schauten beim Gehen in die Luft, andere auf den Boden. Ihre Kleidung war immer schlecht, ihr Leben ärmlich. Und trotzdem hatten sie den Frieden: Rings von Straßenbahnen umgeben, hinderte sie dennoch nichts daran, frei die Luft unter dem offenen, weiten Himmel zu atmen. Diese Menschen waren teils unglücklich, weil sie die irdische Welt nicht kannten, teils waren sie glücklich, weil sie fähig waren, dem brennenden Haus der irdischen

Existenz[22] zu entfliehen. Professor Hirota war einer von ihnen, Nonomiya ebenfalls. Sanshirō war es jetzt größtenteils gelungen, die Atmosphäre jener Welt zu begreifen. Wenn er wollte, konnte er sie jederzeit verlassen. Doch das wäre schade, jetzt, wo er erstmals ein wenig auf ihren Geschmack gekommen war.

Die dritte Welt glänzte und war verführerisch wie der Frühling. In ihr gab es elektrische Lichter, Silberlöffel, Freudenrufe, Gespräche voller Lachen, Gläser, in denen Champagner perlte, und als Krönung all dieser Dinge: schöne Frauen. Mit einem dieser Wesen hatte Sanshirō schon ein paar Worte gewechselt; eine andere hatte er zweimal gesehen. Diese Welt war für ihn die tiefstgründige. Sie lag gerade vor seiner Nase, und doch war es schwierig, sich ihr zu nähern. Sie glich einem Wetterleuchten im weit entfernten Himmel. Aus der Ferne blickte Sanshirō in diese Welt und wunderte sich: Es kam ihm vor, daß ihr etwas fehlen würde, wenn er nicht in sie eindringen könnte. Es schien ihm, er sei qualifiziert dafür, in ihr eine Hauptrolle zu spielen. Nichtsdestoweniger legte sie sich Fesseln an und verwehrte ihm den freien Zutritt, wo sie sich doch eigentlich hätte durch ihn zur Vervollkommnung verhelfen lassen sollen. Das war Sanshirō ein Rätsel.

In diese drei Welten teilte er also sein Leben, während er im Bett lag und sie miteinander verglich. Dann vermischte er sie und zog daraus die Konsequenz: Nichts wäre besser, als die Mutter aus der Heimat hierher zu holen, eine schöne Frau zu heiraten und sich selbst ganz dem Studium zu widmen. Diese Schlußfolgerung war sehr banal. Weil er sich aber, um zu ihr zu gelangen, doch allerhand Gedanken gemacht hatte, neigte er als der Denkende doch dazu, ihren Wert dem Aufwand gemäß zu beurteilen. Von diesem Standpunkt aus gesehen war die Folgerung dann doch nicht so banal.

In diesem Falle wäre aber die so riesige dritte Welt nur durch eine einzige Frau repräsentiert. Es gab so viele schöne Frauen, die man auf viele verschiedene Arten übersetzen konnte – Sanshirō versuchte, das Wort „übersetzen" in Herr Hirotas Sinn zu gebrauchen – Wenn er annahm, er könne sie mit Ausdrücken, die den menschli-

22 Brennendes Haus: Ausdruck aus dem *Lotussutra (Hokkekyō):* Die drei Welten kennen keine Ruhe und sind wie ein brennendes Haus.

chen Charakter betrafen, übersetzen, folgte daraus eigentlich, daß er mit möglichst vielen schönen Frauen in Kontakt kommen mußte, um dadurch den Wirkungskreis des guten Einflusses jener Übersetzungen zu erweitern und dadurch seine eigene Persönlichkeit zu vervollkommnen. Sich damit zu begnügen, eine einzige Ehefrau kennenzulernen, würde dazu führen, daß er sich selbst nicht würde vervollkommnen können.

Als Sanshirō mit seinen Theorien bis an diesen Punkt gelangt war, schien es ihm plötzlich, als sei er ein wenig von Herrn Hirota angesteckt. In Wirklichkeit schmerzten ihn seine Mängel nämlich nicht so sehr.

Am nächsten Tag waren die Vorlesungen an der Universität wie immer sehr langweilig, doch die Atmosphäre der Hörsäle war so sehr allem Irdischen enthoben, daß es Sanshirō gelang, bis um drei Uhr nachmittags ganz seiner zweiten Welt anzugehören. In der Haltung eines großen Mannes ging er herum, bis er vor dem Polizei-Wachthäuschen von Oiwake zufällig auf Yojirō traf, der in schallendes Lachen ausbrach.

Die großtuerische Pose sackte in sich zusammen. Sogar der Polizist im Wachthäuschen mußte lächeln.

„Was ist?“

„Nichts. Du solltest dich nur beim Gehen mehr wie ein gewöhnlicher Mensch benehmen. Das ist die reinste *romantische Ironie*!“

Sanshirō verstand den Sinn dieses europäischen Ausdrucks nicht, also fragte er: „Hast du ein Haus gefunden?“

„Ich war gerade unterwegs, um es dir zu sagen: Morgen ziehen wir endlich um. Kommst du uns helfen?“

„Wohin zieht ihr?“

„Nach Nishikatamachi 10, Geviert F, Nummer drei. Du kannst um neun Uhr hingehen und anfangen zu putzen. Warte auf uns; wir kommen später! Geht das? Um neun Uhr, Geviert F, Nummer drei! Also bis dann!“

Und schon war Yojirō weitergeeilt. Auch Sanshirō beeilte sich, in sein Logis zurückzukehren. Am Abend ging er wieder zur Universität, um in der Bibliothek den Begriff *romantische Ironie* nachzuschlagen. Er fand heraus, daß der Deutsche Schlegel ihn anscheinend erstmals geprägt hatte, um damit auszudrücken, daß ein Genie die ganze Zeit über planlos und ohne Anstrengung umherstreifen solle. Danach kehrte er erleichtert in seine Pension zurück und legte sich sogleich schlafen.

Weil er sein Versprechen gegeben hatte, stand er am folgenden Tag zur gewohnten Zeit auf, obwohl es der Geburtstag des Kaisers war, und machte sich auf den Weg, als ob er zur Schule ginge. In Nishikatamachi zehn suchte er nach Geviert F, Nummer drei: Das Haus befand sich etwa in der Mitte eines seltsam schmalen Gäßchens. Es war ein sehr altes Gebäude.

Anstatt eines Eingangsraumes ragte vorne ein westliches Zimmer hervor. Daran schloß sich L-förmig ein großes japanisches Empfangszimmer an, hinter dem sich noch ein kleinerer Wohn- und Eßraum befand. Jenseits davon lagen nebeneinander die Küche und das Dienstbotenzimmer. Das Haus hatte noch ein oberes Stockwerk, dessen Größe Sanshirō nicht abschätzen konnte.

Sanshirō war gebeten worden, das Haus zu putzen. Er fand aber, daß dies gar nicht nötig sei. Natürlich war nicht alles ganz sauber, aber nichts schien ihm so, daß man es hätte wegwerfen müssen. Wenn man unbedingt etwas entfernen wollte, so könnte man vielleicht die *Tatami*-Matten und die Papier-Schiebetüren auswechseln, dachte er, während er die Wetterschutzläden öffnete, es sich auf der Veranda bequem machte und in den Garten hinausblickte.

Dort wuchs ein großer Baum, eine indische Lagerströmie, die zwar in der Erde des Nachbargrundstückes wurzelte, deren Stamm sich aber zur Hälfte über den Zaun aus Zedernholz herüberneigte, so daß er weit in den Garten hineinragte. Auch ein großer japanischer Kirschbaum wuchs hier, der innerhalb des eingezäunten Landes gepflanzt worden war, dessen Äste aber wiederum zur Hälfte auf die Straße hinaus ins Freie gewachsen waren. Es fehlte nicht viel, daß sie den Telephondrähten Schaden zugefügt hätten. Im Garten gab es auch eine Chrysantheme – offenbar eine Winterchrysantheme, denn sie blühte noch nicht. Außer diesen Pflanzen war der Garten leer. Es war ein jämmerlicher Garten. Nur die glatte und fein gekrümelte Erdoberfläche war schön. Sanshirō betrachtete sie. Dieser Garten war von der Anlage her wirklich richtig dazu geeignet, die Erdoberfläche betrachten zu lassen.

An der Oberschule läutete die Glocke zum Beginn der Zeremonie für den Geburtstag des Kaisers. Dies brachte Sanshirō zu Bewußtsein, daß es wohl schon neun Uhr war. Es schien ihm nicht gut, einfach untätig hier herumzusitzen, und er dachte, er könnte die dürren Blätter, die vom Kirschbaum gefallen waren, zusammenwischen. Da fiel ihm ein, daß er gar keinen Besen hatte. Also setzte er sich wieder hin. Keine zwei Minuten später wurde von außen her das Holz-Gartentor geöffnet. Zu Sanshirōs größtem Erstaunen trat die Frau vom Teich in den Garten. Dieser war auf zwei Seiten von einer Hecke begrenzt; er war viereckig und hatte eine Fläche von knapp zwölf Quadratmetern. Kaum hatte Sanshirō die Frau in diesem engen Rahmen erblickt, als ihm der Sinn des Satzes klarwurde: „Eine Blume soll man nur geschnitten in der Vase betrachten." Er war aufgestanden. Die Frau kam ihm vom Gartentor her entgegen.

„Entschuldigen Sie bitte . . ." eröffnete sie das Gespräch. Wie letztes Mal ließ sie ihren Oberkörper nach vorne gleiten, aber diesmal blickte ihr Gesicht nicht nach unten. Im Gegenteil: Während sie Sanshirō begrüßte, starrte sie ihn offen an. Von vorne gesehen schien sich ihre Kehle in die Länge zu ziehen. Gleichzeitig trafen Sanshirōs und ihre Blicke aufeinander. Vor ein paar Tagen hatte der Professor für Aesthetik Sanshirō Bilder von Jean-Baptiste Greuze[23] gezeigt. Er hatte erklärt, daß der Ausdruck der Frauenbildnisse dieses Künstlers reichlich *„voluptuous"* sei. *Voluptuous!* Es gab kein besseres Wort, um den Blick der Frau vom Teich in diesem Moment zu beschreiben. Er schien ihm etwas sagen zu wollen, etwas Erotisches, Sinnliches. Nadelscharf drang er bis zu den Knochen, bis zum Mark der Sinne vor. Er griff ans Herz mit einer Süße, die alles Erträgliche übertraf und sich in einen heftigen Reiz verwandelte. Natürlich unterschied sich dies völlig von billiger Koketterie. Eher rief dieser grausame Blick im Angesehenen das Gefühl hervor, selbst kokettieren zu müssen. Und das, obwohl diese Frau in keinem Punkt den Gemälden von Greuze glich. Ihre Augen waren nur etwa halb so groß wie bei jenen Bildnissen.

„Ist dies das Haus, in das Herr Hirota zieht?"

„Ja."

Sanshirōs Antwort war barsch im Vergleich zur Stimme der Frau.

23 Jean-Baptiste Greuze (1725–1805), französischer Kunstmaler.

Er merkte es selber, aber er wußte nicht, wie er sich anders ausdrücken könnte.

„Sind sie noch nicht gekommen?“ Die Frau sprach deutlich und ließ nicht wie die meisten Frauen ihre Stimme am Ende der Worte unklar werden.

„Sie sind noch nicht gekommen, sollten aber bald hiersein.“

Die Frau zögerte. Am Arm trug sie einen großen Korb. Wie letztes Mal wußte Sanshirō nicht, welcher Sorte ihr Kimono angehörte. Er sah nur, daß er nicht glänzte wie die anderen. Über einem irgendwie höckerigen Hintergrund waren Streifen oder sonst ein Muster, das sehr zufällig erschien.

Ab und zu fielen Blätter vom Kirschbaum. Eines landete auf dem Deckel des Korbes. Kaum war es zur Ruhe gekommen, wurde es auch schon wieder fortgeblasen. Der Wind umspielte die Frau, die inmitten des Herbstes stand.

„Sind Sie ...?“ fragte sie, als der Windstoß sich in den Nachbarsgarten verzogen hatte.

„Man hat mich gebeten, hier zu putzen“, sagte Sanshirō. Er fand es plötzlich selber komisch, daß sie ihn so geistesabwesend hatte herumsitzen sehen. Da lachte auch sie und fragte: „Soll ich mit Ihnen zusammen ein wenig warten?“ Für Sanshirō tönte es so, als ob sie seine Zustimmung erheischen wollte. Er freute sich. „Ah!“ sagte er, was nach seiner Auffassung eine Abkürzung von: „Ah, warten Sie doch bitte mit mir!“ bedeutete, doch die Frau blieb einfach stehen. Es blieb ihm nichts anderes übrig, als wieder das Wort zu ergreifen: „Sind Sie ...?“ fragte er, wie vorhin sie. Die Frau stellte ihren Korb auf die Veranda und kramte unter ihrem *Obi* eine Namenskarte hervor, die sie Sanshirō überreichte.

Auf der Karte stand der Name *Satomi Mineko*. Sie wohnte gleich jenseits des Tales in Hongō Masagochō. Während Sanshirō die Karte las, setzte sich die Frau auf den Rand der Veranda.

Sanshirō versorgte die Karte in seinem Ärmel, hob den Blick und sagte: „Wir sind einander schon begegnet.“

„Ja, einmal im Spital ...“ sagte die Frau, indem sie sich ihm zuwandte.

„Und ein weiteres Mal ...“

„Am Ufer des Teiches“, ergänzte sie sofort. Sie wußte es also noch. Sanshirō hatte nichts mehr zu sagen. Die Frau schloß das Thema ab: „Ich war sehr unhöflich.“ „Nein, gar nicht“, erwiderte Sanshirō. Alles wurde in äußerster Kürze abgehandelt. Die zwei schauten hinauf in die Äste des Kirschbaumes, in denen nur noch wenige, wie von Insekten zerfressene Blätter hingen. Das Gepäck für den Umzug war immer noch nicht angekommen.

„Wollten Sie etwas vom Herrn Professor?“ fragte Sanshirō plötzlich. Die Frau, die ihre Augen konzentriert auf die dürren Äste des Kirschbaumes gerichtet hatte, drehte sich abrupt nach Sanshirō um mit einem Blick, der zu sagen schien: „Du hast mir aber einen Schreck eingejagt!“ Ihre Antwort war aber ganz normal: „Auch mich hat man gebeten mitzuhelfen.“

Erst jetzt merkte Sanshirō, daß der Verandaboden dort, wo die Frau saß, voller Sand war.

„Schrecklich, dieser Sand! Ihr Kimono wird schmutzig.“

„Ja“, antwortete sie. Aber sie schaute bloß ein wenig nach links und rechts, ohne aufzustehen. Ihr Blick überflog die Veranda, dann fiel er auf Sanshirō, und sie fragte: „Haben Sie schon geputzt?“ Sie lachte. Sanshirō entdeckte in ihrem Lachen etwas Vertrauliches.

„Nein, noch nicht.“

„Fangen wir an, ich helfe Ihnen!“

Sanshirō stand auf. Die Frau bewegte sich nicht vom Fleck. Sie blieb sitzen und fragte nach dem Ort, wo sich Besen und Staubwedel befänden. Sanshirō sagte, es gebe hier gar kein Putzgerät, er habe nämlich gar nichts mitgebracht. Er schlug vor, auf die große Straße zu gehen und welches zu kaufen. Das sei eine Verschwendung, meinte sie; es sei doch besser, es von den Nachbarn zu leihen. Sanshirō ging sogleich weg, um dies zu tun, und kam bald wieder zurück, mit Besen, Staubwedel, Kessel und Putzlappen bewaffnet. Die Frau saß immer noch an der gleichen Stelle und blickte ins hohe Geäst des Kirschbaumes. „Haben Sie's gefunden?“ fragte sie nur.

Sanshirō, der den Besen geschultert hatte und den Eimer in der rechten Hand hielt, antwortete: „Ja“, obwohl es ganz offensichtlich war.

Die Frau stieg mit ihren weißen japanischen Socken auf die Veranda, obwohl diese so voll Sand war, daß ihre schmalen Füße beim Gehen Spuren hinterließen. Aus einem ihrer Ärmel zog sie eine weiße Schürze hervor, die sie sich oberhalb des *Obi* umband. Der Rand der Schürze war mit einem Spitzensaum versehen. Sie war so schön, daß es fast schade schien, darin nur zu putzen. Die Frau nahm den Besen zur Hand.

„Zuerst wollen wir einmal wischen!“ sagte sie und streckte ihren Arm aus dem langen Kimonoärmel hervor, den sie über die Schulter warf. Der Arm war jetzt entblößt bis hinter dem Ellbogen; er war wunderschön. Am Rand des zurückgeschlagenen Kimonoärmels war der Stoff des hübschen Untergewandes zu sehen. Sanshirō, der wie verzaubert dagestanden war, verschwand plötzlich mit lautem Kesselgeklapper in der Küche.

Mineko wischte; ihr hintennach putzte Sanshirō den Boden mit dem Lappen. Dann klopfte er die *Tamati*-Matten aus, während sie die *Shōji* abstaubte. Als sie vorerst einmal diese Reinigungsarbeiten erledigt hatten, waren sich die beiden schon etwas nähergekommen. Nun ging Sanshirō in die Küche, um das Wasser im Eimer auszuwechseln. Mineko nahm den Besen und den Staubwedel mit sich und stieg empor zum ersten Stock.

„Kommen Sie doch mal!“ rief sie Sanshirō von oben her zu.

„Was gibt's?“ fragte er. Mit dem leeren Eimer in der Hand stand er unterhalb der Treppe. Die Frau oben war ganz in Dunkel gehüllt. Nur ihre Schürze leuchtete weiß. Mit dem Eimer in der Hand stieg er ein paar Stufen empor. Die Frau blieb unbeweglich. Wieder stieg er zwei Stufen empor. Im Halbdunkel hatten sich Sanshirōs und Minekos Gesichter bis auf etwa einen Fuß genähert.

„Was ist los?“

„Es ist so dunkel; ich sehe nichts!“

„Warum?“

„Ich weiß nicht ...“

Sanshirō beschloß, der Sache nicht weiter auf den Grund zu gehen. Er drückte sich an Mineko vorbei und stieg weiter nach oben. Den Eimer stellte er auf der dunklen Veranda des ersten Stockes ab. Er wollte einen der Wetterläden öffnen. Dieser war aber verschlossen, und Sanshirō verstand nicht ganz, wie der Riegel funktionierte.

„Können Sie sie nicht öffnen?“ fragte Mineko, die ihm gefolgt war. Sie ging hinüber zur anderen Seite des Zimmers. „Hier geht es!“ sagte sie.

Schweigend ging Sanshirō auf sie zu. Er war ihr schon so nahe gekommen, daß seine Hand fast die ihre berührte, als er plötzlich über den Eimer stolperte, so daß dieser mit großem Lärm umfiel. Endlich gelang es ihnen, einen der Fensterläden zu öffnen – Helles Sonnenlicht strömte ins Zimmer. Fast waren sie geblendet. Die beiden blickten sich an und mußten unwillkürlich lachen.

Sie öffneten auch das Fenster auf der hinteren Seite. Es war mit einem Gitter aus Bambusstäben versehen. Von ihm aus konnte man in den Garten des Hausbesitzers sehen, der Hühner hielt. Wie schon unten fegte Mineko den Boden. Sanshirō folgte ihr auf allen vieren nach und wischte mit dem Lappen auf. Einmal, als Mineko den Besen in beiden Händen hielt und auf Sanshirō niederblickte, sagte sie: „Na, so was!"

Nach kurzer Zeit warf sie den Besen hin und ging zum hinteren Fenster. Dort blieb sie stehen und betrachtete die Aussicht. Unterdessen war auch Sanshirō mit dem Putzen fertig. Mit einem *Platsch* warf er den nassen Lappen in den Eimer und trat an Minekos Seite.

„Was sehn Sie denn?"

„Raten Sie mal!"

„Die Hühner?"

„Nein."

„Den großen Baum dort hinten?"

„Nein."

„Dann weiß ich es nicht!"

„Schon lange schaue ich immer nur auf die weißen Wolken."

Und wirklich: Weiße Wolken zogen über den weiten Himmel. Auf dem Hintergrund des tiefen und unendlich klaren Blaus glitten unaufhörlich dicke Wolken wie glänzende Wattebäusche dahin. Man sah, daß ein starker Wind blies, denn er hatte die Ränder so stark verweht, daß sie dünn geworden waren und das Blau des Grundes durchschimmern ließen. Andere Wolken hatten sich vor der Gewalt des Windes zu Klumpen zusammengezogen, deren Ränder ausgefranst waren wie Ansammlungen von weichen Nadeln. Auf diese Wolken zeigte Mineko und sagte: „Nicht wahr, sie gleichen einer Federboa?"

Sanshirō kannte das Wort „Boa" nicht. Das sagte er auch. Und wieder sagte Mineko: „Na so was!" Dann erklärte sie aber sofort höflich, was eine Boa ist. Sanshirō sagte: „Wenn es das ist, dann kenne ich es." Dann erzählte er ihr alles, was Nonomiya ihm damals über jene weißen Wolken erklärt hatte: Daß sie ganz aus Schneekristallen beständen, und daß ein riesiger Sturmwind wehen müsse, damit ihre Bewegung, sogar von weit unten gesehen, so schnell scheine.

„Wirklich?" sagte Mineko und blickte ihn an, „Wolken aus Schnee sind aber uninteressant." Dies sagte sie in einem Ton, der keine Widerrede erduldete.

„Wieso?"

„Weil Wolken eben Wolken sind! Sonst wäre es doch nicht der Mühe wert, sie aus so großer Entfernung zu betrachten."

„Wirklich?"

„Ihnen scheint es überhaupt nichts auszumachen, wenn die Wolken aus Schnee bestehen!"

„Sie scheinen gerne den Himmel zu betrachten!"

„Ja."

Mineko blickte weiterhin durch die Bambusstäbe des Fensters zum Himmel. Nacheinander zogen immer neue weiße Wolken vorüber.

Da ertönte aus der Ferne das Rumpeln eines Transportwagens. Aus dem zunehmenden Dröhnen der Erde konnte man schließen, daß er in die eben noch so stille Seitengasse eingebogen war und sich allmählich näherte. „Sie kommen!" rief Sanshirō. Mineko sagte: „Schon so früh!" und blieb an ihrem Platz. Sie hörte mit großer Aufmerksamkeit hin, als ob für sie ein Zusammenhang zwischen dem Geräusch des Wagens und der Bewegung der Wolken bestehe. Der Wagen näherte sich erbarmungslos durch den friedlichen Herbst. Es ging nicht lange, bis er vor dem Eingangstor hielt.

Sanshirō ließ Mineko stehen und rannte die Treppe hinunter. Als er unten in der Eingangshalle ankam, trat soeben Yojirō durch das Tor.

„Du bist aber früh gekommen!" rief er zuerst.

„Und du kommst spät!" gab Sanshirō zurück.

„Ja, ich konnte nicht anders. Wir haben nämlich das ganze Gepäck in einer einzigen Ladung hierher gebracht, und zudem habe ich alles allein machen müssen. Nur die Magd und der Wagenführer haben mir ein wenig geholfen."

„Und der Professor?"

„Der ist zur Schule gegangen."

Während die beiden miteinander sprachen, hatte der Wagenführer schon begonnen, den Hausrat auszuladen. Auch die Magd kam herein. Yojirō bat sie und den Wagenführer, die Küche zu übernehmen. Er und Sanshirō machten sich daran, die Bücher ins westliche Zimmer zu bringen. Es war eine Unmenge von Büchern. Sie einzuordnen war kein leichtes Unterfangen.

„Ist Fräulein Satomi noch nicht gekommen?"

„Doch."

„Wo ist sie denn?"

„Im ersten Stock."

„Was macht sie dort?"

„Ich weiß nicht, aber dort ist sie."

„Ich meine es ernst!"

Yojirō, der ein Buch in der Hand hielt, ging durch den Korridor bis zum Treppenabsatz und rief mit seiner typischen Stimme: „Fräulein Satomi! Fräulein Satomi! Wir bringen etwas Ordnung in die Bücher. Würden Sie uns bitte helfen!"

„Ich komme gleich!"

Gelassen begann Mineko mit dem Besen, dem Staubwedel und dem Eimer in den Händen die Treppe herunterzusteigen. „Was haben Sie dort oben bloß gemacht?" versuchte Yojirō sie zur Eile anzutreiben. „Ich habe im ersten Stock geputzt", antwortete sie von oben.

Yojirō brachte es fast nicht fertig zu warten, bis sie unten ankam; er ging ihr voraus bis zur Türe des westlichen Zimmers, wo die Bücher, die der Wagenführer ausgeladen hatte, in einem großen Haufen auf dem Boden lagen. Daneben kauerte Sanshirō und kehrte ihnen den Rücken zu. Er war eben daran, sich in ein Buch zu vertiefen.

„Das ist ja schrecklich! Was machen wir bloß mit diesen vielen Büchern?" fragte Mineko. Sanshirō verharrte in seiner kauernden Stellung und wandte nur den Kopf nach hinten. Er lächelte.

„Was heißt da schrecklich? Wir müssen sie nur in dieses Zimmer bringen und einordnen. Und der Professor sollte eigentlich bald kommen. Er wird uns helfen. Es ist nicht so schlimm. Und du? Was kauerst du eigentlich da und liest Bücher? Du kannst dir ja später etwas leihen und es in aller Ruhe anschauen!" tadelte Yojirō.

Es ergab sich folgende Rollenverteilung: Mineko und Sanshirō brachten bei der Türe etwas Ordnung in die Bücher. Yojirō nahm sie in Empfang und versorgte sie in den Büchergestellen im Zimmer.

„Könnt ihr sie mir nicht in einer etwas geordneteren Reihenfolge übergeben? Zu diesem Buch gibt es einen zweiten Band!“ Yojirō schwenkte ein blaues, flaches Buch herum.

„Aber ich finde keinen!“

„Doch. Es muß einen geben!“

„Ich hab' ihn gefunden!“ sagte Sanshirō.

„Darf ich mal sehen?“ Minekos Gesicht rückte in seine Nähe. „*The History of Intellectual Development*. Ja, das ist es wirklich.“

„Was soll das Getue? Natürlich ist es das? Geben Sie es mir schnell!“ Etwa eine halbe Stunde lang arbeiteten die drei angespannt. Schließlich hörte sogar Yojirō mit seinem ewigen Drängen und Murren auf. Doch plötzlich entdeckten die anderen, daß er schweigend und untätig im Schneidersitz vor dem Büchergestellt saß. Mineko tippte mit dem Finger leicht auf Sanshirōs Schulter. Sanshirō lachte und rief: „He, was ist mit dir los?“

„Was kann der Professor mit dieser nutzlosen Ansammlung von Büchern nur vorhaben? Es ist unmöglich mit ihm! Wenn er sie nur verkaufte und mit dem Erlös ins Aktiengeschäft einstiege, er könnte was verdienen! Aber das wird wohl nie geschehen!“ Yojirō seufzte und blieb mit dem Gesicht zur Wand sitzen.

Sanshirō und Mineko blickten sich an und lachten. Sie hatten mit dem Ordnen der Bücher aufgehört, seitdem ihr unentbehrlicher Anführer untätig war. Sanshirō blätterte in einer Gedichtsammlung. Mineko legte sich einen großen Bildband über die Knie und schlug ihn auf. In der Küche stritten der Wagenführer, den man für die Arbeit hier noch stundenweise entschädigte, und die Magd lautstark miteinander.

„Gucken Sie sich doch mal dies hier an!“ sagte Mineko leise. Sanshirō lehnte sich nach vorne, so daß er auf den Bildband hinuntersehen konnte. Minekos Haare dufteten nach Parfum.

Das Bild stellte eine Meerjungfrau dar. Die nackte Frau hatte als Unterleib einen Fischschwanz, der sich hinter ihrem Oberkörper zurückwand, so daß auf der anderen Seite nur die Schwanzflossen hervorragten. Die Frau war daran, sich ihre langen Haare zu kämmen. Die Strähnen, die noch nicht unter die Zinken des Kammes geraten waren, hielt sie in der Hand. Ihr Gesicht war dem Betrachter zugewandt. Im Hintergrund war weites Meer.

„Eine Meermaid!“

„Eine Meermaid!“

Die beiden legten die Köpfe zusammen und flüsterten dasselbe Wort. In diesem Moment schien Yojirō, der sitzen geblieben war, etwas eingefallen zu sein, denn er kam heraus in den Korridor. „Was guckt ihr denn da an?“ Die drei jungen Leute steckten die Köpfe zusammen, blätterten im Buch und betrachteten die Bilder nacheinander. Sie gaben jeweils verschiedene Kommentare dazu – alle nicht sehr fundiert.

So fand sie Professor Hirota vor, als er mit dem Gehrock bekleidet von der Zeremonie seiner Schule zum kaiserlichen Geburtstag zurückkehrte. Die drei legten das Buch sofort zur Seite, um ihn zu begrüßen. Da der Professor vorschlug, doch mindestens noch die Bücher in Ordnung zu bringen, machten sie sich wieder emsig ans Werk. Jetzt war die Hauptperson anwesend, und es war nicht mehr möglich, wie vorher die Zeit zu vertrödeln. Schon nach einer Stunde standen alle Bücher irgendwo im Gestell. Die vier stellten sich nebeneinander auf, um die fein säuberlich eingereihten Buchrücken zu überblicken.

„Das übrige bringen wir morgen in Ordnung!“ sagte Yojirō. Es fehlte noch, daß er hinzufügte, der Professor müsse sich eben gedulden.

„Sie haben da einiges zusammengebracht!“ sagte Mineko.

„Herr Professor, haben sie das alles gelesen?“ fragte zuletzt Sanshirō. Er wollte die Sache offensichtlich zum Vergleich ein für allemal abklären.

„Könnte ich sie wohl alle lesen? Wenn ich Sasaki wäre, würde ich es vielleicht tatsächlich tun!“

Yojirō kratzte sich am Kopf. Sanshirō war ernst geworden. Er erzählte, wie er in der Bibliothek der Universität ein Buch nach dem anderen ausgeliehen und darin gelesen hatte; wie jedes dieser Bücher schon vor ihm von jemandem studiert worden war, und wie er versuchsweise einen Roman von Aphra Behn geliehen hatte, nur um auch hier die Spuren einer vorherigen Lektüre vorzufinden. Wo waren wohl die Grenzen des menschlichen Lesevermögens, fragte er sich.

„Aphra Behn habe ich auch gelesen!"

Über diese knappe Aussage Hirotas geriet auch Sanshirō ins Staunen.

„Verrückt, nicht? Der Herr Professor hat die Gewohnheit, Bücher zu lesen, die sonst niemand kennt", sagte Yojirō.

Lachend ging Hirota hinüber ins Empfangszimmer, wohl um seinen Anzug gegen einen Kimono zu wechseln. Mineko folgte ihm. Als sie hinausgegangen waren, sagte Yojirō zu Sanshirō: „Genau deshalb ist er das große Dunkel! Er hat alles gelesen, doch er leuchtet kein bißchen. Er sollte sich mit populäreren Büchern abgeben und sich den Leuten mehr ins Bewußtsein bringen!"

Yojirōs Worte waren sicher nicht als kalte Kritik gemeint. Sanshirō blickte schweigend auf die Büchergestelle. In diesem Moment rief Mineko aus dem Empfangszimmer: „Kommen Sie beide doch auch! Ich habe etwas Gutes mitgebracht!"

Die zwei verließen das Studierzimmer und gingen durch den Korridor hinüber zum Empfangszimmer. Hier stand genau in der Mitte des Bodens der Korb, den Mineko mitgebracht hatte. Der Deckel war entfernt worden; innen türmten sich Sandwiches. Mineko saß daneben und verteilte die Sachen aus dem Korb auf kleine Teller. Yojirō und Mineko begannen ein Zwiegespräch:

„Sie haben wirklich an alles gedacht!"

„Ja, wo sie dies doch ausdrücklich gewünscht haben!"

„Haben Sie den Korb auch gekauft?"

„Nein."

„Hatten Sie ihn schon zu Hause?"

„Ja."

„Er ist riesig. Hat ihr Rikschamann Ihnen geholfen, ihn zu tragen? Wenn Sie ihn mitgebracht haben, hätten wir ihn doch eine Weile hierbehalten und arbeiten lassen sollen!"

„Mein Rikschamann macht heute eine Besorgung. Ich bin zwar eine Frau, aber ich kann etwas von dieser Größe doch noch tragen."

„Sie können es tragen. Andere Frauen hätten da schon lange aufgegeben!"

„Wirklich? Dann hätte ich es vielleicht auch unterlassen sollen!"

In dieser Weise unterhielt sich Mineko mit Yojirō, während sie die Eßwaren auf die kleinen Teller verteilte. Ihre Worte stockten nie; sie blieb ruhig und gelassen. Sanshirō bewunderte sie.

Die Magd brachte Tee aus der Küche. Die kleine Gesellschaft machte es sich rings um den Korb bequem und begann, die Sandwiches zu verzehren. Eine Weile lang war es still; dann schien Yojirō plötzlich etwas einzufallen, und er richtete das Wort an Professor Hirota:

„Wenn wir schon dabei sind, wer ist dieser So und so Behn?"

„Aphra Behn."

„Ja, was ist das: Aphra Behn?"

„Es ist eine englische Schriftstellerin des siebzehnten Jahrhunderts."

„Des siebzehnten Jahrhunderts? Das ist viel zu alt, um als Material für einen Zeitschriftenartikel zu taugen!"

„Es ist alt, aber sie ist berühmt, weil sie die erste Frau ist, die das Romaneschreiben professionell betrieben hat."

„Berühmt? Das bringt mich aber in Verlegenheit! Darf ich weiterfragen? Was hat sie geschrieben?"

„Ich habe nur den Roman *Oroonoko*[24] gelesen. Herr Ogawa, es gab wohl in der Werkesammlung einen solchen Titel?"

Sanshirō konnte sich beim besten Willen nicht mehr daran erinnern. Er bat den Professor um eine Zusammenfassung der Romanhandlung. Die Geschichte handelte offenbar von einem Neger königlichen Geblüts, der von einem englischen Schiffskapitän hintergangen wurde, in die Sklaverei verkauft wurde und schlimmste Not litt. In späteren Jahren galt das Werk als echter Augenzeugenbericht der Autorin.

„Interessant. Fräulein Satomi, wollen Sie nicht auch ein *Oroonoko* schreiben?" Yojirō wandte sich wieder Mineko zu.

„Ja, warum nicht? Aber ich habe nichts, worüber ich einen Augenzeugenbericht verfassen könnte!"

„Wenn Sie einen schwarzen Romanhelden brauchen, nehmen Sie doch den Ogawa hier; als Eingeborener von Kyūshū hat er eine ganz schwarze Haut!"

[24] *Oroonoko: Oroonoko, the Royal Slave*. Roman von Aphra Behn, verfaßt 1688.

„Böse Zunge!" sagte Mineko, als ob sie Sanshirō verteidigen wollte. Dann aber fragte sie ihn sogleich: „Darf ich über Sie schreiben?" Als Sanshirō in ihre Augen sah, erinnerte er sich an den Moment heute morgen, als sie, den Korb am Arm, im Rahmen des Gartentors erschienen war.

Ein rauschhaftes Gefühl überwältigte ihn, das ihn aber auch beengte und lähmte. Er war unfähig, „Ja bitte!" oder sonst etwas zu sagen.

Wie gewohnt nahm Professor Hirota seine Zigaretten hervor und begann zu rauchen. Yojirō kommentierte dies mit der Bemerkung, die Nase des Professors stoße den „Rauch der Philosophie" aus. Und wirklich, die Art, wie der Rauch hervortrat, war anders als bei den meisten Leuten. Gemächlich formten sich unterhalb der Nasenlöcher zwei breite, feste Rauchsäulen. Yojirō, der sich mit dem Rücken halb an die Papierschiebetüre lehnte, war in die Betrachtung dieser Rauchsäulen versunken und schwieg. Sanshirōs Blick war unbestimmt in die Gegend des Gartens gerichtet. Dies war kein richtiger Einzug; eher glich es einer gesellschaftlichen Zusammenkunft. Entsprechend leichtherzig waren die Gespräche. Nur Mineko, die hinter dem Professor saß, beschäftigte sich damit, daß sie den westlichen Anzug, den er ausgezogen hatte, faltete. Sie schien ihm auch vorher bei dem Anlegen des Kimonos behilflich gewesen zu sein.

„Was *Oroonoko* betrifft, muß ich noch etwas ergänzen, was Fehler verursachen könnte, weil ihr immer so unachtsam seid", sagte der Professor. Die Rauschwaden wurden für kurze Zeit unterbrochen.

„Ja, bitte, wir sind ganz Ohr!" bat Yojirō geflissentlich.

„Southern hat nach dem Erscheinen jenes Romans die Geschichte zu einem Schauspiel umfunktioniert[25]. Es sind zwei verschiedene Werke; nur die Titel sind gleich. Verwechselt mir die beiden bloß nicht!"

„Nein, das werden wir bestimmt nicht tun!"

Mineko, die mit dem Falten des Anzugs fertig war, warf Yojirō einen kurzen Blick zu.

25 Southern: Thomas Southern (1660–1746) gestaltete Behns Roman 1696 zum Schauspiel um.

„In jenem Drama gibt es ein berühmtes Zitat: *Pity's akin to love . . .*" Damit fing der „Rauch der Philosophie" wieder an zu strömen.

Nun ergriff Sanshirō das Wort: „Einen solchen Satz könnte es auch in Japan geben!" Den anderen schien das auch denkbar zu sein, doch wollte niemandem eine ähnliche japanische Redewendung einfallen. So entschieden sie sich, es mit einer Übersetzung zu versuchen. Wie es die vier aber auch anstellten, sie kam nicht zustande. Schließlich meinte Yojirō: „Wir müssen den Spruch im Ton eines Gassenhauers übersetzen. Die ganze Stimmung des Satzes gleicht einem populären Lied!" Wieder einmal eine seiner typischen Ansichten!

Daraufhin delegierten die drei anderen Yojirō die ganze Verantwortung für die Übersetzung. Dieser dachte eine Weile nach und schlug schließlich vor: „Es ist zwar ein bißchen gewagt, aber wie wäre es mit: ‚Armes Kind' heißt doch nur: ‚Ich liebe dich'?"

„Halt! Halt! Das geht nicht! Das ist viel zu trivial!" schaltete sich plötzlich mit verdrießlichem Gesicht der Professor ein. Da die Art, wie er sprach, dem Wort „trivial" so richtig seine Bedeutung verlieh, fingen Sanshirō und Mineko gleichzeitig an zu lachen, und sie waren damit noch nicht zu Ende, als sich quietschend das Gartentor öffnete. Herr Nonomiya trat herein.

„Ist alles schon fertig aufgeräumt?" fragte er, indem er sich von vorne der Veranda näherte und ins Zimmer zu den vier Menschen hereinspähte.

„Wir sind noch nicht fertig!" sagte Yojirō schnell.

„Helfen Sie uns doch noch ein bißchen!" bat auch Mineko. Nonomiya lächelte: „Es scheint hier viel los zu sein. Was gibt es denn Interessantes?" Er drehte sich um und setzte sich auf die Veranda.

„Gerade eben habe ich etwas übersetzt und bin vom Professor getadelt worden."

„Übersetzt? Was haben Sie übersetzt?"

„Das ist nicht so interessant . . . ‚Armes Kind' heißt doch nur: ‚Ich liebe dich'."

„Wie bitte?" sagte Nonomiya und wandte sich mit dem Oberkörper schräg nach hinten. „Was soll das heißen? Also ich verstehe davon kein Wort!"

„Niemand wird es verstehen!" schaltete sich jetzt der Professor ein.

„Ja, vielleicht ist meine Übersetzung nicht ausführlich genug. Wenn ich sie zu einer normalen Länge ausdehne, heißt es etwa: Schätzchen, wenn ich dir sage, du tust mir leid, heißt doch das nur, ich liebe dich!"

„Ahahaha! Was ist denn das Original?!"

„Pity's akin to love", wiederholte Mineko mit einer schönen, sauberen Aussprache.

Nonomiya erhob sich von der Veranda und ging ein paar Schritte in den Garten hinein. Dann drehte er sich wieder um und blieb dem Zimmer zugewandt stehen. „Eine ausgezeichnete Übersetzung!"

Sanshirō konnte nichts anderes; er mußte Nonomiyas Haltung und Blickrichtung einfach genau beobachten.

Mineko stand auf, ging in die Küche, wusch eine Teeschale aus, goß frischen Tee hinein und brachte diesen hinaus an den Rand der Veranda.

„Ich habe Ihnen Tee gebracht!" sagte sie und setzte sich auf den Verandaboden. „Wie geht es denn Fräulein Yoshiko?"

„Ja, körperlich hat sie sich gut erholt..." antwortete Nonomiya. Er setzte sich wieder hin und trank den Tee. Dann wandte er sich dem Professor halb zu: „Herr Professor, ich bin doch extra nach Okubo gezogen. Jetzt scheint es aber, daß ich wieder hierher zurückziehen muß."

„Wieso?"

„Meine Schwester hat angefangen, sich zu beklagen, sie habe Angst, auf dem Weg zur Schule und zurück den Manöverplatz von Toyama zu überqueren. Sie scheint sich auch furchtbar einsam zu fühlen, wenn ich bis spät in die Nacht hinein Experimente mache und sie lange auf mich warten muß. Natürlich geht es jetzt gut, solange meine Mutter noch bei uns weilt; aber bald wird sie wieder in unser Heimatdorf zurückkehren. Dann bleibt nur noch das eine Dienstmädchen. Die beiden Frauen sind so furchtsam; sie werden es wohl nicht lange in jenem Haus aushalten... Wie lästig!" Nonomiya sprach halb im Scherz, halb seufzte er. „Wie wäre es, Fräulein Satomi: Könnten Sie nicht für eine Weile einen Schmarotzer bei Ihnen aufnehmen?" Er blickte in Minekos Gesicht.

„Ich bin jederzeit bereit, sie unterzubringen."
„Wer ist überhaupt gemeint: Sōhachi oder Yoshiko?" mischte sich Yojirō ein.
„Ganz wie Sie wünschen!"
Nur Sanshirō schwieg. Professor Hirota, der etwas ernster geworden war, fragte: „Nonomiya, was wollen Sie nun tun?"
„Sobald ich die Sache mit meiner Schwester geregelt habe, macht es mir auch nichts aus, einstweilen in einem Mietzimmer zu wohnen. Andernfalls müßten wir wieder umziehen. Ich habe auch schon daran gedacht, meine Schwester in einem Studentenheim der Schule unterzubringen. Da sie aber noch ein Kind ist, ginge es nur, wenn ich jederzeit zu ihr gehen und sie zu mir kommen könnte."
„Dann kommt also nur Fräulein Satomis Haus in Frage!" Yojirō erteilte wieder Anweisungen. Ohne auf ihn zu achten, sagte Hirota: „Sie könnte auch hier den ersten Stock benützen, aber sie muß darauf gefaßt sein, daß auch einer wie Sasaki hier wohnt."
„Herr Professor, bitte lassen sie doch diesen Sasaki den ersten Stock benützen!" bettelte Yojirō, worauf Nonomiya lachend meinte: „Irgendwie finden wir schon eine Lösung! Meine Schwester bringt mich wirklich in Verlegenheit! Äußerlich ist sie schon ganz erwachsen, aber sie hat noch einen ganz schwachen Kopf. Kürzlich hat sie mich doch tatsächlich gebeten, mit ihr in die Chrysanthemen-Puppen-Schau an der Dangozaka-Straße zu gehen!"
„Das sollten sie aber wirklich tun! Auch ich möchte die Ausstellung gerne sehen."
„Wollen wir nicht alle zusammen gehen?"
„Abgemacht! Herr Ogawa, kommen Sie auch mit?"
„Wenn ich darf!"
„Herr Sasaki?"
„Chrysanthemen-Puppen? Nein danke! Da ginge ich schon lieber ins Lichtspieltheater!"
Professor Hirota ergriff das Wort: „Die Chrysanthemen-Puppen-Schau ist gar nicht so schlecht! Etwas von einer derartigen Künstlichkeit gibt es wohl sonst nirgends auf der Welt. Man muß mindestens einmal im Leben gesehen haben, daß so künstliche Dinge wirklich hergestellt werden. Kein Mensch würde wohl zur Dangozaka-Straße gehen, wenn die Puppen so aussähen wie gewöhnliche

Menschen. Gewöhnliche Menschen gibt es in jedem Haus ein halbes Dutzend. Es ist nicht nötig, bis zur Dangozaka-Straße zu gehen, um sie zu sehen."

„Eine logische Folgerung, wie sie typisch ist für den Herrn Professor!" kommentierte Yojirō.

„Ja, schon früher, als ich an Ihrem Unterricht teilhatte, war ich von solchen Erklärungen ganz überwältigt!" sagte Nonomiya.

„Dann kommen Sie also auch mit, Herr Professor?" fragte schließlich Mineko. Der Professor schwieg. Alle lachten.

Aus der Küche rief die alte Dienerin: „Würde jemand bitte auf einen Augenblick...?" „Jaa!" erwiderte Yojirō und stand sofort auf. Sanshirō blieb sitzen.

„Ich muß mich jetzt verabschieden!" sagte Nonomiya und erhob sich.

„Müssen sie denn schon gehen? So früh?" sagte Mineko.

„Können Sie etwas warten wegen der Sache, die wir vorhin besprochen haben?" fragte Professor Hirota Nonomiya, worauf er die Antwort erhielt: „Ja, selbstverständlich!" Nonomiya verließ das Grundstück durch den Garten. Eben verschwand seine Gestalt hinter dem Gartentor, als Mineko plötzlich, als ob ihr etwas eingefallen wäre, murmelte: „Ach so!" Sie schlüpfte in ihre *Geta,* die sie vorne beim Garten unter der Veranda abgestellt hatte, und eilte Nonomiya nach. Die zwei besprachen im Hintergrund etwas.

Sanshirō saß da und schwieg.

V

Als Sanshirō durch das Tor trat, bemerkte er, daß der Süßkleebusch gewachsen war: Er war jetzt höher als ein Mensch. Bei seinen Wurzeln warf er einen tiefen Schatten, der sich bis ins Innere des Hauses dahinzog und dort verschwand. Auf der Rückseite des Busches, wo sich die Blätter dicht überlappten, kroch der Schatten gleichsam in die Höhe – So kräftig schien die Sonne auf die Vorderseite. Neben dem Handwasch-Wasserbecken wuchsen einige Nandina-Büsche – auch sie höher als normal. Die drei dicht beieinanderstehenden Stämme wirkten dünn und zerbrechlich. Die Blätter reichten bis über das Toilettenfenster. Zwischen dem Süßklee und den Nandina-Büschen war ein Stück der Veranda zu sehen, die, ausgehend von den Nandina-Büschen, in schräger Linie nach hinten verlief. Dort, wo sie in den Schatten des Süßklees geriet, war ihr am weitesten entfernter Rand. Trotzdem war der Süßkleebusch von Sanshirō aus gesehen das Nächste. Auf der Veranda, im Schatten des Süßklees, saß Yoshiko.

Sanshirō stand dicht neben dem Süßkleebusch. Yoshiko erhob sich von der Veranda, indem sie ihre Füße auf einen flachen Stein setzte. Erst jetzt fiel Sanshirō auf, wie hochgewachsen sie war, und er staunte.

„Treten Sie näher!“

Wie schon das letzte Mal sprach sie so, als habe sie ihn erwartet. Sanshirō erinnerte sich an das damalige Treffen im Krankenhaus. Er ging am Süßkleebusch vorbei bis hin zur Veranda.

„Bitte setzen Sie sich!“

Sanshirō, der Schuhe trug, setzte sich wie befohlen auf den Rand der Veranda. Yoshiko brachte ihm ein Sitzkissen.

„Setzen Sie sich darauf!“

Sanshirō tat auch dies. Er hatte den Mund nicht aufgemacht, seitdem er durch das Tor getreten war. Diese schlichte junge Frau sagte immer nur das, was sie gerade dachte, und schien von ihm gar keine Antwort zu erwarten. Es war, als ob er vor eine unschuldige Prinzessin getreten wäre. Er brauchte nur auf ihre Befehle zu horchen. Komplimente waren nicht nötig; ja ein einziges entgegenkommendes Wort von seiner Seite hätte gereicht, daß alles an

Niveau verloren hätte. Er war glücklich, wie ein stummer Sklave alles auszuführen, was sie forderte. Und obwohl er von der kindlichen Yoshiko wie ein Kind behandelt wurde, fühlte er sich nicht im geringsten in seinem Selbstwertgefühl verletzt.

„Wollten Sie zu meinem Bruder?“ fragte sie jetzt.

Sanshirō war eigentlich nicht gekommen, um Nonomiya zu sehen. Er war aber auch nicht gekommen, um Nonomiya nicht zu sehen. Er wußte selber gar nicht genau, warum er gekommen war.

„Ist Herr Nonomiya noch nicht von der Universität zurück?“

„Nein, er kommt immer erst spät abends nach Hause.“

Dies hatte Sanshirō schon gewußt. Ihm fiel nichts ein, womit er das Gespräch fortsetzen konnte. Da erblickte er auf der Veranda eine Schachtel mit Malutensilien. Daneben lag ein angefangenes Aquarell.

„Malen Sie?“

„Ja, es macht mir Spaß.“

„Wer ist Ihr Lehrer?“

„Ich bin nicht so begabt, daß ich bei einem Lehrer Stunden nehmen könnte.“

„Darf ich mal sehen?“

„Dies da? Es ist noch nicht fertig“, sagte sie und schob ihm das angefangene Bild zu. Man konnte erkennen, daß es den Garten darstellte. Erst der Himmel, der Kakibaum beim vorderen Haus und der Süßkleebusch beim Eingang waren fertig. Der Kakibaum war grell rot.

„Ganz schön!“ sagte Sanshirō, indem er das Bild betrachtete.

„Das da?“ fragte Yoshiko erstaunt. Sie schien wirklich überrascht zu sein. Im Gegensatz zu Sanshirō hatte ihr Verhalten nichts Gekünsteltes.

Jetzt war es zu spät: Sanshirō konnte seine Worte weder ins Scherzhafte noch ins Ernste wenden. In beiden Fällen hätte ihn Yoshiko nämlich verachtet. Innerlich errötete er.

Als er sich nach dem Zimmer hinter der Veranda umblickte, war es dort ganz still. Das Wohnzimmer war leer – Das sah man sofort, doch auch in der Küche regte sich nichts.

„Ist Ihre Frau Mutter schon in ihr Heimatdorf zurückgekehrt?“

„Nein, noch nicht. Aber sie wird wohl in den nächsten Tagen abreisen."

„Ist sie jetzt hier?"

„Nein, sie ist ausgegangen, um Einkäufe zu machen."

„Stimmt es, daß Sie zu Fräulein Satomi ziehen?"

„Warum?"

„Weil – Bei Herrn Hirota wurde neulich davon gesprochen."

„Es ist noch nicht entschieden. Vielleicht . . . Je nachdem." Etwas weniges hatte Sanshirō jetzt doch erfahren.

„Sind Herr Nonomiya und Fräulein Satomi schon lange miteinander bekannt?"

„Ja, sie sind alte Freunde."

Hieß das, daß sie, obwohl sie Mann und Frau waren, einfach ganz gewöhnlich miteinander befreundet waren? Das kam Sanshirō seltsam vor. Er konnte jetzt jedoch nicht noch mehr Fragen in jene Richtung stellen.

„Nicht wahr, Professor Hirota ist Herr Nonomiyas ehemaliger Schullehrer?"

„Ja." Damit war das Thema erschöpft.

„Wollen Sie lieber bei Fräulein Satomi wohnen?"

„Ich? Ich weiß es nicht . . . Minekos älterer Bruder würde mir leid tun."

„Hat Fräulein Mineko einen Bruder?"

„Ja. Er hat die Universität im gleichen Jahr wie mein Bruder abgeschlossen."

„Dann ist er auch Physiker?"

„Nein. Er gehört einer anderen Fachrichtung an. Er ist Jurist. Er hatte wiederum einen älteren Bruder, der ein Freund Professor Hirotas war, aber der ist früh gestorben, und nur Kyōsuke lebt noch."

„Und die Eltern?"

Yoshiko lachte kurz auf. „Es gibt keine Eltern!" Die Vorstellung, Mineko könnte Vater und Mutter haben, schien für sie fast etwas Ulkiges zu haben. Offensichtlich waren jene schon vor langer Zeit gestorben, und Yoshiko besaß keinerlei Erinnerung an sie.

„Wegen jener Beziehung verkehrt Mineko wohl in Professor Hirotas Haus?"

„Ja, der verstorbene Bruder und der Professor scheinen sehr eng miteinander befreundet gewesen zu sein. Zudem interessiert sich Mineko für die englische Sprache. Sie geht ab und zu zum Professor, um bei ihm ihr Englisch zu üben."

„Kommt sie auch hierher?"

Yoshiko hatte irgendwann begonnen, an ihrem Aquarell weiterzumalen. Sie kümmerte sich überhaupt nicht um Sanshirō, der neben ihr saß, aber sie konnte trotzdem ausreichend auf seine Fragen antworten.

„Mineko?" sagte sie und malte auf das Strohdach unter dem Kakibaum einen Schatten. „Er ist ein wenig zu schwarz geworden", meinte sie und zeigte Sanshirō das Bild. Diesmal blieb er ehrlich: „Ja, ein wenig zu schwarz." Yoshiko füllte die Pinselspitze mit Wasser und begann, die schwarze Fläche wieder abzuwaschen. „Ja, sie kommt hierher", antwortete sie schließlich auf Sanshirōs Frage.

„Öfter mal?"

„Ja, doch", sagte sie, ohne sich vom Aquarellpapier abzuwenden. Seitdem Yoshiko an ihrem Bild weitermalte, fiel Sanshirō das Gespräch viel leichter.

Ein Weilchen lang schwieg er und spähte ins Bild, während Yoshiko eifrig den Schatten vom Strohdach entfernte. Sie hatte jedoch zu viel Wasser genommen und war zudem im Gebrauch des Pinsels ungeübt, so daß die schwarze Flüssigkeit sich in alle Richtungen hübsch über das ganze Blatt verbreitete. Die Kakifrüchte, die doch so schön rot hätten sein sollen, wurden braun wie im Schatten getrocknete, saure Kaki. Yoshiko legte den Pinsel hin, hob das *Whatman*-Papier mit ausgestreckten Armen auf und betrachtete das Bild mit zurückgelegtem Kopf aus der größtmöglichen Entfernung. Schließlich sagte sie kleinlaut: „Es ist wohl nichts mehr damit zu machen!" In der Tat konnte nichts mehr zur Rettung des Bildes getan werden. Yoshiko tat Sanshirō leid.

„Lassen Sie es doch sein, und fangen Sie ein neues an!"

Yoshiko, die ihr Gesicht noch immer dem Bild zuwandte, warf Sanshirō einen seitlichen Blick zu. Ihre Augen waren groß und feucht. Immer mehr tat sie Sanshirō leid. Plötzlich lachte sie auf: „Wie dumm von mir! Zwei Stunden habe ich auf diese Weise vergeudet!" Mit dem Pinsel zog sie ein paar dicke Striche kreuz und quer über das in mühevoller Arbeit entstandene Werk; dann schlug sie klappernd den Deckel der Malutensilien-Schachtel zu.

„Ich gebe auf! Kommen Sie herein, ich offeriere Ihnen Tee!“ sagte sie und stieg zurück auf die Veranda. Da Sanshirō es zu mühsam fand, die Schuhe auszuziehen, blieb er auf dem Rand der Veranda sitzen. „Wie interessant, daß diese Frau mir erst jetzt Tee anbietet“, dachte er bei sich. Normalerweise war er überhaupt nicht geneigt, an exzentrischen Frauen Spaß zu haben, doch als Yoshiko ihm so plötzlich Tee anbot, spürte er eine Art Freude, die nichts mit dem Gefühl zu tun hatte, das er sonst bei Begegnungen mit dem anderen Geschlecht empfand.

Aus dem Wohnzimmer ertönten Stimmen. Das Dienstmädchen war wohl da. Bald öffnete sich die Schiebetür, und Yoshiko erschien mit dem Teegeschirr. Als Sanshirō ihr Gesicht von vorne sah, kam ihm wieder der Gedanke, daß dies das weiblichste aller Frauengesichter sei.

Yoshiko schenkte Tee ein und brachte ihn zur Veranda. Sie selbst setzte sich auf den Mattenboden des Empfangszimmers. Eigentlich hatte Sanshirō vorgehabt, bald wieder zu gehen, doch wenn er jetzt dieser Frau gegenübersaß, machte es ihm plötzlich nichts mehr aus, dazubleiben. Damals im Krankenzimmer hatte er sich schnell zurückgezogen, weil er sie ein bißchen zu lange angestarrt hatte und deshalb rot geworden war; heute fühlte er sich nicht verlegen. Der Tee war der Anlaß, daß das Gespräch zwischen der Veranda und dem Empfangszimmer wieder in Gang kam. Im Laufe des Geplauders stellte Yoshiko Sanshirō eine unerwartete Frage, nämlich, ob er ihren Bruder gerne möge oder nicht. Beim ersten Hinhören schien dies eine völlig arglose Frage zu sein, wie sie etwa ein kleines Kind stellen würde. Yoshiko meinte sie aber in einem tieferen Sinn. Ihr zufolge war die Liebe eines Menschen, der sich der Wissenschaft verschrieben hatte und alles mit dem Forscherauge sah, normalerweise eher seicht. Die emotionale Betrachtungsweise hingegen würde alles in die zwei Kategorien „geliebt“ und „verhaßt“ teilen. In ihr käme niemals der Wunsch auf, etwas zu untersuchen. Ihr Bruder sei Physiker, und es sei nicht nett, wie er sie als Forschungsobjekt betrachte. Je mehr dies aber der Fall sei, desto schwächer müßte eigentlich seine Liebe für sie werden, was der jüngeren Schwester gegenüber sehr unfreundlich wäre. Daß dieser Bruder, der seine Forschung für so wichtig halte, sie trotzdem so sehr vergöttere, bedeute – zu diesem Schluß kam sie – daß es in ganz Japan keinen besseren Menschen gebe als ihren Bruder.

Als Sanshirō diese Erklärung hörte, fand er sie ganz einleuchtend. Trotzdem hatte er den Eindruck, sie gehe irgendwo fehl. Aber wo, das wollte ihm nicht einfallen; seinKopf war ganz wirr. So konnte er auch nach außen hin dieser Erklärung keine Kritik entgegensetzen. Innerlich errötete er darüber, daß er als Mann versagt hatte, weil er es nicht fertigbrachte, zu den Worten dieser unbedeutenden Frau klar Stellung zu nehmen. Er erkannte, daß die Studentinnen von Tōkyō so dumm nicht waren.

Mit einem Gefühl der Verehrung für Yoshiko kehrte Sanshirō in sein Logis zurück. Hier fand er eine Postkarte vor: „Morgen Nachmittag um ca. ein Uhr besuchen wir die Chrysanthemen-Puppen-Schau. Wir erwarten Sie um diese Zeit bei Professor Hirota – Mineko."

Die Handschrift glich aufs Haar derjenigen auf dem Umschlag, der damals zur Hälfte aus Nonomiyas Rocktasche hervorgeguckt hatte. Sanshirō las den Text immer wieder durch.

Der nächste Tag war ein Sonntag. Nach dem Mittagessen machte sich Sanshirō sofort auf nach Nishikatamachi. Er trug eine neue Studentenuniform und glänzende Schuhe. Als er in der stillen Seitengasse vor Professor Hirotas Haus ankam, hörte er Stimmen.

Wenn man durch das Eingangstor von Hirotas Haus trat, lag gleich linkerhand der Garten. Durch das Gartentor konnte man direkt zur Veranda des Wohntraktes gelangen, ohne die Haustüre zu benützen. Sanshirō war eben im Begriffe, den Riegel des Gartentors, den er durch die Blätter der *Photinia glabra*-Hecke erblickte, zurückzuschieben, als er plötzlich auf die Stimmen im Garten aufmerksam wurde. Ein Gespräch war im Gange zwischen Nonomiya und Mineko:

„Diejenigen, die das tun, enden immer damit, daß sie auf die Erde zurückfallen und sterben", sagte Nonomiya.

„Ich glaube, es ist besser so, auch wenn sie dann tot sind", erwiderte Mineko.

„Natürlich geschieht es so tollkühnen Menschen recht, wenn sie aus der Höhe herunterfallen und sterben!"

„Seien Sie nicht so grausam!"

An dieser Stelle schob Sanshirō das Gartentor auf. Die beiden Gesprächspartner blickten zu ihm herüber. Nonomiya sagte mit seiner gewöhnlichen Stimme nur: „Da sind Sie ja!" und nickte Sanshirō zu. Auf dem Kopf trug er einen neuen, braunen Filzhut. Mineko fragte sofort: „Wann haben Sie meine Karte erhalten?" Das Gespräch zwischen ihr und Nonomiya war unterbrochen.

Der Herr des Hauses saß in westlicher Kleidung auf der Veranda und blies wie immer seine philosophischen Rauchschwaden. In den Händen hielt er eine westliche Zeitschrift. Neben ihm saß Yoshiko. Sie hatte den Körper schräg zurückgelehnt und stützte sich hinten mit beiden Händen auf dem Boden auf. Sie hielt ihre Beine ausgestreckt und betrachtete die dicken Strohsandalen, die sie an den Füßen trug. Alle schienen nur noch auf Sanshirō gewartet zu haben.

Der Hausherr warf seine Zeitschrift zur Seite: „Gehn wir? Ich werde ja doch mitgeschleppt!"

„Vielen Dank für Ihre Bemühung!" sagte Nonomiya. Die zwei Frauen steckten ihre Köpfe zusammen und kicherten über etwas, das nur sie wußten. Sie verließen hinter den zwei Männern den Garten.

„Du bist aber hochgewachsen!" rief Mineko von hinten.

„Eine richtige Bohnenstange!" antwortete Yoshiko knapp. Als sie durch das Eingangstor getreten waren und nebeneinander einhergingen, ergänzte sie: „Darum trage ich wenn nur immer möglich Sandalen." Sanshirō wollte eben auch den Garten verlassen, als plötzlich im ersten Stock rumpelnd ein Papierschiebefenster aufging. Yojirō trat an das Geländer heraus.

„Geht ihr?" fragte er.

„Ja, und du?"

„Ich bleibe hier. Was nützt es mir, zu Kunstwerken verdrahtete Chrysanthemen anzusehen?"

„Komm doch mit! Was kannst du zu Hause denn Besseres tun?"

„Ich schreibe einen Artikel. Einen großartigen Artikel! Ich habe keine Zeit für solche Späße!"

Mit einem ungläubigen Lachen eilte Sanshirō den andern vier nach. Sie hatten auf der schmalen Seitengasse schon etwa zwei Drittel des Weges bis zur breiten Straße zurückgelegt. Als er unter dem hohen Himmel die Silhouette der Gruppe sah, spürte er, daß sein jetziges Leben eben daran war, einen viel tieferen Sinn zu bekommen, als seine Existenz damals in Kumamoto je gehabt hatte. Durch diese Silhouette waren die zweite und die dritte der drei Welten, die er sich ausgedacht hatte, recht gut repräsentiert. Die Hälfte jener Gruppe war schwärzlich dunkel, die andere Hälfte hell und bunt wie ein Blumenfeld. In Sanshirōs Kopf fügten sich die beiden Hälften harmonisch zusammen. Er war wie von selbst irgendwann Teil dieses Gewebes geworden. Doch irgendetwas stimmte nicht – Das beunruhigte ihn. Beim Gehen dachte er nach, bis er daraufkam, daß das Gespräch zwischen Nonomiya und Mineko vorhin im Garten der Grund für seine Unruhe war. Er bekam Lust, dem Thema dieses Gesprächs auf die Spur zu kommen, um damit seine schlechten Gefühle zu vertreiben.

Die vier andern waren schon an der Ecke angelangt. Alle vier blieben sie gleichzeitig stehen und wandten sich um. Mineko hielt die Hand über ihre Stirn.

Sanshirō brauchte kaum eine Minute, um sie einzuholen. Niemand sagte etwas, als er sie erreichte – Sie setzten sich nur wieder in Bewegung. Nach einer Weile sagte Mineko: „Herr Nonomiya, Sie sagen wohl immer wieder solche Dinge, weil Sie Physiker sind." Es schien die Fortsetzung des Gesprächs zu sein.

„Es ist gleichgültig, ob ich Physiker bin oder nicht! Wenn man hoch in die Luft fliegen will, muß man sich zuerst ein Gerät ausdenken, mit dem man das auch tun kann. Das ist nun mal ganz sicher! Zuallererst braucht man seinen Kopf!"

„Vielleicht könnte jemand sich damit begnügen, nicht gar so hoch hinaufzufliegen."

„Wenn er sich nicht damit begnügte, würde er nur sterben."

„So ist es also das beste, friedlich auf der Erdoberfläche zu bleiben! Das ist aber trotzdem irgendwie langweilig!"

Nonomiya entgegnete nichts. Er wandte sich Professor Hirota zu und meinte lachend: „Unter den Frauen gibt es viele Dichterinnen, nicht wahr?" Darauf machte Hirota eine seltsame Bemerkung: „Dafür ist es der Nachteil der Männer, daß sie nie wahre Dichter sein können!" Nonomiya schwieg. Yoshiko und Mineko kamen miteinander ins Gespräch. Endlich war für Sanshirō der Moment gekommen, seine Frage zu stellen.

„Worüber haben Sie eben gesprochen?“

„Über Fluggeräte“, antwortete Nonomiya trocken. Sanshirō kam sich vor, als säße er im *Rakugo*-Theater[26] und habe soeben die Pointe einer Anekdote vernommen.

Danach wurde nicht mehr viel geredet. So viele Menschen gingen jetzt auf der Straße, daß längere Gespräche sowieso nicht mehr möglich waren. Vor dem Tempel mit der großen Kannonstatue saß ein Bettler, der unaufhörlich mit der Stirn auf den Boden schlug und mit lauter Stimme um Almosen flehte. Wenn er ab und zu seinen Kopf hob, sah man, daß seine Stirn vom Straßensand ganz weiß war. Niemand achtete auf ihn. Auch unsere fünf gingen gleichgültig an ihm vorbei. Ein paar Meter weiter vorne drehte sich Professor Hirota plötzlich zu Sanshirō um und fragte ihn: „Haben Sie dem Bettler etwas gegeben?“

„Nein“, sagte Sanshirō und schaute zurück. Der Bettler saß unverändert da, die Hände vor der weißen Stirn gefaltet, und flehte.

„Man hat gar keine Lust, ihm etwas zu geben!“ sagte Yoshiko.

„Warum?“ Nonomiya blickte seine jüngere Schwester an. Aber seine Stimme hatte nichts Tadelndes, und sein Gesicht zeigte einen eher ruhigen und kühlen Ausdruck.

„Wenn er zuviel klagt und quengelt, verliert es die Wirkung, und er bekommt nichts“, kritisierte Mineko.

„Nein, er ist am falschen Platz!“ sagte Professor Hirota. „Hier kommen zu viele Leute vorbei. Wenn man auf dem Gipfel eines einsamen Berges einem solchen Manne begegnete, würde man ihm gerne etwas geben.“

„Dafür könnte er vielleicht den ganzen Tag warten, und niemand würde vorbeikommen“, sagte Nonomiya und kicherte.

Als Sanshirō diese Bemerkungen über den Bettler hörte, schien es ihm, als würden die Moralvorstellungen, die er bis dahin in sich genährt hatte, zum Teil zerstört. Wenn er jedoch bedachte, daß er zwar auch am Bettler vorbeigegangen war, ohne daß ihm der Gedanke gekommen war, ihm eine Münze hinzuwerfen, daß in ihm aber dann ein Gefühl der Bedrücktheit überhand genommen hatte, schien es ihm, die andern vier hätten aufrichtiger gehandelt. Er

26 *Rakugo*-Theater: s. Anm. 14, S. 42.

erkannte, daß sie derjenigen Menschenrasse angehörten, die die freie, weite Großstadtluft atmeten, in der es möglich war, sich selber gegenüber aufrichtig zu sein.

Je weiter sie kamen, desto dichter wurde der Fußgängerverkehr auf der Straße. Nach einer Weile begegneten sie einem verirrten Kind, einem etwa sieben Jahre alten Mädchen, das weinte und verwirrt bald links, bald rechts unter den Kimonoärmeln der Passanten hindurchschlüpfte. Vergeblich schrie es: „Großmutter! Großmutter!“ Alle Passanten schienen gerührt zu sein; ein paar blieben stehen, andere äußerten ihr Mitleid. Das Kind zog die Aufmerksamkeit und das Mitgefühl aller Leute auf sich, während es weinend und schreiend immer weiter auf der Suche nach seiner Großmutter umherirrte. Ein unglaubliches Phänomen!

„Auch dieses Kind ist nicht am richtigen Platz!“ Nonomiya blickte dem entschwindenden Mädchen nach.

„Die Leute drücken sich vor jeglicher Verantwortung, weil heutzutage alles durch die Polizei geregelt wird“, erklärte Professor Hirota.

„Wenn das Kind zu mir kommt, begleite ich es auf die nächste Polizeiwache“, sagte Yoshiko.

„Dann lauf ihm doch nach und bring es dorthin!“ ermunterte sie ihr Bruder.

„Nein, das geht mir dann doch zu weit!“

„Warum?“

„Weil . . . Es sind hier doch so viele Menschen! Ich bin ja nicht allein betroffen!“

„Eben, Sie drücken sich vor der Verantwortung!“ sagte Hirota.

„Eben, hier ist der falsche Platz!“ sagte Nonomiya. Die beiden Männer lachten.

Als sie am oberen Ende der Dangozakastraße ankamen, hatte sich vor der Polizeiwache eine dichte, fast schwarze Menschentraube angesammelt. Das verirrte Kind war endlich doch in die Obhut der Polizei gelangt.

„Nun bin ich beruhigt!“ sagte Mineko zu Yoshiko zurückgewandt.

„Wir können aufatmen“, sagte Yoshiko.

Von oben her gesehen schweifte die Dangozakastraße in weitem

Bogen nach rechts den Hang hinunter wie eine Schwertschneide. Es war eine sehr enge Gasse. Die zweistöckigen Gebäude auf der rechten Straßenseite verdeckten die hohen Ausstellungsschuppen auf der linken Seite zur Hälfte. Dahinter und noch höher waren zahlreiche Banner aufgerichtet. Die Menschen, die die Straße hinuntergingen, schienen in den Talgrund hinunterzufallen. Sie vermischten sich dabei mit anderen, die langsam heraufkrochen. Die Straße war völlig verstopft. Dort, wo sie unten im Talgrund ankam, regte es sich seltsam auf ihrer ganzen Breite. Das Gewimmel war so chaotisch, daß es bei längerem Hinsehen die Augen ermüdete. Als Hirota am oberen Ende der Gasse ankam, sagte er: „Das ist ja schrecklich!" als ob er gleich wieder nach Hause zurückkehren wollte. Ihn halb stoßend, fingen die andern vier an, talwärts zu gehen. Etwa auf dem halben Weg nach unten, wo die Straße allmählich nach rechts abbog, ragten rechts und links der engen Gasse hohe Ausstellungsschuppen mit ihren Schilfmatten-Rouleaus in die Höhe, so daß sogar der Himmel, den man oben sah, eingeengt schien. Auf der Straße war alles so dicht gedrängt, daß es dunkel war. Inmitten dieses Gewimmels schrien die Türhüter, so laut sie nur konnten. „Das sind keine menschlichen Stimmen; das sind die Stimmen der Chrysanthemen-Puppen", bemerkte Professor Hirota.

Die Gesellschaft betrat links einen der Ausstellungsschuppen. Die erste Szene stellte die Rache der Soga[27] dar. Die Brüder Gorō und Jūrō und Yoritomo trugen Kimonos, die ganz aus Chrysanthemenblüten bestanden. Nur die Gesichter, die Hände und die Füße waren aus Holz geschnitzt. In der nächsten Szene schneite es. Eine junge Frau wand sich unter Qualen. Auch bei ihr hatte man um einen Puppenkern überall Chrysanthemen kriechen lassen. Flächen von dichtgefügten Blüten und Blättern formten ihr Gewand.

Yoshiko betrachtete hingerissen die Puppen. Professor Hirota und Nonomiya begannen erneut zu diskutieren. Eben sprachen sie darüber, daß diese Chrysanthemen anders kultiviert würden als gewöhnliche, oder so ähnlich, als Sanshirō durch andere Besucher

27 Rache der Soga: Es handelt sich um eine sehr populäre Geschichte, die sich während der Kamakura-Zeit (1185–1333) ereignete und in dem Roman *Soga-Monogatari*, später auch in verschiedenen Theaterversionen verarbeitet wurde. Die wichtigsten Figuren der Geschichte sind die beiden Brüder Jūrō und Gorō, die den Mord an ihrem Vater rächen.

von ihnen abgedrängt wurde und sich etwa zwei Meter von ihnen entfernte. Mineko war noch weiter vorne. Die Besucherschar bestand hauptsächlich aus Händlern. Es schien darunter wenige gebildete Leute zu geben. Mineko stand zwischen ihnen. Sie wandte sich nach hinten und blickte mit gestrecktem Hals hinüber zu Nonomiya. Dieser wies eben mit dem Finger über die Bambusabschrankung auf die Wurzeln einer Chrysanthemenpflanze und erklärte eifrig etwas. Mineko wandte sich wieder um. Von der Besucherschar gedrängt, rückte sie dem Ausgang immer näher. Sanshirō eilte ihr nach, indem er die drei andern im Stich ließ und sich durch die Menge kämpfte.

Als er sie endlich eingeholt hatte, rief er: „Fräulein Satomi!" Mineko legte ihre Hand an das Abschrankungsgeländer aus grünem Bambus und blickte ihn an, indem sie ihren Kopf eine Spur drehte. Sie sagte nichts. Innerhalb der Abschrankung war eine Szene mit dem Yōrō-Wasserfall[28] dargestellt. Ein Mann mit rundem Gesicht und einer Axt an der Hüfte kauerte am Rand des Bassins unter dem Wasserfall. Er hielt einen Flaschenkürbis in den Händen. Sanshirō blickte nur auf Minekos Gesicht. Es war ihm fast nicht bewußt, was innerhalb der Abschrankung zu sehen war.

„Ist Ihnen etwas passiert?" fragte er unwillkürlich.

Noch immer gab Mineko keine Antwort. Schwermütig ruhten ihre schwarzen Augen auf Sanshirōs Stirn. Er entdeckte in den fein gefältelten Augenlidern einen rätselhaften Sinn, der Müdigkeit des Geistes, Abgespanntheit des Fleisches und ein dem Schmerz nahes Flehen beinhaltete. Jetzt vergaß er, daß er immer noch auf Minekos Antwort wartete, und verlor sich restlos in diesen Pupillen, diesen Lidern. Da sagte Mineko: „Wollen wir hinausgehen?" Der Abstand zwischen den Lidern und den Pupillen wurde immer enger, und immer mehr wuchs damit in Sanshirōs Herz das Gefühl, er müsse unbedingt mit dieser Frau hinausgehen. Gerade als diese Entwicklung ihren Höhepunkt erreichte, warf sie ihren Kopf herum und blickte zur anderen Seite. Sie entfernte ihre Hand vom Bambusgeländer und bewegte sich in Richtung des Ausgangs. Unmittelbar hinter ihr folgte Sanshirō nach.

28 Yōrō-Wasserfall: Dargestellt ist die Geschichte von einem Holzfäller, dessen Liebe seinen Eltern gegenüber so untadelig war, daß Wasser, das er beim Yōrō-Wasserfall für seinen Vater schöpfte, sich in *Sake* verwandelte.

Als sie draußen angekommen waren, neigte Mineko ihren Kopf nach vorne und hielt sich die rechte Hand an die Stirn. Um das Paar herum wogte die Menschenmenge. Sanshirō legte den Mund an ihr Ohr und sagte: „Ist Ihnen etwas passiert?" Sie begann durch die Menge in die Richtung von Yanaka zu gehen – Sanshirō natürlich mit ihr. Nach etwa fünfzig Metern blieb sie mitten in der Menschenmenge stehen.

„Wo sind wir jetzt?"

„Wenn wir in dieser Richtung weitergehen, kommen wir zum Tennōtempel von Yanaka. Es ist die Gegenrichtung zu unserem Heimweg."

„Ach so! Ich fühle mich nicht wohl . . ."

Hier mitten auf der Straße war Sanshirō dem Gefühl einer schmerzlichen Hilflosigkeit ausgeliefert.

„Gibt es hier irgendwo einen ruhigeren Ort?" fragte Mineko.

Dort, wo Yanaka und Sendagi aneinandergrenzten, floß an der tiefsten Stelle des Tales ein kleiner Bach. Wenn man diesem Gewässer nach links durch die Stadt entlangging, kam man bald ins offene Land. Der Bach floß geradewegs nach Norden. Seitdem Sanshirō in Tōkyō lebte, war er immer wieder entlang dem einen oder dem anderen Ufer spaziert – Er kannte diese Gegend also gut. Mineko stand neben derjenigen Steinbrücke, bei der der Bach, nachdem er Yanaka durchquert hatte, nach Nezu weiterfloß.

„Können Sie noch etwa hundert Meter weit zu Fuß gehen?" fragte Sanshirō.

„Ja", antwortete Mineko.

Sogleich überquerten die beiden die Steinbrücke und bogen nach links. Etwa zwanzig Meter weit folgten sie einem Weg, der aussah wie der Gartenpfad eines Hauses. Dann, als sie zum Eingangstor kamen, überquerten sie den Fluß wieder über eine Holzbrücke. Als sie den Uferdamm hinaufgestiegen waren, war kein Mensch mehr zu sehen. Sie befanden sich im offenen Gelände.

Sobald sie in den stillen Herbst hinausgetreten waren, fing Sanshirō an zu plappern: „Wie geht es Ihnen jetzt? Haben Sie Kopfschmerzen? Das Gedränge war Ihnen wohl zuviel! Unter jenen Leuten, die die Puppen besichtigt haben, scheint es auch äußerst unkultivierte Leute gegeben zu haben. War etwa jemand grob zu

Ihnen?“ Mineko schwieg. Sie löste nur ihren Blick vom fließenden Wasser und schaute Sanshirō an. Ihre Augenlider hatten ihre Straffheit deutlich wieder erlangt. Als Sanshirō ihren Gesichtsausdruck sah, war er halbwegs beruhigt.

„Danke schön. Ich fühle mich jetzt wohler“, sagte sie.

„Wollen wir etwas ausruhen?“

„Ja.“

„Wenn Sie können, so wollen wir noch ein Stückchen weitergehen. Hier ist es schmutzig. Dort drüben ist eine Stelle, die sich zum Ausruhen eignet.“

„Ja.“

Etwa hundert Meter weiter gab es wieder eine Brücke. Mit großen Schritten überquerte Sanshirō das knapp ein Fuß breite Brett, das man ohne Umstände über den Fluß gelegt hatte. Die Frau folgte nach. In den Augen Sanshirōs, der auf sie wartete, schien die Bewegung ihrer Füße leicht, als ob sie über festen Boden ginge. Gehorsam ließen sich die Füße von der Frau in gerader Linie nach vorne ziehen. Sie trippelte nicht in absichtlich weiblicher oder flirtender Manier. Deshalb ging es nicht an, daß Sanshirō ihr einfach die Hand reichte.

Weiter drüben war ein Strohdach zu sehen; darunter war eine ganz rote Fläche. Als sie näherkamen, erkannten sie, daß diese Fläche aus Paprikaschoten bestand, die man zum Trocknen ausgehängt hatte. An der Stelle, von der aus man erkennen konnte, daß es Paprikaschoten waren, blieb Mineko stehen.

„Schön!“ sagte sie und setzte sich ins Gras, das entlang dem Bach in einem schmalen Streifen wuchs. Es war nicht mehr so frisch und grün wie im Hochsommer. Mineko kümmerte sich nicht darum, daß ihr prächtiger Kimono schmutzig werden könnte. „Können Sie nicht noch ein bißchen weitergehen?“ drängte Sanshirō, der noch stand.

„Danke, mir reicht's jetzt!“

„Fühlen Sie sich noch unwohl?“

„Ja, ich bin sehr müde!“

Nun setzte sich auch Sanshirō etwa vier Fuß weit von Mineko entfernt auf das schmutzige Gras. Unter beider Füße floß der kleine Bach vorbei. Jetzt im Herbst führte er nicht viel Wasser. Er war so seicht, daß auf einem der eckigen Steine, die aus dem Wasser ragten, eine Bachstelze landen konnte. Sanshirō schaute auf das Wasser, das sich allmählich trübte. Erst jetzt bemerkte er, daß weiter flußaufwärts ein Bauer Rettiche wusch. Minekos Blick war in weite Ferne geschweift. Dort gab es große Felder; dahinter Wald, darüber Himmel. Die Farbe des Himmels änderte sich zusehends.

Inmitten der ursprünglich eintönigen Klarheit entstanden verschiedene Farben. Der durchscheinende, dunkelblaue Grund wurde immer mehr verschleiert, bis die Farbe fast schwand. Darüber häuften sich schwerfällig weiße Wolken, die aber sofort wieder zerflossen. Alles war melancholisch; man wußte nicht, wo der Himmel aufhörte und wo die Wolken begannen. Über allem lag ein Anflug von Gelb.

„Der Himmel ist trübe geworden", sagte Mineko.

Sanshirō hob die Augen vom fließenden Wasser und blickte in die Höhe. Es war nicht das erste Mal, daß er einen solchen Himmel sah, aber es war das erste Mal, daß er den Ausdruck hörte, er sei trübe geworden. Ja, es gab wirklich kein besseres Wort, um diesen Himmel zu beschreiben. Bevor er etwas entgegnen konnte, sprach Mineko weiter: „Er ist so schwer. Er sieht aus wie Marmor!"

Mit zugekniffenen Augen blickte sie in die Höhe. Die Augenschlitze blieben eng, als sie sie gelassen zu Sanshirō hinwandte. „Nicht wahr, er sieht aus wie Marmor?" Sanshirō blieb nichts übrig, als zu antworten: „Ja, genau wie Marmor!" Danach schwieg Mineko. Eine Weile verging, bis Sanshirō sagte: „Unter diesem Himmel wird das Herz schwer; die Sinne werden leicht."

„Was meinen Sie damit?" fragte Mineko.

Sanshirō meinte nichts damit. Ohne zu antworten, sagte er: „Es ist ein Himmel, bei dem man beruhigt träumen kann."

„Er scheint sich zu bewegen, und doch bewegt sich nichts in ihm." Mineko begann wieder, die fernen Wolken zu betrachten.

Die Rufe der Türhüter, die die Besucher zur Chrysanthemen-Puppenschau einluden, tönten ab und zu bis zur Stelle herüber, wo die beiden saßen.

„Das sind aber laute Stimmen!"

„Ob sie wohl von morgens früh bis abends spät immer so laut schreien? Das wäre keine schlechte Leistung!" sagte Sanshirō. Er erinnerte sich plötzlich ihrer drei Freunde, die sie im Stich gelassen hatten. Er wollte gerade etwas dazu sagen, als Mineko erwiderte: „Das ist ihr Geschäft! Genau wie beim Bettler vor dem Kannon-Tempel!“

„Dann sind sie wohl am richtigen Platz?“ In ungewohnter Weise machte Sanshirō einen Scherz, über den er dann allein vergnügt lachte, denn er hatte Hirotas Auslassungen über den Bettler sehr komisch gefunden.

„Professor Hirota sagt öfter mal derartige Dinge!“ meinte Mineko leichthin wie im Selbstgespräch. Dann änderte sie ihren Tonfall und fügte etwas lebhafter hinzu: „Hier an diesem Platz zu sitzen, wie wir es tun, ist viel besser!“ Diesmal war sie an der Reihe, über ihren eigenen Scherz zu lachen.

„Ja, wirklich. Aber wie Herr Nonomiya gesagt hat, könnten wir hier ewig warten, und niemand würde vorbeikommen!“

„Umso besser, meinen Sie nicht?“ sagte sie schnell. Dann schloß sie: „Wir sind ja Bettler, die keine Almosen wollen!“ Es tönte, als fügte sie dies der vorigen Bemerkung als Erklärung hinzu.

Da erschien ein Fremder. Er war offensichtlich aus dem Schatten des Hauses, an dem die Pfefferschoten zum Trocknen ausgehängt waren, hervorgekommen und hatte irgendwo den Fluß überquert. Jetzt näherte er sich allmählich der Stelle, an der die zwei jungen Leute saßen. Er trug westliche Kleidung und hatte einen Bart. Auch im Alter glich er etwa Professor Hirota. Als dieser Mann an den beiden vorbeiging, drehte er seinen Kopf in Sanshirōs und Minekos Richtung und starrte sie von vorne her drohend an. Seine Augen blitzten ganz deutlich vor Haß und Abscheu.

Sanshirō fühlte sich so beklommen, daß er kaum stillsitzen konnte. Endlich war der Mann vorbeigegangen. Sanshirō blickte ihm nach und sagte: „Gewiß haben uns Professor Hirota und Herr Nonomiya gesucht“, als ob ihm das erst jetzt eingefallen sei. Mineko blieb gleichgültig: „Was macht das schon! Wir sind ja erwachsene verirrte Kinder.“

„Aber doch verirrte Kinder! Man wird uns suchen.“ Sanshirō versuchte, seiner vorherigen Aussage Nachdruck zu verleihen.

Mit noch kühlerer Stimme sagte Mineko: „Umso besser für diejenigen Personen, die der Verantwortung entgehen wollen!“

„Wen meinen Sie damit? Professor Hirota?“

Mineko antwortete nichts.

„Fühlen Sie sich jetzt besser? Wenn ja, wollen wir nicht allmählich nach Hause gehen?"

Mineko blickte Sanshirō an. Sanshirō, der schon halb aufgestanden war, setzte sich wieder ins Gras. Er fühlte sich dieser Frau irgendwie nicht gewachsen und gleichzeitig auch leicht gedemütigt. Diese Empfindung war begleitet von der Erkenntnis, er selbst sei bis in sein Innerstes durchschaut worden.

„Verirrtes Kind!" wiederholte sie, indem sie Sanshirō immerzu anblickte. Er erwiderte nichts.

„Sie kennen doch die englische Übersetzung von ‚verirrtes Kind'?"

Sanshirō wußte nicht, ob er sie kannte oder nicht; er hatte diese Frage überhaupt nicht erwartet.

„Soll ich es Ihnen sagen?"

„Ja."

„*Stray sheep*[29] – verlorenes Schaf – Verstehen Sie?"

Sanshirō war einer, der nie wußte, wie er in solchen Fällen reagieren sollte. Erst, wenn die richtige Gelegenheit schon lange vorbei war, setzte sein Hirn sich richtig in Bewegung, und er bereute in der Rückschau, daß er nicht dieses oder jenes gesagt hatte. Aber er war nicht leichtfertig genug, in Voraussicht dieser Reue irgend eine provisorische Antwort möglichst natürlich und triumphierend hervorzubringen. Also schwieg er, wohl wissend, daß es äußerst unbeholfen wirkte.

Stray sheep – Halb verstand er den Ausdruck, halb verstand er ihn nicht. Eher als mit der Bedeutung der Wörter hatte er Schwierigkeiten mit dem Sinn, den ihnen Mineko verlieh. Er schwieg und starrte sie hilflos an.

„Sehe ich so anmaßend aus?" Ihre Stimme tönte etwas nach Selbstrechtfertigung. Bisher hatte er im Nebel getappt und hatte sich gewünscht, der Nebel möge sich lüften. Jetzt hatten Minekos Worte den Nebel vertrieben, und sie war ganz klar aus ihm hervorgetreten. Nun fand Sanshirō es plötzlich bedauerlich, daß der Nebel sich verzogen hatte.

29 *Stray sheep:* Verlorenes Schaf; Matthäus 18: 12–14; Jesaiah 53: 6.

Sanshirō wollte Minekos Verhalten ihm gegenüber wieder in den früheren, so bedeutungsvollen Zustand zurückversetzen: Unbestimmt wie der weite Himmel über ihren Köpfen, bei dem man sich nicht entscheiden konnte, ob er klar oder trübe war. Aber jene frühere Haltung konnte er wohl nicht mit einigen wenigen Schmeichelworten zurückbringen. Plötzlich sagte sie: „Wollen wir nicht nach Hause gehen?“ Sie sagte es ohne jede Bitterkeit, doch gedämpft, als ob sie sich damit abfinde, daß sie für Sanshirō ohne jegliches Interesse sei.

Der Himmel veränderte sich wieder. Von ferne blies ein Windhauch. Die weiten Felder wurden düster. Es wurde so einsam und öde, daß man fror. Der kalte Dunst, der aus dem Gras stieg, brachte sie zum Frösteln. Jetzt fragte sich Sanshirō, wie man an einem solchen Ort nur so lange verweilen konnte. Für sich alleine wäre er sicher schon lange weggegangen. Auch Mineko ... Oder war sie etwa eine Frau, die oft an solchen Orten herumsaß?

„Da es etwas kühl geworden zu sein scheint, wollen wir auf jeden Fall einmal aufstehen. Es ist gefährlich, zu lange in der Kälte zu bleiben. Aber geht es Ihnen jetzt wieder besser?“

„Ja, viel besser“, antwortete sie deutlich und stand sogleich auf. Während sie sich erhob, sagte sie leise wie zu sich selber, langgedehnt: *„Stray sheep.“* Sanshirō antwortete darauf natürlich nichts.

Mineko wies mit dem Finger in die Richtung, aus der vorhin der Mann mit den westlichen Kleidern erschienen war, und sagte, sie würde gerne an jenen Paprikaschoten vorbeigehen, falls es einen Weg gebe. Also brachen die zwei in jene Richtung auf. In der Tat fing hinter dem strohgedeckten Haus ein etwa drei Fuß schmales Weglein an. Als sie etwa die Hälfte dieses Weges hinter sich gebracht hatten, fragte Sanshirō: „Hat Yoshiko sich schon entschieden, ob sie bei Ihnen wohnen will?“ Mineko lächelte mit der einen Seite ihres Gesichts und fragte zurück: „Warum fragen Sie?“

Sanshirō wollte eben etwas sagen, als plötzlich direkt vor ihren Füßen eine schlammige Pfütze im Weg war. In der Erde war eine etwa vier Fuß breite Vertiefung, die ganz mit Wasser gefüllt war. Mitten hinein hatte jemand einen handlichen Steinbrocken als Trittbilfe gesetzt. Ohne sich dieses Steins zu bedienen, sprang Sanshirō mit einem Satz auf die andere Seite. Dann wandte er sich nach

Mineko um. Sie setzte ihren rechten Fuß auf den Stein in der Mitte der Pfütze. Er war etwas wacklig. Um ihren Beinen Kraft zu verleihen, bewegte sie ihre Schulter hin und her und kam so allmählich in Schwung. Sanshirō bot ihr von der anderen Seite her seine Hand an.

„Halten Sie sich daran!"

„Nein, es geht schon!" Sie lachte. Solange er ihr seine Hand hinhielt, schwang sie ihren Körper nur im Sprungrhythmus, ohne herüberzukommen. Sanshirō zog seine Hand zurück. Jetzt vertraute Mineko dem rechten Fuß, der auf dem Trittstein ruhte, ihr ganzes Körpergewicht an und sprang behend mit dem linken Bein auf Sanshirōs Seite. In der Sorge, ihre *Geta* würden schmutzig, hatte sie jedoch für den Sprung zu viel Kraft aufgewendet, und sie verlor ihr Gleichgewicht. Mit dem Oberkörper fiel sie nach vorne; ihre Hände landeten auf Sanshirōs Armen.

„Stray sheep", murmelte sie. Sanshirō konnte ihren Atem spüren.

VI

Die Glocke läutete. Der Professor verließ den Hörsaal. Sanshirō schüttelte die überschüssige Tinte aus seiner Feder und wollte eben sein Notizheft zuschlagen, als Yojirō, der neben ihm saß, bat: „Leih es mir schnell – Ich habe beim Notieren etwas verpaßt!"

Yojirō zog das Heft zu sich herüber und spähte von oben hinein: Die ganze Seite war nur mit den zwei Wörtern *stray sheep* vollgekritzelt.

„Was soll das?"

„Ich mochte nicht mehr Notizen machen; da hab ich dies zum Spaß so hingeschrieben."

„Du strengst dich zuwenig an! Der Professor hat das Verhältnis zwischen Kants transzendentalem Idealismus und Berkeleys[30] transzendentalem Realismus beschrieben, oder so ähnlich."

„Ja, so ähnlich."

„Hast du nicht zugehört?"

„Nein."

„Du bist selber ein *stray sheep!* Da ist nichts mehr zu machen!"

Yojirō nahm sein eigenes Notizheft unter den Arm und stand auf. Während sich die beiden von ihren Pulten entfernten, sagte er: „Komm mit!" Sanshirō folgte ihm. Sie verließen den Hörsaal, stiegen die Treppe hinunter und gingen durch den Haupteingang zum Rasen, der davorlag. Hier wuchs ein großer japanischer Kirschbaum. Die beiden setzten sich in seinen Schatten.

Im Frühsommer war die ganze Fläche hier von blühendem Sichelklee bedeckt. Als Yojirō mit seinem Aufnahmegesuch für die Universität auf dem Weg zum Sekretariat hier vorbeigekommen war, hatten zwei Studenten unter dem Kirschbaum gelegen. „Wenn sie mich die mündliche Prüfung nur in Bänkelsang ablegen ließen, könnte ich ihnen beliebig viel vortragen!" hatte der eine Student zum anderen gesagt, worauf der andere leise gesungen hatte: „Vor einem erfahrenen und verständnisvollen Meister würd' ich gern in Liebesdingen die Prüfung ablegen." Von da an hatte Yojirō diesen Platz unter dem Kirschbaum besonders gemocht, und jedesmal, wenn er

30 Berkeley: George Berkeley (1685–1753), englischer Philosoph und Theologe.

Sanshirō etwas zu sagen hatte, führte er ihn hierher. Als Sanshirō erstmals jene Geschichte hörte, begriff er plötzlich, warum Yojirō den Spruch *Pity's akin to love* als populäres Lied übersetzt hatte. Heute jedoch war Yojirōs Miene außerordentlich ernst. Kaum hatte er sich im Schneidersitz auf dem Gras niedergelassen, zog er aus seiner Kimonobrust eine Zeitschrift mit dem Titel *Zeitgemäße Literaturkritik* hervor, öffnete sie auf der ersten Seite und hielt sie Sanshirō umgekehrt hin. „Nun, was sagst du dazu?" fragte er. Sanshirō sah hin und erblickte den Titel *Das große Dunkel* in riesigen Lettern. Darunter stand der Dichtername *Reiyoshi* – „Meister Überflüssig". *Das große Dunkel:* So hatte Yojirō jeweils Professor Hirota bezeichnet; Sanshirō hatte den Ausdruck schon mehrmals von ihm gehört. Den Namen *Reiyoshi* jedoch kannte er überhaupt nicht. Als Yojirō ihn fragte, was er dazu meine, schaute Sanshirō ihn zuerst lange an, bevor er antwortete. Yojirō sagte nichts. Er schob nur sein plattes Gesicht nach vorne, drückte mit seiner rechten Zeigefingerkuppe seine Nasenspitze nieder und verharrte reglos in dieser Stellung. Erst als er merkte, daß ein Student, der in der Nähe stand, ihn ansah und grinste, nahm er den Finger von der Nase weg.

„Das habe ich geschrieben", sagte er. Jetzt begriff Sanshirō, worum es ging.

„Ist das der Artikel, den du geschrieben hast, als wir zur Chrysanthemen-Puppenschau gingen?"

„Nein, das ist ja erst wenige Tage her. So schnell kann man doch nichts drucken lassen! Jener Text wird nächsten Monat erscheinen. Dies hier habe ich schon vor längerer Zeit geschrieben. Vom Titel her ist dir wohl klar, worum es geht?"

„Um Professor Hirota?"

„Ja, ich versuche, das öffentliche Interesse auf ihn zu lenken. In dieser Weise lege ich das Fundament für eine Stellung an der Universität."

„Hat diese Zeitschrift einen so großen Einfluß?"

Sanshirō hatte den Namen der Zeitschrift nie zuvor gehört.

„Leider nicht. Das ist wirklich ein Problem!" antwortete Yojirō. Sanshirō konnte sich ein Lächeln nicht verkneifen.

„Wieviele Exemplare werden davon verkauft?"

Yojirō gab keine Zahl an. „Aber es ist trotzdem besser, als wenn ich gar nichts geschrieben hätte“, rechtfertigte er sich.

Aus den Antworten auf seine Fragen erfuhr Sanshirō allmählich, daß Yojirō schon lange mit dieser Zeitschrift in Beziehung stand, und daß er, wenn er nur immer Zeit hatte, für fast jede Nummer etwas schrieb. Er tat dies aber jedesmal unter einem anderen Pseudonym, so daß außer wenigen Kollegen niemand wußte, wer dahinterstand. So war das also! Auch Sanshirō hörte jetzt erstmals von der Verbindung zwischen Yojirō und literarischen Kreisen. Aber warum er ein Pseudonym gebrauchte, das fast ein Scherz war, und warum er den „großen Artikel“, wie er ihn nannte, nur im Geheimen publizierte, das verstand Sanshirō nicht.

Sanshirō war so frech, zu fragen, ob Yojirō diese Aufgabe übernommen habe, um ein wenig Geld auf der Seite zu verdienen. Yojirō riß die Augen weit auf: „Nur weil du gerade erst aus der tiefsten Provinz in Kyūshū gekommen bist und die wichtigsten Strömungen der literarischen Welt nicht kennst, kannst du so eine Frage stellen! Wie kann ein Denkender, der hier mitten im Zentrum der modernen Geisteswelt steht und die tiefgreifenden Wandlungen, die darin stattfinden, vor Augen hat, noch ein unwissendes Gesicht machen! Die Macht über die Entwicklung der modernen Literatur liegt ganz in den Händen von uns jungen Männern. Deshalb müssen wir Wort für Wort, Satz für Satz weitermachen und alles sagen, was wir können, sonst haben wir verloren! Die Welt der Literatur ist ganz unerwartet der Gewalt einer großartigen Revolution ausgesetzt. Alles ist im Fluß; alles bewegt sich in eine neue Richtung. Wir dürfen nicht zurückbleiben. Wenn wir nicht vorwärtsgehen und selber die neue Richtung bestimmen, wofür leben wir dann? ‚Literatur‘ – Das ist so leicht dahingesagt, aber das ist nur die Literatur, von der wir zum Beispiel an der Universität hören. Das, was wir als unsere neue Literatur bezeichnen, ist ein großer Spiegel des menschlichen Lebens. Wenn die Literatur sich in eine neue Richtung entwickelt, muß sie Einfluß auf die Bewegungen in der gesamten japanischen Gesellschaft nehmen. Und das tut sie ja auch wirklich! Während gewisse Leute ein Schläfchen machen und träumen, übt sie ihren Einfluß schon aus. Wahnsinnig!“

Sanshirō hörte schweigend zu. Es tönte ihm alles ein bißchen großsprecherisch. Aber wenn Yojirō auch prahlte, er war doch begeistert und schien es äußerst ernst zu nehmen. Sanshirō war beeindruckt.

„In diesem Geist also hast du deinen Artikel verfaßt. Dann hast du also gar nicht daran gedacht, ein Honorar für das Manuskript zu fordern?“

„Oh doch, ich nehme für mein Manuskript soviel Geld, wie ich bekommen kann. Leider verkauft sich diese Zeitschrift schlecht, und sie zahlen mir nichts aus. Wir müssen irgendwie versuchen, es so einzurichten, daß mehr Exemplare verkauft werden. Hast du keine gute Idee?“ Diesmal war es Yojirō, der Sanshirō um Rat bat. Das Gespräch war plötzlich auf ganz praktische Dinge gekommen, was Sanshirō befremdete. Yojirō machte es gar nichts aus. Da läutete schrill die Glocke.

„Jedenfalls gebe ich dir diese Nummer, damit du den Artikel lesen kannst. Der Titel *Das große Dunkel* ist doch interessant? Bestimmt schockiert er die Leser – Man muß ja schockieren, damit man überhaupt gelesen wird!“

Durch die Eingangshalle gingen die zwei zum Hörsaal und setzten sich an ihre Pulte. Der Professor kam herein. Beide fingen an, Notizen zu machen. Sanshirō lag *Das große Dunkel* jedoch sehr am Herzen. Er legte die *Zeitgemäße Literaturkritik* geöffnet neben sein Notizheft und fing an, in den Pausen zwischen den Notizen so zu lesen, daß der Professor nichts davon merkte.

Glücklicherweise war dieser Professor kurzsichtig, und zudem war er ganz in seine Vorlesung versunken. Sanshirōs Unaufmerksamkeit entging ihm also völlig. Frisch drauflos machte Sanshirō jetzt bald auf der einen Seite Notizen, bald las er auf der anderen. Aber da kein Mensch die Kunst beherrscht, zwei Tätigkeiten gleichzeitig auszuführen, verlor er sowohl beim *Großen Dunkel* als auch bei den Vorlesungsnotizen den Faden. Nur ein einziger Abschnitt aus Yojirōs Artikel blieb ihm deutlich im Gedächtnis haften: „Wieviele Äonen braucht die Natur, um ein Juwel entstehen zu lassen? Und wieviele weitere Äonen verbringt dieses Juwel in stillem Glitzern, bis es das Schicksal zutage fördert?“ Der Rest entging ihm völlig. Dafür hatte er während der ganzen Stunde kein einziges Mal *stray sheep* geschrieben.

Kaum war die Vorlesung zu Ende, fragte Yojirō schon: „Na, wie findest du ihn?“ Als Sanshirō zur Antwort gab, er habe den Artikel eigentlich noch gar nicht richtig lesen können, schalt ihn Yojirō einen Mann, der seine Zeit nicht richtig einteilen könne. „Du mußt ihn unbedingt lesen!“ befahl er. Sanshirō versprach, dies zu Hause zu tun. Unterdessen war es Mittag geworden, und die zwei verließen zusammen das Universitätsgelände.

„Du gehst doch heute abend hin?“ fragte Yojirō und blieb an der Ecke zur Seitengasse, die nach Nishikatamachi hineinführte, stehen. Sanshirō hatte völlig vergessen, daß an diesem Abend eine gesellige Zusammenkunft der Studenten ihres Jahrganges stattfand. Jetzt erst erinnerte er sich daran und antwortete, ja, er habe vor zu gehen. Darauf sagte Yojirō: „Komm mich doch vorher abholen, ich habe mit dir etwas zu besprechen!“ Er hatte seinen Füllfederhalter hinter das Ohr geklemmt, was irgendwie triumphierend wirkte. Sanshirō erklärte sich einverstanden.

Zu Hause nahm er ein Bad und ging erfrischt hinauf in sein Zimmer. Auf seinem Schreibtisch fand er eine Postkarte vor. Darauf war ein Bach gezeichnet, an dessen Ufer buschiges Gras wuchs. Daneben lagen zwei Schafe. Auf der anderen Seite des Baches war ein großer Mann skizziert, der mit einem Spazierstock in der Hand dastand. Das Gesicht dieses Mannes war äußerst grimmig. Es war demjenigen des Teufels auf westlichen Bildern nachgemacht. Sollte man dies nicht merken, standen daneben zur Sicherheit noch die Silbenzeichen für *„devil“*. Auf der anderen Seite der Karte stand unter Sanshirōs Adresse an der Stelle des Absenders ganz klein nur: „Verirrtes Kind“. Sanshirō verstand sofort, wer damit gemeint war. Er freute sich darüber, daß mit einem der zwei „verlorenen Schafe“ auf der Rückseite ganz offensichtlich indirekt auch er selbst gemeint war. Nicht nur Mineko war ein „verirrtes Kind“, nein, auch er hatte schon immer dazugehört. So schien jedenfalls Mineko zu denken. Endlich war ihm klargeworden, was sie mit *stray sheep* gemeint hatte.

Er wollte *Das große Dunkel* lesen, wie er es Yojirō versprochen hatte, aber er hatte einfach keine Lust dazu. Lange Zeit betrachtete er nachdenklich die Postkarte: Ihr Humor übertraf selbst den eines Aesop. Daneben wirkte sie gleichzeitig naiv und offen. Und als Grundstimmung war etwas da, das an sein Herz rührte.

Auch in der Ausführung war die Zeichnung bemerkenswert. Alles war ganz deutlich abgebildet. Yoshikos Kakibaum war nichts dagegen – So schien es jedenfalls Sanshirō.

Nach einer Weile begann er endlich mit der Lektüre des *Großen Dunkels*. Anfänglich las er nur unkonzentriert, aber nach den ersten paar Seiten wurde er allmählich in den Bann des Textes gezogen. Sein Interesse wurde geweckt, und bevor er es merkte, hatte er schon ein halbes Dutzend Seiten gelesen. Schließlich brachte er mühelos den langen, siebzehnseitigen Artikel hinter sich. Erst, als er beim letzten Satz angekommen war, merkte er, daß er den Artikel zu Ende gelesen hatte. Er hob den Blick von der Zeitschrift und dachte: „Jetzt bin ich doch damit fertig geworden!"

Aber als er sich einen Augenblick später zu vergegenwärtigen versuchte, was genau er gelesen hatte, war da – nichts. Es war fast lachhaft. Er hatte nur das undeutliche Gefühl, eine große und reichhaltige Lektüre hinter sich zu haben. Er bewunderte Yojirōs literarisches Talent.

Der Artikel begann mit einer Attacke auf die modernen Literaten und endete mit einer Lobrede auf Professor Hirota. Besonders hart wurden die europäischen Lehrkräfte an der literarischen Abteilung der Universität angegriffen. Wenn man nicht sofort geeignete Japaner an die Universität berufe, die einer solchen Institution gemäße Vorlesungen veranstalteten, hieß es, würde die Universität, dieser höchste Sitz der Gelehrsamkeit, auf das Niveau einer gemeinen Tempelschule niedersinken. Sie würde sich dann durch nichts von einer Mumie aus Ziegeln und Backsteinen unterscheiden. Natürlich könne man nichts dagegen tun, wenn keine geeigneten Leute vorhanden seien; indes sei da Professor Hirota, der zehn Jahre lang, als wäre es nur ein Tag, als Oberschullehrer tätig gewesen sei, ohne sich über das geringe Gehalt und die Unbekanntheit zu beklagen. Er sei ein rechtschaffener Gelehrter, der zu den neuen Strömungen im Meer der Wissenschaft beitragen könne. Er sei der Mann, den man mit der Verantwortung der Professur betrauen solle, die im lebensnahen Kontakt mit der japanischen Gesellschaft stehe. Dies etwa war, auf den kleinsten Nenner gebracht, der Gehalt des Artikels. Dieser Gehalt wurde durch eine äußerst vernünftig tönende Diktion und funkelnde Sprüche auf etwa 17 Seiten ausgedehnt. Viele lustige

Sätze kamen darin vor, wie: „Nur alte Männer sind stolz auf ihre Glatze“, oder: „Zwar wurde Venus aus den Wellen geboren, doch aus der Universität gehen keine Gelehrten mit Scharfblick hervor“, oder auch: „Wenn man Doktoren für ein typisches Produkt der Universität ansieht, ist es dasselbe, wie wenn man Quallen für die Spezialität der Tago-no-ura-Bucht[31] ansähe.“ Daneben stand im Artikel eigentlich nichts. Aber es war seltsam, daß Yojirō, nachdem er Professor Hirota als „das große Dunkel“ bezeichnet hatte, die anderen Gelehrten mit Papierlaternen verglich, die ihr schummriges Licht höchstens bis in einen Umkreis von etwa zwei Fuß zu werfen vermochten. Er gebrauchte also genau dieselben Worte, wie sie Professor Hirota damals auf ihn selbst bezogen hatte. Danach lehnte er wie seinerzeit ausdrücklich Gegenstände wie Papierlampen und „Gänsehals“-Tabakpfeifen ab mit den Worten, sie seien „Überbleibsel aus früheren Zeiten, die für uns junge Leute völlig unbrauchbar sind.“

Genau bedacht war Yojirōs Artikel voller Vitalität. Er schrieb so, als vertrete er allein das neue Japan, was bewirkte, daß man sich beim Lesen mitreißen ließ. Allerdings fehlte es dem Artikel völlig an Substanz. Er glich einer Kriegsführung ohne Operationsbasis. Und noch schlimmer: Man konnte diese Art zu schreiben als politische Strategie interpretieren. Der Provinzler Sanshirō war zwar nicht fähig, dies deutlich zu spüren, aber als er nach der Lektüre des Artikels seine Reaktionen zu ergründen versuchte, empfand er irgendwo Unzufriedenheit. Er nahm Minekos Postkarte wieder hervor und betrachtete die zwei Schafe und den Teufel. Hier gefiel ihm alles, was seine vorherige Unzufriedenheit nur noch auffälliger machte. Also hörte er auf, an den Artikel zu denken. Es kam ihm die Idee, Mineko einen Antwortbrief zu schicken. Leider konnte er nicht zeichnen; er entschied sich also zu schreiben. In diesem Fall durfte der Text aber Minekos Bild in nichts nachstehen. Es war gar nicht so einfach, sich etwas einfallen zu lassen. In dieser unentschlossenen Weise vertrödelte Sanshirō die Zeit bis nach vier Uhr.

Dann zog er seine *Hakama*[32] über und begab sich nach Nishikata-

[31] Tago-no-ura-Bucht: Berühmte Landschaft, von der aus man den Fuji sieht. Wird in vielen alten Gedichten besungen.
[32] *Hakama:* Weite Hose in der traditionellen japanischen Kleidung.

machi, um Yojirō abzuholen. Er betrat das Haus durch den Kücheneingang. Im Wohnzimmer saß Professor Hirota vor einem kleinen Eßtischchen beim Abendessen. Daneben kniete respektvoll Yojirō und bediente ihn.

„Schmeckt es Ihnen, Herr Professor?“ fragte er.

Der Angesprochene hatte sich anscheinend den Mund mit etwas Hartem vollgestopft. Sanshirō sah in einem Teller auf dem Tischchen etwa zehn schwärzlich-rote, angebrannte Dinger ungefähr von der Größe einer Taschenuhr liegen.

Er nahm Platz und verbeugte sich. Der Professor kaute mit geschlossenen Lippen auf einem Bissen herum.

„Versuch doch auch eine!“ Yojirō ergriff mit seinen Eßstäbchen eines der Dinger im Teller. Sanshirō legte es sich auf die Handfläche und betrachtete es: Es war das Innere einer Trogmuschel, das gedörrt und in Soyasauce geschmort worden war.

„Ihr eßt aber seltsame Dinge!“ sagte er.

„Was heißt da seltsam! Ich habe sie dem Herrn Professor extra als Geschenk mitgebracht. Er sagt, er habe so etwas noch nie gegessen.“

„Woher hast du sie mitgebracht?“

„Aus Nihonbashi!“

Sanshirō begann sich zu amüsieren. Dieses Gespräch unterschied sich im Ton recht stark vom Artikel, den er soeben gelesen hatte.

„Herr Professor, wie schmecken sie Ihnen?“

„Sie sind zäh!“

„Sie sind zwar zäh, aber sie schmecken doch gut, nicht wahr? Man muß sie eben lange kauen, bis der Geschmack sich richtig entfaltet.“

„Wenn ich sie so lange kaute, bis der Geschmack sich entfaltete, bekäme ich ganz müde Zähne! Warum hast du nur so etwas Altmodisches gekauft?“

„Gefallen sie Ihnen nicht? Wer weiß, vielleicht sind sie nicht das Richtige für Sie. Fräulein Satomi fände bestimmt Gefallen daran!“

„Warum?“ fragte Sanshirō.

„Sie ist so gelassen, daß sie bestimmt die Geduld hätte, so lange darauf herumzukauen, bis sich der Geschmack entfaltete.“

„Jene Frau ist gelassen, aber auch gewalttätig“, sagte Professor Hirota.

„Ja, sie ist gewalttätig. Sie hat etwas von Ibsens Frauengestalten.“

„Bei Ibsens Frauen liegt alles ganz offen, aber diese Frau ist nur in ihrem innersten Herzen gewalttätig. Natürlich meine ich ‚gewalttätig' nicht im gängigen Sinn. Nonomiyas Schwester scheint auf den ersten Blick auch gewalttätig zu sein, aber sie ist trotzdem sehr feminin. Seltsam, nicht?"

„Dann ist Satomi nur innerlich gewalttätig?"

Sanshirō hörte dem Kommentar der zwei Männer schweigend zu. Er verstand sie nicht. Für ihn war es das größte Rätsel, wie man Mineko als „gewalttätig" bezeichnen konnte.

Bald darauf ging Yojirō hinaus, um in seine *Hakama* zu schlüpfen, und kam im formellen Gewand wieder herein. „Wir gehen jetzt", sagte er. Der Professor schwieg und trank Tee. Als die beiden das Haus verließen, war es schon dunkel geworden. Sie hatten sich nur wenige Meter vom Eingangstor entfernt, als Sanshirō Yojirō schon anredete: „Der Professor hat Fräulein Satomi als ‚gewalttätig' bezeichnet, nicht wahr?"

„Ja, er ist eben ein Mensch, der willkürlich und nach eigenem Belieben spricht. Deshalb sagt er je nach Gelegenheit oft zufällig irgndwelche Dinge. Aber vor allem ist es ein Witz, wenn er sich über die Frauen äußert. Sein Wissen in diesem Bereich ist sozusagen gleich null. Kann jemand, der noch nie verliebt gewesen ist, die Frauen überhaupt verstehen?"

„Wenn es so ist, warum hast du dann dem Professor beigepflichtet?"

„Ja, ich habe gesagt, sie sei gewalttätig. Warum wohl?"

„In welcher Hinsicht findest du sie denn gewalttätig?"

„In keiner speziellen Hinsicht. Heutzutage sind alle Frauen gewalttätig. Nicht nur diese eine."

„Du hast gesagt, sie gleiche einer Gestalt aus Ibsens Stücken . . ."

„Ja."

„Welche Gestalt meintest du?"

„Ich weiß nicht . . . Sie gleicht ihr . . ."

Sanshirō war natürlich nicht überzeugt. Aber er verfolgte die Sache auch nicht weiter. Ein paar Schritte lang schwieg er. Dann sagte Yojirō plötzlich: „Nicht nur Fräulein Satomi gleicht den Frauengestalten aus Ibsens Stücken. Heutzutage gleichen ihnen alle Frauen. Und nicht nur die Frauen: Jeder Mann, der auch nur ein bißchen mit dem neuen Wind, der heute weht, in Kontakt gekommen ist, hat gleich auch etwas von einer Ibsen-Figur. Aber ob Mann oder Frau – Bei uns handelt niemand frei wie Ibsens Figuren. Nur innerlich sind die meisten davon angesteckt."

„Ich bin noch nicht angesteckt!"

„Wenn du das sagst, täuschst du dich nur selbst! Jede Gesellschaft hat doch ihre Mängel . . ."

„So ist es wohl."

„Dann werden wohl alle Wesen, die darin leben, an irgend einem Punkt Unzufriedenheit verspüren. Ibsens Figuren haben am deutlichsten die Schwächen ihres Gesellschaftssystems empfunden. Wir werden ihnen darin mit der Zeit wohl immer ähnlicher werden."

„Meinst du das wirklich?"

„Nicht nur ich, alle scharfsichtigen Leute meinen das!"

„Denkt dein Herr Professor auch so?"

„Mein Herr Professor? Ich weiß nicht . . ."

„Aber hat er nicht eben vorhin über Fräulein Satomi gesagt, sie sei gleichzeitig gelassen und gewalttätig? Kann man das nicht so interpretieren, daß sie gelassen ist, weil sie mit ihrer Umgebung harmoniert, und daß sie tief im Herzen gewalttätig ist, weil sie irgendwo Unzufriedenheit verspürt?"

„Ach so? Nicht schlecht! Der Herr Professor hat, wenn es zu solchen Situationen kommt, eben doch seine großartigen Seiten!" Yojirō hatte sofort die Gelegenheit am Schopf gepackt, den Professor zu loben. Sanshirō hatte eigentlich die Diskussion über Minekos Charakter ein wenig vorantreiben wollen, indes hatten Yojirōs Worte ihn aus der Bahn gebracht.

Yojirō sagte: „Ich habe dir heute doch mitgeteilt, daß ich mit dir etwas zu besprechen habe. Vorerst aber: Hast du *Das große Dunkel* gelesen? Wenn nicht, wirst du nämlich nicht gut verstehen, was ich von dir will."

„Doch, doch. Nach dem Gespräch mit dir bin ich sogleich nach Hause gegangen und habe es gelesen."

„Wie findest du den Artikel?"

„Was hat der Professor denn dazu gesagt?"

„Der Professor? Der wird ihn bestimmt nicht lesen! Bis jetzt weiß er gar nichts davon."

„Ach so. Er ist schon interessant, aber – Es war etwa so, als hätte ich nur Bier getrunken und wäre davon nicht satt geworden."

„Das genügt vollauf! Es reicht, wenn es dich nur in Stimmung brachte! Deshalb habe ich nämlich ein Pseudonym gebraucht – Ich stecke noch ganz in der Vorbereitungsphase. So kann ich genau zur richtigen Zeit mit meinem echten Namen auftreten. Nun also werde ich dir von der Angelegenheit erzählen, die ich heute mittag erwähnt habe."

Yojirōs Angelegenheit war die folgende: Er würde heute abend wiederholt die Stagnation an ihrer Fakultät beklagen, und Sanshirō sollte in diese Klagen mit einstimmen. Da die Stagnation eine Tatsache sei, würden sich ihnen sicher auch andere Studenten anschließen. Danach würden sie alle zusammen einen Plan zur Wiederherstellung des guten Zustands aushecken. Jedenfalls würde Yojirō betonen, daß die dringendste Notwendigkeit sei, einen passenden japanischen Professor an die Universität zu berufen. Natürlich würden alle beistimmen, das verstand sich von selbst. Dann würde man übergehen zur Frage, wen genau man berufen solle. Und hier würde Yojirō Professor Hirotas Namen zur Sprache bringen. Sanshirō würde mit ihm zusammen nach Kräften den Professor loben. Wenn er dies nämlich nicht täte, würden diejenigen Leute, die wußten, daß Yojirō bei Professor Hirota logierte, bestimmt mißtrauisch werden. Da es ja stimme, daß er bei ihm logiere, spiele es für ihn selbst keine Rolle, wie man über ihn denke; wenn aber Herr Professor Hirota Probleme hätte, käme das sehr ungelegen. Vermutlich würden sich sowieso drei oder vier Leute seiner Meinung anschließen, doch sei es auf jeden Fall besser, wenn er mindestens einen Verbündeten hätte. Sanshirō solle, meinte er, so gut er könne in seinem Sinne reden. Und schließlich würden sie im Falle eines einstimmigen Beschlusses Delegierte bestimmen, die zum Dekan und zum Rektor gehen würden. Es würde an diesem Abend zwar wohl nicht so weit kommen. Das sei aber auch gar nicht nötig. Er würde sich den Umständen anpassen und improvisieren . . .

Yojirō war sehr beredt. Leider waren seine Worte aber allzu glatt und ohne Gewicht. Man fragte sich manchmal, ob er nicht mit ernster Miene einen Scherz vortrage. Da ihm der Plan jedoch von der

Anlage her rechtschaffen schien, erklärte sich Sanshirō im großen und ganzen einverstanden. Er sagte nur, daß ihm das Vorgehen etwas zu künstlich und deshalb uninteressant erscheine. Yojirō blieb mitten auf der Straße stehen. Die zwei befanden sich eben vor dem *Torii*[33] des Morikawa-Quartierschreins.

„Du sagst, das Vorgehen sei zu künstlich, aber was ich tue, ist nur, es mit menschlicher Kraft zum voraus so einzurichten, daß die natürliche Reihenfolge der Ereignisse nicht durcheinandergerät. Es ist überhaupt nicht dasselbe, wie wenn ich etwas plane, das den Regeln der Natur wiederspricht. Es macht nichts, wenn etwas künstlich ist. Nur schlechte Künstlichkeit ist schlecht!"

Damit war Sanshirō zum Schweigen gebracht. Es schien ihm, er habe noch Einwände, doch er konnte sie nicht formulieren. Von Yojirōs Rede schwebten ihm nur diejenigen Stellen deutlich im Gedächtnis, bei denen er das Gefühl hatte, er hätte selber nie an so etwas denken können. Es waren diese Teile, die Sanshirō besonders bewunderte.

„So kann man es auch sehen", war seine äußerst zweideutige Antwort. Die beiden setzten Schulter an Schulter ihren Weg fort. Als sie durch das Haupttor das Universitätsgelände betraten, weitete sich vor ihren Augen sofort die Sicht. Hier und dort ragten große Gebäude schwarz in die Höhe. Dort, wo ihre Dächer in scharfgezogenen Kanten endeten, begann der helle Nachthimmel, in dem eine unfaßbare Anzahl von Sternen funkelte.

„Ein schöner Himmel!" sagte Sanshirō. Sie gingen ein paar Schritte weiter. Auch Yojirō betrachtete den Himmel. Plötzlich rief er: „He, du!" Sanshirō dachte, dies sei die Fortsetzung des vorherigen Gespräches und antwortete: „Was ist?"

„Du, was hast du für ein Gefühl, wenn du diesen Himmel siehst?"

Es war nicht eine Frage, die man normalerweise von Yojirō erwarten würde. Sanshirō hatte unzählige Antworten an Lager wie, daß es grenzenlos sei, oder daß es an die Ewigkeit erinnere, aber er hatte Angst, von Yojirō ausgelacht zu werden, wenn er derlei Dinge sagte, und er schwieg.

33 *Torii:* Rituelles Tor zu einem Schreinbezirk, das aus zwei Stützpfeilern mit waagrecht darübergelegtem Balken besteht.

„Was soll das alles, was wir tun! Vielleicht höre ich schon morgen mit meiner ‚Bewegung' auf. Und auch *Das große Dunkel* zu schreiben hat wohl nicht viel genützt!"

„Warum sagst du plötzlich solche Dinge?"

„Wenn ich diesen Himmel sehe, überfallen mich solche Gedanken. Du, Sanshirō – Bist du jemals verliebt gewesen?"

Sanshirō konnte nicht auf der Stelle antworten.

„Die Frauen sind so furchterregend", sagte Yojirō.

„Sie sind furchterregend, das weiß ich auch", sagte Sanshirō. Yojirō brach plötzlich in schallendes Gelächter aus. Es tönte sehr laut in dieser stillen Nacht.

„Du weißt doch gar nichts über die Frauen! Gar nichts. Und doch . . .!"

Sanshirō war niedergeschlagen.

„Morgen wird schönes Wetter sein. Genau richtig für das Sporttreffen! Geh doch auch hin; es gibt dort viele hübsche Frauen zu sehen!"

Durch das Dunkel gelangten die zwei zum Gebäude, in dem das Studententreffen stattfand. Innen leuchteten elektrische Lichter.

Über einen aus Holz gebauten Korridor gelangten sie um die Ecke in das Zimmer, wo diejenigen, die früher gekommen waren, schon in Grüppchen herumstanden. Es gab drei mehr oder weniger große Gruppen. Einige Studenten, die sich von der Allgemeinheit absonderten, lasen schweigend in den Zeitschriften und Zeitungen, die im Saal auflagen. Von allen Seiten ertönten Gespräche. Ihre Zahl schien höher zu sein als diejenige der Gruppen. Die Gespräche waren verhältnismäßig ruhig und leise. Dafür stieg der Tabakqualm um so heftiger in die Höhe.

Unterdessen trafen immer neue Studenten ein. In kleinen Grüppchen traten nacheinander schwarze Gestalten aus dem Dunkel in den winddurchwehten Korridor. Auf einen nach dem anderen fiel das Licht, als er in den hellen Saal trat. Manchmal kamen gleich ein halbes Dutzend Leute nacheinander ins Helle. Bald war die Gesellschaft fast vollzählig. Im Tabakrauch rannte Yojirō hin und her und sprach überall leise mit den Anwesenden. „Jetzt hat er seine Bewegung gestartet", dachte Sanshirō, der ihm zuschaute.

Nach einer Weile bat der Organisator die Studenten mit lauter

Stimme, Platz zu nehmen. Die Eßtische hatte man natürlich schon zum voraus hergerichtet. Bunt durcheinander strömten die Studenten zu den Plätzen. Es gab keine Sitzordnung. Das Essen begann.

Sanshirō hatte in Kumamoto nur den sogenannten „roten Sake" getrunken. Dies war der billigste Sake im Ort. Wenn die Studenten selten einmal zusammen ein Restaurant besucht hatten, war es immer ein Rindfleischlokal gewesen, bei dem der Verdacht bestand, daß das Rindfleisch eigentlich von Pferden stammte. Um dies zu prüfen, hatten die Studenten jeweils die Fleischstücke im Teller mit den Händen ergriffen und hatten sie gegen die Wand geschleudert. Fielen sie herunter, hieß es, sie stammten vom Rind; blieben sie kleben, galten sie als Pferdefleisch. Die ganze Sache glich einer Wahrsagerei. Für Sanshirō war ein so herrschaftliches Studententreffen wie dieses hier völlig neu. Fröhlich betätigte er Gabel und Messer und trank viel Bier.

„Nicht wahr, das Essen in der Studentenhalle schmeckt schlecht", sprach ihn sein Sitznachbar an, ein ruhiger Student mit kurzrasiertem Schädel und goldumrandeter Brille.

„Ja", antwortete Sanshirō kurz angebunden. Wäre Yojirō sein Gesprächspartner gewesen, hätte er ganz ehrlich gesagt, ihm als Provinzler schmecke es ausgezeichnet, aber hier befürchtete er, eine solche Ehrlichkeit könnte als ironische Stichelei aufgefaßt werden, und er schwieg.

Da sagte sein Nachbar: „Wo hast du die Oberschule besucht?"

„In Kumamoto."

„In Kumamoto? Mein Vetter war schon einmal dort – Er sagt, es sei ein schrecklicher Ort."

„Es ist ein barbarischer Ort."

Während die beiden so miteinander plauderten, ertönte von der gegenüberliegenden Seite des Saals plötzlich eine laute Stimme. Es war Yojirō, der beständig auf ein paar seiner Sitznachbaren einsprach. Mehrmals fiel der Satz: *„De te fabula!"*[34]. Was das hieß, wußte Sanshirō nicht, aber Yojirōs Gesprächspartner lachten jedesmal, wenn er es sagte. Yojirō, der immer selbstsicherer wurde, legte

[34] *De te fabula:* Zitat aus den Satiren des Horaz (Buch 1 Nr. 1): „Quid rides? Mutato nomine de te fabula narratur." („Was lachst du? Unter einem anderen Namen wird die Geschichte von dir erzählt.")

los: „*De te fabula!* Wir jungen Männer einer neuen Epoche . . .“ Ein hellhäutiger, vornehm aussehender Student, der Sanshirō schräg gegenübersaß, ließ eine Weile lang sein Messer ruhen und schaute dem Kreis um Yojirō zu. Dann lachte er und sagte halb im Scherz auf Französisch: *„Il a le diable au corps!“*[35] Er schien aber von der Gruppe drüben nicht gehört worden zu sein, denn eben wurden etwa vier Biergläser gleichzeitig in die Höhe gehoben, und im Triumph wurde auf etwas ein Toast ausgesprochen. „Der Junge dort drüben ist aber sehr lebhaft“, meinte Sanshirōs Sitznachbar, der Student mit der goldumrandeten Brille.

„Ja, er spricht viel!“

„Er hat mich einmal auf ein Curryreis-Gericht ins *Yodomiken* eingeladen. Obwohl wir uns überhaupt nicht kannten, ist er plötzlich auf mich zugekommen, hat mich angesprochen und ins *Yodomiken* mitgeschleppt.“

Der Student lachte. Jetzt wußte Sanshirō, daß er nicht der einzige war, den Yojirō auf ein Curryreis-Gericht ins *Yodomiken* eingeladen hatte.

Schließlich wurde der Kaffee serviert. Ein Student stand von seinem Stuhl auf. Yojirō klatschte wild in die Hände, bis plötzlich auch all die anderen Studenten in den Applaus mit einstimmten.

Derjenige, der aufgestanden war, trug eine neue, schwarze Uniform und hatte schon einen Schnurrbart. Er war hochgewachsen und machte stehend eine außerordentlich gute Figur. Jetzt setzte er an zu etwas, das wohl eine Rede werden sollte.

„Heute abend sind wir aus dem Anlaß zusammengekommen, uns besser kennenzulernen und fröhliche Stunden miteinander zu erleben. Dies allein ist schon ein großes Glück. Aber da ich zufällig bemerkt habe, daß unser Treffen hier nicht nur eine rein gesellschaftliche Bedeutung hat, sondern womöglich einen viel größeren Einfluß haben wird, habe ich den Wunsch verspürt, mich zu erheben und ein paar Worte zu sagen. Dieses Treffen hat mit Bier begonnen und endet mit Kaffee. Es ist ein ganz gewöhnliches Treffen. Aber die nahezu vierzig Menschen, die hier Bier und Kaffee getrunken haben, sind nicht gewöhnliche Menschen, denn wir haben zwischen

35 Französisch: „Er ist vom Teufel besessen“.

dem ersten Schluck Bier und dem letzten Tropfen Kaffee zu spüren bekommen, wie sich unser Schicksal weitet.

Die Forderung nach der politischen Freiheit ist ein alter Hut. Diejenige nach der Redefreiheit ebenfalls. Das Wort „Freiheit" sollte man nicht ausschließlich für Phänomene verwenden, die sich so leicht an der Oberfläche jener beiden Bereiche zeigen. Ich glaube, daß wir jungen Männer jetzt eine neue Zeit erleben, in der wir die Freiheit des Geistes verlangen müssen.

Wir sind junge Männer, welche die alte Unterdrückung durch Japan nicht mehr aushalten können. Den neuen Zwang durch den Westen können wir aber ebenfalls nicht mehr ertragen – Das müssen wir der Welt verkünden! Der neue Druck, den der Westen sowohl auf die Gesellschaft als auch auf die schönen Künste ausübt, ist für uns junge Männer genauso schmerzhaft wie die alte Bevormundung durch Japan.

Wir alle hier studieren westliche Literatur. Aber studieren, das bedeutet nichts Weiteres als eben zu studieren. Es bedeutet nicht, daß wir uns von jener Literatur versklaven lassen müssen. Wir studieren die westliche Literatur nicht, um uns von ihr einnehmen zu lassen, sondern um Herzen zu befreien, die schon davon eingenommen worden sind. Wir besitzen das Selbstvertrauen und die Entschlußkraft, auf das Studium derjenigen Literatur, die nicht zu unseren Zielvorstellungen paßt, zu verzichten – trotz des Zwanges, der auf uns ausgeübt wird. Das ist der Grund, warum wir uns von den gewöhnlichen Menschen unterscheiden. Literatur ist weder Kunstfertigkeit noch Geschäft; vielmehr ist sie die treibende Kraft der Gesellschaft, die mit den Grundprinzipien des menschlichen Lebens in Berührung steht. Dies ist der Grund, warum wir Literatur studieren, warum wir das schon erwähnte Selbstvertrauen und die Entschlußkraft besitzen, und dies ist der Grund, warum ich mir vorstelle, daß von unserer heutigen Versammlung ein überdurchschnittlicher Einfluß ausgeht.

In unserer Gesellschaft, sowie auch in den Künsten, ihrem Produkt, finden stürmische Umwälzungen statt. Wenn wir diese ausnützen wollen, um die Literatur nach unseren Idealvorstellungen zu prägen, müssen wir winzigen, unbedeutenden Individuen uns zusammenschließen und unser persönliches Schicksal erfüllen, entwickeln, ausweiten! Das Bier und der Kaffee, die wir heute abend getrunken haben, sind dadurch, daß sie uns diesem verborgenen Ziel einen Schritt nähergebracht haben, hundertmal wertvoller als gewöhnliches Bier und gewöhnlicher Kaffee, und damit äußerst ehrwürdige Getränke!"

So etwa lauteten die Worte des Vortrages. Als der Redner geschlossen hatte, applaudierten sämtliche Studenten, die im Raum saßen. Sanshirō war einer von denjenigen, die am lautesten Beifall klatschten. Da erhob sich plötzlich Yojirō.

„*De te fabula!* Was kümmert es uns, wieviele Worte Shakespeare gebraucht hat, oder wieviele tausend weiße Haare Ibsens Haupt zierten! Wenn wir so dumme Vorlesungen hören, müssen wir uns keine Sorgen machen, daß wir davon zu sehr eingenommen werden könnten. Aber es ist schade um die Universität! Es muß unbedingt jemand berufen werden, der die jungen Männer der neuen Generation zufriedenstellen kann! Aber kein Europäer; die sehen schon gar nicht aus, als hätten sie Einfluß!"

Wieder klatschten alle im Saal Beifall und lachten. Yojirōs Nachbar rief: „Wir wollen auf *de te fabula* eins trinken!"

Derjenige, der vorhin die Rede gehalten hatte, war sofort auch mit von der Partie. Leider war das Bier ausgegangen. Yojirō erklärte sich bereit, mehr zu holen, und rannte sogleich hinaus zur Küche. Die Kellner brachten Sake. Kaum waren die Becher geleert, rief jemand: „Noch ein Toast! Diesmal auf das *Große Dunkel!*" Alle im Kreis um Yojirō lachten laut auf. Yojirō kratzte sich den Schädel.

Als die Zeit gekommen war, die Gesellschaft aufzulösen, zerstreuten sich die jungen Männer in das Dunkel der Nacht. Sanshirō fragte Yojirō:

„Was bedeutet *de te fabula?*"

„Es ist Griechisch."

Yojirō gab keine weitere Auskunft. Sanshirō stellte auch keine weiteren Fragen. Unter dem schönen Nachthimmel spazierten die beiden nach Hause.

Wie erwartet war das Wetter am nächsten Tag schön. Dieses Jahr war ganz allgemein viel milder gewesen als sonst. Heute war es ganz besonders warm. Am Morgen ging Sanshirō ins Badehaus. Da es in dieser Welt nur wenige Leute von Muße gibt, war es hier vormittags fast leer. Sanshirō bemerkte, daß im Umkleideraum eine Werbetafel für die Mitsukoshi-Stoffhandlung hing. Darauf war eine hübsche Frau abgebildet, deren Gesicht irgendwie Mineko glich. Beim näheren Hinsehen entpuppte sich aber, daß der Ausdruck der Augen ganz anders war. Die Zahnstellung war nicht auszumachen. Die Augen und die Zähne waren es gewesen, die Sanshirō in Minekos Gesicht am stärksten beeindruckt hatten. Yojirōs Meinung nach waren Minekos Zähne immer sichtbar, weil sie ein Spürchen zu weit vorstanden. Dieser Meinung konnte sich Sanshirō jedoch nicht anschließen . . .

Solche Gedanken gingen ihm durch den Kopf, als er im warmen Wasser lag, und deshalb verließ er das Bad, ohne seinen Körper richtig gewaschen zu haben. Seit gestern abend war plötzlich das Bewußtsein in ihm stärker geworden, ein „junger Mann der neuen Generation“ zu sein, aber sonst war nichts an ihm stärker geworden; sein Körper blieb so, wie er schon immer gewesen war. Mehr als andere Leute hatte Sanshirō in seiner Freizeit nämlich die Gewohnheit, sich völlig zu entspannen. Er hatte Lust bekommen, sich heute nachmittag das Leichtathletiktreffen der Universität anzusehen.

Sanshirō hatte den Sport nie besonders gemocht. In seiner Heimat war er nur ein paarmal auf die Kaninchenjagd gegangen. Und einmal hatte er bei einer Ruderregatta das Amt des Signalgebers übernommen. Damals hatte es böses Blut gegeben, weil er Rot und Grün miteinander verwechselte, als er die Fahnen schwenkte. Dem Lehrer, der die Pistole zur Entscheidungsrunde hätte abfeuern sollen, gelang der Schuß nicht: Er zog zwar am Abzug, aber die Pistole gab keinen Laut von sich. Dies war der Grund gewesen, warum Sanshirō in Verwirrung geraten war. Seither hatte er sich keinem Sporttreffen mehr genähert. Weil heute aber der erste Sportwettbewerb stattfand, seitdem er nach Tōkyō gekommen war, wollte er unbedingt hingehen. Das hatte ihm Yojirō ja auch empfohlen. Yojirōs Worten zufolge lohnten aber eher die Frauen als die Wettkämpfe das Interesse. Unter den Frauen würde sicher auch Nonomiyas Schwester, und in ihrer Nähe dann wohl auch Mineko zu finden sein. Sanshirō wollte zu ihnen hingehen und etwa: „Guten Tag“ sagen.

Nach dem Mittagessen machte er sich also auf den Weg zum Sporttreffen. Der Eingang befand sich an der südlichen Ecke des

Turnplatzes. Eine große japanische Flagge mit der „aufgehenden Sonne“ und die englische Staatsfahne waren beim Eingang kreuzweise übereinander aufgehängt. Die „aufgehende Sonne“ – das leuchtete ein; aber warum denn nur die englische Staatsfahne? Das verstand Sanshirō nicht. Er vermutete, es bestehe vielleicht ein Zusammenhang mit der Japanisch-Britischen Allianz[36]. Aber was diese Allianz mit dem Leichtathletiktreffen der Universität zu tun hatte, war Sanshirō wiederum schleierhaft.

Der Sportplatz bestand aus einem rechteckigen Rasenfeld. Da der Herbst schon weit fortgeschritten war, hatte das Gras schon fast seine Farbe verloren. Der Bereich für die Zuschauer war auf der westlichen Seite. Man hatte es so eingerichtet, daß man sie in den Raum hineintrieb, der hinten durch künstliche Hügel, vorne durch den Zaun des Sportplatzes abgegrenzt war. Der Platz war eng, die Zuschauer zahlreich; es herrschte dichtes Gedränge. Glücklicherweise war das Wetter schön, und man fror wenigstens nicht. Trotzdem trugen viele der Männer Mäntel, während die Frauen gegen die Sonne ihre Schirme aufspannten.

Sanshirō war enttäuscht, daß die Plätze der Damen abgetrennt waren, so daß gewöhnliche Sterbliche sich ihnen nicht nähern konnten. Zudem waren hier so viele wichtig aussehende Männer im Gehrock anwesend, daß er sich ganz unscheinbar vorkam. Sanshirō, der sich als „junger Mann einer neuen Generation“ fühlte, verlor hier etwas an Statur. Er vergaß jedoch trotzdem nicht, aus der Menge heraus die Damenränge zu begutachten. Da er seitlich von ihnen stand, konnte er sie nicht sehr gut sehen, doch wie erwartet war der Anblick trotzdem schön, denn alle Frauen hatten sich fein herausgeputzt. Überdies hatten sie aus dieser großen Entfernung gesehen allesamt schöne Gesichter. Keine fiel durch ihr Aussehen besonders auf; das Ganze bot als Gesamtheit einen hübschen Anblick. Dies war eine Art von Schönheit, mit der die Frauen als Gruppe die Männer besiegten, nicht eine, woran die eine Frau die andere übertraf. Nichtsdestoweniger war Sanshirō wieder enttäuscht. Er schaute noch genauer hin – Irgendwo mußten sie doch sein! Und tatsächlich: Als er alles aufmerksam überblickt hatte, entdeckte er die zwei

36 Japanisch-Britische Allianz: Wurde 1902 geschlossen.

Frauen schließlich ganz vorne nebeneinander in der ersten Reihe gleich beim Zaun.

Jetzt wußte er endlich, wohin er seine Blicke richten mußte, und er entspannte sich im Bewußtsein, doch noch etwas erreicht zu haben, als plötzlich ein halbes Dutzend Männer in sein Blickfeld schossen: Das 200-Meter-Rennen ging eben zu Ende. Die Ziellinie lag genau vor der Stelle, an der Mineko und Yoshiko saßen; ja, sie war sogar unmittelbar vor ihren Nasen. Da Sanshirō die zwei Frauen gebannt anstarrte, war es unvermeidlich, daß die wackeren Kämpfer in sein Blickfeld gerieten. Aus dem halben Dutzend Männern wurde bald ein Dutzend. Alle waren außer Atem. Sanshirō verglich die Haltung jener Studenten mit seiner eigenen und erschrak über den Unterschied. Er fragte sich, was in aller Welt sie dazu bewegen konnte, so wild in der Gegend herumzurennen. Die Damen aber schauten begeistert zu, und von allen Damen schienen Mineko und Yoshiko am meisten hingerissen zu sein. Da spürte Sanshirō plötzlich auch das Bedürfnis, wild in der Gegend herumzurennen. Der Mann, der als erster durchs Ziel gegangen war, trug violette kurze Hosen. Er stand jetzt vor den Damenrängen, diesen zugewandt. Genau betrachtet glich er im Aussehen jenem Studenten, der gestern an der Versammlung die Rede gehalten hatte. Mit seinem hochgewachsenem Körper mußte er ja fast das Rennen gewinnen. Der für die Messungen zuständige Verantwortliche schrieb nun „25,74 Sek." an die schwarze Tafel. Als er damit zu Ende war, warf er den Kreidestumpf zur Seite und wandte sich um: Es war Nonomiya. In ungewohnter Weise trug er heute einen rabenschwarzen Gehrock. Mit seinem Amtsabzeichen auf der Brust machte er eine recht gute Figur. Er nahm ein Taschentuch hervor und wischte sich damit ein paarmal über die Ärmel seines Anzugs. Dann verließ er die Tafel und überquerte im rechten Winkel den Rasen. Die andere Seite erreichte er genau an der Stelle, an der Mineko und Yoshiko saßen. Er streckte seinen Kopf über den niedrigen Zaun hinweg zu den Damen hinein und sagte etwas. Mineko stand auf und ging zu ihm hinüber. Über den Zaun hinweg schienen sie miteinander ins Gespräch zu kommen. Da drehte sich Mineko plötzlich um. Ihr Gesicht war fröhlich – voller Lachen. Angestrengt beobachtete Sanshirō die zwei aus der Ferne. Nun stand auch Yoshiko auf und ging hinüber zum Zaun. Aus zwei wurden drei. Inzwischen begann auf dem Rasen der Kugelstoß-Wettkampf.

Für nichts braucht man in den Armen wohl so viel Kraft wie für das Kugelstoßen. In dem Maße, wie es Kraft braucht, ist es aber auch langweilig. Wie das Wort „Kugelstoßen" besagt, geht es hierbei nur darum, eine Eisenkugel so weit wie möglich von sich zu stoßen. Dabei spielen Kunst und Technik überhaupt keine Rolle. Vom Zaun aus schaute Nonomiya ein Weilchen diesem Kugelstoßen zu und lachte. Dann schien ihm einzufallen, er könnte den Zuschauern den Blick versperren. Er entfernte sich vom Zaun und ging bis zur Mitte des Rasenplatzes. Die zwei Frauen kehrten zu ihren Sitzen zurück. Von Zeit zu Zeit wurden wieder Kugeln gestoßen. Wie weit sie jeweils flogen, wußte Sanshirō nicht. Er fand das Ganze ausgesprochen langweilig. Trotzdem blieb er stehen und geduldete sich. Schließlich schien das Kugelstoßen zum Abschluß gekommen zu sein, denn Nonomiya schrieb „11,38 m" an die schwarze Tafel.

Danach gab es wieder ein Wettrennen; es folgten Weitsprung und Hammerwerfen. Beim Hammerwerfen ging Sanshirō das letzte Tröpfchen Geduld aus. Mochte, wer wollte, nach eigenem Belieben Sportwettkämpfe veranstalten, nur sollte er nicht verlangen, daß man ihnen zuschaute! Sanshirō war sogar überzeugt, daß all die Frauen, die jetzt begeistert zuschauten, im Unrecht waren. Er schlich sich vom Sportplatz weg zum dahinterliegenden künstlichen Hügel. Hier waren aber Tücher aufgespannt, so daß er nicht weiterkam. Er machte rechtsumkehrt und ging zurück bis zu einem mit Kies bestreuten Platz, auf dem vereinzelt Leute spazierten, die ebenfalls dem Sportplatz entflohen waren. Darunter waren auch prächtig gekleidete Frauen. Sanshirō bog nach rechts den leichten Hang eines Hügels hinauf. Er ging bis zur Spitze, wo der Weg endete, setzte sich auf einen großen Steinbrocken und schaute auf der anderen Seite den steilen Abhang hinunter zum Teich. Vom Sportplatz her tönte das Aufjubeln der Menge herauf.

Etwa fünf Minuten lang blieb Sanshirō geistesabwesend auf dem Stein sitzen. Dann hatte er wieder Lust, sich zu bewegen. Er erhob sich und drehte die Spitzen seiner Schuhe in die andere Richtung. Da erblickte er zwischen den schon leicht rot gefärbten Ahornblättern auf dem Hang des Hügels plötzlich die Gestalten der zwei Frauen. Sie umrundeten zusammen den Fuß des Hügels.

Sanshirō schaute von oben auf sie hinunter. Aus den Lücken zwischen den Ahornzweigen traten sie hinaus ins helle Sonnenlicht. Wenn er schwieg, würden sie an ihm vorbeigehen. Er wollte ihnen etwas zurufen, aber dafür war die Entfernung zu groß. Sanshirō tat ein paar schnelle Schritte den grasigen Hang hinunter. Glücklicherweise schaute eben eine der Frauen in seine Richtung, als er sich in Bewegung setzte. Er blieb stehen – Er wollte den Frauen nicht allzusehr schmeicheln, denn ihr Verhalten am Sporttreffen hatte ihn verdrießlich gemacht.

„Sie – Hier?" rief Yoshiko mit einem überraschten Lachen. Diese Frau war fähig, bei der banalsten Sache ein verwundertes Gesicht zu machen. Andrerseits konnte man sich vorstellen, daß sie, wenn sie auf etwas völlig Neuartiges stieß, sich so verhalten würde, als habe sie es erwartet. Deshalb fiel es Sanshirō so leicht, ihr gegenüberzutreten, ja, er fühlte sich in ihrer Gegenwart sogar ganz gelassen. Er stand da und überlegte sich, daß das wohl auf ihre großen, oft feuchten, schwarzen Augen zurückzuführen sei.

Jetzt blieb auch Mineko stehen. Aber heute versuchten ihre Augen nicht, Sanshirō etwas zu sagen; sie schienen nur weit in die hohen Bäume hineinzublicken. Sanshirō hatte ein Gefühl, als sehe er in seinem Herzen eine erloschene Lampe. Er stand wie versteinert da. Auch Mineko bewegte sich nicht vom Fleck.

„Warum schauen Sie nicht den Wettkämpfen zu?" fragte Yoshiko von unten herauf. „Bis jetzt war ich dort, aber dann bin ich hierhergekommen, weil mir langweilig war". Yoshiko blickte zu Mineko zurück. Minekos Gesicht blieb ausdruckslos. „Und warum sind denn Sie beide herausgekommen? Hatten Sie nicht äußerst eifrig zugeschaut?" fragte Sanshirō nun seinerseits mit einer lauten Stimme, die vielleicht einen versteckten Vorwurf enthielt. Jetzt erst lächelte Mineko ein wenig. Sanshirō verstand den Sinn dieses Lächelns nicht ganz. Er näherte sich um nur zwei Schritte den beiden Frauen.

„Gehen Sie jetzt nach Hause?"

Keine der beiden Frauen gab eine Antwort. Wieder machte Sanshirō zwei Schritte in ihre Richtung.

„Gehen sie sonst irgendwohin?"

„Ja, nur schnell . . ." sagte Mineko leise und sehr undeutlich. Nun ging Sanshirō endlich ganz hinunter zu ihnen. Er stand da, ohne genauer nachzufragen, wohin sie denn gingen. Wieder ertönten vom Sportplatz her Bravorufe. „Der Hochsprung", sagte Yoshiko. „Wieviele Meter sind es wohl diesmal?"

Mineko lächelte nur leicht. Auch Sanshirō schwieg. Er war zu stolz, über den Hochsprung zu reden.

Da fragte ihn Mineko: „Was gibt es denn dort oben Interessantes?"

Dort oben gab es nur Steine und einen Abhang, was konnte daran nur interessant sein?

„Nichts."

„Wirklich?" sagte sie, als ob sie daran zweifelte.

„Wollen wir hinaufgehen und sehen?" sagte Yoshiko fröhlich.

„Kennst du diese Gegend denn noch nicht?" gab ihre Freundin gelassen zurück.

„Ach komm schon!"

Yoshiko ging voraus; die zwei anderen folgten nach. Als sie an den Rand des Rasens gelangte, drehte sie sich um und rief: „Ein Abgrund!" Das Wort war übertrieben. „Von einem solchen Ort aus könnte sich Sappho in die Tiefe gestürzt haben!" Sowohl Mineko als auch Sanshirō lachten laut auf, obwohl mindestens Sanshirō keine Ahnung hatte, von welchem Ort aus sich Sappho in die Tiefe gestürzt hatte.

„Versuch doch auch mal, dich in die Tiefe zu stürzen!" sagte Mineko.

„Soll ich? Aber das Wasser ist doch gar zu schmutzig!" sagte Yoshiko und kehrte zu den anderen zurück.

Jetzt begannen die Frauen, eifrig etwas miteinander zu besprechen.

„Gehst du?" sagte Mineko.

„Ja, und du?" sagte Yoshiko.

„Was soll ich tun?"

„Ganz wie du wünschst! Ich kann ja allein schnell hingehen, und du kannst hier auf mich warten."

„Ja, das könnte ich."

Sie kamen zu keinem Abschluß. Auf Sanshirōs Frage hin stellte sich heraus, daß Yoshiko, weil sie gerade in der Gegend war, den Krankenschwestern, die sie gepflegt hatten, einen Dankesbesuch abstatten wollte. Auch Mineko wollte vielleicht die Krankenschwester besuchen, mit der sie im Sommer, als eine Verwandte von ihr krank gewesen war, Bekanntschaft geschlossen hatte. Aber es müsse nicht unbedingt sein, sagte sie.

Schließlich eilte Yoshiko, die ein einfaches und angenehmes Gemüt hatte, allein den Hang hinunter und rief im Weggehen: „Ich bin gleich wieder da!" Es bestand nicht die geringste Notwendigkeit, sie zurückzuhalten oder mit ihr zu gehen; also blieben die beiden anderen zurück – Oder sie wurden vielmehr zurückgelassen, denn sie verhielten sich gänzlich passiv.

Sanshirō setzte sich wieder auf den Stein. Mineko blieb stehen. Die Herbstsonne sank allmählich hinunter zum trüben Spiegel des Teiches. Mitten im Wasser war eine kleine Insel, auf der nur zwei Bäume wuchsen. Die grünen Zweige der Kiefer und die roten Blätter des Ahorns ergänzten sich hübsch, wie in einem Miniaturgarten. Hinter der Insel jenseits des Teiches schimmerte düster das Dickicht der Bäume. Mineko stand auf dem Hügel und wies mit dem Finger hinüber zu dem waldigen Schatten.

„Kennen Sie jenen Baum?" fragte sie.

„Das ist eine Eiche."

Sie lachte.

„Sie haben es sich gut gemerkt!"

„War das damals die Krankenschwester, die Sie heute fast besucht hätten?"

„Ja."

„Ist es nicht eine von Fräulein Yoshikos Krankenschwestern?"

„Nein. Es ist die Krankenschwester, die gesagt hat: Das ist eine Eiche."

Diesmal lachte Sanshirō.

„Nicht wahr, es war dort drüben? Sie standen mit der Krankenschwester zusammen dort und trugen einen Rundfächer bei sich."

Der Ort, an dem die beiden standen, ragte hoch über den Teich hinaus. Ein weiterer Hügelrücken, mit dem ihren nicht verbunden und eine Stufe niedriger, lief rechts dem Ufer entlang. Große

Kiefernbäume, eine Ecke des „Palais", ein Teil der beim Sportplatz aufgespannten Tücher und glatter Rasen bildeten die Aussicht.

„Damals war ein sehr heißer Tag, nicht wahr? Im Spital war es so heiß – Ich hielt es fast nicht mehr aus! Warum haben Sie denn an jenem Ort gekauert?"

„Es war so heiß. An jenem Tag hatte ich Herrn Nonomiya zum ersten Mal gesehen. Dann bin ich geistesabwesend an den Teich geschlendert. Ich war irgendwie entmutigt."

„Waren Sie entmutigt, weil Sie Herrn Nonomiya getroffen hatten?"

„Nein, nicht deswegen!" fing Sanshirō an. Dann blickte er in Minekos Gesicht und wechselte schnell das Thema.

„Wenn wir schon von Herrn Nonomiya sprechen . . . Er hat heute viel zu tun, nicht wahr?"

„Ja, wirklich! Er trägt sogar einen Gehrock! Das muß für ihn sehr unbequem sein, so von morgens früh bis abends spät . . ."

„Er sah doch recht selbstzufrieden aus!"

„Wer? Nonomiya? Wie können Sie so etwas sagen!"

„Warum nicht?"

„Er ist nicht einer, der selbstzufrieden ist, nur weil er an einem Sporttreffen für die Messungen zuständig ist!"

Sanshirō wechselte wieder das Thema.

„Was hat er vorhin gesagt, als er zu Ihnen herüberkam?"

„Auf dem Sportplatz?"

„Ja, beim Zaun." Sanshirō bereute seine Frage schon und hätte sie am liebsten zurückgezogen. Die Frau sagte: „Ja . . .", und blickte ihm fest ins Gesicht. Dann verzog sie ihre Unterlippe ein wenig: Sie lächelte. Sanshirō konnte es kaum aushalten. Er wollte eben etwas sagen, um das Gespräch auf ein unverfänglicheres Thema zu lenken, als Mineko zu sprechen begann:

„Sie haben noch nicht auf meine Karte geantwortet!"

Verwirrt erwiderte Sanshirō: „Ich tue es noch!" Mineko sagte weder: „Ja, bitte!" noch sonst irgend etwas.

Sie fragte: „Kennen Sie den Kunstmaler Haraguchi?"

„Nein."

„Ach?"

„Ist etwas mit ihm?"

„Dieser Haraguchi war heute auch unter den Zuschauern. Nonomiya hat uns gewarnt, daß er alle Leute skizziert, und daß wir zwei karikiert würden, wenn wir uns nicht in acht nähmen."

Mineko kam herüber und setzte sich neben Sanshirō. Dieser kam sich vor wie der letzte Tölpel.

„Geht Fräulein Yoshiko nicht mit ihrem Bruder zusammen nach Hause?"

„Nein, sie kann nicht, auch wenn sie will! Sie wohnt nämlich seit gestern bei mir!"

Erst jetzt vernahm Sanshirō von Mineko, daß Nonomiyas Mutter in ihr Heimatdorf zurückgekehrt war. Offenbar hatte man sich darauf geeinigt, daß Nonomiya gleichzeitig mit ihrer Abreise von Okubo wegzog. Er selber hatte ein Zimmer in einer Pension gemietet, während Yoshiko bis auf weiteres in Minekos Haus unterkam und von dort aus die Schule besuchte.

Was Sanshirō am meisten erstaunte, war Nonomiyas Unbekümmertheit. Wenn er so leicht zum unbequemen Leben in der Pension zurückkehren konnte, warum hatte er dann überhaupt ein Haus gemietet? Vor allem: Was machte er mit dem Reistopf, den Pfannen, Eimern und ähnlichen Haushaltsgegenständen? Solche überflüssigen Fragen gingen Sanshirō durch den Kopf. Da es sich aber nicht lohnte, darüber zu sprechen, sagte er zu Minekos Ausführungen nichts. Daß Nonomiya von seiner Stellung als Hausherr wieder zurückgekehrt war zum Leben eines einfachen Studenten, daß er sich also einen Schritt weit vom Familienleben wegbewegt hatte, war für ihn selbst wohl mit dem Vorteil verbunden, daß er eine etwas größere Distanz zwischen sich und seine unmittelbaren Probleme bringen konnte. Andrerseits wohnte Yoshiko jetzt bei Mineko. Nun war dieses Geschwisterpaar aber so geartet, daß es nicht zur Ruhe kam, wenn es sich nicht immer wieder sehen konnte. Dabei würde sich wohl allmählich ein neues Verhältnis zwischen Nonomiya und Mineko anbahnen. Und dann war es plötzlich nicht mehr so sicher, daß nicht einmal eine Zeit kommen würde, in der Nonomiya das Leben in der Studentenpension auf immer und ewig wieder aufgeben würde.

Eine solche zweifelhafte Zukunft zeichnete sich während des Gesprächs mit Mineko in Sanshirōs Kopf ab. Für eine solche

Zukunft konnte er sich nicht allzusehr erwärmen, und es fiel ihm immer schwerer, sich gegen außen normal zu verhalten. Zum Glück kam eben jetzt Yoshiko zurück. Die zwei Freundinnen berieten sich, ob sie noch den Sportwettkämpfen zuschauen wollten. Aber da die Sonne sich an diesem bereits etwas kürzeren Herbsttag schon allmählich gegen Westen neigte und im Gefolge davon die weite Luft hier im Freien immer kühler wurde, beschlossen sie schließlich, nach Hause zu gehen.

Sanshirō wollte sich eigentlich von den Frauen trennen und allein in seine Pension zurückkehren, aber es ergab sich keine Gelegenheit zu einem klaren Abschied, als sie sich allmählich in Bewegung setzten und zu dritt miteinander plauderten. Es schien Sanshirō, als würden ihn die beiden Frauen mitziehen. Gleichzeitig verspürte er aber auch den Wunsch in sich, mitgezogen zu werden. Also blieb er dicht bei ihnen, als sie entlang des Teiches und seitlich an der Bibliothek vorbei zum Roten Tor gingen, das für Sanshirō eigentlich in einer völlig falschen Richtung lag. Hier wandte er sich Yoshiko zu und sagte: „Nicht wahr, Ihr Bruder lebt jetzt in einer Studentenpension?"

„Ja, nun ist es soweit! Er hat mich jetzt doch Mineko aufgehalst! Schrecklich, nicht wahr?" antwortete sie schnell, als wollte sie seine Zustimmung erheischen. Sanshirō setzte an zu einer Antwort, da fiel ihm Mineko ins Wort:

„So einen wie Herrn Sōhachi kann unsereiner mit unseren Gedanken gar nicht erfassen. Er steht weit über uns und denkt nur Großes." Sie setzte an zu einer Lobrede auf Nonomiya. Yoshiko hörte schweigend zu.

Die Gelehrten müßten, um den Verdrießlichkeiten des Alltags zu entgehen, sich mit einem möglichst einfachen Leben begnügen, sagte Mineko. Alles müsse der Forschung geopfert werden. Da gebe es keinen Ausweg. Und schließlich sei es doch bewundernswert, daß ein Mann wie Nonomiya, dessen Ruf sogar bis ins Ausland gedrungen sei, wie ein gewöhnlicher Student in einer Pension lebe. Je schmutziger die Unterkunft sei, desto mehr sei die Verehrung ihm gegenüber gerechtfertigt. So lauteten etwa die Lobesworte, mit denen Mineko Nonomiya bedachte.

Beim Roten Tor verabschiedete sich Sanshirō von den beiden

Frauen. Verschiedene Gedanken gingen ihm durch den Kopf, als er seine Schritte nach Oiwake lenkte: Ja, wirklich, was Mineko sagte, stimmte: Er selber war auf einer viel niedrigeren Stufe als Nonomiya. Kaum erst aus der Provinz gekommen und in die Universität eingetreten, hatte er sich noch keine nennenswerte Gelehrsamkeit angeeignet, keine besonderen Durchblicke verschafft. Es war klar, daß er nie wie Nonomiya würde Minekos Verehrung erlangen können. So betrachtet schien es sogar möglich, daß Mineko ihn zum Narren hielt. Vorhin auf dem Hügel, als er ihr antwortete, er sei hierhergekommen, weil er die Sportwettkämpfe langweilig gefunden habe, hatte sie mit ernster Miene gefragt, was es hier oben Interessantes gebe. Er hatte es damals nicht gemerkt, aber jetzt im Rückblick schien es ihm, als habe sie ihn mit diesen Worten absichtlich verspotten wollen. Als er Minekos Haltung ihm gegenüber und das, was sie heute gesagt hatte, nochmals Revue passieren ließ, schien ihm alles diesen schlechten Beigeschmack zu haben. Sanshirō wurde mitten auf der Straße plötzlich puterrot und schlug den Blick nieder. Als er wieder aufschaute, sah er Yojirō mit dem Studenten, der gestern abend die Rede gehalten hatte, auf sich zukommen. Yojirō nickte ihm bloß zu und schwieg. Der Student nahm den Hut ab, verbeugte sich und sagte im Vorbeigehen lachend: „Na, wie war's gestern abend? Laß dich ja nicht zu sehr einnehmen!"

VII

Sanshirō ging um das Haus herum zum hinteren Eingang und fragte die alte Dienerin, ob Yojirō da sei. Im Flüsterton erzählte sie ihm, er sei seit gestern nicht nach Hause gekommen. Sanshirō blieb nachdenklich bei der Küchentüre stehen, bis die Dienerin zu Hilfe kam und ihn hereinbat. Der Professor sei in seinem Studierzimmer, sagte sie, ohne auch nur einen Augenblick vom Geschirrspülen abzulassen. Der Professor hatte wohl eben gerade das Abendessen beendet.

Sanshirō durchquerte das Wohnzimmer und den Korridor und blieb beim Eingang des Studierzimmers stehen. Die Tür stand offen. „Hallo!" wurde von innen her gerufen. Sanshirō trat über die Schwelle ins Zimmer. Der Professor saß an seinem Studierpult. Sein langer Rücken verdeckte die Tischfläche, so daß Sanshirō nicht erkennen konnte, was darauflag. Sanshirō setzte sich in der Nähe der Türe auf den Boden und fragte höflich: „Störe ich Sie beim Studium?" Der Professor drehte den Kopf herum. Sein Schnurrbart warf einen unbestimmten, zottigen Schatten auf sein Gesicht. Dieses glich einem photographischen Porträt, das Sanshirō irgendwo gesehen hatte.

„Ach, Sie sind es! Ich dachte schon, es sei Yojirō. Entschuldigen Sie!" sagte der Professor und stand auf. Auf der Pultfläche lagen Schreibpinsel und Papier: Der Professor war dabeigewesen, etwas zu schreiben. Yojirō zufolge schrieb er öfter mal an einem Text. Aber was er genau schrieb, verstand man nicht, auch wenn man es las. „Wenn es ihm gelingt, seinen großen Wurf noch zu Lebzeiten zu vollenden, ist es schon recht, aber was, wenn er mitten in der Arbeit stirbt? Dann ist sein ganzes Werk nichts als ein Haufen Makulatur. Wirklich dumm!" hatte Yojirō geseufzt. Als Sanshirō Hirotas Pult betrachtete, fielen ihm jene Worte Yojirōs wieder ein.

„Wenn ich Sie störe, gehe ich gleich wieder. Ich komme in keiner besonderen Angelegenheit."

„Nein, Sie stören nicht so sehr, daß Sie gleich wieder gehen müßten! Auch dies hier ist keine ‚besondere Angelegenheit'! Was ich gemacht habe, ist nicht von der Art, daß ich es sogleich erledigen müßte."

Sanshirō hatte darauf nichts zu sagen. Nur innerlich dachte er, wie schön es wäre, das Leben so zu sehen wie dieser Mann, denn dann könnte er es auch mit dem Studium gelassener nehmen. Nach einer Weile ergriff er das Wort:

„Ich bin eigentlich gekommen, um Sasaki zu besuchen, aber er ist nicht hier. . ."

„Ja. Anscheinend ist er seit gestern abend nicht mehr nach Hause gekommen. Manchmal bringt er mich durch sein Sich-Herumtreiben wirklich in Verlegenheit!"

„Mußte er sich so plötzlich um eine dringliche Angelegenheit kümmern?"

„Bei Yojirō gibt es keine dringlichen Angelegenheiten – nur solche, die er selber fabriziert! Seine Art Dummheit ist selten!"

Sanshirō konnte nur sagen: „Ja, er ist wirklich ein unbekümmerter Mensch!"

„Das ginge ja noch. Aber Yojirō ist nicht nur unbekümmert; er ist sogar flatterhaft! Es wäre nicht abwegig, ihn mit einem Bach zwischen Reisfeldern zu vergleichen: seicht und schmal, und immer neues Wasser fließt hindurch. Deshalb hat nichts, was er tut, Hand oder Fuß. Wenn wir etwa an ein Tempelfest gehen, nur um die ausgestellten Waren in den Marktständen zu betrachten, fällt es ihm plötzlich ein, mich zu bitten, etwas Seltsames zu tun, wie zum Beispiel einen Zwergkiefernbaum im Topf zu kaufen. Und bevor ich ja oder nein gesagt habe, hat er schon um den Preis gefeilscht und den Baum gekauft. Er ist ein Meister bei solchen Jahrmarktseinkäufen; das muß man ihm lassen, denn es gelingt ihm immer, einen äußerst günstigen Preis auszuhandeln. Nun stellt er aber mitten im Sommer, wenn alle Leute die Häuser verlassen, den Baum in meinem Zimmer auf, schließt die Sturmschutzläden und schiebt den Riegel vor. Wenn ich dann nach Hause komme, ist meine Kiefer schon ganz verdorrt und die Nadeln sind feuerrot. Bei allen Dingen ist Yojirō so! Er bringt mich wirklich in Verlegenheit!"

Vor kurzem hatte Sanshirō Yojirō zwanzig Yen geliehen. Yojirō hatte ihn gebeten, ihm für 14 Tage mit diesem Betrag auszuhelfen, da er dann bestimmt von der Zeitschrift *Zeitgemäße Literaturkritik* das Honorar erhalten würde. Als er Yojirōs Begründung hörte, hatte Sanshirō das Mitleid gepackt. Also hatte er von der Geldüberweisung, die er eben von zu Hause erhalten hatte, fünf Yen abgezogen und Yojirō den ganzen Rest geliehen. Jetzt war die Frist für die Rückgabe des Geldes zwar noch nicht abgelaufen, aber nach all dem, was Hirota gesagt hatte, begann sich Sanshirō doch ein wenig Sorgen zu machen. Aber er wollte diese Dinge dem Professor gegenüber nicht offen aussprechen. Statt dessen sagte er: „Aber Sasaki bewundert Sie doch sehr! Insgeheim setzt er alle seine Kräfte für Sie ein.“ Nun hatte Yojirō Sanshirō ausdrücklich verboten, mit Professor Hirota über das *Große Dunkel* und all seine anderen Unternehmungen, die Hirota betrafen, zu sprechen. Es sei besser zu schweigen, denn der Professor würde ihn bestimmt ausschelten, sollte er noch vor Ende der Kampagne Wind davon kriegen, hatte Yojirō gemeint und ganz klar festgestellt: „Wenn die Zeit dafür kommt, werde ich schon selbst mit ihm reden!“ Also blieb Sanshirō nichts übrig, als das Thema zu wechseln.

Die Besuche in Hirotas Haus hatten für Sanshirō verschiedene Gründe. Erstens einmal unterschied sich das Leben dieses Mannes grundlegend von dem sonst üblichen. Gewisse Aspekte davon waren mit Sanshirōs eigenem Naturell fast unvereinbar. Deshalb kam er mit der Neugierde hierher zu erfahren, wie man wohl so werden konnte, und um dies dann mit sich selbst zu vergleichen. Zweitens war er in Hirotas Gegenwart immer entspannt, und die Konkurrenz dieser Welt bekümmerte ihn nicht mehr so sehr. Auch Herr Nonomiya hatte wie Professor Hirota etwas Weltfremdes. Aber er schien sich nur wegen seines Ehrgeizes in einem weltfremden Bereich von den irdischen Gelüsten losgesagt zu haben. Deshalb kam in Sanshirō immer, wenn er sich mit Nonomiya allein unterhielt, das Gefühl auf, auch er müsse jetzt sofort seinen Mann stehen und einen Beitrag zur Gelehrsamkeit leisten. Das machte ihn ganz nervös. Demgegenüber war Professor Hirota der Frieden selbst. Er war nur Sprachlehrer an der Oberschule; weitere Fähigkeiten hatte er nicht. Das zu sagen war zwar unverschämt, doch öffentlich betrieb Hirota keine anderen Studien. Er ließ sich auch nie aus der Fassung bringen. Hier lag wohl der Grund für seine Unbekümmertheit verborgen. In letzter Zeit war Sanshirō einer Frau immer mehr verfallen. Natürlich war es angenehm, von einer Geliebten in den Bann gezogen zu werden, doch diese hier tat es in einer Weise, daß er nicht wußte, liebte sie ihn nun eigentlich oder hielt sie ihn zum

Besten, sollte er sie fürchten oder verachten; sollte er aufgeben oder weitermachen. Sanshirō war frustriert. In einer solchen Situation war Professor Hirota genau der Richtige. Nach dreißig Minuten in seiner Gegenwart entspannte sich Sanshirō, und es machte ihm nichts mehr aus, wie es mit dieser oder irgend einer anderen Frau stehe. Um die Wahrheit zu sagen, war dies zu 70 Prozent der Grund, warum er sich heute abend hierher begeben hatte.

Der drittwichtigste Grund für die Besuche bei Professor Hirota war voller Widersprüche. Sanshirō selbst litt wegen Mineko. Noch mehr litt er, wenn er sich Nonomiya an Minekos Seite vorstellte.

Professor Hirota war derjenige, der Nonomiya am nächsten stand. Deshalb hoffte Sanshirō, daß sich das Problem des Verhältnisses zwischen Nonomiya und Mineko einmal von selbst lösen würde, wenn er hierher kam. Wenn er nur diese Frage beantworten könnte, würde er sich auch über die eigene Haltung Klarheit verschaffen können. Trotzdem hatte er bis heute den Professor nie nach den beiden gefragt. Heute abend wollte er sich vielleicht etwas in jene Richtung vorwagen.

„Herr Nonomiya wohnt jetzt offenbar in einer Studentenpension."

„Ja, das habe ich auch gehört."

„Leute, die einmal ein Haus gehabt haben, finden es meist unbequem, wieder in einer Pension zu leben, aber Herr Nonomiya..."

„Ja, solche Dinge sind ihm eher gleichgültig, nicht wahr? Das sieht man auch an seiner Kleidung. Er ist kein häuslicher Mensch. Dafür ist er, was wissenschaftliche Dinge anbelangt, äußerst heikel."

„Aber er will doch wohl nicht immer so leben?"

„Das weiß ich nicht. Es kann sein, daß er irgendwann plötzlich wieder ein Haus hat."

„Hat er nie daran gedacht zu heiraten?"

„Wer weiß! Besorgen Sie ihm doch eine gute Frau!"

Sanshirō lächelte gequält. „Da hast du aber etwas Unnötiges gesagt!" dachte er bei sich. Nun stellte ihm Herr Hirota eine Frage:

„Wie steht es denn mit Ihnen?"

„Ich..."

„Jaja, ich weiß, es ist noch zu früh! Jetzt schon eine Frau zu haben wäre schrecklich!"

„Zu Hause will man mir eine gewisse Frau aufschwatzen."

„Wer denn zu Hause?"

„Meine Mutter."

„Und haben Sie Lust zu tun, was Ihnen Ihre Frau Mutter rät?"

„Eher nicht!"

Unter dem Schnurrbart zeigten sich Herrn Hirotas Zähne in einem breiten Lächeln. Er hatte schöne Zähne. In diesem Moment erfüllte Sanshirō ein Gefühl menschlicher Wärme, das nichts mit Mineko zu tun hatte. Auch nicht mit Nonomiya. Es war ein Gefühl, das weit über Sanshirōs momentanes Eigeninteresse hinausreichte. Jetzt war es ihm plötzlich peinlich, weitere Fragen über Nonomiya zu stellen, und er unterließ es. Da fing Herr Hirota wieder an zu sprechen:

„Hören Sie lieber auf Ihre Mutter! Die jungen Leute heutzutage haben, anders als zu meiner Zeit, ein übertriebenes Selbstbewußtsein. Als ich noch studierte, tat ich nichts, was nicht zu anderen Menschen in Beziehung stand. Alles taten wir für den Kaiser, für die Eltern, für das Vaterland. Alles fußte auf Altruismus. Mit anderen Worten: Wir, die wir diese Erziehung genossen hatten, waren allesamt Heuchler. Mit der Zeit änderte sich unsere Gesellschaft, und die Heuchler konnten sich nicht mehr so gut durchsetzen. Dafür wurde der Egoismus in unserem Denken und Handeln immer stärker, und das Selbstbewußtsein der Leute hat sich im Übermaß entwickelt. Der Heuchelei der Vergangenheit steht die heutige Haltung der offen gezeigten Bosheit gegenüber. Haben Sie den Ausdruck schon einmal gehört: offen gezeigte Bosheit?"

„Nein."

„Gerade eben habe ich ihn erfunden! Sind Sie auch einer von denen, die ihre Bosheit offen zeigen? Sie sind es wohl! Bei Leuten wie Yojirō ist diese Eigenschaft besonders stark entwickelt. Sie kennen doch jene Frau Satomi? Auch sie zeigt auf eine gewisse Art offen ihre Bosheit. Und dann gibt es ja auch Nonomiyas Schwester. Auch sie zeigt auf ihre ganz eigene, interessante Weise ihre Bosheit. Früher konnten nur die Herren und Väter offen ihre Bosheit zeigen; heute wollen es alle mit gleichem Recht tun. Natürlich ist dies im Grunde genommen gar nicht übel, denn wenn man von einem stinkenden Bottich den Deckel hebt, sieht man einfach die Jauche, die schon immer darin war. Wenn man die schönen Formalitäten abstreift, ist es klar, daß sich dann die Bosheit offen zeigt. Formalitäten sind zwar schön, aber mühsam. Deshalb sparen alle damit und verrichten ihre Geschäfte nur den nackten Grundzügen nach. Das ist eigentlich höchst erfreulich. Es ist eine ‚Hochblüte der natürlichen Häßlichkeit'. Aber wenn diese Hochblüte jedes Maß überschreitet, kommen die verschiedenen Menschen, die ihre Bosheit offen zeigen, miteinander gar nicht mehr so gut zurecht. Ihre Probleme nehmen zu, und wenn diese Entwicklung dann den Höhepunkt erreicht hat, lebt der Altruismus wieder auf. Dieser entartet aber wieder zur reinen Förmlichkeit, und der Egoismus kommt wieder zum Zuge. Es ist kein Ende abzusehen! Nichts hindert uns daran zu denken, daß wir immer so weiterleben. Und indem wir weiterleben, machen wir Fortschritte. Denken Sie nur an England! Dort sind Egoismus und Altruismus seit alters her im Gleichgewicht. Nichts bewegt sich. Deshalb gibt es dort auch keinen Fortschritt. Es gibt keinen Ibsen, keinen Nietzsche. Die Engländer sind bemitleidenswert! Sie sind ganz zufrieden mit sich selbst, aber von außen her sieht man, daß alles an ihnen immer härter wird, bis sie zu regelrechten Fossilien werden!"

Sanshirō war nicht wenig erstaunt darüber, daß die Rede dieses Mannes, den er ehrlich bewunderte, so weit vom Thema hatte abschweifen können und voller Begeisterung in die neue Richtung davongebraust war. Allmählich merkte es auch Herr Hirota.

„Worüber hatten wir eigentlich gesprochen?"

„Über das Heiraten."

„Über das Heiraten?"

„Ja. Ich sollte auf den Rat meiner Mutter hören . . ."

„Ach ja! Doch, Sie sollten wirklich auf Ihre Mutter hören!" sagte Herr Hirota grinsend, wie zu einem Kind. Sanshirō konnte darüber keinen Ärger empfinden.

„Daß wir unsere Bosheit offen zeigen, das verstehe ich schon, aber was genau meinen Sie damit, daß die Menschen Ihrer Generation Heuchler sind, Herr Professor?"

„Finden Sie es angenehm, wenn man freundlich zu Ihnen ist?"

„Ja, doch."

„Sicher? Bei mir ist es nicht so! Wenn man sehr freundlich zu mir ist, fühle ich mich unwohl."

„In welchen Fällen kommt das vor?"

„Wenn das Verhalten der Form nach zwar freundlich ist, aber diese Freundlichkeit nicht der eigentliche Zweck ist."

„Gibt es solche Fälle?"

„Wenn jemand Ihnen am Neujahrstag Glück wünscht, empfinden Sie dieses Glück auch wirklich?"

„Das . . ."

„Wohl nicht! In gleicher Weise lacht niemand wirklich, der sagt, er müsse sich den Bauch halten vor Lachen oder er kugle sich vor Lachen. Nicht anders ist es mit der Freundlichkeit. Es gibt Leute, die sehen es als ihre Pflicht an, freundlich zu sein. Sie tun es wie ich, wenn ich an der Schule unterrichte. Der eigentliche Zweck meines Unterrichts ist ja, meinen Lebensunterhalt zu verdienen, aber einen solchen Standpunkt fänden die Schüler wohl nicht so gut. Demgegenüber ist Yojirō der Anführer derjenigen, die ihre Bosheit offen zeigen. Deshalb bringt er mich öfter mal in Verlegenheit. Er ist ein Lausbub, mit dem ich nicht fertig werde, aber er ist harmlos. Er hat sogar liebenswerte Züge. Es ist bei ihm gleich wie bei der offenen Einstellung der Amerikaner dem Geld gegenüber. Das ist selbst sein Zweck, der für ihn ganz klar ist, und nichts ist ehrlicher, als sein ganzes Verhalten diesem Zweck unterzuordnen. Es gibt nichts, das weniger hassenswert ist, als Ehrlichkeit. Wir aus meiner Generation, die wir eine komplizierte Erziehung genossen haben, in der Offenheit ganz unmöglich war, wir können nicht ehrlich sein, ohne affektiert zu wirken."

Bis zu diesem Punkt verstand Sanshirō Professor Hirotas Ausführungen, aber das dringendste Problem war für ihn in diesem Moment doch nicht diese allgemeine Theorie, sondern er wollte wissen, ob eine bestimmte Person, mit der er Umgang pflegte, ehrlich war oder nicht. Still für sich überdachte er noch einmal Minekos Betragen ihm gegenüber. Er konnte jedoch nicht entscheiden, ob ihr Benehmen affektiert war oder nicht. Er begann sich zu fragen, ob sein Empfindungsvermögen wohl stumpfer sei als dasjenige anderer Leute.

Da sagte Herr Hirota plötzlich: „Hmm!" als ob ihm gerade etwas eingefallen sei.

„Hmm! Da ist noch was. Jetzt im zwanzigsten Jahrhundert gibt es eine seltsame Mode, die schwierige Behelfsmethode nämlich, altruistischen Vorgängen einen egoistischen Sinn zu verleihen. Haben Sie solche Leute schon getroffen?"

„Was für Leute?"

„Mit anderen Worten: Leute, die dadurch, daß sie ihre Bosheit offen zeigen, Heuchler sind. Sie verstehen mich wohl immer noch nicht... Ich habe mich wohl nicht deutlich genug ausgedrückt. Früher waren die Heuchler vor allem darum bemüht, bei den anderen einen guten Eindruck zu hinterlassen. Aber heute begehen die Leute Heuchelei eigens dazu, die Gefühle der anderen zu verletzen. Sie benehmen sich so, daß ihr Verhalten vom Gegenüber nur als Heuchelei verstanden werden kann, wie auch immer es die Sache dreht und wendet. Das Gegenüber hat dann ein schlechtes Gefühl, und der Heuchler hat sein Ziel erreicht. Die Ehrlichkeit, dem Gegenüber deutlich zu vermitteln, daß man heuchelt, ist das Kennzeichen derjenigen Leute, die ihre Bosheit offen zeigen. Übrigens erscheinen Rede und Handeln solcher Leute oberflächlich gesehen immer als ‚gut'. Es ist wie eine Art ‚Zweieinigkeit'. Neuerdings gibt es immer mehr Leute, die diese Technik ausgezeichnet beherrschen. Für unsere zivilisierte Menschenrasse, die ein äußerst feines Empfindungsvermögen hat, ist dies die beste Technik, auf raffinierte Art offen boshaft zu sein. Es ist barbarisch, wenn man jemanden nicht umbringen kann, ohne daß Blut fließt. Sie, das wird bald ganz aus der Mode kommen!"

Professor Hirota sprach in einem Ton, als sei er ein Reiseführer, der bei einem alten Schlachtfeld seine Erklärungen abgibt. Er versetzte sich in die Position eines Menschen, der die Realität nur aus der Ferne betrachtet. Das gab seiner Rede einen optimistischen Anstrich, was in Sanshirō das Gefühl erweckte, er säße im Hörsaal und lausche einer Vorlesung. Aber es hatte auf Sanshirō doch seine Wirkung, weil immer Mineko in seinen Gedanken war, und er auf sie sofort die Theorie anwenden konnte. Er versuchte, anhand dieser Theorie in seinem Kopf Richtlinien aufzustellen, an denen er Mineko messen konnte. Aber es gelang ihm nicht, Minekos Wesen ganz auszuloten. Der Professor seinerseits schwieg und begann, aus seinen Nasenlöchern die üblichen „philosophischen Schwaden" zu blasen.

Jetzt ertönten beim Hauseingang Schritte. Jemand kam herein, ohne um Zulaß zu bitten. Plötzlich erschien Yojirō in der Türöffnung zum Studierzimmer. Er kniete sich auf den Boden nieder und kündigte an: „Herr Haraguchi ist gekommen!" Übliche Grußworte wie: „Jetzt bin ich wieder da!" oder ähnlich ließ er weg – Vielleicht tat er es absichtlich. Sanshirō nickte er nur flüchtig zu und ging sogleich wieder hinaus.

In der Türe kreuzte er sich mit Herrn Haraguchi, der jetzt das Zimmer betrat. Herr Haraguchi trug einen Spitzbart nach französischer Manier; seine Haare waren kurz geschoren. Er war ein fetter Mann, der ein paar Jahre älter zu sein schien als Nonomiya. Seine japanische Kleidung war besser als diejenige Hirotas.

„Wir haben uns schon lange nicht mehr gesehen! Sasaki war bis jetzt bei mir – Wir haben zusammen gegessen undsoweiter. Schließlich hat er mich hierher geschleppt!" sagte er in einem optimistischen Tonfall. Er hatte eine Stimme, bei der man sich sogleich gutgelaunt fühlte. Seitdem der Name Haraguchi gefallen war, hatte Sanshirō vermutet, dies sei wohl jener Kunstmaler, von dem er schon mehrmals gehört hatte. Aber wie sich Yojirō doch gewandt in der Gesellschaft herumbewegte! Sanshirō bewunderte an ihm die Fähigkeit, mit vielen älteren Männern Freundschaft zu schließen. Sanshirō selber versteifte sich. In der Gegenwart von Leuten, die älter waren als er, wurde er immer steif. Er selber erklärte es damit, daß er eine „Erziehung der Kyūshūschule" genossen hatte.

Bald darauf war der Hausherr so freundlich, ihn Haraguchi vorzustellen. Sanshirō beugte höflich den Kopf; Haraguchi nickte leicht. Darauf hörte Sanshirō schweigend dem Gespräch der zwei Männer zu.

Herr Haraguchi sagte, er wolle zuerst das Geschäftliche hinter sich bringen. Er habe vor, in nächster Zukunft eine kleine Versammlung abzuhalten. Herr Hirota solle doch bitte auch kommen. Es solle nicht eine riesige Veranstaltung sein, bei der die Eingeladenen als „Mitglieder" bezeichnet werden könnten; er wolle sich auf nur wenige Leute beschränken – Literaten, Künstler, Universitätsprofessoren – die er davon in Kenntnis setzen würde. Herr Hirota solle sich deshalb frei fühlen, auch mitzumachen. Formalitäten seien völlig überflüssig; die Teilnehmer seien sowieso alle schon miteinander bekannt. Der Zweck der Übung sei nur, einmal zusammenzukommen und miteinander das Abendessen einzunehmen. Und man würde Gespräche führen, von denen die Literatur und die Kunst profitieren würden. So eine Versammlung sei es.

Professor Hirota sagte nur: „Ich komme.“ Damit war das Geschäftliche erledigt. Das nun folgende Gespräch war aber äußerst faszinierend.

Professor Hirota fragte: „Was machen Sie so in letzter Zeit?“ worauf Haraguchi erwiderte:

„Ich übe mich noch in der *Itchūbushi*-Rezitation[37]. Etwa fünf Stücke kann ich schon auswendig. Darunter gibt es hübsche Dinge wie ‚Acht Szenen in Yoshiwara mit Kirschblüten und roten Blättern‘ oder ‚Der Liebesselbstmord der Geisha Koina und des Hanbei in Karasaki‘. Versuchen Sie es doch auch mal! Natürlich sagt man mir immer, ich dürfe bei dieser Art Rezitation nicht so laut singen, denn sie sei ursprünglich für viereinhalb-Matten-Zimmer konzipiert worden. Aber wie Sie wissen, ist meine Stimme nun einmal ziemlich laut, und die Melodien sind zudem so verwickelt, daß sie mir nie richtig gelingen wollen. Einmal werde ich Ihnen etwas vorsingen!“

Professor Hirota lachte. Darauf erzählte Herr Haraguchi das Folgende: „Bei mir geht es ja noch, aber bei Satomi Kyōsuke sind Hopfen und Malz verloren. Warum wohl nur? Seine Schwester ist doch so geschickt. Jedenfalls hat Kyōsuke kürzlich bei *Itchūbushi* die Waffen gestreckt; er sagte, er wolle nicht mehr singen, sondern ein Instrument lernen. Da habe ich ihm vorgeschlagen, beim ‚Trottelorchester‘ an einem Schreinfest mitzumachen. Wie haben wir da gelacht!“

„Haben Sie das wirklich gesagt?“

„Und ob! Satomi hat darauf geantwortet, er täte es schon, wenn ich auch mitmachte. Aber anscheinend gibt es sogar beim ‚Trottelorchester‘ etwa acht verschiedene Schlagrhythmen!“

„Warum versuchen Sie's nicht mal? Beim ‚Trottelorchester‘ mitzuspielen, bringt doch jeder gewöhnliche Mensch zustande!“

„Nein, das ist mir zuwider! Da möchte ich schon lieber mal

[37] *Itchūbushi:* In Kyōto während der 2. Hälfte des 17. Jahrhunderts von Miyako Itchū kreierte Form der *Jōruri*-Rezitation.

versuchen, die *Nō*-Trommel[38] zu schlagen. Sie gefällt mir, weil ich jedesmal, wenn ich ihren Klang höre, das Gefühl habe, ich sei nicht mehr im zwanzigsten Jahrhundert. Wie kann etwas in unserer Zeit noch so wunderbar blöde sein, frage ich mich, und das allein ist schon eine Medizin für mich. Denn ich kann noch so unbekümmert sein, es wird mir nie gelingen, ein Bild zu malen, das dem Klang der *Nō*-Trommel entspricht!"

„Sie haben es ja noch gar nicht versucht!"

„Ich kann es nicht! Kann man denn überhaupt im heutigen Tōkyō leben und ein entspanntes Bild malen? Und das Problem ist nicht nur auf die Malerei beschränkt... Übrigens, wenn wir schon von Malerei sprechen: Kürzlich habe ich das Sporttreffen der Universität besucht und habe versucht, von Nonomiyas und Satomis Schwestern Karikaturen zu zeichnen, aber sie sind mir entwischt. Ich möchte jetzt ein echtes Porträt malen und es in eine Ausstellung geben."

„Wen möchten Sie porträtieren?"

„Satomis jüngere Schwester. Gewöhnlich haben die Japanerinnen immer Gesichter wie auf Holzschnitten von Utamaro[39]; sie eignen sich gar nicht dazu, in westlicher Manier auf der Leinwand abgebildet zu werden. Aber jene Frau und auch Nonomiyas Schwester sind dazu geeignet. Beide gäben guten Stoff für ein Bild her. Ich habe mir vorgenommen, Satomis Schwester mit dem Fächer über der Stirn im Sonnenlicht vor dem Hintergrund eines Waldes in Lebensgröße abzubilden. Ein westlicher Faltfächer würde affektiert wirken – Ein einfacher japanischer Rundfächer muß es sein. Das ist neuartig und damit interessant. Aber ich muß mich beeilen. Man weiß nie, vielleicht heiratet sie, und dann kann sie nicht mehr einfach zu mir kommen."

Mit großem Interesse lauschte Sanshirō den Worten Haraguchis. Vor allem rührte ihn der Plan tief, Mineko mit dem Fächer über der Stirn darzustellen. Es war ihm, als zeige sich darin eine rätselhafte Verbindung zwischen ihm und Mineko. Da sagte Professor Hirota

38 *Nō*-Trommel: Instrument, mit der die Vorstellungen des traditionellen *Nō*-Theaters begleitet werden. Die Trommel wird mit der Hand geschlagen.

39 Utamaro: Kitagawa Utamaro (1752–1806), berühmter Holzschnittkünstler, der für seine Frauenbildnisse bekannt ist.

ohne Hemmungen: „Ein solches Bild scheint mir nicht so furchtbar interessant zu sein!“

„Aber es ist der ausdrückliche Wunsch der betreffenden Person. Sie hat zu mir gesagt: ‚Wie wäre es, wenn ich einen Rundfächer über die Stirn hielte?‘ Ich habe gesagt, das sei sehr ungewöhnlich, ich sei aber trotzdem damit einverstanden. Das ist gar kein so schlechtes Konzept für ein Bild – Natürlich kommt es auch auf die Ausführung an!“

„Wenn Sie sie zu schön malen, hat sie Probleme, weil zu viele Männer um ihre Hand anhalten.“

„Hahaha! Na gut, dann male ich sie eben mittelmäßig. Ja, sie ist wirklich im besten Heiratsalter, nicht wahr? Gibt es wohl jemand, der für sie in Frage käme? Satomi hat mich nämlich in dieser Sache um Hilfe gebeten.“

„Heiraten Sie sie doch!“

„Ich? Wenn sie mich wollte, würde ich sie schon heiraten, aber ich traue dieser Frau nicht ganz.“

„Warum nicht?“

„Sie hat einmal zu mir gesagt: ‚Nicht wahr, Herr Haraguchi, als sie in den Westen gingen, haben sie mit großem Enthusiasmus getrockneten Bonitofisch auf Vorrat eingekauft und überall laut verkündet, Sie würden sich die ganze Zeit über in Paris in Ihrer Pension einschließen, aber kaum sind Sie dort angekommen, haben Sie eine plötzliche Gesinnungsänderung durchgemacht.‘ Sie hat mich verspottet! Ich werde mit ihr nicht fertig! Sie hat diese Geschichte wohl von ihrem Herrn Bruder gehört.“

„Diese Frau macht nichts, was sie nicht will. Es nützt nichts, ihr etwas einzureden. Es ist wohl besser, sie alleinzulassen, bis sie selbst einen Partner findet, den sie mag!“

„Ja, das ist die westliche Art, nicht wahr? Natürlich werden bald alle Frauen so sein – Das ist ja auch recht so!“

Danach sprachen die beiden Männer über die Kunst. Sanshirō war erstaunt darüber, wieviele Namen westlicher Maler Haraguchi kannte. Als Sanshirō in der Absicht, sich zu verabschieden, beim Kücheneingang nach seinen *Geta* suchte, ging der Professor zum Fuß der Treppe, die in den ersten Stock führte, und rief: „He, Sasaki, komm doch mal runter!“

Draußen war es sehr kalt. Der Himmel war so hoch und klar, daß man sich fragte, woher der nächste Tau wohl kommen würde. Wenn Sanshirō mit den Händen seinen Kimono berührte, war die Haut dort, wo sie mit dem Stoff in Kontakt gewesen war, kalt. Durch verschiedene kleine, enge Seitengäßchen bog er mehrmals um die Ecke, bis er plötzlich einem Wahrsager gegenüberstand. Dieser hatte eine große Papierlaterne bei sich, die die untere Hälfte seines Körpers blutrot beleuchtete. Sanshirō bekam Lust, sich einen Wahrsagezettel zu kaufen, tat es dann aber doch nicht. Im Vorbeigehen wich er der roten Laterne so heftig aus, daß die Schulter seines *Haori*[40] einen Zaun aus Zedernholz streifte. Eine Weile lang ging er quer durch die Dunkelheit, bis er zur großen Straße von Oiwake gelangte. Hier gab es an der Ecke ein kleines Nudellokal. Diesmal hatte Sanshirō genügend Entschlußkraft, unter dem Vorhang hindurch den Laden zu betreten, um ein wenig Sake zu trinken.

Im Lokal saßen drei Oberschüler. Sie sprachen darüber, daß in letzter Zeit immer mehr Lehrer sich zum Mittagessen Buchweizennudeln kommen ließen. Jeden Tag eile kurz nach dem Mittags-Signalschuß ein Laufbursche des Nudellokals mit Bergen von Dämpfkörben und Suppenschalen beladen durch das Tor der Schule. Der Lehrer Soundso esse sogar mitten im Sommer kochend heiße Nudeln – Was das wohl bedeute? Vielleicht habe er einen schwachen Magen, sagten die Schüler. Sie erzählten sich noch viele andere Dinge. Meist nannten sie die verschiedenen Lehrer beim bloßen Namen. Darunter gab es auch einen, den sie Hirota nannten. Sie begannen eine Diskussion über die Frage, warum Herr Hirota wohl noch ledig sei. Es sei wohl nicht so, daß er die Frauen nicht möge, denn bei ihm zu Hause hänge ein weiblicher Akt an der Wand, meinte der eine. Das Aktbild stelle aber eine westliche Frau dar; vielleicht habe er nur die japanischen Frauen nicht gerne, meinte ein anderer. Die Vermutung wurde geäußert, daß Hirota einmal unglücklich verliebt gewesen sei, und man fragte sich, ob er wohl deshalb so seltsam geworden sei. Schließlich meinte jemand, die Frage sei eher die, ob das Gerücht stimme, daß bei Hirota neuerdings eine junge Frau ein und aus gehe.

40 *Haori:* Überwurf, der über dem Kimono getragen wird.

Je länger Sanshirō zuhörte, desto klarer wurde ihm, daß die Schüler sich einig waren: Hirota sei ein großartiger Mann. Warum genau, das ging aus dem Gesagten nicht hervor, aber jedenfalls hatten die drei schon alle das *Große Dunkel* gelesen. Sie meinten sogar, daß sie Herrn Hirota noch besser mochten, seitdem sie den Artikel gelesen hätten. Ab und zu zitierten sie daraus Aphorismen und lobten Yojirōs Stil. Sie rätselten darüber, wer sich unter dem Pseudonym *Meister Überflüssig* wohl verbergen mochte. Die drei waren sich einig, daß es jemand sein mußte, der Professor Hirota gut kannte.

Sanshirō saß voller Bewunderung daneben. Yojirō mußte gewußt haben, daß er diese Wirkung erzielen würde, als er das *Große Dunkel* schrieb. Bisher hatte Sanshirō daran gezweifelt, ob das stolze Umherreichen des „großen Artikels" in der *Zeitgemäßen Literaturkritik,* einer Publikation, die, wie Yojirō selber zugab, sich nur sehr schlecht verkaufte, einen anderen Zweck hatte, als seiner Eitelkeit zu dienen. Jetzt erst wurde ihm die Macht des gedruckten Buchstabens bewußt. Was Yojirō sagte, stimmte: Nur ein einziges Wort, nur einen halben Satz zu schreiben war besser als gar nichts. Mit Publikationen konnte man den guten Ruf einer Person aufbauen oder zerstören. Sanshirō war von der riesigen Verantwortung derjenigen, die schreiben, so ergriffen, daß er sogleich das Nudellokal verließ.

Als er in seine Pension zurückkam, war die Wirkung des Sake schon verflogen. Alles schien irgendwie sinnlos zu sein. Nachdem er eine Weile untätig vor seinem Pult gesessen hatte, brachte die Magd von unten her in einem Kessel frisches heißes Wasser und überreichte ihm bei dieser Gelegenheit auch einen Brief. Er kam wieder von der Mutter. Sanshirō riß sogleich den Umschlag auf. Heute war er äußerst froh, die Handschrift seiner Mutter zu sehen.

Es war ein ziemlich langer Brief, aber es stand nichts Besonderes darin. Vor allem erwähnte die Mutter Miwata Omitsu mit keinem Wort, worüber Sanshirō erleichtert war. Dafür gab sie ihm einen seltsamen Ratschlag: „Du bist schon immer ein wenig feige gewesen. Das könnte Dir bei den Prüfungen vielleicht schaden. Wie Du weißt, zittert Herr Okitsu Taka, ein äußerst gelehrter Herr und Mittelschullehrer, jedesmal am ganzen Körper, wenn er sich der

Prüfung für die amtliche Genehmigung unterziehen muß, so daß er keine guten Antworten zustande bringt. Deshalb ist dem Ärmsten bis heute das Gehalt nie erhöht worden. Jetzt hat er einen befreundeten Medizinstudenten gebeten, ihm Pillen gegen das Zittern zu fabrizieren, und hat sie vor der Prüfung geschluckt. Offenbar hat er aber trotzdem gezittert. Bei Dir scheint es nicht ganz so schlimm zu sein, daß Du regelrecht zitterst, aber laß Dir doch trotzdem von einem Arzt in Tōkyō ein Tonikum herstellen, das du regelmäßig nehmen kannst, damit dein Mut gestärkt wird – Es könnte Dir nützen!"

Sanshirō fand den Ratschlag absurd, gleichzeitig aber auch irgendwie tröstlich. So eine Mutter war doch etwas Schönes, dachte er von ganzem Herzen. In jener Nacht schrieb er bis gegen ein Uhr der Mutter einen langen Antwortbrief, in dem unter anderem der Satz vorkam, Tōkyō sei eine nicht gar so interessante Stadt.

VIII

Daß Yojirō von Sanshirō Geld geliehen hatte, war folgendermaßen vor sich gegangen:

Neulich um neun Uhr abends war er mitten durch den Regen plötzlich zu Sanshirō gekommen und hatte gleich zu Anfang gesagt: „Jetzt ist alles aus!" Tatsächlich hatte sein Gesicht eine ungewöhnlich schlechte Farbe. Zuerst dachte Sanshirō, das sei darauf zurückzuführen, daß Yojirō zu lange durch den kalten, regenfeuchten Herbstwind gegangen war, aber als sie sich setzten und Sanshirō genauer hinschaute, war nicht nur Yojirōs Gesichtsfarbe schlecht; er schien auch in ungewöhnlich gedrückter Stimmung zu sein. Sanshirō fragte: „Fühlst du dich nicht wohl?" Da blinzelte Yojirō zweimal hintereinander mit Augen, die denen eines Hirsches ähnelten, und antwortete: „Ich bin in der Klemme, weil ich Geld verloren habe."

Mit besorgtem Gesicht blies er ein paarmal Zigarettenrauch durch die Nasenlöcher. Sanshirō konnte nicht einfach dasitzen und schweigen. Er stellte mehrere Fragen, bis er verstand, worum es ging. Danach ließ Yojirō noch einige Male den Rauch durch die Nase strömen und wartete, bevor er die ganze Geschichte von Anfang an in einem Zug fließend durcherzählte.

Er hatte die Summe von zwanzig Yen verloren. Das Geld hatte nicht ihm selbst gehört. Als Professor Hirota letztes Jahr das Haus gemietet hatte, war er nämlich in der Klemme gewesen wegen der drei Monatsmieten, die er als Kaution hatte hinterlegen müssen. Da hatte ihm Nonomiya mit der Summe, die ihm fehlte, ausgeholfen. Dieses Geld hatte sich Nonomiya eigens von seinem Vater aus der Heimat schicken lassen mit der Begründung, er müsse unbedingt für Yoshiko eine Geige kaufen. Nonomiya mußte das Geld also zu keinem bestimmten Termin zurück haben; je länger aber Hirota die Rückzahlung aufschob, desto unangenehmer war es für Yoshiko. Bis heute hatte sie ihre Geige nicht kaufen können, weil Hirota das Geld noch nicht zurückgegeben hatte. Er hätte die Summe sicher zurückgezahlt, wenn er sie zur Verfügung gehabt hätte, aber die Monate vergingen, ohne daß ihm ein einziger Pfennig übrig blieb. Da er nie neben seinem regelmäßigen Gehalt Geld verdienen ging, beließ er die Sache dabei. Diesen Sommer aber hatte er endlich die

Aufgabe übernommen, die Prüfungsarbeiten der Oberschüler zu korrigieren, und hatte damit sechzig Yen zusätzlich verdient. Er hatte vor, damit endlich seine Schuld zu begleichen. Yojirō trug er auf, das Geld zu überbringen.

„Das ist das Geld, das ich verloren habe. Es ist unverzeihlich!" sagte Yojirō. Er machte auch wirklich ein reumütiges Gesicht. Als Sanshirō fragte, ob er es denn irgendwo habe fallen lassen, sagte er, nein, fallen lassen habe er es nicht; er habe bei den Pferderennen gewettet und alles verloren. Sanshirō war sprachlos. Das überschritt an Leichtsinn jedes Maß – Da hatte er keine Lust mehr, Ratschläge zu erteilen. Und überdies sah Yojirō völlig gebrochen aus. Wenn man seine jetzige Verfassung mit seiner üblichen Lebhaftigkeit verglich, mußte man zum Schluß kommen, es gebe zwei verschiedene Yojirōs. Lachen und Mitleid überfielen Sanshirō gleichzeitig. Da mußte auch Yojirō lachen.

„Nun gut, es wird sich wohl schon eine Lösung finden!" sagte er.

„Weiß der Professor denn davon?"

„Nein."

„Und Herr Nonomiya?"

„Natürlich auch nicht."

„Wann hast du das Geld denn in Empfang genommen?"

„Anfang dieses Monats, das heißt vor genau vierzehn Tagen."

„Und wann hast du es beim Wetten verspielt?"

„Am Tag, nachdem ich es bekommen habe."

„Und so lange hast du nichts getan?"

„Ich habe allerlei Anstrengungen unternommen, aber ich habe keine Lösung gefunden. Wenn es nicht anders geht, werde ich noch bis Ende Monat zuwarten."

„Hast du auf Ende Monat etwas in Aussicht?"

„Ich werde wohl etwas vom Verlag *Zeitgemäße Literaturkritik* bekommen."

Sanshirō stand auf und öffnete an seinem Pult eine Schublade. Er guckte in den Umschlag des Briefes, den er eben gestern von der Mutter erhalten hatte.

„Ich habe hier Geld. Mein Monatsgeld aus der Heimat ist diesmal etwas früher gekommen als sonst", sagte er.

„Danke schön! Du bist und bleibst ein Schatz, mein lieber

Ogawa!“ sagte Yojirō, dessen Stimme die alte Lebhaftigkeit wiedererlangt hatte, im Tonfall eines Geschichtenerzählers.

Nach zehn Uhr abends trotzten die beiden noch dem Regen und begaben sich zum Nudellokal an der Ecke der großen Straße von Oiwake. Es war dies die Gelegenheit, bei der Sanshirō erfuhr, daß man im Nudelrestaurant auch Reiswein trinken konnte. Beide tranken sie ihn heute abend mit Genuß. Die Rechnung beglich Yojirō, denn er war nie einer gewesen, der sich von andern gerne etwas bezahlen ließ.

Bis heute hatte er aber das geschuldete Geld nicht zurückgezahlt. Sanshirō war zu ehrlich, als daß er sich keine Sorgen um seine Zimmermiete gemacht hätte. Er drängte nicht auf Rückzahlung, hoffte aber doch insgeheim, daß Yojirō von selbst seine Schuld rechtzeitig begleichen würde. So rückte allmählich der letzte Tag des Monats immer näher. Nur wenige Tage fehlten noch. Sanshirō hatte überhaupt nicht daran gedacht, die Bezahlung der Miete aufzuschieben für den Fall, daß etwas schiefgehen würde. Er war sicher, daß Yojirō das Geld noch vorbeibringen würde – Nein, soweit konnte man ihm nun doch nicht vertrauen! Aber er würde doch bestimmt mindestens die Freundlichkeit haben, nach einer Lösung des Problems zu suchen, dachte Sanshirō. Professor Hirotas Worten nach waren zwar die Gedanken in Yojirōs Kopf in ständigem Fluß wie das seichte Wasser in einem Bach, aber trotz dieser leichtsinnigen Bewegung würde er seine Verantwortung wohl nicht ganz vergessen. Oder etwa doch? Das war wohl unmöglich.

Sanshirō schaute eben aus dem ersten Stock auf die Straße hinunter, als Yojirō von der anderen Seite herbeigeeilt kam, zu seinem Fenster emporblickte und sagte: „Ach, bist du zu Hause?“ Von oben her rief Sanshirō zurück: „Ja, ich bin zu Hause!“ Nach diesem senkrechten Austausch lächerlicher Sätze zog Sanshirō seinen Kopf ins Zimmer zurück, während Yojirō die Treppe emportappte.

„Du hast doch nicht etwa auf mich gewartet? Ich habe mir Mühe gegeben, denn ich mache mir Sorgen, daß du die Miete nicht bezahlen kannst. Das Ganze ist doch ein Witz!“

„Hast du jetzt das Geld von der *Zeitgemäßen Literaturkritik* bekommen?“

„Das Geld habe ich schon lange bekommen! Es gibt keines mehr!“

„Hast du nicht gesagt, du würdest das Geld Ende Monat erhalten?“

„Wirklich? Du mußt mich falsch verstanden haben! Keinen Heller mehr bekomme ich!“

„Komisch! Du hast es bestimmt gesagt.“

„Woher auch! Ich habe gesagt, ich würde versuchen, mir vom Verlag etwas vorschießen zu lassen. Aber sie wollen mir nichts leihen! Sie meinen, ich würde es nicht mehr zurückgeben. So eine Unverschämtheit! Dabei geht es nur um mickrige zwanzig Yen! Ich kann soviele Artikel wie das *Große Dunkel* für sie schreiben wie ich will, sie vertrauen mir ja doch nie! Es ödet mich an! Ich habe genug!“

„Dann kannst du mir das Geld also nicht geben?“

„Doch. Ich habe eine andere Lösung gefunden. Ich habe gedacht, du bist sonst in Schwierigkeiten wegen der Miete.“

„Das tut mir aber leid!“

„Es ist mir aber ein wenig peinlich. Ich habe das Geld nämlich nicht bei mir. Du mußt es selber holen gehen!“

„Wo denn?“

„Als ich bei der *Zeitgemäßen Literaturkritik* kein Glück hatte, bin ich zu Haraguchi und einigen anderen Leuten gegangen. Sie konnten mir aber alle das Geld nicht geben, weil es Ende Monat ist. Da bin ich zuletzt zu Satomi gegangen. Kennst du Satomi? Satomi Kyōsuke, Jurastudent und Bruder von Fräulein Mineko. Dorthin bin ich also gegangen, aber ich hatte Pech: Er war nicht zu Hause. Unterdessen war ich vom vielen Herumeilen allmählich hungrig und müde geworden, und ich blieb ein Weilchen da, um mit Fräulein Mineko zu plaudern.“

„War Herr Nonomiyas Schwester denn nicht dort?“

„Es war kurz nach Mittag – Sie war in der Schule. Aber es hätte sowieso keine Rolle gespielt, wenn sie dagewesen wäre: Wir befanden uns nämlich im Empfangszimmer.“

„Ach so.“

„Da erklärte Mineko sich bereit, dir das Geld zur Verfügung zu stellen.“

„Hat sie eigenes Geld?“

„Schon möglich! Jedenfalls ist jetzt alles in Ordnung! Sie übernimmt es. Aber sie ist schon eine seltsame Frau! Sie ist jung, aber sie benimmt sich trotzdem gerne wie eine ältere Schwester. Deshalb kannst du beruhigt sein, solange sie es übernimmt. Du mußt dir überhaupt keine Sorgen mehr machen; du mußt sie nur noch um den Gefallen bitten! Mir hat sie nämlich zuletzt gesagt, sie habe das Geld zwar dort, wolle es aber um keinen Preis mir geben. Ich war schockiert! Als ich fragte, ob sie mir denn so wenig vertraue, sagte sie: „Ja“, und lachte. Das reichte mir! Als ich sie fragte, ob ich dich vorbeischicken solle, meinte sie, doch, dir würde sie es geben. Sie kann ja tun, was sie will! Gehst du jetzt das Geld holen oder nicht?“

„Wenn ich nicht ginge, bliebe mir nur, ein Telegramm nach Hause zu schicken.“

„Laß das lieber! Das ist übertrieben! Du kannst doch zu ihr gehen, oder?“

„Doch, doch!“

Damit war die Sache erledigt. Nachdem das Problem aus dem Weg geräumt war, setzte Yojirō an zu einem Bericht über die neuesten Entwicklungen in der Angelegenheit Professor Hirota.

Die „Bewegung“ nahm langsam an Kraft zu. Wenn Yojirō nur immer Zeit hatte, besuchte er die Studentenhäuser und sprach einzeln mit den Studenten. Er redete sie immer nur einzeln an, denn wenn eine große Menge zusammenkommt, will jeder nur sich selbst in den Vordergrund stellen, und deshalb neigen die Leute dann dazu, unterschiedliche Meinungen kundzugeben. Oder sie haben das Gefühl, man übersehe sie, und stehen der Sache deshalb von Anfang an feindlich gegenüber. Nein, Yojirō mußte sich die Studenten unbedingt einzeln vornehmen. Dafür brauchte er aber Zeit und Geld. Wenn er sich nicht um diese beiden Dinge kümmerte, wäre es aus mit der „Bewegung“. Während dieser Gespräche gab sich Yojirō Mühe, den Namen „Professor Hirota“ nie zu erwähnen, damit nicht der Verdacht aufkäme, er täte alles für Herrn Hirota und nicht für die Sache selbst. Dann hätte die „Bewegung“ nämlich nie Erfolg.

In dieser Weise ging Yojirō offenbar vor, wenn er mit seiner „Bewegung“ vorwärtsmachte. Bis heute war alles recht gut gegangen. Alle waren überzeugt, daß man anstatt der vielen Europäer einmal einen Japaner an die Universität berufen müsse. Nun wollten sie wieder einmal zusammenkommen, um Delegierte zu wählen, die dem Dekan und dem Rektor ihre Wünsche mitteilen würden. Im Grunde genommen konnte man diese Versammlung als reine Formalität auch ausfallen lassen, denn es stand schon ziemlich fest, welche Studenten als Delegierte fungieren würden. Es waren alles Leute, die Professor Hirota günstig gesinnt waren. Sie würden wohl, je nach dem Verlauf der Verhandlungen, den zuständigen Beamten gegenüber Hirotas Namen erwähnen...

Yojirō tönte so, als habe er die ganze Welt in seinen Händen. Sanshirō bewunderte seine Geschicklichkeit nicht wenig. Yojirō begann, wieder von jenem Abend zu sprechen, an dem er Haraguchi zu Professor Hirota gebracht hatte.

„Du weißt noch bestimmt, daß damals Haraguchi dem Professor zugeredet hat, doch auch zu seiner kleinen Künstlerversammlung zu kommen?" Natürlich erinnerte sich Sanshirō daran. Yojirō zufolge ging auch diese Sache auf seine eigene Anregung zurück. Es gab verschiedene Gründe, warum er sie in die Wege geleitet hatte. Der nächstliegende war, daß unter den Teilnehmern ein Professor war, dessen Meinung in der Fakultät für Geisteswissenschaften viel galt. Wenn es ihm gelang, Professor Hirota mit diesem Mann zusammenzuführen, würde es ihm viel nützen. Professor Hirota war zwar ein Sonderling, der von sich aus niemandes Bekanntschaft suchte, doch wenn Yojirō die Gelegenheit schaffte, daß er jemanden kennenlernte, würde er mit seinem ganzen sonderbaren Wesen in eine normale Beziehung mit jener Person treten.

„So ist das also! Das habe ich überhaupt nicht gewußt. Auf dich geht also die ganze Sache zurück! Aber werden alle diese wichtigen Leute denn kommen, wenn du sie in deinem Namen einlädst?"

Eine Weile lang blickte Yojirō Sanshirō ernst ins Gesicht, dann wandte er sich plötzlich mit einem bitteren Lachen ab.

„Red nicht solchen Unsinn! Wenn ich der Urheber der Sache bin, heißt das noch lange nicht, daß ich das offen zugebe! Es heißt nur, daß ich diese Versammlung geplant habe. Ich habe Haraguchi gut zugeredet und habe es so eingerichtet, daß er seinen Einfluß gebraucht."

„Ach so!"

„Ist das alles, was du dazu zu sagen hast? Du stinkender Bauer! Übrigens solltest du auch zu jener Versammlung gehen. Sie findet nächstens statt."

„Wenn so viele wichtige Leute kommen, gehe ich lieber nicht hin!"

„Wieder dieser Bauerngestank! Der einzige Unterschied zwischen einem wichtigen und einem unwichtigen Mann ist die Reihenfolge, in der sie in die Gesellschaft eintreten. Wenn es bei einem solchen Anlaß von jemandem heißt, er sei Doktor oder Magister oder so was, und du zu ihm hingehst und mit ihm sprichst, siehst du, daß es gar keinen Unterschied macht. Vor allem denkt dein Gegenüber gar nicht ständig daran, wie wichtig er ist. Du mußt unbedingt hingehen! Deine Zukunft hängt davon ab!"

„Wo findet die Versammlung statt?"

„Vermutlich im *Seiyōken* in Ueno."

„Ich bin noch nie an einem solchen Ort gewesen. Wird es wohl viel kosten?"

„Etwa zwei Yen. Aber mach dir keine Sorgen um das Mitgliedsgeld! Wenn du es nicht hast, zahle ich für dich!"

Plötzlich erinnerte sich Sanshirō an die zwanzig Yen, aber in rätselhafter Weise fand er den Gedanken daran überhaupt nicht komisch. Yojirō schlug jetzt vor, irgendwo auf der Ginza *Tenpura* essen zu gehen. Er habe Geld. Ein rätselhafter Junge, dieser Yojirō! Sogar Sanshirō, der sich normalerweise Yojirō gegenüber nicht behauptete, lehnte diesmal ab. Statt dessen gingen die beiden miteinander spazieren. Auf dem Rückweg gingen sie noch beim Geschäft Okano vorbei, wo Yojirō eine große Menge mit Kastanienpüree gefüllter Semmel kaufte. Sie seien ein Geschenk für den Professor, sagte er, als er sich mit der Tüte in den Armen auf den Heimweg machte.

An diesem Abend dachte Sanshirō viel über Yojirōs Charakter nach. Würde er auch so werden, wenn er längere Zeit in Tōkyō bliebe? Dann dachte er daran, daß er zu den Satomis werde gehen müssen, um das Geld zu leihen. Er war froh darüber, daß sich ein Anlaß ergeben hatte, zu Mineko zu gehen. Andrerseits fiel es ihm schwer, mit gebeugtem Kopf um das Geld zu bitten. Noch nie im Leben hatte er von jemandem Geld geliehen, und jetzt war die

Person, die ihm das Geld anbot, gleich auch noch ein Mädchen! Mineko war nicht unabhängig. Vielleicht war sie in Gelddingen frei, doch wenn sie jemandem ohne das Einverständnis ihres Bruders insgeheim Geld borgte, könnte es später – von ihm selbst einmal abgesehen – auch für sie Schwierigkeiten geben. Andrerseits konnte er sich gut vorstellen, daß Mineko von Anfang an alles so eingerichtet hatte, daß sich keine Schwierigkeiten ergaben. Jedenfalls wollte er einmal hingehen. Wenn es ihm dann nicht wünschenswert erschien, das Geld anzunehmen, würde er es ablehnen, seine Zimmerrechnung für eine Weile aufschieben und die Sache so zum Abschluß bringen, daß er sich das Geld aus der Heimat kommen ließ. Nach diesen Überlegungen setzte er vorläufig einen Punkt hinter die ganze Angelegenheit. Nun glitten ihm verstreute Bilder von Mineko durch den Sinn. Er sah in seiner Vorstellung ihr Gesicht, ihre Hände, ihren Halsausschnitt, ihren *Obi,* ihren Kimono, und multiplizierte und dividierte sie durcheinander. Wie würde sie sich bei ihrem morgigen Treffen ihm gegenüber wohl verhalten? Was würde sie sagen? Zehn oder zwanzig Möglichkeiten der Szene gingen ihm durch den Kopf. Sanshirō war einer, der, wenn er ein Gespräch oder ein Treffen abgemacht hatte, sich immer nur auszumalen versuchte, wie sich sein Gegenüber verhalten würde, und nie daran dachte, welches Gesicht er selber machen würde oder mit welcher Stimme er was sagen würde. Dafür dachte er im nachhinein immer an jene Dinge und bereute die Fehler, die er gemacht hatte.

Besonders heute nacht hatte er keinen Platz in seiner Vorstellung, um an sein eigenes Verhalten zu denken, denn er hegte Zweifel betreffs Mineko. Aber durch Zweifeln allein würde er keine Antwort finden. Nur: Er hatte keine einzige konkrete Frage, die er ihr ins Gesicht stellen wollte, keinen Streitpunkt, den er mit einem einzigen Schwertstreich beseitigen wollte. Wenn für Sanshirō die Lösung einer Frage zu seiner Beruhigung nötig war, mußte er nur von der Gelegenheit Gebrauch machen, Mineko zu treffen, um aus ihrem Verhalten ihm gegenüber halbwegs irgendeinen Schluß zu ziehen. Gewiß würde das morgige Treffen diese Gelegenheit zur endgültigen Entscheidung bieten. Deshalb also durchlief er in seiner Vorstellung die vielen Möglichkeiten für Minekos Verhalten. Wie er es aber auch anstellte, vor seinen Augen spielten sich nur Szenen ab, die für ihn selbst günstig ausgingen. Daß sie der Wirklichkeit entsprachen, war eher zu bezweifeln. Es kam Sanshirō vor, als betrachte er hübsche, saubere Photographien einer schmutzigen Sache. Sicher bildet die Photographie die Realität wirklichkeitsgetreu ab, und trotzdem bestreitet man nicht, daß die dargestellte Wirklichkeit schmutzig ist. In gleicher Weise waren die zwei Dinge – Vorstellung und Wirklichkeit – nicht deckungsgleich.

Zuletzt fiel Sanshirō noch etwas Schönes ein: Mineko hatte Yojirō gesagt, sie würde ihm das Geld leihen, aber sie wolle es ihm nicht geben. Vielleicht war Yojirō in Gelddingen wirklich nicht sehr vertrauenswürdig, doch es blieb die Frage, ob Mineko ihm deswegen das Geld nicht übergeben hatte. Wenn Yojirōs mangelnde Verläßlichkeit nicht der Grund für Minekos Verhalten war, sah es für Sanshirō vielversprechend aus. Schon allein die Tatsache, daß Mineko ihm Geld lieh, zeigte, daß sie ihm günstig gesinnt war. Wenn sie dann auch noch sagte, sie wolle es ihm persönlich übergeben ... Er erlaubte sich, sich soviel einzubilden, als ihm plötzlich der Gedanke kam: „Was, wenn sie mit mir nur ein Spielchen treibt?" Er wurde rot. Hätte ihn jemand jetzt gefragt, warum ihn diese Frau denn verhöhnen sollte, hätte er wohl keine Antwort gewußt. Wäre der Fragende weiter in ihn gedrungen, hätte Sanshirō wohl gesagt, sie sei eben eine Frau, die gerne andere verspotte. Nie hätte er auch nur im Traum daran gedacht, sie könnte ihn verspotten, um seine Einbildung zu zerstören, denn er glaubte, diese Einbildung sei eben von ihr selbst hervorgerufen worden.

Am nächsten Tag waren glücklicherweise zwei Professoren abwesend, und die Vorlesungen am Nachmittag fielen aus. Da es für Sanshirō zu mühsam war, in seine Studentenpension zurückzukehren, aß er unterwegs ein einfaches Gericht und begab sich sogleich zu Minekos Haus. Schon oft war er daran vorbeigegangen; betreten hatte er es aber noch nie. Am Pfosten des ziegelgedeckten Eingangstors hing ein Schild mit der Aufschrift *Satomi Kyōsuke*. Jedesmal, wenn Sanshirō hier vorbeigekommen war, hatte er sich vorzustellen versucht, was für ein Mann Satomi Kyōsuke, den er noch nie gesehen hatte, wohl war. Die Torflügel waren verschlossen, und Sanshirō trat durch das Seitentürchen ein. Der Weg von hier bis zum Haus bestand aus verstreut hingelegten Granitplatten. Er war ungewöhnlich kurz. Die Schiebetüre aus feinen Holzgitterstäben beim Eingang war zugezogen. Sanshirō drückte auf den Klingelknopf. Zur Magd, die darauf erschien, sagte er: „Ist Fräulein Mineko wohl zu Hause?" Diese Frage zu stellen war ihm auf seltsame Weise peinlich, denn noch nie in seinem Leben hatte er sich bei einem fremden Haus nach der Anwesenheit eines blutjungen Mädchens erkundigt. Es fiel ihm äußerst schwer. Die Magd ihrerseits war sehr ernst, ja sogar ehrfürchtig. Ein Weilchen verschwand sie im Innern des Hauses; dann kam sie wieder heraus, verbeugte sich höflich und bat Sanshirō ins Empfangszimmer. Dieses war ein westlich eingerichteter, etwas düsterer Raum mit schweren Vorhängen an den Fenstern.

Die Magd sagte: „Darf ich Sie bitten, sich einen Moment lang zu gedulden?" und verschwand. Sanshirō suchte sich im stillen Zimmer einen Sitzplatz. In der Wand vor ihm war eine kleine Kaminöffnung; darüber hing ein langer Spiegel, vor dem rechts und links zwei Kerzenständer aufgestellt waren. Sanshirō stand auf, betrachtete sein Spiegelbild zwischen den zwei Kerzenständern und setzte sich wieder hin.

Da drangen plötzlich vom Innern des Hauses her Violintöne an seine Ohren, die sogleich wieder abbrachen, als hätte sie der Wind von irgendwo herbeigeweht. Sanshirō war enttäuscht, daß die Musik nur so kurz dauerte. Er lehnte sich zurück in den dick gepolsterten Sessel und spitzte die Ohren, ob noch mehr käme, doch alles blieb still. Nach etwa einer Minute hatte er die Violine schon vergessen. Er betrachtete den Spiegel und die Kerzenständer, deren Aussehen etwas seltsam Westliches hatte, das ihn an den Katholizismus erinnerte, ohne daß er wußte, warum. Da erklang die Violine wieder: Ein paar hohe und sehr tiefe Töne folgten schnell aufeinander, bis die Musik plötzlich wieder verstummte. Sanshirō kannte sich zwar in der westlichen Musik nicht aus, aber es erschien ihm nicht glaubhaft, daß jene Töne Teil einer wirklichen, komponierten Melodie waren. Es klang, als ob jemand auf der Violine einfach herumspielte. Diese Unbekümmertheit paßte gut zu seiner gegenwärtigen Stimmung. Es war, als ob völlig unerwartet ein paar Hagelkörner vom Himmel gefallen wären.

Halb besinnungslos wandte Sanshirō seinen Blick wieder zum

Spiegel, in dem – wie lange schon? – Mineko zu sehen war. Die Türe, die die Magd wohl zugemacht hatte, stand jetzt offen. Mineko war im Spiegel von der Brust aufwärts deutlich zu sehen. Sie stand in der Türöffnung und schob mit der einen Hand den Vorhang zur Seite, während die beiden sich gegenseitig im Spiegel ansahen. Mineko lächelte.

„Seien sie willkommen!"

Ihre Stimme tönte von hinten, und Sanshirō mußte sich umdrehen. Jetzt erst erblickten sie sich in der Wirklichkeit. Mineko verbeugte sich, indem sie ihre vorne hoch aufgebauschte Frisur leicht nach vorne schwang. Sie verhielt sich so, als seien sie schon so vertraut miteinander, daß eine höflichere Begrüßung unnötig war. Sanshirō aber stand von seinem Stuhl auf und beugte den Kopf tief hinunter. Die Frau tat so, als sehe sie es nicht. Sie umrundete Sanshirō und setzte sich ihm gegenüber, den Spiegel im Rücken.

„Jetzt sind sie endlich gekommen!"

Auch ihre Stimme war vertraulich. Dieser eine Satz machte Sanshirō übermäßig glücklich. Mineko trug einen Kimono aus glänzender Seide. Angesichts der Tatsache, daß sie ihn recht lange hatte warten lassen, war es durchaus möglich, daß sie schönere Kleider angezogen hatte, eigens um ihn zu empfangen. Jetzt aber saß sie ganz normal ruhig da. Lange schaute sie Sanshirō mit einem Lächeln um Augen und Mund wortlos an, was ihn mit süßer Qual erfüllte. Trotz der Süße hielt er dem Blick, kaum hatte sie sich gesetzt, schon fast nicht mehr stand, und er fing sogleich krampfhaft an zu sprechen.

„Sasaki hat . . ."

„Ach, ist Sasaki zu Ihnen gekommen?" sagte sie und ließ wieder einmal ihre weißen Zähne sehen. Hinter ihrem Rücken standen rechts und links die beiden Kerzenständer auf dem Kaminsims. Es waren goldene, seltsam geformte Gestelle. Daß es Kerzenständer waren, war nur Sanshirōs Interpretation, er wußte nämlich gar nicht, wozu sie dienten. Hinter diesen rätselhaften Kerzenständern erglänzte der Spiegel. Wegen der dicken Fenstervorhänge drang nicht genügend Licht ins Zimmer. Überdies war das Wetter bewölkt. Inmitten all dieser Dinge blickte Sanshirō nur auf Minekos Zähne.

„Sasaki war bei mir."

„Was hat er zu Ihnen gesagt?"

„Er hat mir gesagt, ich solle hierherkommen."

„Und das haben sie dann auch getan, nicht wahr?" fragte Mineko ausdrücklich noch. Sanshirō zögerte mit der Antwort, bis er schließlich erwiderte: „Ja, so ist es." Jetzt verbarg Mineko ihre Zähne wieder. Ruhig stand sie von ihrem Sessel auf, ging hinüber zum Fenster und blickte hinaus.

„Der Himmel hat sich bezogen. Es ist wohl kalt draußen."

„Nein, es ist eigentlich ungewöhnlich warm. Es weht überhaupt kein Wind."

„Ach so?" sagte sie und kehrte zu ihrem Platz zurück.

„Um zur Sache zu kommen: Sasaki hat das Geld..." begann Sanshirō.

„Ich weiß, ich weiß!" schnitt sie ihm das Wort ab.

Danach schwieg auch er. Da fragte sie ihn: „Wie ist das Geld verloren gegangen?"

„Alles wurde bei den Pferderennen verspielt!"

„Na so was!" Auf ihrem Gesicht zeigte sich nicht die Überraschung, die zu diesem Ausruf passen würde. Im Gegenteil, sie lachte. Nach einer Weile fügte sie noch hinzu: „Bösewicht!" Sanshirō sagte darauf nichts.

„Im Pferderennen richtig zu wetten, ist wohl schwieriger, als zu erraten, was im Innern eines Menschen vorgeht, oder nicht? Sie jedoch sind so unbekümmert, daß Sie es selbst dann nicht versuchen würden zu erraten, was in einem Menschen vorgeht, wenn er ein Inhaltsverzeichnis aufgestempelt hätte!"

„Nicht ich habe das Geld verspielt!"

Mineko brach in Gelächter aus, so daß Sanshirō es plötzlich auch ganz lustig fand.

„Dann brauchen Sie das Geld ja gar nicht! Wie dumm!"

„Doch. Ich bin derjenige, der das Geld braucht."

„Wirklich?"

„Ja, wirklich."

„Das ist aber komisch!"

„Ja, ich weiß. Ich muß es nicht von Ihnen leihen!"

„Warum nicht? Haben Sie etwas dagegen?"

„Nein, dagegen habe ich nichts, aber es ist doch schlecht, wenn Sie es mir borgen, ohne Ihrem Herrn Bruder etwas davon zu sagen."

„Warum denn? Er ist doch einverstanden!"

„Meinen Sie wirklich? Dann kann ich das Geld annehmen! Aber es ist nicht unbedingt nötig. Wenn ich einen Brief nach Hause schreibe, habe ich das Geld schon in einer Woche."

„Ich will Sie nicht dazu zwingen, wenn es Ihnen Ungelegenheiten bereitet!"

Minekos Stimme tönte plötzlich kalt, als ob sie sich mit einem Schlag etwa hundert Meter weit von ihm entfernt hätte.

Sanshirō dachte, es wäre besser gewesen, das Geld anzunehmen – Jetzt aber war es zu spät. Er gab sich gleichgültig und betrachtete die Kerzenständer. Er war ein Mensch, der sich nie im Leben bei jemandem eingeschmeichelt hatte. Auch Mineko blieb abweisend und machte keine weiteren Annäherungsversuche. Nach einer Weile stand sie erneut auf und blickte aus dem Fenster.

„Es sieht nicht nach Regen aus!" sagte sie. Im gleichen Tonfall erwiderte Sanshirō: „Nein, es sieht nicht nach Regen aus."

„Wenn es nicht regnet, will ich ein bißchen hinausgehen!" sagte Mineko und blieb beim Fenster stehen. Sanshirō faßte es so auf, daß sie ihn bitte zu gehen. Den glänzenden Seidenkimono hatte sie wohl doch nicht für ihn angezogen.

„Ja, dann will ich gehen!" sagte er und erhob sich. Mineko geleitete ihn bis zur Haustüre. Als er sich bei der Eingangsstufe nach seinen Schuhen bückte, sagte sie von oben her: „Wollen wir nicht ein Stück weit zusammen gehen? Es ist Ihnen doch recht, oder?" Sanshirō, der seine Schnürsenkel band, antwortete: „Ja, wenn Sie wollen!" Da stieg Mineko vom erhöhten Holzboden auf den gestampften Zement des Eingangsraumes hinunter, brachte ihren Mund ganz nahe an Sanshirōs Ohr und flüsterte: „Sie sind mir böse!" An dieser Stelle kam plötzlich überstürzt die Magd herbei, um die beiden zu verabschieden.

Etwa fünfzig Meter weit gingen sie schweigend nebeneinander her. Sanshirō dachte immer nur an Mineko. Sicher war sie zur Eigensinnigkeit erzogen worden. In ihrer Familie genoß sie wohl eine größere Freiheit als die meisten Frauen und konnte tun und lassen, was sie wollte. Das erkannte man auch daran, daß sie mit ihm auf offener Straße spazierenging, ohne dazu jemandes Erlaubnis einzuholen. Sie konnte dies tun, weil sie keine bejahrten Eltern hatte und sich ihr junger Bruder stets an das Prinzip des *laisser faire* hielt. Hätte sie sich auf dem Lande so benommen, wie sie es hier tat, wäre sie sicherlich in Schwierigkeiten geraten. Wie hätte sie sich wohl verhalten, wenn jemand ihr befohlen hätte, ein Leben wie Omitsu, Tochter der Familie Miwata, zu führen? Hier in Tōkyō, wo alles viel offener war als auf dem Lande, war es sogar möglich, daß die meisten Frauen so waren wie Mineko. Er kannte sie nicht, aber aus der Ferne betrachtet schienen sie ihm doch etwas altmodischer zu sein. Jetzt erst verstand er, warum Yojirō Mineko als Ibsen-Figur bezeichnet hatte. Aber war es nur ihr äußeres Mißachten der konventionellen Regeln, das sie zur Ibsen-Figur machte, oder waren ihre tiefsten Gedanken und Regungen auch daran beteiligt? Er wußte es nicht.

Unterdessen waren sie bis zur großen Straße von Hongō gelangt. Zwar gingen sie nebeneinander her, doch kannten beide das Ziel des andern nicht. Bis jetzt waren sie in den Seitengassen etwa dreimal um die Ecke gebogen. Immer waren ihre Füße, ohne daß sie ein Wort gesprochen hätten, in die gleiche Richtung gegangen. Als sie nun auf der Straße von Hongō bei der Ecke von Yonchōme ankamen, fragte Mineko: „Wohin gehen Sie eigentlich?"

„Und Sie? Wohin gehen denn Sie?"

Die zwei blickten sich kurz an. Sanshirō machte ein ganz ernstes Gesicht. Mineko zeigte ihre weißen Zähne wieder in einem Lächeln, daß er es kaum aushielt.

„Kommen Sie mit!"

Bei Yonchōme bogen sie um die Ecke und gingen in die Richtung des Durchstiches. Etwa dreißig Meter weiter vorne stand auf der rechten Straßenseite ein großes Gebäude im westlichen Stil. Vor diesem Gebäude blieb Mineko stehen. Sie zog unter ihrem *Obi* ein dünnes Heft und einen Stempel hervor.

„Bitte!" sagte sie.

„Was wollen Sie?"

„Wollen Sie für mich bitte das Geld abheben!"

Sanshirō streckte die Hand aus und nahm das Heft in Empfang. In der Mitte des Umschlags stand „Sparheft" und daneben „Fräulein Satomi Mineko". Mit dem Heft und dem Stempel in der Hand stand er da und blickte Mineko an.

„Dreißig Yen.“ Endlich nannte sie die Höhe der Summe in einem Ton, als spreche sie zu jemandem, der alle Tage in der Bank Geld abhob. Glücklicherweise hatte Sanshirō in der Heimat auch so ein Sparheft gehabt und war damit ab und zu nach Toyotsu in die Bank gegangen. Jetzt stieg er sogleich die Steintreppe empor, öffnete die Türe und ging hinein. Er überreichte das Heft und den Stempel dem zuständigen Angestellten, nahm die erbetene Summe in Empfang und verließ das Gebäude wieder. Doch Mineko hatte nicht auf ihn gewartet, sondern war schon etwa zwanzig Meter weiter in die Richtung des Durchstiches gegangen. Sanshirō eilte ihr nach, bis er sie einholte. Er steckte eben seine Hand in die Westentasche, um ihr das Geld zu überreichen, als sie ihn fragte: „Haben Sie die Ausstellung der *Künstlergesellschaft* schon besucht?“

„Nein, noch nicht.“

„Ich habe zwei Freikarten erhalten, aber ich bin bis jetzt nicht hingegangen, weil ich keine Zeit hatte. Wollen wir sie heute zusammen ansehen?“

„Das ist mir auch recht!“

„Also dann! Bald schließt die Ausstellung, und wenn ich sie mir nicht ansehe, ist es Herrn Haraguchi gegenüber unverzeihlich!“

„Hat Ihnen Herr Haraguchi die Freikarten gegeben?“

„Ja. Kennen Sie ihn?“

„Ich habe ihn einmal bei Professor Hirota getroffen.“

„Ein lustiger Mensch, nicht wahr? Er hat gesagt, er übe jetzt, um beim ‚Trottelorchester‘ mitzumachen.“

„Als ich ihn sah, hat er gesagt, er wolle lernen, die *Nō*-Trommel zu schlagen, und dann noch . . .“

„Und dann noch?“

„Und dann hat er noch gesagt, er wolle ein Porträt von Ihnen malen. Stimmt das?“

„Ja, ich bin ein hochklassiges Modell!“ Sanshirō war nicht einer, der darauf eine geschickte Antwort gewußt hätte; er schwieg also, obwohl er Mineko ansah, daß sie gerne eine Antwort erhalten hätte.

Sanshirō steckte die Hand wieder in die Westentasche. Er nahm das Sparheft und den Stempel hervor und überreichte sie der Frau. Er hatte gemeint, das Geld sei zwischen die Seiten des Heftes geklemmt, aber Mineko sagte: „Und das Geld?“ Sanshirō griff ein drittes Mal ins Innere seiner Tasche und kramte eine Handvoll abgegriffener Scheine hervor. Mineko streckte ihre Hand nicht aus.

„Ich darf es Ihnen zur Aufbewahrung überlassen!“ sagte sie. Sanshirō fand es ein wenig lästig. Er stritt aber in solchen Fällen nicht gerne, schon gar nicht hier auf offener Straße. Deshalb versorgte er die Scheine wieder an ihren Platz und dachte, was für eine seltsame Frau Mineko doch sei.

Auf der Straße gab es viele Studenten, die sie im Vorbeigehen anstarrten. Darunter waren solche, die sie sogar schon von weitem fixierten. Sanshirō kam der Weg bis nach Ikenohata, wo sich das Ausstellungsgebäude befand, außerordentlich weit vor. Er hatte aber trotzdem keine Lust, die Straßenbahn zu benützen. Langsam, Schritt für Schritt, gingen die beiden weiter, und bis sie zum Museum gelangten, war es schon fast drei Uhr. Vor dem Gebäude hing eine ungewöhnliche Ankündigungstafel. Sowohl die Zeichen *Künstlergesellschaft* als auch das Muster, das sie umrahmte, waren für Sanshirōs Augen etwas völlig Neues, und zwar neu in dem Sinne, daß er etwas Ähnliches in Kumamoto nie hatte sehen können und es ihn deshalb befremdete. Innen steigerte sich dieses Gefühl noch. Der einzige Unterschied, den Sanshirō zwischen den Bildern deutlich erkennen konnte, war derjenige zwischen den Aquarellen und den Ölgemälden.

Trotzdem gab es Bilder, die ihm gefielen, und solche, die er häßlich fand. Es gab sogar solche, die er hätte kaufen mögen. Was aber die Kunstfertigkeit des Stils anbelangte, tappte er völlig im Dunkeln. Deshalb resignierte er gleich zu Anfang in der Meinung, er habe kein Unterscheidungsvermögen, und äußerte sich zu keinem der Gemälde.

Wenn Mineko ihn fragte: „Und wie finden sie dieses hier?“, sagte er: „Ja.“ Wenn sie sagte: „Dieses hier ist interessant, nicht wahr?“, erwiderte er: „Ja, es sieht interessant aus.“ Er reagierte auf nichts, was den Eindruck hervorrief, er sei entweder ein Vollidiot oder ein so wichtiger Mann, daß er es unnötig fand, auf andere einzugehen. Nahm man an, er sei ein Idiot, war es ein liebenswürdiger Zug, daß er sich nicht groß aufspielte. Nahm man aber an, er sei ein wichtiger Mann, war es häßlich, daß er auf andere nicht einging.

An einer Stelle hingen viele Gemälde eines Geschwisterpaares, das lange Reisen ins Ausland unternommen hatte. Sowohl der Bruder als auch die Schwester hatten denselben Familiennamen, und überdies hingen die Bilder gleich nebeneinander. Vor einem dieser Werke blieb Mineko stehen.

„Das muß wohl Venedig sein."

Das hatte sogar Sanshirō gemerkt. Das Bild sah so sehr nach Venedig aus, daß er gleich Lust bekam, eine Gondel zu besteigen und hineinzufahren. Er hatte sich in seiner Oberschulzeit einmal das Wort „Gondel" gemerkt und es liebgewonnen. Wenn er es aussprach, hatte er das Gefühl, es sei etwas, worin man unbedingt in Gesellschaft einer Frau fahren müsse. Schweigend betrachtete er das blaue Wasser zwischen den hohen Gebäuden, die sich verkehrt darin spiegelten, und die roten Flecken, die in diesen Spiegelbildern aufblinkten. Da sagte Mineko: „Nicht wahr, der Bruder malt besser als die Schwester?" Sanshirō verstand nichts.

„Der Bruder?"

„Ja, der Bruder hat doch dieses Bild hier gemalt!"

„Wessen Bruder?"

Mineko blickte ihn fragend an.

„Dort drüben hängen doch die Bilder der Schwester, dieses hier hat der Bruder gemalt, oder nicht?"

Sanshirō trat einen Schritt zurück und drehte sich um in die Richtung, aus der sie vorhin gekommen waren. Unzählige Malereien hingen dort mit immer denselben ausländischen Szenen.

„Unterscheiden sie sich voneinander?"

„Hatten Sie gemeint, es sei nur ein Künstler?"

„Ja", sagte er und blickte zerstreut in die Welt. Dann sahen sie sich an und fingen gleichzeitig an zu lachen. Mineko machte absichtlich überraschte, große Augen und sagte dann mit leiser Stimme: „Sie sind mir aber wirklich einer!" Dann ging sie rasch ein paar Schritte nach vorne. Sanshirō blieb stehen und betrachtete noch einmal die venezianische Kanalszene. Mineko, die ein paar Meter weiter nach vorne geflohen war, drehte sich um, aber Sanshirō schaute nicht in ihre Richtung. Da blieb sie mit einem Ruck stehen und betrachtete eingehend sein Profil.

„Fräulein Satomi!" rief da plötzlich jemand laut.

Mineko und Sanshirō drehten gleichzeitig die Köpfe. Etwa einen

Meter weit von der Türe mit der Aufschrift „Büro“ entfernt stand Herr Haraguchi, und hinter ihm, etwas verdeckt, Herr Nonomiya. Eher als auf Herrn Haraguchi, der gerufen hatte, blickte Mineko auf den weiter entfernten Nonomiya. Kaum hatte sie ihn gesehen, kehrte sie die paar Schritte an Sanshirōs Seite zurück. So, daß die anderen es nicht sahen, brachte sie ihren Mund in die Nähe seines Ohres und flüsterte etwas, von dem er aber kein Wort verstand. Er wollte eben danach fragen, als Mineko sich wieder entfernte und zu den zwei Männern hinüberging. Jetzt begrüßte sie sie schon. Zu Sanshirō gewandt sagte Nonomiya: „Sie kommen aber in ungewöhnlicher Begleitung!“ Sanshirō wollte eben etwas antworten, als Mineko sich einschaltete: „Wir passen doch gut zueinander, meinen Sie nicht?“ Nonomiya sagte nichts. Er drehte sich dem Bild hinter seinem Rücken zu. Es war ein Porträt, fast so groß wie eine *Tatami*-Matte, dessen ganze Fläche schwarz war. Es verschluckte das Licht so sehr, daß man weder die Kleider, noch den Hut, noch den Hintergrund deutlich ausmachen konnte. Einzig das Gesicht war weiß – ein abgemagertes Gesicht mit eingefallenen Wangen.

„Es ist eine Kopie, nicht wahr?“ sagte Nonomiya zu Haraguchi, der im Moment eingehend auf Mineko einredete: Jetzt gehe die Ausstellung bald zu Ende. Er sei nach der Eröffnung fast jeden Tag hierher ins Büro gekommen; jetzt aber zeige er nur selten sein Gesicht. Heute habe er zufällig nach langer Zeit wieder hier etwas zu erledigen gehabt und habe Herrn Nonomiya gleich auch mitgeschleppt. Das habe sich ja gut getroffen! Nach dieser Ausstellung müsse er gleich an die Vorbereitungen für die nächste gehen; er sei deshalb äußerst beschäftigt. Die Ausstellung werde normalerweise zur Kirschblütenzeit eröffnet, im folgenden Jahr wolle man sie aber etwas vorverschieben, weil das den Mitgliedern der *Künstlergesellschaft* besser passe. Es sei fast dasselbe, wie zwei Ausstellungen hintereinander zu organisieren. Er müsse sich aus Leibeskräften anstrengen, um das Porträt von Mineko rechtzeitig für die Ausstellung fertigzukriegen. Es sei ihr sicher lästig, aber ob sie ihm doch bitte sogar bis zum Silvestertag selbst Modell stehen würde.

„Dafür habe ich dann vor, das Bild hier aufzuhängen!“

Jetzt erst drehte sich Haraguchi nach dem schwarzen Gemälde um. Nonomiya hatte es die ganze Zeit über geistesabwesend betrachtet.

„Wie ist er, der Velasquez? Natürlich ist es eine Kopie, und dazu nicht einmal eine besonders gekonnte!“ sagte er jetzt erst. Nonomiya brauchte darauf gar nichts mehr zu erwidern.

„Wer hat es gemalt?“ fragte Mineko.

„Mii. Normalerweise malt er aber viel besser. Dieses Bild hier kann ich nicht so recht bewundern!“ Haraguchi trat ein paar Schritte zurück. „Natürlich ist es schwierig, ein Bild zu kopieren, in dem die absolute Höhe an technischem Können erreicht worden ist.“

Haraguchi neigte den Kopf zur Seite. Sanshirō betrachtete seinen gebogenen Hals.

„Nun, haben Sie alles gesehen?“ sagte der Maler zu Mineko. Nur sie redete er an.

„Nein, noch nicht.“

„Wollen Sie es nicht lieber sein lassen? Wir könnten zusammen hinausgehen! Ich könnte Sie ins *Seiyōken* zum Tee einladen. Ich muß sowieso dorthin gehen – Ich habe dort zu tun. Ich muß nämlich mit dem *Manager* unsere kleine Zusammenkunft besprechen. Er ist ein guter Freund von mir. Jetzt ist genau die richtige Zeit, Tee zu trinken. Nach einer Weile wird es dann zu spät sein für den Tee und zu früh für das Abendessen – für beides die falsche Zeit! Kommen Sie doch mit!“

Mineko sah Sanshirō an. Er machte ein Gesicht, als sei ihm alles recht. Nonomiya stand da und gab sich unbeteiligt.

„Da wir nun schon mal hierhergekommen sind, wollen wir uns doch alles ansehen! Nicht wahr, Herr Ogawa?“

Sanshirō bejahte.

„Nun, dann machen Sie es doch so: Dort hinten ist die separate Galerie, wo die Bilder aus dem Nachlaß von Fukami hängen. Sehen Sie sich die an, und kommen Sie dann auf dem Heimweg im *Seiyōken* vorbei! Ich gehe Ihnen voraus und warte dann auf Sie.“

„Dankeschön!“

„Aber Sie dürfen Herrn Fukamis Aquarelle nicht wie normale Aquarelle betrachten! Sein Stil ist ihm allein zu eigen. Die Aquarelle sind aber ganz interessant, wenn man sie nicht als Abbildungen der Wirklichkeit betrachtet, sondern versucht, Fukamis Subtilität zu sehen!“ Nach diesem Hinweis verließ Haraguchi zusammen mit Nonomiya den Saal. Mineko bedankte sich und blickte den entschwindenden Gestalten nach. Sie wandten sich nicht mehr um.

Mineko spazierte hinüber zur separaten Galerie. Sanshirō folgte dicht hintennach. Es war ein lichtarmer, ja fast dunkler Saal. Die Bilder aus Meister Fukamis Nachlaß hingen alle in einer Reihe an der langen, schmalen Wand. Tatsächlich waren es fast nur Aquarelle, wie Haraguchi betont hatte. Sanshirō fiel auf, daß die wenigen Farben dieser Aquarelle samt und sonders wäßrig aufgetragen waren, daß die Kontraste schwach waren und daß die Bilder alles in allem so zurückhaltend gemalt waren, daß sie sich wohl erst beleben würden, wenn man sie hinaus an die Sonne brächte. Dafür stockte die Pinselführung nirgends: Die Bilder gaben den Eindruck, sie seien in einem Zug gemalt worden. Die mit dem Bleistift gezeichneten Umrißlinien waren unter den Farben ganz deutlich zu sehen, was als Malstil sehr freizügig wirkte. Die menschlichen Figuren auf den Bildern waren lang und schmal. Sie glichen Dreschflegeln. Auch hier gab es ein Bild von Venedig.

„Auch das ist Venedig, nicht wahr?“ Mineko trat zu Sanshirō hin.

„Ja“, sagte er. Beim Wort „Venedig“ fiel es ihm sogleich wieder ein:

„Was haben Sie mir vorhin zugeflüstert?“

„Wann, vorhin?“ gab Mineko zurück.

„Vorhin, als ich vor dem anderen Venedig-Bild stand und es betrachtete.“

Mineko ließ wieder einmal ihre schneeweißen Zähne sehen, sagte aber nichts.

„Wenn es nichts Wichtiges war, müssen Sie es mir nicht sagen!“

„Es war nichts Wichtiges!“

Sanshirō machte noch immer ein ungläubiges Gesicht. Es war nach vier Uhr, und dieser bewölkte Herbsttag ging allmählich zu Neige. Immer düsterer wurde es im Saal. Nur sehr wenige Gäste waren noch in der Ausstellung. Hier in der separaten Galerie hielten sich nur noch Sanshirō und Mineko auf wie zwei Schatten. Mineko hatte sich von den Bildern abgewandt und stellte sich direkt vor Sanshirō hin.

„Herr Nonomiya! Sie wissen doch . . .“

„Herr Nonomiya . . .“

„Ja, Sie wissen doch!“

Wie eine riesige Woge überflutete Sanshirō auf einmal der Sinn dessen, was Mineko sagen wollte.

„Haben Sie mit Herrn Nonomiya ein Spielchen getrieben?"
„Warum?"
Minekos Stimme tönte völlig arglos. Plötzlich brachte Sanshirō nicht mehr den Mut auf fortzufahren. Schweigend machte er ein paar Schritte. Mineko folgte ihm, als wolle sie sich an ihm festklammern.
„Mit Ihnen habe ich doch kein Spielchen getrieben!"
Sanshirō blieb stehen. Da er von hohem Wuchs war, sah er auf Mineko hinunter.
„Es macht nichts. Es ist schon gut!"
„Warum war es schlecht von mir?"
„Lassen Sie es! Es ist schon gut!"
Die Frau wandte ihr Gesicht ab. Die beiden gingen zusammen zur Türe. Im Moment, als sie hindurchtraten, berührten sich ihre Schultern. Sanshirō fühlte sich plötzlich an die Frau im Zug erinnert. Dort, wo er Minekos Körper berührt hatte, durchzuckte ihn ein Gefühl wie ein geträumter Schmerzstich.
„Ist es wirklich gut so?" fragte Mineko leise. Zwei oder drei weitere Ausstellungsbesucher kamen auf sie zu.
„Jedenfalls wollen wir jetzt hinausgehen!" sagte Sanshirō. Als sie ihre Schuhe in Empfang genommen hatten und ins Freie hinaustraten, regnete es.
„Gehen Sie noch ins *Seiyōken*?"
Mineko gab keine Antwort. Sie standen mitten auf dem weiten Feld vor dem Museum und ließen sich vom Regen benetzen. Glücklicherweise hatte dieser eben erst angefangen und war nicht sehr heftig. Mineko stand im Regen und blickte sich um. Dann wies sie mit der Hand auf den etwas weiter entfernten Wald.
„Wollen wir uns unter jene Bäume dort stellen?"
Es sah ganz so aus, als würde der Regen nach kurzer Zeit wieder aufhören. Die beiden stellten sich unter eine hohe japanische Zeder. Dieser Baum war aber nicht besonders geeignet dazu, vor dem Regen zu schützen. Trotzdem bewegten sie sich nicht mehr vom Fleck. Auch als sie durchnäßt waren, blieben sie weiter dort stehen. Sie begannen beide zu frieren. Mineko sagte: „Herr Ogawa!" Sanshirō, der mit gerunzelter Stirn ins Leere gestarrt hatte, wandte ihr seine Augen zu.
„War es schlimm, vorhin?"

„Nein nein! Es ist schon gut!“

„Aber“, sagte sie und trat näher zu ihm hin. „Ich mußte es irgendwie einfach tun! Ich wollte Herrn Nonomiya gegenüber nicht unhöflich sein!“

Mineko richtete ihren Blick fest auf Sanshirō, der in ihm ein viel innigeres Flehen entdeckte, als in ihren Worten enthalten war. „Habe ich das nicht allein für dich getan?“ sagten ihm die von den feinen Lidfalten umrahmten Augen. Sanshirō sagte wieder: „Es ist schon gut!“

Immer dichter fiel der Regen. Nirgends mehr unter dem Baum waren sie vor den Tropfen sicher. Die beiden rückten immer enger zusammen, bis sie so nahe geduckt beieinanderstanden, daß sich ihre Schultern berührten. Inmitten des Regenrauschens sagte Mineko: „Behalten Sie doch bitte das Geld, das ich Ihnen gegeben habe!“

„Ich leihe es gerne! Aber nur so viel, wie ich brauche!“ erwiderte Sanshirō.

„Nein, behalten Sie doch alles!“ sagte sie.

IX

Weil Yojirō es ihm so dringend geraten hatte, ging Sanshirō schließlich doch zum Treffen ins *Seiyōken*. An diesem Abend zog er ein *Haori* aus schwarzer, grober Seide an. Miwata Omitsus Mutter habe den Stoff gewoben, dann habe Omitsu selbst ihn vernäht, nachdem er mit dem Familienwappen der Ogawa eingefärbt worden sei, schrieb Sanshirōs Mutter lang und breit in ihrem Begleitbrief. Dies alles störte Sanshirō etwas, so daß er das *Haori,* als er das Paket erhielt, nur einmal anprobierte und es dann sogleich im Kleiderschrank verstaute. Yojirō jedoch redete ihm zu, es doch anzuziehen, es sei sonst schade um das schöne Stück. Er tat dies so eindringlich, daß es fast schien, als wollte er das Kleidungsstück für sich selber haben. Da bekam Sanshirō plötzlich auch Lust, es anzuziehen – Und siehe, es stand ihm wirklich gar nicht schlecht.

In dieser Tracht also stand er jetzt in der Eingangshalle des *Seiyōken*. Es sei genau die richtige Kleidung, um Gäste zu empfangen, meinte Yojirō. Sanshirō hatte gar nicht gewußt, daß er die Gäste empfangen mußte. Vielmehr war er in der Meinung gekommen, er sei selber ein Gast. Jetzt kam er sich im *Haori* als Türsteher etwas auffällig gekleidet vor. Er hätte doch lieber seine Studentenuniform anziehen sollen! Unterdessen trafen allmählich die geladenen Gäste ein. Yojirō empfing sie, indem er jeden einzeln ansprach, als sei es ein alter Bekannter von ihm. Dann gaben die Gäste dem Garderobier ihre Hüte und Mäntel ab und verschwanden um die Ecke in einen düsteren Korridor seitlich der großen Treppe. Jedesmal erklärte Yojirō seinem Freund, wer es gewesen war. Auf diese Weise lernte Sanshirō die Gesichter vieler berühmter Leute kennen.

Bald waren fast alle der knapp dreißig Geladenen anwesend. Professor Hirota war gekommen, und auch Herr Nonomiya war da. Er sei zwar Naturwissenschaftler, liebe aber die Malerei und die Literatur; deshalb habe ihn Haraguchi fast gegen seinen Willen mitgeschleppt, erklärte Yojirō. Haraguchi selbst war natürlich auch da; er war als erster gekommen. Jetzt eilte er geschäftig hin und her, um das Wohl der Gäste bemüht, und überschüttete alle mit seiner Liebenswürdigkeit oder blickte sich um, indem er an seinem französischen Spitzbart zupfte.

Bald darauf ging man an den Tisch. Jedermann durfte frei seinen Platz wählen; niemand ließ einem anderen den Vortritt, niemand stritt. Ganz entgegen seiner gewöhnlichen Langsamkeit war Professor Hirota der erste, der sich setzte. Nur Sanshirō und Yojirō nahmen absichtlich nebeneinander in der Nähe der Türe Platz; die anderen fanden ihre Sitznachbarn alle durch reinen Zufall.

Zwischen Herrn Nonomiya und Professor Hirota hatte ein Kritiker im gestreiften *Haori* Platz genommen; ihnen gegenüber saß ein Doktor namens Shōji: Es war dies der einflußreiche Professor der literarischen Fakultät, von dem Yojirō erzählt hatte. In seinem Gehrock bot er eine würdige Erscheinung. Seine Haare waren mehr als doppelt so lang als üblich. Sie sahen im Licht der elektrischen Lampen aus wie ein schwarzer Wirbel und bildeten einen starken Gegensatz zu Professor Hirotas kahlgeschorenem Kopf. Haraguchi saß etwas entfernt davon am anderen Ende des Tisches – weit weg von Sanshirō, aber ihm genau gegenüber. Um den Kragen seines Hemdes hatte er eine Halsbinde aus Seidenatlas geschlungen, deren Enden sich über seiner Brust stark weiteten. Yojirō belehrte Sanshirō, daß alle französischen Künstler solche Krawatten trügen. Während Sanshirō seine Suppe löffelte, fiel ihm auf, daß jene Halsbinde ähnlich gebunden war wie ein japanischer Männergürtel. Unterdessen kamen unter den Gästen allmählich Gespräche in Gang. Yojirō trank Bier und war viel stiller als sonst – Offenbar hielt sogar er sich heute etwas zurück. Als Sanshirō ihn leise fragte, ob er denn heute gar kein *de te fabula* zum Besten geben wolle, antwortete er: „Das geht heute nicht!" Dann wandte er sich ab und begann, mit dem Mann auf der anderen Seite zu sprechen: „Ich habe ihren Artikel gelesen und großen Nutzen daraus gezogen!" bedankte er sich wortreich. Dies fand Sanshirō befremdend, hatte Yojirō ihm gegenüber doch genau den gleichen Artikel in Grund und Boden verdammt. Jetzt wandte Yojirō sich wieder zurück.

„Du siehst gut aus in deinem *Haori*! Es paßt zu dir!" sagte er, indem er besonders aufmerksam das weiße Familienwappen musterte. In diesem Moment redete Haraguchi vom anderen Ende des Tisches her Nonomiya an. Er hatte von Natur aus eine sehr laute Stimme, die gut dazu geeignet war, auf lange Distanz Gespräche zu führen. Professor Hirota und Doktor Shōji, die über den Tisch hinweg ein paar Worte miteinander gewechselt hatten, brachen ihr Gespräch ab, weil sie befürchteten, den Austausch der anderen zwei zu behindern. Auch alle anderen Gäste schwiegen.

„Herr Nonomiya! Haben Sie Ihre Versuche über die Druckkraft des Lichts schon beendet?"

„Nein, noch lange nicht!"

„Es scheint viel Mühe zu kosten, nicht wahr? Auch mein Beruf verlangt große Ausdauer, aber so schlimm wie Ihrer ist er nicht!"

„Bilder kann man eben auf der Stelle malen, vorausgesetzt, man hat eine Inspiration. Bei den wissenschaftlichen Versuchen ist es nicht ganz so einfach."

„Also vor Inspirationen, da schrecke ich zurück! Diesen Sommer hörte ich einmal irgendwo zwei Großmütterchen darüber diskutieren, ob die Regenzeit schon zu Ende sei oder nicht. Die eine beklagte sich, man habe früher, sobald es gedonnert habe, sicher sein können, daß Schluß sei mit der Regenzeit; heute könne man sich nicht mehr darauf verlassen. Da gab die andere erbost zurück: ‚Es braucht schon mehr als ein bißchen Donner, um den Regen zu vertreiben!' Auf genau die gleiche Art könnte man von der Kunst sagen: ‚Es braucht schon mehr als ein bißchen Inspiration, um ein Bild zu malen!' Nicht wahr, Herr Tamura, bei der Schriftstellerei ist es wohl auch so!"

Als der Romancier Tamura, der neben Haraguchi saß, zur Antwort gab, er kenne außer der dringlichen Forderung nach dem Manuskript keine Inspiration, lachten alle laut auf. Nun fragte Tamura Herrn Nonomiya in ernsterem Ton, ob denn das Licht wirklich eine Druckkraft habe, und wie man sie, fallls vorhanden, experimentell nachweisen könne. Nonomiyas Antwort war recht interessant:

Man stelle aus Glimmer oder einem ähnlichen Material ein dünnes, rundes Plättchen etwa in der Größe eines Spielsteines her. Dieses Plättchen hänge man an einem Quarzfaden in ein Vakuum hinein und lasse das Licht einer Bogenlampe genau im rechten Winkel darauf fallen. Das Plättchen werde vom Druck des Lichts in Bewegung versetzt.

Die ganze Gesellschaft lauschte gespannt, darunter auch Sanshirō, der sich daran erinnerte, wie er damals, als er gerade in Tōkyō angekommen war, durch das Fernrohr in Erstaunen versetzt worden war. Still bei sich dachte er, daß sich die Einrichtung, die Nonomiya soeben beschrieben hatte, wohl im Innern jener „Büchse für eingelegtes Gemüse“ verborgen hatte.

„He, du! gibt es überhaupt so etwas wie einen Quarzfaden?“ fragte er Yojirō leise, aber dieser schüttelte nur den Kopf.

„Herr Nonomiya, gibt es so etwas wie einen Quarzfaden?“

„Ja. Man nimmt Quarzstaub, schmilzt ihn mit Hilfe eines Sauerstoff-Wasserstoff-Brenners und zieht ihn mit beiden Händen nach rechts und links in die Länge, bis ein dünner Faden daraus entsteht.“

„Wirklich?“ war alles, was Sanshirō dazu sagen konnte, und er zog sich aus dem Gespräch zurück. Jetzt ergriff der Kritiker im gestreiften *Haori,* der neben Nonomiya saß, das Wort.

„Bei solchen Dingen sind wir ja völlig unwissend – mich würde aber trotzdem interessieren, wie Sie, Herr Nonomiya, auf dieses Problem überhaupt aufmerksam geworden sind.“

„Schon seit Maxwell[41] hat man darüber theoretisch spekuliert, Lebedev[42] hat die Druckkraft dann erstmals experimentell nachgewiesen. Jetzt ist man schon so seit, daß sich gewisse Leute fragen, ob sich der Schwanz eines Kometen, der ja eigentlich in Richtung der Sonne gezogen werden müßte, wohl aufgrund der Druckkraft des Lichts in die Gegenrichtung biegt.“

Der Kritiker schien beeindruckt zu sein.

„Die Idee ist wohl an sich schon interessant, aber am schönsten ist doch, daß es hier um große Dinge geht!“

„Es geht nicht nur um große Dinge, es ist auch angenehm, daß man sich dabei keines Vergehens schuldig machen kann!“ sagte Professor Hirota.

„Und noch weniger macht man sich eines Vergehens schuldig, wenn sich herausstellt, daß die Idee falsch war!“ meinte Herr Haraguchi lachend.

„Nein, sie scheint durchaus zu stimmen! Die Druckkraft des Lichts ist proportional zur Quadratur des Radius; die Schwerkraft hingegen ist proportional zur dritten Potenz des Radius. Daraus

41 Maxwell: James Clerk Maxwell (1831–1879), englischer Physiker.

42 Lebedev: Peter Nikolajewitsch Lebedev (1866–1912), russischer Physiker, der von 1898–1910 Untersuchungen über die Druckkraft des Lichts ausführte.

folgt, daß die Schwerkraft geringer wird im Verhältnis zur Druckkraft des Lichts, je kleiner ein Gegenstand ist. Wenn man nun annimmt, der Schwanz eines Kometen bestehe aus winzigen Partikeln, so ist einleuchtend, daß er von der Sonne weggebogen werden muß."

Nonomiya war ernst geworden, doch Haraguchi fuhr im gleichen Tonfall wie vorher fort: „Man macht sich keines Vergehens schuldig; dafür sind die Berechnungen um so mühsamer! Offenbar stimmt es, daß man sich jeden Vorteil durch einen Nachteil erkaufen muß!" Diese Bemerkung bewirkte, daß in die Gesellschaft die Bierlaune wieder zurückkehrte. Da sagte Professor Hirota: „Es scheint, daß die Physiker keine Naturalisten[43] sind!"

Daß er die beiden Begriffe „Physiker" und „Naturalisten" in einem Atemzug erwähnte, weckte das Interesse der Anwesenden. Nonomiya, den es direkt betraf, fragte: „In welchem Sinn meinen Sie das?" Jetzt mußte Professor Hirota seine Bemerkung begründen.

„Ich behaupte das, weil es unmöglich ist, die Druckkraft des Lichts einfach mit offenen Augen in der Natur zu beobachten. Die Tatsache, daß Licht eine Druckkraft besitzt, steht nirgends offen geschrieben im Menü der Natur. Deshalb müssen künstliche Einrichtungen wie Quarzfäden, luftleere Räume, Glimmerplättchen und dergleichen verfertigt werden, damit die Druckkraft des Lichts für die Physiker überhaupt erst sichtbar wird. Folglich sind die Physiker keine Naturalisten!"

„Aber sie sind doch wohl auch keine Romantiker!" mischte sich Haraguchi ein.

„Doch, sie sind es!" verteidigte sich Hirota etwas hochtrabend. „Ist es nicht ganz und gar romantisch, dasjenige, was die Lichtstrahlen aussendet, und dasjenige, was sie empfängt, in ein in der normalen, natürlichen Welt nicht erkennbares räumliches Verhältnis zueinander zu stellen?"

„Aber nachdem wir sie einmal in dieses räumliche Verhältnis gestellt haben, beobachten wir die Druckkraft des Lichts empirisch. Das zumindest scheint naturalistisch zu sein", sagte Nonomiya.

43 Naturalisten: Neben den weiter unten erscheinenden Romantikern im damaligen Japan führende literarische Richtung.

„Dann sind die Physiker romantische Naturalisten. Das entspräche in der Literatur etwa Ibsen, nicht wahr?“ stellte der Doktor schräg gegenüber fest.

„Das stimmt. In Ibsens Theaterstücken wird so viel Maschinerie in Gang gesetzt wie bei Nonomiyas Versuchen, und doch bezweifle ich, ob die Menschenfiguren, die von dieser Maschinerie in Bewegung gebracht werden, natürlichen Gesetzmäßigkeiten folgen wie die Lichtstrahlen“, sagte der Kritiker im gestreiften *Haori*.

„Das kann schon sein“, sagte Professor Hirota, „doch müßten wir meiner Meinung nach bei der Erforschung des Menschen folgendes im Auge behalten: nämlich, daß der Mensch unter gewissen Bedingungen die Fähigkeit und auch das Recht hat, das Gegenteil dessen zu tun, was ihm seine Situation eigentlich vorschreibt. Nichtsdestoweniger nehmen wir meist gewohnheitsmäßig an, daß sich die Menschen genau wie die Lichtstrahlen mechanistischen Regeln gemäß verhalten, und deshalb machen wir immer wieder die schrecklichsten Fehler. Wir richten zum Beispiel alles so ein, daß jemand zornig werden muß, und er lacht. Wenn wir uns vornehmen, ihn zum Lachen zu bringen, geschieht dafür genau das Gegenteil: Er wird zornig. In beiden Fällen ist und bleibt er aber ein Mensch!“ Herr Hirota hatte das Thema wieder erweitert.

„Heißt das also, daß ein Mensch, was immer er unter gewissen Bedingungen tut, sich immer naturgemäß verhält?“ fragte der Schriftsteller drüben.

„Ja, doch. Wie immer Sie eine Figur darstellen – Es gibt auf der Welt sicher irgendwo einen Menschen, der in Wirklichkeit so ist“, antwortete Professor Hirota sofort. „Als Menschen sind wir absolut unfähig, uns nichtmenschliches Verhalten vorzustellen. Es ist nur der schlechten Qualität der Beschreibung zu verdanken, wenn uns eine Figur nicht menschlich erscheint.“

Der Schriftsteller hatte darauf nichts zu sagen und schwieg. Jetzt war Doktor Shōji an der Reihe.

„Daß Galileo bemerkte, daß die Zeit, die eine Kettenlampe in der Kathedrale für eine Schwingung brauchte, unabhängig von der Weite dieser Schwingung immer gleich blieb, und daß Newton die Schwerkraft anhand eines fallenden Apfels entdeckte, das gehörte wohl von Anfang an zum Naturalismus, obwohl beide Physiker waren.“

„Ein solcher Naturalismus täte sicher auch der Literatur ganz gut", sagte Herr Nonomiya. „Herr Haraguchi, wie steht es eigentlich mit der Malerei? Gibt es dort auch einen Naturalismus?"

„Selbstverständlich! Jener furchtbare Courbet[44] mit seiner *vérité vraie* war mit nichts einverstanden, das nicht genau der Realität entsprach. Aber seine Ideen griffen nicht sehr stark um sich. Sie werden nur als eine Schule unter vielen angesehen; und so soll es auch bleiben. Auch in der Literatur, nicht wahr, Tamura? Es gibt in der Literatur doch sicher auch Figuren wie Gustave Moreau[45] und Pierre Cécile Puvis de Chavannes[46] in der Malerei!"

„Ja, sicher gibt es die!" antwortete der Romancier, der neben Haraguchi saß.

Nach dem Essen gab es keine Nachtischreden, außer daß Haraguchi ununterbrochen über das Bronzebild am oberen Ende der Gasse von Kudan schimpfte: Solche Bilder aufzustellen sei eine Belästigung der Bevölkerung Tōkyōs; es wäre witziger gewesen, wenn man das Standbild einer hübschen *Geisha* hätte anfertigen lassen. Yojirō klärte Sanshirō auf, daß der Künstler, der die Bronzestatue von Kudan geschaffen hatte, ein Feind Haraguchis sei.

Als die Zusammenkunft zu Ende war, schien in der Nacht draußen ein schöner Mond. Yojirō fragte Sanshirō, ob Professor Hirota heute wohl einen guten Eindruck auf Doktor Shōji gemacht habe. Sanshirō sagte, er denke schon. Bei einem öffentlichen Wasserhahn blieb Yojirō stehen und erzählte, er sei letzten Sommer einmal nachts hier vorbeispaziert und habe sich unter dem Wasserhahn geduscht, weil es so heiß gewesen sei. Dabei habe ihn ein Polizist erwischt, und er sei bis auf den sogenannten „Mörserhügel" geflohen. Eben diesen Hügel bestiegen die beiden Freunde jetzt, um den Mond zu betrachten, bevor sie heimkehrten.

Auf dem Heimweg begann Yojirō plötzlich, sich Sanshirō gegenüber für das geliehene Geld zu entschuldigen. Die klare Mondnacht war eher kühl, und Sanshirō hatte an alles andere als an das Geld gedacht. Sogar als Yojirō sich entschuldigte, konnte er ihn nicht

44 Courbet: Gustave Courbet (1819–1877), französischer Maler, der im Gegensatz zur romantischen Richtung nur die alltägliche Wirklichkeit *(vérité vraie)* gelten ließ.

45 Gustave Moreau (1826–98), französischer Kunstmaler.

46 Pierre Cécile Puvis de Chavannes (1824–98), französischer Kunstmaler.

ganz ernst nehmen, denn er erwartete nicht, daß er das Geld je zurückerhalten werde. Yojirō sagte auch mit keinem Wort, daß er es zurückgeben werde. Er sprach nur immer wieder über die Umstände, warum er seine Schuld nicht begleichen könne, und es war die Art, wie er dies tat, die Sanshirō unterhaltsam fand. Yojirō erzählte, er kenne einen Mann, der, weil er unglücklich verliebt gewesen sei, genug vom Leben gehabt habe und sich habe umbringen wollen. Es sei ihm aber zuwider gewesen, sich ins Meer, in einen Fluß oder in einen Vulkankrater zu stürzen, und noch mehr, sich zu erhängen, so daß er sich als einzigen Ausweg eine Pistole gekauft habe. Nun sei, als er die Pistole schon in Besitz gehabt, aber seinen Entschluß noch nicht in die Tat umgesetzt habe, ein Freund vorbeigekommen, um Geld von ihm zu leihen. Er habe abgelehnt mit der Begründung, er besitze keines. Da habe der Freund ihn so lange angefleht, ihm doch zu helfen, bis er ihm schließlich seine kostbare Pistole geliehen habe. Der Freund habe diese verpfändet, was ihm ermöglicht habe, für eine Weile über seine finanziellen Schwierigkeiten hinwegzukommen. Als er diese „lebenswichtige“ Pistole im Pfandhaus wieder eingelöst und sie ihrem Besitzer wieder zurückgebracht habe, sei dieser nicht mehr zum Tode bereit gewesen. Deshalb sei jenem Manne das Leben dadurch gerettet worden, daß jemand gekommen sei, um Geld von ihm zu leihen.

„Solches kommt auch vor!“ sagte Yojirō, was Sanshirō nur belustigte – Die Geschichte schien sonst gar keinen Sinn zu haben! Er schaute zum hohen Mond hinauf und lachte laut heraus. Es war ihm recht, wenn Yojirō das Geld nicht zurückzahlte, und er fühlte sich wohl.

„Du darfst nicht lachen!“ ermahnte ihn Yojirō, was Sanshirō nur noch komischer fand.

„Lach lieber nicht und denk dafür mal nach! Du hast doch nur deshalb von Fräulein Mineko Geld leihen können, weil ich dir die Schuld nicht zurückgezahlt habe!“

Sanshirōs Lachen verstummte plötzlich.

„Und?“

„Ist das nicht schon viel? Du bist doch verliebt in sie, oder nicht?“

Yojirō wußte es also. „Hmm!“ sagte Sanshirō und blickte wieder zum hohen Mond empor, neben den jetzt eine weiße Wolke glitt.

„Hast du ihr das Geld schon zurückgegeben?“

„Nein.“

„Behalte es lieber auf unbestimmte Zeit!“ Dummes Geschwätz! Sanshirō gab keine Antwort. Er hatte nicht die geringste Absicht, Yojirōs Ratschlag zu befolgen. Nachdem er die zwanzig Yen, die er benötigte, an seine Studentenpension gezahlt hatte, hatte er ursprünglich vorgehabt, die restlichen zehn Yen gleich am nächsten Tag ins Haus Satomi zu schicken. Dann hatte er aber gedacht, es sei vielleicht nicht so gut, das Geld sofort zurückzuzahlen, weil es so aussah, als lehne er Minekos Gunst ab, und er hatte zugewartet, indem er schweren Herzens die Gelegenheit fahren ließ, Minekos Haus noch einmal zu betreten. Aus irgendeinem Grund hatte seine Disziplin nachgelassen, und er hatte die zehn Yen allmählich aufgebraucht. Auch sein Beitrag für den heutigen Abend – und Yojirōs ebenfalls – hatte aus diesem Fundus gestammt. Danach blieben nur ein paar wenige Yen übrig, mit denen er sich ein neues Winterhemd erstehen wollte.

Weil Yojirō nicht die Absicht zu haben schien, das Geld je zurückzuzahlen, hatte Sanshirō kurz entschlossen einen Bittbrief nach Hause geschrieben und seiner Mutter mitgeteilt, er benötige dreißig Yen. Da er jeden Monat eigentlich genügend Geld für sein Studium erhielt, konnte er es nicht dabei belassen, sondern mußte noch eine Begründung anbringen. Er hatte noch nie im Leben gelogen und war deshalb um einen Grund für seine Geldforderung verlegen.

Es blieb ihm also nichts übrig, als wahrheitsgemäß zu schreiben, ein Freund von ihm habe Geld verloren und sei zu ihm gekommen, weil er welches benötigt habe. Er habe es ihm aus Mitleid gegeben, und jetzt habe er dafür selber zu wenig. Seine Mutter solle es ihm wenn nur immer möglich schicken.

Hätte die Mutter sofort geantwortet, hätte ihr Brief schon da sein müssen. Vielleicht würde Sanshirō ihn heute nacht bei sich im Zimmer finden. Und tatsächlich lag, als er in seine Studentenpension zurückkehrte, wie immer auf seinem Pult ein Briefumschlag mit der Handschrift seiner Mutter. Es schien Sanshirō rätselhaft, daß sie, die die Briefe sonst immer eingeschrieben schickte, sich diesmal mit einer Drei-Sen-Briefmarke begnügte. Als er den Brief öffnete, war dieser kurz abgefaßt wie noch nie. Für seine Mutter grenzte die Art, wie sie sich auf das Geschäftliche beschränkte, ans Unfreundliche. Sie schrieb einzig, er solle das erbetene Geld bei Herrn Nonomiya abholen, weil sie es diesem geschickt habe. Sanshirō richtete seine Bettstatt her und legte sich schlafen.

Weder am nächsten noch am übernächsten Tag ging er zu Herrn Nonomiya. Von diesem kam ebenfalls kein Bericht. So verging etwa eine Woche, bis schließlich die Magd von Nonomiyas Pension einen Brief überbrachte. Er sei von Sanshirōs Mutter um einen Gefallen gebeten worden – Würde Sanshirō doch bitte einmal vorbeikommen, hieß es darin. Zwischen zwei Vorlesungen stieg Sanshirō also zum zweiten Mal in den Keller der Naturwissenschaftlichen Hochschule hinunter. Er hatte eigentlich vorgehabt, die Sache dort im Stehen geschwind zu erledigen, doch das ging nicht gut, denn das Zimmer, in dem sich letzten Sommer allein Nonomiya befunden hatte, war jetzt von ein paar bärtigen Männern und einigen Studenten in Uniform besetzt, die sich alle inmitten der Stille fleißig der Forschung widmeten und die Welt des Sonnenscheins über ihren Köpfen überhaupt nicht zu kennen schienen. Unter ihnen war Nonomiya offensichtlich derjenige, der am meisten beschäftigt war. Als Sanshirō seinen Kopf durch die Türe ins Zimmer steckte, warf ihm Nonomiya einen kurzen Blick zu und kam dann wortlos herüber.

„Ich habe Geld von Ihrer Mutter zugeschickt bekommen. Holen Sie es doch bitte einmal bei mir zu Hause ab. Jetzt habe ich es leider nicht dabei. Ich habe Ihnen auch etwas zu sagen!"

„Jawohl", antwortete Sanshirō und fragte, ob es Herrn Nonomiya denn heute abend passe. Nonomiya dachte ein Weilchen nach, sagte dann aber schließlich entschlossen: „Ja!" Darauf verließ Sanshirō den Keller wieder. Auf dem Weg hinaus dachte er voller Bewunderung darüber nach, daß diese Physiker in der Tat eine große Ausdauer hätten. Es war ihm nämlich aufgefallen, daß die „Büchse für eingelegtes Gemüse" noch am gleichen Platz stand wie im vergangenen Sommer.

Als er in der nächsten Vorlesung Yojirō traf und ihm alles erzählte, schaute ihn dieser mit ungläubiger Miene an.

„Ich hatte dir doch ganz deutlich gesagt, du solltest das Geld auf unbestimmte Zeit behalten! Du hast etwas ganz Überflüssiges getan und deiner Mutter unnötig Sorgen bereitet! Jetzt wirst du auch noch von Sōhachi Schelte bekommen. Wie dumm kann man nur sein!" Yojirō berücksichtigte bei diesem Einwand nicht, daß die ganze Sache auf ihn selbst zurückging. Auch Sanshirō hatte völlig vergessen, daß die Verantwortung für das Problem eigentlich bei Yojirō lag. Deshalb gab er eine Antwort, die keinen Vorwurf enthielt:

„Ich habe den Brief nach Hause geschrieben, weil ich einfach keine Lust hatte, das Geld auf unbestimmte Zeit zu behalten."

„Du hast vielleicht keine Lust, aber Mineko will es so!"

„Wieso?"

Diese Frage klang sogar in Sanshirōs eigenen Ohren etwas falsch; sein Gegenüber schien jedoch nichts Besonderes bemerkt zu haben.

„Versteht sich das nicht von selbst? Ich würde es auch so wollen, vorausgesetzt natürlich, ich hätte zuviel Geld. Die Menschen wollen doch, solange es ihnen keine Schwierigkeiten bereitet, den anderen so viel Freundlichkeit wie möglich erweisen!"

Darauf schwieg Sanshirō und begann, Vorlesungsnotizen zu machen. Als er ein paar Zeilen geschrieben hatte, lehnte sich Yojirō wieder zu ihm herüber.

„Auch ich habe ab und zu irgend jemandem Geld geborgt, als ich welches zur Verfügung hatte. Aber niemand hat es mir zurückgegeben. Darum fühle ich mich immer so gut!"

Sanshirō brachte es nicht über sich, „Wirklich?" zu sagen; er lächelte nur leicht, schwieg und ließ seine Feder wieder über das Papier gleiten. Auch Yojirō wurde jetzt ruhiger und sagte bis zum Ende der Stunde nichts mehr.

Als die Glocke läutete, und die beiden Schulter an Schulter den Hörsaal verließen, fragte Yojirō plötzlich: „Liebt sie dich eigentlich?"

Hinter ihnen folgten weitere Hörer nach, so daß Sanshirō gezwungen war zu schweigen, bis sie die Treppe hinuntergestiegen und von der Eingangshalle seitlich davon auf den freien Platz neben der Bibliothek hinausgelangt waren. Jetzt erst wandte er sich Yojirō zu und sagte: „Ich weiß es nicht genau."

Yojirō blickte ihn eine Weile lang an.

„So etwas kommt vor – aber kannst du sie denn heiraten, wenn du weißt, daß sie dich liebt?“

Diese Frage hatte sich Sanshirō bisher noch nie gestellt. Er hatte immer angenommen, es reiche allein, von Mineko geliebt zu werden, damit er sie heiraten könne. Jetzt, wo Yojirō es sagte, sah er ein, daß dies zu bezweifeln war. Er neigte den Kopf zur Seite.

„Herr Nonomiya könnte sie heiraten“, sagte Yojirō.

„Hat Herr Nonomiya zu ihr bisher irgendein Verhältnis gehabt?“ Vor lauter Ernst sahen Sanshirōs Gesichtszüge aus wie geschnitzt.

„Weißnicht!“ sagte Yojirō in einem Wort. Sanshirō schwieg.

„Dann geh also und hör dir bei Nonomiya die Schelte an!“ rief Yojirō im Weggehen und machte sich auf in Richtung des Teiches. Sanshirō stand da wie eine alberne Pappfigur. Nach etwa einem halben Dutzend Schritten blieb Yojirō plötzlich stehen, lachte auf und kehrte wieder zu ihm zurück.

„Warum heiratest du nicht lieber Fräulein Yoshiko?“ fragte er und zog Sanshirō mit sich zum Teich. Während des Gehens wiederholte er zweimal den Satz: „Das wäre doch schön!“ Unterdessen läutete wieder die Glocke.

Am Abend machte sich Sanshirō auf den Weg zu Nonomiyas Haus, aber es war noch ein wenig zu früh, und deshalb spazierte er noch etwas umher, bis er nach Yonchōme gelangte, wo er ein großes Importwarengeschäft betrat, um sich ein neues Hemd zu kaufen. Ein Ladendiener brachte die verschiedenartigsten Modelle aus dem Innern hervor, die Sanshirō befingerte, ausbreitete und betrachtete, ohne das er sich für eines entscheiden konnte. In dieser Weise spielte er völlig grundlos den Hochmütigen, als plötzlich Mineko und Yoshiko das Geschäft betraten, um sich Parfum zu kaufen. Nach der ersten Überraschung und Begrüßung sagte Mineko: „Vielen Dank für neulich!“ Sanshirō wußte genau, was sie meinte: Er hatte, als er das Geld von ihr geliehen hatte, sie am folgenden Tag nicht noch einmal besucht und ihr das überschüssige Geld zurückgegeben, sondern hatte dies aufgeschoben und ihr statt dessen nach zwei Tagen einen höflichen Dankesbrief geschrieben.

Der Brief enthielt zwar ehrliche Äußerungen seiner damaligen Gefühle, aber er war natürlich übertrieben. Sanshirō hatte seinem

Dank so inbrünstig Ausdruck zu verleihen versucht, daß er so viele passende Worte, wie ihm nur einfielen, Schicht um Schicht aneinanderreihte. Ein Unbeteiligter hätte bei diesem schwülstigen Schreiben kaum vermutet, daß es sich nur um den Dank für das geliehene Geld handelte. Trotzdem stand eigentlich nichts darin außer den Dankesworten, die durch die Macht der Natur zu etwas Bedeutenderem als bloßen Höflichkeitsfloskeln geworden waren. Als Sanshirō dieses umständliche Geschreibsel in den Briefkasten geworfen hatte, war er eigentlich der Meinung gewesen, Mineko würde sofort antworten. Aber nichts Derartiges geschah. Bis heute hatte sich dann keine Gelegenheit ergeben, Mineko zu treffen. Jetzt hatte er den Mut nicht, auf das schwache Echo ihrer lauen Dankesworte deutlich zu reagieren. Während er ein großes Hemd ausbreitete und mit beiden Händen in die Höhe hielt, um es zu betrachten, dachte er: „Vielleicht ist sie so kalt und abweisend zu mir, weil Yoshiko dabei ist." Da fiel ihm ein, daß er dieses Hemd ja mit Minekos Geld kaufte. Der Ladendiener drängte ihn, sich doch endlich zu entscheiden.

Die zwei Frauen kamen lachend an seine Seite und schauten für ihn die Hemden an. Schließlich sagte Yoshiko: „Nehmen Sie dieses hier!", was Sanshirō auch tat. Dafür wurde er jetzt bei der Wahl eines Parfums zu Rate gezogen, obwohl er davon überhaupt nichts verstand. Aufs Geratewohl griff er sich ein mit *Heliotrop* beschriftetes Fläschchen heraus und fragte, was Mineko dazu meine. „Ich nehme es!" entschied sie sich sofort, so daß sie Sanshirō fast leid tat.

Als sie wieder ins Freie traten und im Begriffe waren, sich voneinander zu trennen, begannen die beiden Frauen, sich auch einander gegenüber zu verbeugen. „Also, bis bald!" verabschiedete sich Yoshiko, worauf Mineko entgegnete: „Bleib nicht zu lange weg!" Auf seine Frage hin erfuhr Sanshirō, daß Yoshiko auf dem Weg zur Pension ihres Bruders war. Heute würde also der zweite Abend sein, an dem Sanshirō mit einer hübschen jungen Frau nach Oiwake würde spazieren können. Die Sonne ging noch lange nicht unter.

Eher, als daß er jetzt zusammen mit Yoshiko dorthingehen mußte, kam Sanshirō ein wenig ungelegen, daß er mit ihr zusammen dort eintreffen würde. Vielleicht sollte er doch lieber nach Hause gehen und es ein andermal versuchen. Andrerseits wäre es aber vielleicht doch praktischer, die „Schelte", wie Yojirō sagte, in Yoshikos Dabeisein zu hören. Nonomiya würde in Gegenwart einer Drittperson sicher nicht so streng auf die Vorwürfe der Mutter hinweisen. Je nachdem würde sich die ganze Sache damit erledigen, daß er Sanshirō stillschweigend das Geld aushändigte. So entschied sich Sanshirō nicht ohne Schläue, jetzt doch zu gehen.

„Auch ich gehe zu Herrn Nonomiya!"

„Wirklich? Zum Vergnügen?"

„Nein, ich habe mit ihm etwas zu besprechen. Und Sie? Gehen Sie zum Vergnügen?"

„Nein, ich habe auch etwas zu besprechen!"

Beide hatten die gleiche Frage gestellt und die gleiche Antwort erhalten, aber weder er noch sie fühlte sich dadurch belästigt. Zur Sicherheit fragte Sanshirō noch, ob es sie störe, wenn er mitkomme. Dies schien aber nicht der Fall zu sein, denn Yoshiko verneinte es nicht nur mit Worten, sondern ihr ganzes Gesicht zeigte Überraschung, als sei sie schockiert, daß er überhaupt eine solche Frage stellen konnte. Sanshirō meinte, dieses Erstaunen im Licht der Gaslampe eines Geschäfts beobachtet zu haben – In Wirklichkeit aber sahen ihre Augen nur groß und schwarz aus.

„Haben Sie die Geige schon gekauft?"

„Woher wissen Sie davon?"

Sanshirō war um die Antwort verlegen. Unbekümmert fuhr Yoshiko sogleich fort: „Wie oft ich meinen Bruder auch angebettelt habe, sie mir doch endlich zu kaufen, er hat es immer wieder aufgeschoben und mich auf später vertröstet."

In seinem Herzen tadelte Sanshirō nicht Nonomiya oder Hirota, sondern einzig und allein Yojirō.

Von der großen Straße von Oiwake bogen die zwei in ein enges Gäßchen ein. Da standen viele Häuser. Die Lämpchen an den Vordächern beleuchteten den dunklen Weg. Vor einem dieser Lämpchen blieben sie stehen: Dort hinten lebte Nonomiya.

Da das Haus nur etwa hundert Meter weit von Sanshirōs Pension entfernt war, hatte er Nonomiya, seitdem dieser umgezogen war, mehrmals besucht. Nonomiya wohnte am Ende eines geräumigen Korridors. Man gelangte zu seinen zwei abgetrennten Zimmern, indem man geradeaus zwei Stufen hinaufstieg und nach links bog. Da gegen Süden der große Garten eines Nachbarhauses sozusagen unmittelbar vor der Veranda lag, war es sowohl am Tage wie auch in der Nacht hier außerordentlich ruhig. Als Sanshirō bei seinem ersten Besuch sah, wie Nonomiya sich in dieser „Separatwohnung" einschloß, erkannte er mit Bewunderung, daß es gar keine schlechte Idee gewesen war, den Haushalt aufzulösen, und er fand diesen Ort entspannend und angenehm. Damals war Nonomiya in den Korridor hinuntergestiegen, hatte von dort aus zum Dach seiner Wohnung emporgeblickt und hatte gesagt: „Schaun Sie mal – ein Strohdach!" Tatsächlich: Es war nicht mit Ziegeln gedeckt, was schon für das damalige Tōkyō sehr ungewöhnlich war.

Heute nacht sah man das Strohdach natürlich nicht; dafür brannte im Zimmer elektrisches Licht, was Sanshirō, kaum hatte er es gesehen, gleich an das Strohdach erinnerte. Das fand er lustig.

„Ihr seid aber ein ungewöhnliches Gästepaar! Habt ihr euch hier getroffen?" fragte Nonomiya seine Schwester. Sie erklärte ihm, daß es nicht so sei, und gab im Laufe ihrer Erzählung Nonomiya den Rat, doch auch wie Sanshirō ein neues Hemd zu kaufen. Dann fuhr sie fort, sich zu beklagen, daß die Geige, die er für sie gekauft habe, einen schlechten Klang habe, weil sie in Japan gebaut worden sei. Da er den Kauf so lange aufgeschoben habe, bitte sie ihn, doch diese Geige gegen eine bessere umzutauschen. Sie sei schon zufrieden, wenn sie zumindest so gut sei wie diejenige, die Mineko habe. Solche und weitere Eigensinnigkeiten gab sie von sich. Nonomiya machte keine böse Miene, sagte aber auch nichts speziell Freundliches – Er hörte nur mit regelmäßigem „Ja, ja" zu.

Unterdessen stand Sanshirō schweigend daneben. Yoshiko gab hemmungslos Dummheiten von sich – Sanshirō schienen sie jedoch weder lächerlich noch eigensinnig. Wie er so bei dem Geschwisterpaar stand und ihrem Gespräch zuhörte, hatte er ein Gefühl, als sei er auf ein weites, sonniges Feld hinausgetreten. Er hatte völlig vergessen, daß er noch die „Schelte" hören mußte, als er plötzlich in Schrecken versetzt wurde.

„Ach Sōhachi, ich hatte es ganz vergessen! Ich soll dir von Mineko etwas ausrichten!"

„Ja?"

„Gib's zu, du freust dich! Freust du dich nicht?"

Nonomiya machte ein Gesicht, als ob es ihn irgendwo jucke. Dann wandte er sich Sanshirō zu.

„Nicht wahr, meine Schwester ist ein Idiot?" Sanshirō blieb kein anderer Ausweg, als wortlos zu lachen.

„Ich bin kein Idiot, oder, Herr Ogawa?"

Wieder lachte Sanshirō wortlos. Innerlich war ihm aber das Lachen schon lange vergangen.

„Mineko bittet dich, sie doch an eine der Aufführungen der *Literarischen Gesellschaft* mitzunehmen."

„Soll doch Satomi mit ihr gehen!"

„Er ist offenbar zu sehr beschäftigt."

„Gehst du auch?"

„Natürlich!"

Nonomiya wandte sich wieder Sanshirō zu, ohne Yoshiko eine bestimmte Antwort zu geben. Er habe heute abend seine Schwester zu sich gerufen, weil er mit ihr etwas Wichtiges zu besprechen habe; jetzt bringe es ihn in Verlegenheit, wie sie so unbekümmert dahinrede. Aber wenn man genau zuhörte, merkte man, daß er es als Gelehrter eher gelassen nahm. Er sagte, jemand habe ihm einen Heiratsantrag für Yoshiko gemacht. Er habe seinen Eltern in der Heimat davon Bericht erstattet, und sie hätten in ihrer Antwort keine Einwände erhoben. Jetzt sei es nötig geworden, sich der Meinung der Betroffenen selbst zu versichern. Sanshirō sagte nur: „Ja dann, bitte sehr!" Er wollte, daß sein eigenes Geschäft so schnell als möglich erledigt werde, damit er bald nach Hause gehen könne. Er schnitt das Thema an, indem er sagte: „Meine Mutter hat Sie offenbar um einen Gefallen gebeten."

„Es ist keine so große Sache!" erwiderte Nonomiya, öffnete die Schublade seines Schreibtisches und zog etwas heraus, das er Sanshirō überreichte.

„Ihre Mutter macht sich offenbar Sorgen um Sie und hat mir einen langen Brief geschrieben. Sie sagt mir, Sie hätten ihr mitgeteilt, Sie seien durch Umstände dazu gezwungen gewesen, einem Freund ihr Monatsgeld zu leihen, aber sie meint, ob Freund oder nicht – niemand solle so viel Geld borgen, und wenn es jemand tue, so solle er es mindestens zurückzahlen. Ja, auf dem Lande sind die Leute noch ehrlich! Deshalb ist es verständlich, daß sie so denkt. Und weiter schreibt sie, Sie hätten Ihr Geld in zu großem Maßstab ausgeliehen, denn Sie seien ja ein Student, der regelmäßig sein Monatsgeld erhalte, und da sei es sehr unbesonnen, jemandem aufs Mal gleich zwanzig oder dreißig Yen zu leihen... Es ist mir peinlich: Die Dame scheint zu denken, ich sei dafür verantwortlich.

Nonomiya schaute Sanshirō an und lächelte. Sanshirō blieb ernst und sagte nur: „Das tut mir aber leid!“ Da fuhr Nonomiya, dem man ansah, daß er den jungen Mann nicht gerne zurechtwies, in verändertem Tonfall fort: „Sie müssen sich keine Sorgen machen! Es ist nichts Schlimmes! Für Ihre Frau Mutter hat Geld eben den Stellenwert, den es auf dem Lande hat: Für sie sind dreißig Yen eben eine riesige Summe. Hat sie nicht in ihrem Brief geschrieben, eine vierköpfige Familie könne sich davon ein halbes Jahr lang ernähren? Ist das denn menschenmöglich, Ogawa?“ Yoshiko lachte laut heraus. Da sah auch Sanshirō die komische Seite dieser ganzen Geschichte, und doch war das, was seine Mutter sagte, in keinem Punkt erlogen. Jetzt, wo ihm das bewußt wurde, fand er doch, er habe leichtsinnig gehandelt, und bereute seine Tat.

„Das ergäbe dann im Monat fünf Yen – Pro Person ein Yen fünfundzwanzig Sen. Diese Summe geteilt durch dreißig ergibt nur vier Sen pro Tag – Nein, sogar für ländliche Gebiete ist das doch wohl zu wenig!“ rechnete Nonomiya nach.

„Was ißt man wohl, wenn man mit dieser Summe überleben muß?“ fragte Yoshiko ernstlich interessiert. Jetzt hatte Sanshirō keine Zeit mehr für seine Reue, denn er mußte alles erzählen, was er über die verschiedenen Aspekte des Landlebens so wußte. Er sprach unter anderem auch von der Sitte, die „Schreinrückzug“ hieß. Einmal jährlich machte Sanshirōs Familie dem Dorf eine Schenkung von zehn Yen. Diese Summe diente dazu, daß sich sechzig Leute – je eine Person aus jedem der sechzig Haushalte – einen Tag lang ohne zu arbeiten in den Dorfschrein zurückziehen und dort von früh morgens bis abends spät *Sake* trinken und Leckerbissen essen konnten.

„Das alles mit nur zehn Yen!“ staunte Yoshiko. Die „Schelte“ war anscheinend irgendwo verloren gegangen. Nachdem sie in verschiedenen Gesprächen etwas ruhiger geworden waren, schnitt Nonomiya jedoch das Thema wieder an: „Jedenfalls hat mir Ihre Mutter geschrieben, ich solle Ihnen das Geld erst geben, wenn ich mich über alles informiert hätte und erkannt hätte, daß es keine Probleme gebe. Sie hat mich gebeten, ihr zu schreiben, wie alles passiert ist – Jetzt habe ich Ihnen das Geld aber gegeben, ohne Ihnen Fragen zu stellen. Nun, Sie haben das Geld wohl Sasaki geliehen, nehme ich an."

Sanshirō vermutete, die Nachricht sei über Mineko und Yoshiko zu Nonomiya durchgesickert. Er fand es jedoch seltsam, daß weder der Bruder noch die Schwester bemerkt zu haben schienen, wie das Geld von Hand zu Hand gegangen und schließlich in eine Geige verwandelt worden war. Er antwortete nur: „Ja, das stimmt."

„Und Sasaki hat sein eigenes Geld bei den Pferderennen verspielt?"

„Ja."

Yoshiko lachte wieder laut heraus.

„Nun, ich werde mir überlegen, wie ich es Ihrer Mutter passend mitteile. Sie sollten aber lieber niemandem mehr so viel Geld leihen!"

Sanshirō sagte, er werde es nicht wieder tun, und begann sich zu verabschieden. Als er im Begriffe war, sich auf den Weg zu machen, sagte Yoshiko, sie wolle jetzt auch nach Hause gehen.

„Willst du denn nicht mit mir über das reden, wovon wir vorhin gesprochen haben?" ermahnte sie ihr Bruder.

„Es ist schon gut!" lehnte sie ab.

„Nein, es ist nicht gut!"

„Doch, es ist schon gut. Ich weiß es nicht!"

Der Bruder blickte ihr schweigend ins Gesicht, bis sie wieder anfing: „Ist es nicht ganz zwecklos, mich zu fragen, ob ich zu einem Mann ins Haus will, den ich gar nicht kenne? Ich liebe ihn nicht – Ich hasse ihn nicht – Ich kann ja gar nichts sagen! Deshalb weiß ich es nicht!"

Jetzt verstand Sanshirō erst, was sie mit diesem „Ich weiß es nicht" genau meinte. Er überließ die beiden Geschwister sich selbst und ging schnell hinaus.

Als er die enge, unbelebte Gasse verließ, in der allein die Dachtraufenlämpchen etwas Helligkeit verbreiteten, wehte ein heftiger Wind, der ihm direkt ins Gesicht blies, als er sich nach Norden wandte. In rhythmischen Stößen kam der Wind aus der Richtung seiner Studentenpension. Da fiel Sanshirō ein, daß Nonomiya bei diesem Wetter seine Schwester wohl bis zu Satomis Haus begleiten würde.

Als er in den ersten Stock seiner Pension hinaufgestiegen war, sein Zimmer betrat und sich auf den Boden setzte, hörte er immer noch das Geräusch des Windes. Jedesmal, wenn er es hörte, fiel ihm das Wort „Schicksal" ein, und jedesmal, wenn ein neuer Windstoß vorbeiheulte, verspürte er den Drang, sich zu ducken. Er hatte sich selbst nie für einen besonders starken Mann gehalten; ja, wenn er sich's genau überlegte, war fast sein ganzes Schicksal seit seiner Ankunft in Tōkyō von Yojirō bestimmt worden, und zwar so, daß er immer mehr oder weniger Yojirōs gemütlichen Launen ausgesetzt war. Yojirō war ein liebenswürdiger Schlingel, in dessen Händen er auch in Zukunft gerne sein Schicksal sehen würde. Der Wind hörte nicht auf. Er war wohl sogar stärker als Yojirō.

Sanshirō legte die dreißig Yen, die er von seiner Mutter erhalten hatte, neben sein Kopfkissen und legte sich schlafen. Auch diese dreißig Yen waren am Spiel des Schicksals beteiligt. Welche Rolle würde ihnen von jetzt an wohl zufallen? Er wußte es nicht. Er würde sie Mineko zurückgeben, und wenn sie sie entgegennahm, würde es sicher wieder eine Woge des Schicksals geben – eine möglichst große, wie Sanshirō hoffte.

Über diesem Gedanken schlief er ein. Sein Schlaf war so tief und gesund, daß weder das Schicksal noch Yojirō ihn beeinflussen konnte. Plötzlich wachte er aber beim Lärm der Feuerglocke wieder auf. Von irgendwoher tönten menschliche Rufe. Dies war das zweite Mal, daß Sanshirō in Tōkyō eine Feuersbrunst erlebte. Er zog ein *Haori* über sein Schlafgewand und öffnete das Fenster. Der Wind hatte etwas nachgelassen. Inmitten des Wehens stand das gegenüberliegende zweistöckige Haus als schwarzer Schatten. Im Gegensatz zu dessen tiefer Dunkelheit war der Himmel dahinter glutrot.

Sanshirō trotzte eine Weile lang der Kälte und starrte in die Glut, die sich als „Schicksal" deutlich in seinem Geist widerspiegelte. Dann kroch er wieder unter seine Decke, wo er den irrsinnigen

Wirbel der vielen Menschenleben innerhalb dieses feuerroten Schicksals wieder vergessen konnte.

Am nächsten Morgen war er wieder ganz normal. Er zog seine Uniform an, nahm sein Notizheft unter den Arm und machte sich auf den Weg zur Universität. Einzig die dreißig Yen einzustecken, vergaß er nicht. Leider war heute jedoch die Verteilung der Vorlesungen für sein Vorhaben nicht geeignet: Bis drei Uhr war alles besetzt, und wenn er später hinginge, würde Yoshiko wohl schon von der Schule zurücksein. Vermutlich wäre sogar Satomi Kyōsuke zu Hause. Sanshirō hatte das Gefühl, er würde das Geld unmöglich in Gegenwart anderer zurückgeben können.

Jetzt redete ihn wieder einmal Yojirō an.

„Hast du dir gestern deine Schelte angehört?"

„Es war keine richtige Schelte."

„Das hab ich mir gedacht! Herr Nonomiya ist ja ein sehr verständiger Mensch!" sagte Yojirō und verschwand irgendwohin. Sanshirō traf ihn zwei Stunden später wieder in einer Vorlesung.

„Die Sache mit Professor Hirota sieht gut aus", sagte er. Als Sanshirō fragte, wie weit sie denn schon Fortschritte gemacht habe, sagte Yojirō: „Mach dir keine Sorgen! Ich werde es dir einmal in aller Ruhe erzählen. Der Professor hat übrigens nach dir gefragt und gesagt, du seist schon lange nicht mehr bei ihm zu Besuch gewesen. Du solltest hie und da zu ihm gehen! Der Professor ist alleinstehend; wir müssen ihn von Zeit zu Zeit trösten. Bring doch etwas mit, wenn du das nächste Mal kommst!" Mit diesem deutlichen Befehl war Yojirō schon wieder verschwunden, und er erschien erst in der nächsten Stunde wieder. Es schien ihm plötzlich etwas eingefallen zu sein, denn er schrieb mitten in der Vorlesung im Telegrammstil auf ein weißes Blatt Papier: „Geld bekommen?" und schob es Sanshirō zu. Dieser wollte eben eine Antwort daraufschreiben, als er entdeckte, daß der Professor genau auf ihn blickte. Da zerknüllte er das Papier und warf es zu seinen Füßen auf den Boden. Er wartete das Ende der Vorlesung ab, bis er Yojirō eine Antwort gab.

„Ich habe das Geld hier bei mir."

„Ja? Das ist gut. Willst du es ihr jetzt zurückgeben?"

„Natürlich!"

„Das ist wohl das Beste! Zahl es ihr doch so schnell wie möglich zurück!“

„Ich habe vor, es ihr heute noch zu bringen.“

„Am Nachmittag ist sie vielleicht wieder zu Hause.“

„Ist sie heute denn irgendwohin gegangen?“

„Was heißt da ‚heute‘! Sie geht doch jeden Tag aus, um sich malen zu lassen! Das Bild ist schon fast fertig!“

„Bei Haraguchi?“

„Ja.“

Sanshirō lies sich von Yojirō Haraguchis Adresse geben.

X

Sanshirō hatte gehört, daß Professor Hirota krank sei; jetzt wollte er ihm einen Krankenbesuch abstatten. Als er durch das Tor des Hauses in den Garten trat, sah er, daß im Eingangsraum schon ein Paar Schuhe standen. Er vermutete, daß sie dem Arzt gehörten. Wie üblich betrat er das Haus von hinten her über die Küche. Es war niemand da. Gemächlich bestieg er den erhöhten Boden des Hauses und durchquerte das Wohnzimmer. Da hörte er vom Empfangszimmer her Stimmen und blieb ein Weilchen stehen. In der Hand trug er ein großes Stoffbündel, das vollgepackt war mit eingelegten Kakifrüchten. „Bring doch etwas mit, wenn du das nächste Mal kommst!“ hatte Yojirō ihm nämlich nahegelegt, und deshalb hatte er sie auf dem Hinweg bei Oiwake gekauft. Da ertönte im Empfangszimmer plötzlich ein lautes Rumpeln, als ob dort eine Balgerei stattfände. Sanshirō war überzeugt, daß es Streit gegeben hatte. Ohne das Stoffbündel abzulegen, schob er mit einem scharfen Ruck die geschlossene Papierschiebetüre etwa einen Fuß weit auf und spähte ins Zimmer hinein. Ein großer Mann in braunen *Hakama*-Hosen war eben daran, Professor Hirota zu Boden zu drücken. Der Professor lag auf dem Bauch. Mühsam hob er das Gesicht von der *Tatami*-Matte, grinste Sanshirō zu und rief: „Ach, Sie sind's! Kommen Sie herein!“ Der Mann, der auf ihm lag, wandte nur schnell den Kopf herum und sagte dann: „Herr Professor, es tut mir leid, aber würden Sie doch mal versuchen aufzustehen!“ Er hatte die Arme des Professors nach hinten gebogen und hielt sie mit den Händen fest, während er seine Ellbogengelenke mit den Knien vorne zu Boden drückte. Von unten her antwortete der Professor, er würde so niemals aufstehen können. Da ließ der andere von ihm ab, richtete seine Knie auf, zupfte die Falten seiner *Hakama*-Hosen zurecht und setzte sich hin. Jetzt erst sah Sanshirō, daß es ein prächtig gebauter Mann war. Auch der Professor setzte sich auf. „Jetzt verstehe ich!“ sagte er.

„Bei dieser Technik ist es gefährlich, sich zu widersetzen, denn es ist zu befürchten, daß man sich die Arme bricht.“

Nun erst begriff Sanshirō, was die beiden miteinander getrieben hatten.

„Ich hatte gehört, Sie seien krank, aber es scheint Ihnen ja wieder besser zu gehen!"

„Ja, es geht mir wieder gut."

Sanshirō löste den Knoten des Stoffbündels auf und breitete den Inhalt vor den zwei Männern aus.

„Ich habe Ihnen Kakifrüchte mitgebracht!"

Professor Hirota ging in sein Studierzimmer, um ein kleines Messer zu holen, Sanshirō brachte aus der Küche ein Hackmesser, und die drei begannen, die Kakifrüchte zu verspeisen. Während des Essens redeten der Professor und der Unbekannte ständig von den regionalen Mittelschulen: Wie schwierig es sei, dort seinen Lebensunterhalt zu verdienen; wie es unter den Schülern immer wieder Unruhe gebe; wie man nie über längere Zeit am gleichen Ort bleiben könne; wie der Unbekannte neben dem offiziellen Lehrplan auch Judo unterrichtet habe; daß einer seiner Lehrerkollegen so sparsam gewesen sei, daß er an neue *Geta*-Sohlen alte Riemen gebunden habe; daß der Unbekannte Schwierigkeiten habe, Arbeit zu finden, nachdem er die alte Stelle verlassen habe, und daß ihm nichts übriggeblieben sei, als unterdessen seine Frau in ihr Heimatdorf zurückzuschicken – Der Gesprächsstoff schien ihnen nie auszugehen.

Während Sanshirō die Kerne der Kakifrüchte ausspuckte, betrachtete er das Gesicht des Mannes und fühlte sich minderwertig. Es kam ihm vor, als habe er selbst mit jenem Mann keine Gemeinsamkeit. Mehrmals hatte jener wiederholt, wie sehr er sich nach der unbekümmerten Studentenzeit zurücksehne. Jedesmal, wenn Sanshirō diesen Satz hörte, stieg in seinem Geist undeutlich die Frage auf, ob ihm wirklich nur noch etwa zwei oder drei Jahre echten Lebens beschieden seien, und er fühlte sich so frustriert und bedrückt wie immer, wenn er zusammen mit Yojirō sich die Zeit mit Nudelnessen vertrieb, anstatt etwas Interessanteres zu unternehmen.

Professor Hirota stand auf und ging wieder hinüber ins Studierzimmer. Als er zurückkam, hielt er in der Hand ein Buch mit schwarz-rotem Einband und verstaubten Kanten.

„Dies ist *Hydriotaphia*[47], von dem ich Ihnen letzthin erzählt habe. Schaun Sie es sich doch einmal an, wenn Ihnen langweilig ist!"

Sanshirō bedankte sich und nahm den Band entgegen.

Sogleich fiel ihm ein Satz ins Auge:

„Die endgültige Stille verstreut ihre Mohnblüten gleichmäßig ohn' Unterschied. Geht es um die Erinnerung der Menschen, fragt sie nicht nach deren Wert in Ewigkeit." Der Professor war jetzt frei, mit „Doktor Judo" zu plaudern: Eigentlich müßten alle Mitleid empfinden, wenn sie hörten, wie die Mittelschullehrer lebten, sagte er, aber in Wirklichkeit fühlten nur die Betroffenen selbst Mitleid mit sich. Das komme daher, daß die Menschen heutzutage die Tatsachen liebten, daß sie aber die Gewohnheit hätten, die diese Tatsachen begleitenden Gefühle zu unterdrücken. Das sei ja auch unvermeidlich, denn die Welt dringe beständig auf sie ein. Beweise dafür könne man in jeder Zeitung finden: Neunzig Prozent der Artikel in der Rubrik „Gesellschaft" beschrieben Tragödien; niemand habe die Muße, diese Tragödien als solche zu empfinden. Deshalb lese man sie einfach als sachliche Berichte. In der Zeitung, die er selber abonniert habe, gebe es zum Beispiel die Überschrift „Soundsoviele Tote". Darunter seien alle Menschen, die an jenem Tag in unnatürlicher Weise umgekommen seien, mit Namen, Alter, Zivilstand und Todesursache aufgelistet – Für jeden genau eine Zeile in kleingedruckten Lettern. Das sei der Gipfel der Klarheit und Knappheit. Dann gebe es auch noch die Spalte „Einbrüche auf einen Blick", wo man, wie der Titel besage, auf einen einzigen Blick erkennen könne, wo und auf welche Weise eingebrochen worden sei. Alle Einbrecher gäben sich hier ein Stelldichein – Das sei außerordentlich praktisch. „Meister Judo" müsse bedenken, daß es bei allem so sei – auch bei den Stellenkündigungen. Obwohl für den Betroffenen selber ein solches Ereignis möglicherweise fast eine Tragödie bedeute, rufe es bei den anderen keine sehr heftigen Gefühlsregungen hervor; das müsse er wissen. Es sei besser, dessen immer eingedenk zu sein, wenn er sich um Stellen bewerbe.

„Trotzdem scheint es mir, gerade Sie hätten die Muße, ein

[47] *Hydriotaphia: Urn Burial or Hydriotaphia,* 1658 vom Engländer Sir Thomas Browne (1605–82) verfaßtes Werk über die Begräbnissitten der alten Griechen und Römer.

bißchen heftigere Gefühlsregungen in sich hervorrufen zu lassen!" bemerkte der Judo-Mann mit ernster Miene. Da mußten Hirota, der Mann und Sanshirō alle drei gleichzeitig lachen. Da der Mann überhaupt keine Anstalten machte zu gehen, lieh sich Sanshirō das Buch und verließ das Haus.

„In unvergänglichen Monumenten Bestand zu haben, in ihren Werken weiterzuleben, bekannte Namen in der Welt zu hinterlassen und im Wandel der Zeiten nicht dem Vergessen anheimzufallen, ist seit alters her der innigste Wunsch der Menschen, ist für sie ein Teil ihres Elysiums gewesen. Aber in der Metaphysik des wahren Glaubens bedeutet dieser Wunsch und seine Erfüllung nichts. Zu leben heißt fürwahr, wiederum ganz und gar sich selbst zu werden, und das ist für edle Gläubige nicht bloß eine Hoffnung, sondern eine wahre Tatsache. Ob du nun im Friedhof der St. Innocents-Kirche ruhst oder im Sand Ägyptens verscharrt wirst, ist ein und dasselbe: Frohlocke in der Extase des ewigen Lebens, seien dir nun sechs Fuß Erde oder das Riesenmausoleum eines Hadrian beschieden!"

So lautete der Schluß von *Hydriotaphia,* den Sanshirō mitten auf der Straße las, während er gemächlich Richtung Hakusan schlenderte. Professor Hirota hatte gesagt, der Autor dieses Textes sei ein großer Stilist gewesen, und dieser Essay werde von all seinen Werken am meisten gerühmt. Allerdings hatte der Professor diese Aussage gleich wieder zurückgenommen, indem er lachend hinzufügte, das sei natürlich nicht seine persönliche Meinung. Jetzt fiel es in der Tat auch Sanshirō schwer, zu verstehen, was daran so großartig sein sollte: Die Phrasierung war schlecht, die Wortwahl wunderlich, der Redefluß schwerfällig und unbeholfen. Der Stil rief in Sanshirō die gleichen Gefühle hervor, wie er sie angesichts uralter Tempel hatte. Und wenn er bedachte, welche Wegstrecke er während der Lektüre dieses Abschnittes zurückgelegt hatte, so entsprach sie einer Distanz von etwa drei- oder vierhundert Metern. Und trotzdem verstand er immer noch nicht genau, was eigentlich darinstand.

Einzig ein Gefühl vornehmer Alterspatina konnte er daraus gewinnen. Es war, als ob der Nachhall eines Glockenschlags vom großen Buddha in Nara ganz fein bis hierher nach Tōkyō an seine Ohren dringe. Mehr als der eigentliche Sinn des Textabschnittes freute Sanshirō dieser subtile Schatten einer Gefühlsregung, der sich darüberlegte. Noch nie hatte Sanshirō über Leben und Tod nachgedacht – Dafür floß das jugendliche Blut noch zu heiß in seinen Adern. Jetzt aber loderte vor seinen Augen plötzlich ein großes Feuer so heftig auf, daß es ihm fast die Augenbrauen versengte. Dieses Gefühl war sein wahres Selbst. Sanshirō war auf dem Weg zu Haraguchis Haus in Akebonochō.

Auf der Straße kam ihm der Leichenzug eines Kindes entgegen, den nur zwei mit dem *Haori* bekleidete Männer begleiteten. Der kleine Sarg war in schneeweißes Tuch gehüllt; seitlich daran war ein hübsches Windrädchen befestigt, dessen Flügel in allen Farben bunt bemalt waren. Es drehte sich ständig, so daß sich die vielen Farben zu einer einzigen vermischten. Als der Sarg seitlich an Sanshirō vorbeigetragen wurde, ließ seine Vorwärtsbewegung das Windrädchen keinen Augenblick lang ruhen. „Wie schön!" dachte er.

Sanshirō sah anderer Menschen schriftstellerische Werke, anderer Menschen Begräbnisfeierlichkeiten immer nur von außen. Wenn ihn jetzt jemand gefragt hätte, warum er nicht auch Mineko von außen sehen könne, wäre er sicherlich erschrocken, denn seine Augen waren dazu gänzlich unfähig geworden. Vor allem war ihm der Unterschied zwischen „innen" und „außen" gar nicht richtig bewußt; er wußte einzig, daß einerseits der Tod anderer für ihn ein schönes und friedliches Gefühl bedeutete, und daß er andrerseits gegenüber der lebendigen Mineko unter der Oberfläche des sinnlichen Genusses eine Art Qual litt. Er wollte immer geradeaus gehen, bis er dieses Leid aus dem Wege geräumt hatte. Irgendwann würde es wohl nachlassen, wenn er immer so weiterginge, dachte er. Nicht einmal im Traum kam ihm der Gedanke, er könnte einen Schritt zur Seite machen, um die Qual zum Verschwinden zu bringen. So betrachtete er den Leichenzug nur aus der Distanz, als sei er in einem Text beschrieben, und er konnte die Betroffenheit über den frühen Tod des Kindes nicht direkt empfinden. Dies war der Grund, warum er mit Vergnügen etwas sah, worüber er eigentlich hätte Trauer fühlen müssen, und es sogar als schön empfand.

Als er in die Straße von Akebonochō einbog, sah er eine hohe Kiefer. Man hatte ihm erklärt, er solle diese Kiefer als Wegzeichen benützen, doch das Haus unter dem Baum war nicht das richtige.

Jetzt erst bemerkte er, daß drüben eine weitere Kiefer wuchs, und weiter vorne noch eine ... Unzählige Kiefern gab es hier. „Eine schöne Gegend!" dachte er, während er an mehreren Kiefern vorbeiging und nach links bog, wo er endlich ein schönes, von Hecken umsäumtes Eingangstor fand, an dem ein Schild mit der Aufschrift *Haraguchi* hing. Dieses Schild bestand aus schwärzlichem, fein gemasertem Holz; die Schrift war mit auffälliger grüner Ölfarbe so kunstvoll daraufgemalt, daß man nicht wußte, waren es nun Schriftzeichen oder Ornamente. Zwischen dem Tor und dem Hauseingang war offener Raum; rechts und links des Weges hatte es Rasen.

Im Hauseingang standen Minekos *Geta*. Sanshirō wußte, daß es ihre waren, weil sie links und rechts verschiedenfarbige Kordeln hatten. Auf Geheiß des Mädchens, das ihn an der Türe empfing und ihm sagte, der Meister arbeite zwar, aber er solle doch trotzdem hereinkommen, betrat Sanshirō den Atelierraum, ein großes Zimmer, das sich lang und schmal von Norden nach Süden erstreckte. Wie es sich für das Haus eines Künstlers gehört, herrschte überall auf dem Boden große Unordnung: Ein Teil war mit einem Teppich belegt, der so schlecht zur Größe des Zimmers paßte, daß er eher einem in schönen Farben gemusterten, eleganten Stück Gewebe glich, das man hingeworfen hatte, als einem wirklichen Bodenbelag. In gleicher Weise fiel es schwer, das große Tigerfell, das weiter hinten lag, für eine bloße Sitzgelegenheit zu halten. Der lange Schwanz des Fells zog sich im Winkel zum Teppich schräg über den Boden. Ebenfalls gab es da einen Topf, der aussah, als sei er aus geknetetem und erhärtetem Sand hergestellt. Zwei Pfeile standen darin, zwischen deren grauen Leitfedern es am Schaft hell von Blattgold glänzte. Daneben war eine japanische Ritterrüstung aufgestellt. Sanshirō vermutete, sie gehöre mit ihren grün-weißen Seidenapplikationen der Farbkombination „Deutzienblüte" an. In der gegenüberliegenden Ecke war etwas, das sofort ins Auge fiel: Ein purpurner, wattierter Seidenkimono mit goldbesticktem Saum. Dieses Gewand hatte man aufgehängt, indem man eine Vorhangkordel durch beide Ärmel zog, ganz so, als wolle man es lüften. Sanshirō vermutete, dieser Kimono stamme aus der *Genroku*-Zeit.[48] Außer-

[48] Genroku-Zeit: Jahre mit der Regierungsdevise „Genroku": 1688–1704.

dem gab es überall zahlreiche Bilder. Groß und klein hingen sie an den Wänden, und solche, die wohl Skizzen oder Studien waren und keine Rahmen hatten, lagen locker aufgerollt auf dem Boden, so daß die unordentlichen Ränder zu sehen waren.

Inmitten all dieser verwirrenden Farbenpracht stand das im Entstehen begriffene Porträt. Der Gegenstand des Bildes selbst stand am anderen Ende des Zimmers mit dem Gesicht nach vorne und hielt sich den Rundfächer über die Stirn. Der Maler wandte Sanshirō seinen gerundeten Rücken zu. Jetzt drehte er sich um, ohne seine Palette abzulegen. Er hatte eine große Tabakspfeife zwischen den Zähnen.

„Ach, Sie sind gekommen!" sagte er, indem er die Pfeife aus dem Mund nahm und auf ein kleines, rundes Tischchen niederlegte, wo sich außerdem noch Streichhölzer und ein Aschenbecher befanden. Daneben stand ein Stuhl.

„Setzen Sie sich! Dies ist es!" sagte er und blickte auf die Leinwand, an der er arbeitete. Das Bild war etwa sechs Fuß hoch. Sanshirō sagte nur:.„Ja, es ist wirklich sehr groß!"

„Ziemlich groß", sagte Haraguchi wie zu sich selbst, als ob er nichts gehört hätte, und begann an derjenigen Stelle Farbe aufzutragen, an der das Haar und der Hintergrund aneinandergrenzten. Jetzt erst blickte Sanshirō hinüber zu Mineko. Er sah ganz deutlich, wie im Schatten des Rundfächers ihre weißen Zähne fein aufblitzten.

Einige Minuten lang war es ganz still. Das Zimmer wurde durch einen Ofen erwärmt, obwohl es auch draußen heute nicht sehr kalt war. Der Wind hatte sich ausgetobt, und die dürren Äste der Bäume standen still und geräuschlos inmitten des winterlichen Sonnenlichts. Als Sanshirō ins Atelier geführt wurde, hatte er das Gefühl, er trete ein in einen Dunst. Jetzt stützte er seine Ellbogen auf dem runden Tischchen auf und überließ sich ganz diesem Reich der tiefen Stille, die sogar diejenige der Nacht übertraf. Mitten in dieser Stille befanden sich Mineko und ihr Abbild, das langsam Form annahm. Nur der Pinsel des dicken Malers rührte sich unermüdlich, und auch dies nur für die Augen; für die Ohren blieb alles still. Ab und zu bewegte sich auch der dicke Maler, aber seine Schritte verursachten ebenfalls keinen Laut.

Mineko, die von der Stille umschlossen war, blieb völlig reglos.

Mit ihrem Rundfächer über der Stirn war sie selber schon ein Bild. In Sanshirōs Augen bildete Haraguchi Mineko nicht ab, sondern er schien in rätselhafter Weise mit großer Emsigkeit aus einem tiefgründigen Bild Minekos Gestalt hervorzuholen und in eine gewöhnliche Malerei umzuwandeln, indem er die Tiefgründigkeit zerstörte. Trotzdem näherte sich in der Stille die zweite Mineko immer mehr der ersten, und es schien Sanshirō, als läge zwischen diesen zwei Minekos eine stille, lange, vom Ticken der Uhr ganz unberührte Zeit. Und indem diese Zeit auf Zehenspitzen so leise verging, daß nicht einmal der Maler selbst es merkte, würde die zweite Mineko die erste allmählich einholen. Bald würden die zwei sich aufs Haar gleichen und zu einer einzigen Frau verschmelzen, und dann würde auf einen Schlag der Fluß der Zeit seine Richtung ändern und in die Ewigkeit einmünden. Weiter würde Haraguchis Pinsel nicht gehen können – Bis an diesen Punkt waren Sanshirōs Gedanken geschweift, als er wieder zu sich selbst kam und zu Mineko hinüberblickte, die wie vorher reglos dastand. Ohne daß er es gemerkt hatte, war sein Hirn inmitten dieser stillen Luft voller Bewegung gewesen. Er fühlte sich berauscht. Da lachte Herr Haraguchi plötzlich auf.

„Ach, es ist ihnen wieder unwohl, nicht wahr?"

Mineko sagte nichts, gab aber sogleich ihre Pose auf und ließ sich in den Polstersessel plumpsen, der neben ihr stand. Wieder leuchteten ihre weißen Zähne auf, und als ihr Ärmel nach unten glitt, warf sie Sanshirō einen Blick zu, der wie ein Meteor seine Stirn streifte.

Haraguchi trat an das runde Tischchen und fragte Sanshirō: „Na, wie finden Sie's?" Er strich ein Streichholz an, zündete die Pfeife an und klemmte sie sich wieder zwischen die Zähne. Mit den Fingern hielt er den dicken, hölzernen Pfeifenhals umschlossen und blies genau zweimal dicken Rauch durch seinen Bart, bevor er sich wieder mit gerundetem Rücken seinem Bild zuwandte und an einer beliebigen Stelle frei Farbe auftrug.

Natürlich war das Bild noch nicht fertig; trotzdem war aber schon die ganze Fläche gleichmäßig mit Farbe bedeckt. Für einen Laien wie Sanshirō war die Malerei schon wunderschön, denn er konnte nicht erkennen, ob sie gut oder schlecht ausgeführt war. Er war nämlich gänzlich unfähig, in technischen Dingen ein Urteil abzugeben; er konnte nur das Gefühl empfinden, das die Technik vermittelte – Und sogar dabei schien er das Ziel weit verfehlt zu haben, weil er keine Erfahrung hatte. Aber rein dadurch, daß er jetzt erwiesenermaßen dem Einfluß der Kunst nicht ganz verschlossen war, konnte er sich als Mann von Geschmack ansehen.

Das Bild blendete Sanshirō fast. Die ganze Fläche war wie mit Puder bedeckt, so daß es aussah, als sei sie voll milden Sonnenscheins. Nicht einmal die Schatten waren schwarz; eher schienen sie in einem dünnen Violett zu leuchten. Beim Betrachten des Bildes wurde es Sanshirō irgendwie ganz leicht ums Herz, als gleite er in einem schnellen Nachen über den Fluß. Trotzdem war es auch voller Ruhe, denn es verunsicherte den Betrachter nicht, und nichts darin war bitter, herb oder zynisch. „Wie ‚haraguchihaft' ist es doch!" dachte Sanshirō. Da fing Haraguchi an zu sprechen, während er nachlässig den Pinsel führte.

„Herr Ogawa, ich habe für Sie eine lustige Geschichte! Ein Bekannter von mir hatte einmal genug von seiner Frau und wollte die Scheidung einreichen. Die Frau war jedoch nicht einverstanden und sagte: ‚Da ich in dieses Haus gekommen bin und dich geheiratet habe, gehe ich auf keinen Fall weg, und solltest du auch noch so genug haben von mir!'"

An dieser Stelle trat Herr Haraguchi ein paar Schritte von seiner Staffelei zurück und kontrollierte die Wirkung, die er mit dem Pinsel erzielt hatte. Dann sagte er zu Mineko gewandt:

„Fräulein Satomi! Da Sie nicht so freundlich waren, für mich den Sommerkimono anzuziehen, habe ich jetzt Schwierigkeiten bei der Kleidung! Ich habe alles aufs Geratewohl gemalt – Jetzt sieht's etwas zu keck aus!"

„Das tut mir aber leid!" sagte Mineko.

Ohne darauf etwas zu erwidern, trat Herr Haraguchi wieder an seine Staffelei. „Jedenfalls war die Frau also viel zu träge, sich scheiden zu lassen, und deshalb sagte mein Freund zu ihr: ‚Du mußt nicht gehen, wenn du nicht willst! Du kannst hier bleiben, so lange du Lust hast! Dafür gehe ich!' ... Fräulein Satomi! Könnten Sie für ein Weilchen aufstehen? Ja ... Danke! ... Nun, die Frau sagte darauf: ‚Ich werde doch nur Schwierigkeiten haben, wenn du weggehst und ich hier bleibe!' Da antwortete mein

Freund: ‚Warum sollte das nicht möglich sein? Du mußt doch nur unter meinem Namen einen neuen Ehemann ins Haus holen!'"

„Und was geschah dann?" wollte Sanshirō wissen. Haraguchi schien zu glauben, daß der Rest der Erzählung sich nicht lohnte. Er fuhr fort:

„Es geschah nichts! Deshalb muß man es sich gut überlegen, bevor man heiratet, denn nachher kann man nicht mehr frei über Zusammensein und Auseinandergehen entscheiden. Denken Sie nur an Professor Hirota, Herrn Nonomiya, Satomi Kyōsuke oder an mich selbst! Wir sind alle nicht verheiratet. Je mehr die Frauen in der Welt emporsteigen, desto mehr ledige Männer gibt es! Es sollte eigentlich in der Gesellschaft als Grundregel gelten, daß die Frauen nur emporsteigen, solange die Zahl der ledigen Männer gleichbleibt!"

„Aber mein Bruder heiratet nächstens!"

„Wirklich? Ohgottohgott! Und was geschieht dann mit Ihnen?"

„Ich weiß es nicht."

Sanshirō schaute hinüber zu Mineko. Sie erwiderte den Blick und lächelte. Nur Herr Haraguchi war mit seinem Bild beschäftigt. „Ich weiß es nicht, ich weiß es nicht . . . Na dann!" sagte er und fing wieder an zu malen.

Sanshirō nützte die Gelegenheit, um vom runden Tischchen weg zu Mineko hinüberzugehen, die ihren glanzlosen Haarschopf nachlässig an den Sesselrücken lehnte und zu müde schien, sich mit ihrem Aussehen zu beschäftigen. Über dem Kragen ihres Unterhemdes hob sich ganz deutlich ihr Hals ab, und hinter ihrer nach vorne stehenden Jungmädchenfrisur war das hübsche Futter ihres *Haori* zu sehen. Dieses hatte sie ausgezogen und über die Stuhllehne geworfen.

Sanshirō trug die dreißig Yen bei sich in seiner Brusttasche. Dieses Geld stand zwischen ihm und Mineko; es repräsentierte etwas, das er nicht erklären konnte – So glaubte er zumindest. Deshalb hatte er es ihr bisher auch nicht zurückgezahlt, obwohl er es eigentlich hatte tun wollen. Und deshalb wollte er es ihr jetzt kurz entschlossen doch zurückgeben, damit sie, wenn kein Geschäft sie mehr an ihn band, sich entweder von ihm entfernen oder ihm näherkommen konnte. Sanshirōs Gedanken waren eindeutig etwas abergläubischer als diejenigen gewöhnlicher Leute.

„Fräulein Satomi!" sagte er.

„Was?" antwortete sie, hob den Kopf und schaute zu ihm hinauf. Ihre Gesichtszüge waren ruhig wie immer; nur ihre Augen bewegten sich, und auch diese kamen sanft zum Stillstand, als sie Sanshirō direkt anblickten. Er vermutete, Mineko sei recht müde.

„Weil sich die Gelegenheit hier so schön anbietet, will ich es Ihnen jetzt gleich zurückgeben", sagte er, öffnete einen Knopf und steckte seine Hand in die Brusttasche.

„Was..." wiederholte Mineko mit immer noch unbewegter Stimme. Sanshirō, der die Hand in der Brusttasche hielt, fragte sich, was er jetzt tun solle. Dann sagte er kurz entschlossen: „Das Geld, das Sie mir geliehen haben!"

„Was kann ich hier damit anfangen, wenn Sie es mir geben?"

Sie blickte ihn von unten her unverwandt an, streckte weder ihre Hand aus, noch bewegte sie sich in sonst irgend einer Weise. Auch ihr Gesicht blieb reglos. Sanshirō verstand ihre Antwort nicht ganz.

Da ertönten von hinten die Worte: „Wie wär's wieder? Nur noch ein Weilchen!" Als sie aufschauten, sahen sie, daß Haraguchi sich im Stehen ihnen zugewandt hatte. Er zupfte sich mit der rechten Hand an seiner dreieckig zugeschnittenen Bartspitze, wobei er den Pinsel wie eine Zigarette zwischen zwei Finger geklemmt hielt. Mineko legte beide Hände auf die Armlehnen des Sessels und blieb mit gerade gestrecktem Rücken und Hals sitzen.

„Geht es noch lange?" fragte Sanshirō leise.

„Nur noch etwa eine Stunde", antwortete sie eben so leise.

Sanshirō ging zum runden Tischchen zurück, während Mineko die für das Porträt nötige Pose einnahm. Herr Haraguchi zündete sich seine Pfeife wieder an und malte weiter. Mit dem Rücken zu Sanshirō sagte er: „Herr Ogawa, sehen Sie sich doch einmal Fräulein Satomis Augen an!"

Sanshirō tat, was verlangt war. Da ließ Mineko plötzlich den Fächer von der Stirn fallen, gab die stille Pose auf und schaute seitlich durch die Glasscheiben in den Garten.

„Das geht nicht! Sie dürfen sich nicht zur Seite wenden! Ich habe mit dem Malen doch eben erst begonnen!"

„Warum sagen Sie solche unnötigen Dinge?“ fragte sie und drehte sich Haraguchi wieder zu. Dieser versuchte sich zu rechtfertigen:

„Ich wollte mich nicht über Sie lustig machen! Ich hatte Herrn Ogawa nur etwas zu sagen!“

„Was denn?“

„Nehmen Sie doch bitte die Pose wieder ein – Sie hören es ja gleich. Ja . . . Den Ellbogen ein bißchen weiter nach vorne . . . Gut! Nun, Herr Ogawa, habe ich in den gemalten Augen wohl den Ausdruck getroffen, den sie in Wirklichkeit haben?“

„Ich verstehe ja nicht viel davon, aber ändert sich nicht ständig der Augenausdruck der dargestellten Person, wenn man sie täglich malt?“

„Ja, er ändert sich. Und nicht nur die dargestellte Person, auch die Stimmung des Künstlers ändert sich von Tag zu Tag. Eigentlich müßten unzählige verschiedene Porträts entstehen, aber so geht es nicht. Seltsamerweise ergibt sich ein einziges Bild, in dem so ziemlich alles vereint ist. Versuchen Sie sich doch mal zu überlegen, warum!“

Herr Haraguchi arbeitete unterdessen ununterbrochen weiter. Er blickte auch hinüber zu Mineko.

„Wenn ich in dieser Weise täglich male, häuft sich das Material Tag für Tag an, bis sich nach einer Weile im Bild eine bestimmte Stimmung ergibt. Deshalb brauche ich, auch wenn ich mit ganz anderen Gefühlen von außen her das Atelier betrete, mich nur dem Bild zuzuwenden, um sofort wieder in die gleiche Stimmung zu kommen. Die Stimmung des Bildes überträgt sich also auf mich. Bei Fräulein Satomi ist es genau dasselbe: Wenn ich sie ganz ihrem natürlichen Selbst überließe, würden bestimmt verschiedene Regungen allerlei Gesichtsausdrücke hervorbringen – Aber das kann auf das Bild keinen großen Einfluß haben, denn dadurch, daß ich sie eine solche Pose einnehmen lasse und sie mit dem ganzen Kram wie der *Nō*-Trommel, der Ritterrüstung und dem Tigerfell umgebe, entsteht bei ihr wie von selbst ein ganz bestimmter Ausdruck, und dieser wird durch die Gewohnheit allmählich stärker, bis er die anderen verdrängt. So kann ich im großen und ganzen den Ausdruck, mit dem ich angefangen habe, auch zu Ende malen. Ich sage immer wieder ‚Ausdruck‘, aber . . .“

Haraguchi verstummte plötzlich. Er schien mit dem Malen an eine schwierige Stelle gelangt zu sein. Er trat zwei Schritte zurück und verglich längere Zeit das Bild mit Mineko.

„Fräulein Satomi, ist mit Ihnen etwas?“ fragte er.

„Nein.“

Es schien unvorstellbar, daß diese Antwort aus Minekos Mund hervorgekommen war, so still und unverrückbar stand sie da.

„Ich sage immer wieder ‚Ausdruck‘“, begann Herr Haraguchi wieder, „aber wir Maler bilden ja nicht Herzen ab. Wir malen nur die Warenauslagen, die die Herzen gegen außen eröffnen. Es reicht wohl, genau die Schaufenster zu betrachten, um zu wissen, welche Waren feilgeboten werden. Wir Maler müssen darauf verzichten, das darzustellen, was sich im Innern des Ladens verbirgt – Das liegt außerhalb unserer Kompetenz! Deshalb malen wir nur Fleisch. Welches Fleisch wir aber auch immer malen, wenn es keine Seele enthält, ist es totes Fleisch, und gilt nicht als Kunst. So ist es zum Beispiel mit Fräulein Satomis Augen hier: Ich male sie nicht in der Absicht, Fräulein Satomis Herz darzustellen. Ich male sie nur als Augen, weil sie mir gefallen. Die Form dieser Augen, der Schatten der Lidfalten, die Tiefe der Pupillen – Alles, was an ihnen sichtbar ist, will ich malen. Dabei entsteht als zufälliges Ergebnis ein gewisser Ausdruck. Wenn er nicht entsteht, muß ich die Farben schlecht gewählt oder die falsche Form erwischt haben, da ist kein Zweifel daran. Das muß so sein, weil jene Farben, jene Form nämlich selbst eine Art Ausdruck sind.“

Jetzt trat Herr Haraguchi wieder zwei Schritte zurück und verglich das Bild mit Mineko.

„Heute scheint etwas nicht zu stimmen mit Ihnen! Sie sind wohl müde! Wenn Sie müde sind, wollen wir aufhören. Sind Sie müde?“

„Nein.“

„Herr Haraguchi trat wieder an seine Staffelei.

„Sie fragen sich wohl, warum ich gerade Fräulein Satomis Augen ausgewählt habe. Nun, ich will es Ihnen sagen! Jede schöne Frau auf einem westlichen Gemälde hat große Augen, unabhängig davon, wer sie gemalt hat – lächerlich große Augen! In Japan aber haben die heilige Kannon, die pausbäckige alte Otafuku, die *Nō*-Masken und vor allem ganz deutlich auch die schönen Frauen auf den Holzschnitten allesamt lange, schmale Augen wie Elefanten. Sie finden es rätselhaft, daß sich die ästhetischen Normen in Ost und West so grundlegend voneinander unterscheiden? Daran ist eigentlich nichts Seltsames: Da im Westen nur großäugige Menschen leben, findet die ästhetische Auslese nur unter den großen Augen statt. Wir Japaner hingegen gehören dem Geschlecht der Waläugigen an. Ein gewisser Pierre Loti[49] zum Beispiel hat einmal zum Spott gesagt, er verstehe nicht, wie die Japaner ihre Augen überhaupt öffnen könnten. Sie sehen: Unsere Rasse ist so geartet, daß sie zu wenig Material hergibt dafür, daß sich eine ästhetische Hochschätzung großer Augen entwickeln könnte. Deshalb ist das Ideal der Schlitzaugen entstanden, unter denen man unbeschränkt wählen konnte, und diese wurden dann in den Werken von Utamaro und Sukenobu[50] hochgeschätzt. Solche schmalen Augen können nun aber noch so typisch japanisch sein, sie eignen sich einfach nicht für die Malerei im westlichen Stil, denn es sieht aus, als habe man eine Blinde dargestellt. Es gibt bei uns aber keine einzige Frau wie Raphaels Madonnen, und wenn es sie gäbe, könnte man sie nicht als Japanerin bezeichnen. Dies ist der Grund, warum ich schließlich auf Fräulein Satomi gekommen bin ... Fräulein Satomi! Es dauert nicht mehr lange!"

Mineko antwortete nichts; sie blieb reglos stehen.

Für Sanshirō waren die Worte des Künstlers äußerst interessant. Wäre er wegen der Gespräche hierhergekommen, hätte er noch vielmehr daran Anteil nehmen können, dachte er, doch heute war der Brennpunkt seiner Aufmerksamkeit weder Haraguchi noch dessen Malerei, sondern einzig und allein Mineko, die dort drüben stand. Während er Haraguchi zuhörte, wich sein Blick keine Sekunde von Mineko ab. Ihre Pose, die sich in seinen Augen spiegelte, schien ihm einen natürlichen Vorgang im schönsten Augenblick eingefangen und unbeweglich gemacht zu haben. Daß sie sich nicht änderte, bedeutete für ihn einen dauernden Trost. Da drehte Haraguchi plötzlich den Kopf und fragte sie, was mit ihr los sei. Sanshirō

49 Pierre Loti (1850–1923), französischer Romancier, der als Flottenoffizier 1885 Japan besuchte und seine Erfahrungen als Stoff zum Roman *Madame Chrysanthème* verwendete. Aus diesem Werk stammt auch die hier zitierte Bemerkung.

50 Sukenobu: Nishikawa Sukenobu (1671–1751), japanischer Holzschnittkünstler.

bekam es fast ein wenig mit der Angst zu tun, denn für ihn hörte es sich so an, als weise ihn der Maler darauf hin, daß die Mittel, welche die – ach so vergängliche – Schönheit festgehalten hatten, bald erschöpft seien.

Nun, da Haraguchi es erwähnte, fiel es Sanshirō auch auf, daß mit Mineko etwas nicht zu stimmen schien. Ihre Gesichtsfarbe war schlecht, und um ihre Augenwinkel lag eine kaum erträgliche Schlaffheit. Sanshirō verlor das Gefühl des Friedens und des Trostes, das er aus diesem *tableau vivant* gewonnen hatte; gleichzeitig fiel ihm ein, daß er vielleicht selbst die Ursache für diese Veränderung sein könnte. Plötzlich überfiel sein Herz eine heftige, ganz persönliche Erregung, und das allgemeine Gefühl des Trauerns um die vergängliche Schönheit verflüchtigte sich vollständig. Er selbst also übte einen solchen Einfluß auf Mineko aus! Diese neue Erkenntnis bewirkte, daß er sich mit einem Schlag seines ganzen Selbsts bewußt wurde. Ungelöst blieb dabei nur die Frage, ob ihm der Einfluß, den er auf Mineko ausübte, nützen würde oder nicht.

Nun legte Herr Haraguchi endlich seinen Pinsel nieder und sagte: „Wir wollen jetzt aufhören! Heute geht es ja doch nicht!" Mineko ließ im Stehen den Rundfächer, den sie in der Hand hielt, zu Boden fallen, nahm das *Haori* von der Sessellehne und zog es sich über, während sie zu den beiden Männern herüberkam.

„Heute sind Sie müde, nicht wahr?"

„Ich?" Mineko zog die Ärmel ihres Haori zurecht und knüpfte vorne die Bänder zu.

„Um die Wahrheit zu sagen, bin ich auch müde. Wir wollen morgen weiterfahren, wenn wir uns besser fühlen. Aber trinken Sie doch noch in aller Ruhe ein Schälchen Tee!"

Bis zur Abenddämmerung blieb noch etwas Zeit, aber Mineko sagte, sie wolle schon gehen, weil sie noch zu tun habe. Auch Sanshirō sollte hierbleiben, aber er entschuldigte sich ebenfalls und trat zusammen mit Mineko hinaus auf die Straße. In einer Gesellschaft wie der japanischen wäre es für Sanshirō äußerst schwierig gewesen, absichtlich eine solche Gelegenheit herbeizuführen. Er wollte versuchen, dieses glückliche Treffen möglichst in die Länge zu ziehen und das Beste daraus zu machen. Deshalb versuchte er Mineko zu überreden, einen Spaziergang durch das ruhige Quartier von Akebonochō zu machen, wo vergleichsweise wenig Passanten vorbeigingen. Unerwarteterweise ging sie darauf gar nicht ein, sondern durchquerte in einer geraden Linie das Tor mit den Hecken und trat auf die große Straße. Sanshirō ging mit und fragte: „Herr Haraguchi sagte so etwas, aber fühlen Sie sich wirklich nicht wohl?"

„Ich?" sagte Mineko wieder. Es war die gleiche Antwort, wie sie sie Haraguchi gegeben hatte. Mineko hatte, solange Sanshirō sie kannte, noch nie viele Worte gemacht. In den meisten Gesprächen ließ sie es mit einem oder zwei Sätzen bewenden, die überdies auch noch sehr kurz waren. Gerade deshalb aber hatten diese Sätze in Sanshirōs Ohren einen tiefen Nachhall und eine Klangfarbe, wie er sie bei anderen Leuten unmöglich heraushören konnte. Dies erfüllte ihn mit Verehrung und Erstaunen.

Als sie „Ich?" sagte, wandte Mineko ihr Gesicht Sanshirō halbwegs zu und blickte ihn aus den Augenwinkeln an. Ihre Augen schienen ihm fast dunstverschleiert, das Gefühl in ihnen ungewöhnlich lauwarm zu sein. Auch waren ihre Wangen etwas bleich.

„Sie sehen kränklich aus!"

„Wirklich?"

Schweigend gingen die beiden ein paar Schritte nebeneinander her. Zwischen ihnen hing etwas wie ein dünner Vorhang, den Sanshirō unbedingt zerreißen wollte. Aber er wußte nicht, mit welchen Worten er das schaffen konnte. Er wollte keine zuckersüßen Reden schwingen, wie sie in den Romanen vorkamen – Weder sein persönlicher Geschmack noch die allgemeingültigen Umgangsformen zwischen jungen Männern und Frauen hätten dies erlaubt. Sanshirō erhoffte sich etwas Unmögliches, ja, er machte sogar während des Gehens Pläne, wie er seine Wünsche verwirklichen konnte.

Schließlich war es Mineko, die wieder das Wort ergriff.

„Wollten Sie heute mit Herrn Haraguchi etwas besprechen?"

„Nein, gar nichts."

„Dann sind Sie zum Vergnügen vorbeigekommen?"

„Nein, das auch nicht."

„Ja, warum sind Sie dann gekommen?"

Sanshirō packte die Gelegenheit am Schopf.

„Ich bin gekommen, um Sie zu sehen."

Er war der Meinung, er habe damit alles gesagt, was er nur sagen konnte, aber Minekos Tonfall zeigte keinerlei Erregung. Wie immer berauschten ihre Worte Sanshirō, als sie sagte:

„Ich konnte das Geld dort nicht annehmen!" Sanshirō verlor den Mut.

Schweigend gingen sie wieder kurze Zeit nebeneinander her, bis Sanshirō plötzlich den Mund auftat und sagte: „Eigentlich kam ich gar nicht, um Ihnen das Geld zu geben!" Er suchte neben sich die Augen der Frau, aber sie blickte ihn nicht an. Er hörte nur, wie ein ganz feiner Seufzer leise über ihre Lippen sickerte.

„Das Geld . . ."

„Aber das Geld . . ."

Beide sprachen sie nicht zu Ende, sondern gingen schweigend fast fünfzig Meter weiter nebeneinander her. Dann redete Mineko Sanshirō an: „Wie fanden Sie Herrn Haraguchis Bild?" Sanshirō hätte darauf so viele Antworten geben können, daß er lieber schwieg und, ohne etwas zu erwidern, weiterging.

„Sind Sie nicht überrascht, daß es so schnell fertig wird?"

„Ja", sagte er. Erst jetzt wurde er darauf aufmerksam, daß es tatsächlich so war. Mit einem Schlag wurde ihm bewußt, daß kaum ein Monat verstrichen war, seitdem Haraguchi den Professor besucht hatte und den Willen bekundet hatte, Minekos Porträt zu malen. Erst danach war er mit seiner Bitte direkt an Mineko gelangt. Sanshirō verstand nichts von der Malerei, und er konnte sich überhaupt keine Vorstellung davon machen, in welcher Zeit ein derart großes Bild vollendet werden konnte. Aber jetzt, da er von Mineko darauf hingewiesen wurde, schien es ihm doch gar zu schnell zu gehen.

„Wann hat er sich an die Arbeit gemacht?"

„Richtig begonnen hat er erst vor kurzer Zeit, aber vorher hat er mich immer wieder ein bißchen gemalt."

„Was meinen Sie genau mit ‚vorher'?"

„Sie können es aus der Kleidung und der Pose erraten!"

Plötzlich erinnerte sich Sanshirō an jenen heißen Tag in der Vergangenheit, als er Mineko zum ersten Mal am Teich gesehen hatte.

„Nicht wahr, Sie kauerten unter einer Eiche?"

„Und Sie standen etwas erhöht und beschatteten sich die Augen mit dem Rundfächer!"

„Gleich wie im Bild . . ."

„Ja, genau gleich!"

Die zwei blickten sich an. Es war nicht mehr weit bis zum oberen Ende der Gasse von Hakusan.

Aus der Gegenrichtung näherte sich eine Rikscha, in dem ein Mann mit schwarzem Hut und goldumrandeter Brille saß, dem man schon von weitem die gesunde Gesichtsfarbe ansah. Seitdem Sanshirō jene Rikscha erblickt hatte, schien es ihm, der junge *Gentleman* starre immer nur Mineko an. Ein paar Meter vor ihnen ließ jener Mann plötzlich die Rikscha anhalten, warf geschickt die Kniedecke zur Seite und sprang vom Trittbrett herunter. Es war ein schöner Mann: hochgewachsen und schlank mit langem, schmalem Gesicht. Die Tatsache, daß er sauber rasiert war, tat seiner Männlichkeit überhaupt keinen Abbruch.

Er stellte sich direkt vor Mineko hin und sagte: „Ich habe bis jetzt gewartet, aber weil es so spät geworden ist, bin ich Ihnen bis hierher entgegengefahren." Lachend blickte er zu ihr herunter.

„Ja? Vielen Dank." Auch sie lachte und blickte ihn an. Dann wandte sie sich aber sogleich wieder Sanshirō zu.

„Wer ist das?" fragte der Mann.

„Herr Ogawa von der Universität!" antwortete Mineko.

Der Mann lüftete ganz leicht den Hut und nickte Sanshirō von drüben her zu.

„Wir müssen uns beeilen! Ihr Bruder erwartet uns schon!"

Glücklicherweise standen sie schon an der Ecke, an der Sanshirō in die Seitengasse nach Oiwake abbiegen mußte. Sie trennten sich schließlich, ohne daß er ihr das Geld übergeben hatte.

XI

Yojirō machte in der Universität die Runde und verkaufte Eintrittskarten für die Theateraufführungen der *Literarischen Gesellschaft*. In nur zwei oder drei Tagen hatte er schon fast allen seinen Bekannten solche Karten angedreht. Danach knöpfte er sich die Leute vor, die er nicht kannte. Er packte sie sich meist im Korridor und ließ sie nicht wieder laufen, bis sie ihm irgendwelche Karten abgekauft hatten. Nur ausnahmsweise entkam ihm einer, weil mitten im Verkaufsgespräch die Glocke läutete. Yojirō sagte dann jeweils, der Zeitpunkt sei nicht der richtige gewesen. Manchmal kam es auch vor, daß sein Gegenüber einfach lachte und nichts zu begreifen schien. Das hieß in Yojirōs Sprache dann, die Person sei die falsche gewesen. Einmal machte sich Yojirō an einen Professor heran, der eben aus der Toilette kam und sich die Hände mit dem Taschentuch abwischte. Der sagte aber nur: „Einen Augenblick bitte!", verschwand eilends in der Bibliothek und kam nicht wieder hervor. Yojirō nannte dies – nichts. Er blickte dem entschwundenen Professor nur nach und kommentierte: „Der hat sicher Darmkatarrh!"

Als Sanshirō fragte, wie viele Karten man Yojirō denn zum Verkauf anvertraut habe, antwortete er, soviele er nur loswerden könne. Als Sanshirō darauf meinte, ob denn nicht die Gefahr bestehe, daß er zu viele verkaufe, so daß nicht alle Zuschauer im Vorführungsraum Platz fänden, sagte er, ja, diese Gefahr bestehe schon. Vor die Frage gestellt, ob er denn später nicht deshalb Schwierigkeiten bekommen würde, erwiderte er gleichmütig: „Keine Sorge! Unter den Leuten haben einige nur aus Pflichtgefühl eine Karte gekauft, andere wiederum werden wegen irgendeiner Geschichte verhindert sein, und wer weiß, vielleicht gibt es auch ein paar Fälle von Darmkatarrh!"

Wenn Yojirō Karten verkaufte, nahm er natürlich von denjenigen, die bezahlen konnten, gleich das Geld entgegen. Den anderen Studenten, die es nicht konnten, händigte er die Karten trotzdem aus. Der furchtsame Sanshirō fand es bedenklich, daß Yojirō die Karten so sorglos verteilte. „Wirst du das Geld später auch sicher erhalten?" fragte er. „Selbstverständlich nicht!" antwortete Yojirō,

„im ganzen gesehen ist es aber vorteilhafter, viele Karten auf liederliche Weise zu verkaufen als nur wenige ganz gewissenhaft!" Er verglich dies mit der Verkaufsmethode, die der *Times*-Verlag benützt hatte, um seine Lexika unter das Japanische Volk zu bringen. Dieser Vergleich hörte sich recht gut an, Sanshirō war jedoch trotzdem nicht ganz überzeugt. Als er Yojirō noch einmal darauf ansprach, gab ihm jener eine interessante Antwort:

„Es sind doch alles Studenten der kaiserlichen Universität Tōkyō!"

„Gerade unter den Studenten gibt es aber viele, die mit dem Geld so unbekümmert umgehen wie du!"

„Die *Literarische Gesellschaft* wird sich wohl nicht so streng äußern über die, welche ihre Karten nicht freiwillig bezahlen! Sie wird sich ja doch verschulden müssen, und wenn noch so viele Karten verkauft werden – Das steht fest!"

Zur Sicherheit fragte Sanshirō noch nach, ob das Yojirōs persönliche Meinung sei oder diejenige der *Gesellschaft*.

„Sowohl meine Meinung als auch diejenige der *Gesellschaft*", war Yojirōs praktische Antwort.

Yojirō zufolge waren diejenigen, die die Theateraufführungen der *Literarischen Gesellschaft* verpaßten, alle als Idioten zu bezeichnen. Das sagte er so ausdrücklich, daß man sich selbst für dumm vorkam. Ob Yojirō damit nur seinen Kartenverkauf fördern wollte, ob er selber wirklich an die Theateraufführungen glaubte, ob er sich selber oder sein Gegenüber aufmuntern oder die Theateraufführungen beleben wollte, oder ob er einfach die ganze Atmosphäre in der Welt anregen wollte, war nicht klar ersichtlich, und deshalb wurden seine Opfer, obwohl sie sich wie Trottel vorkamen, auch nicht zu stark von ihm beeinflußt.

Zuerst sprach er jeweils darüber, wie sehr sich die Mitglieder der *Gesellschaft* bei den Proben einsetzten. So wie er redete, befürchtete man, viele würden bei der eigentlichen Aufführung zu gar nichts mehr taugen, weil sie sich überanstrengt hätten. Des weiteren beschrieb er die Kulissen als so beeindruckend, daß man sich vorstellte, zu ihrer Herstellung seien sämtliche jungen Künstler Tōkyōs herbeigezogen worden, die ihre ganze Kunstfertigkeit zur Anwendung gebracht hätten. Danach ging er über zu den Kostümen.

Diese entsprächen von Kopf bis Fuß den historischen Vorbildern, sagte er. Schließlich erzählte er von den Stücken, die alle neu verfaßt worden und interessant seien. Er hatte auch viel weiteren Gesprächsstoff.

Yojirō sagte, er habe Professor Hirota und Herrn Haraguchi Freikarten geschickt, und den beiden Geschwisterpaaren Nonomiya und Satomi Karten der teuersten Kategorie verkauft. Alles stehe zum besten. Mit dem Ruf: „Hoch lebe die Theateraufführung!" wünschte Sanshirō ihm viel Erfolg.

Am Abend jenes Tages jedoch erschien Yojirō völlig verändert in Sanshirōs Studentenpension: Steif saß er neben dem Holzkohlebekken und beklagte sich ständig über die Kälte. Aber seinem Gesichtsausdruck nach hatte er nicht nur mit der Temperatur Probleme. Zuerst hielt er die Hände so nahe über das Kohlebecken, daß es schien, als wolle er es besteigen; schließlich steckte er sie dann in die Brustfalte seines Kimonos. Um seinem Gesicht mehr Wärme zu geben, schob Sanshirō die Öllampe vom einen Ende seines Schreibpultes zum anderen, aber Yojirōs Kopf war nach vorne gesunken, so daß das Licht nur auf seinen großen, schwarzen, stoppeligen Haarschopf fiel – Sein Gesicht hellte sich nicht auf. Als Sanshirō ihn fragte, was denn mit ihm los sei, hob er den Blick und schaute auf die Lampe.

„Habt ihr in diesem Haus noch keine Elektrizität?" Seine Frage stand in keiner Beziehung zu seinem Gesichtsausdruck.

„Nein, noch nicht. Es scheint aber, daß sie sie bald haben wollen. Die Öllampen sind einfach nicht hell genug!" antwortete Sanshirō, doch Yojirō schien die Öllampe schon wieder vergessen zu haben.

„Du, Ogawa – Es ist etwas Schreckliches passiert!" stieß er hervor. Auf die Frage, was denn geschehen sei, zog er ein paar zerknitterte Zeitungsblätter aus seiner Kimonobrust. Es waren zwei Zeitungen, die übereinanderlagen. Yojirō löste die eine von der anderen, faltete sie wieder korrekt zusammen und hielt sie Sanshirō hin mit der Aufforderung: „Lies hier!" Mit dem Finger zeigte er auf die betreffende Stelle. Sanshirō rückte näher ans Licht. Die Schlagzeile lautete: „Abteilung für Literatur der Universität."

Im Artikel hieß es, bisher seien immer Europäer mit der Leitung der Abteilung für ausländische Literatur betraut worden und sämtliche Kurse seien von ausländischen Lehrern geleitet worden. Jetzt sollten in Erwiderung auf den neuen Zeitgeist und auf die Forderungen der Studenten die Vorlesungen eines einheimischen Lehrers als obligatorische Stunden anerkannt werden. Schon lange habe man eine passende Person gesucht; jetzt habe man schließlich jemanden gefunden, dessen Name in Bälde mitgeteilt werden solle. Diese Person habe kürzlich im Ausland studiert und sei sehr begabt, so daß sie für die Stelle sicher gut geeignet sei.

„Dann hat Professor Hirota also kein Glück gehabt!" sagte Sanshirō zu Yojirō zurückgewandt, der immer noch auf die Zeitung starrte.

„Ist es denn schon sicher?" fragte Sanshirō.

„Ja, durchaus", sagte Yojirō und neigte seinen Kopf zur Seite. „Ich hatte zwar gemeint, alles stehe zum besten – Jetzt ist es doch schiefgegangen! Natürlich habe ich auch von den Aktivitäten des anderen gehört!"

„Aber das hier ist doch nichts als ein Gerücht. Erst wenn noch mehr Verlautbarungen folgen, werden wir Genaueres wissen."

„Natürlich würde dies allein noch nichts ausmachen. Es betrifft den Herrn Professor ja nicht persönlich. Aber dies hier..." Er faltete das andere Zeitungsstück zurecht und hielt es Sanshirō hin, indem er mit der Fingerspitze auf den Titel wies.

Dieser Artikel war ähnlich geartet wie derjenige in der anderen Zeitung und machte auf Sanshirō keinen besonderen Eindruck – bis er zum Ende gelangte, wo etwas folgte, das ihn in tiefen Schrecken versetzte: Es hieß dort, Professor Hirota sei ein Schurke ohne Prinzipien, der zehn Jahre lang Sprachlehrer gewesen sei, in der Welt völlig unbekannt, und der dessenungeachtet, kaum habe er vernommen, daß ein Japaner als Professor für ausländische Literatur eingesetzt werden sollte, klammheimlich alles in Bewegung gesetzt habe und unter den Studenten Propagandablätter verteilt habe. Und nicht nur das: Er habe auch einen seiner Anhänger den Artikel *Das große Dunkel* in einer kleinen Zeitschrift veröffentlichen lassen. Dieser Artikel sei zwar unter dem Pseudonym *Meister Überflüssig* erschienen, aber man habe in Erfahrung gebracht, daß sich unter diesem Namen niemand anderer verberge als ein Literaturstudent, Ogawa Sanshirō, der bei Hirota ein und aus gehe. So erschien zum Schluß auch noch Sanshirōs Name.

Er warf Yojirō einen seltsamen Blick zu. Yojirō hatte ihn schon länger angesehen. Beide schwiegen eine Weile, bis Sanshirō schließlich sagte: „Verdammt nochmal!" Er war ein bißchen ärgerlich auf Yojirō. Dieser kümmerte sich jedoch nicht darum, sondern fragte: „Was meinst du dazu?"

„Was ich dazu meine . . .?!"

„Sicher handelt es sich um einen unverlangt eingeschickten Text, und der Zeitungsverlag hat die Recherchen nicht selber angestellt. Ähnliche Sachen erhielten wir ständig auch für die kleingedruckte Spalte der *Zeitgemäßen Literaturkritik*. Diese Spalte ist ein wahres Sündenregister! Wenn man sie genau liest, entdeckt man darin unzählige Lügen. Einige dieser Lügen sind sogar ganz offensichtlich! Du fragst dich, warum die Leute solch dummes Zeug schreiben? Immer ist der Beweggrund allein das persönliche Interesse. Als ich einmal die kleingedruckte Spalte betreute, habe ich das meiste, was bösartig war, in den Papierkorb geworfen. Und dorthin gehört auch dieser Artikel hier! Er stammt sicher von der Bewegung unserer Gegner!"

„Warum wird wohl mein Name genannt und nicht deiner?"

Yojirō sagte nur: „Ja warum wohl?" Erst nach einer Weile ergänzte er: „Vielleicht ist es, weil du ein regulärer Student bist und ich nur Hauptfachstudent!" Für Sanshirō war das keine einleuchtende Erklärung. Er ärgerte sich immer noch.

„Ich hätte lieber furchtlos mit meinem richtigen Namen auftreten sollen, als das unbekannte Pseudonym *Meister Überflüssig* zu verwenden. Ohnehin kann niemand außer ich einen solchen Artikel verfassen!"

Yojirō meinte es ernst. Er schien sich sogar zu ärgern, daß ihm Sanshirō die Rechte für das *Große Dunkel* streitig machte. Sanshirō kam die ganze Sache langsam lächerlich vor.

„Hast du mit dem Professor geredet?" fragte er.

„Genau das ist das Problem. Es spielt doch eigentlich keine Rolle, wer von uns beiden das *Große Dunkel* geschrieben hat, aber ich muß mit dem Professor darüber sprechen, weil es unter anderem auch um seinen Charakter geht. Du kennst ihn ja: Vorher hätte ich nur zu sagen brauchen, ich wisse von nichts, es sei wohl irgend ein Fehler passiert; der Artikel *Das Große Dunkel* sei zwar in einer Zeitschrift unter einem Pseudonym erschienen, aber er brauche sich keine Sorgen zu machen, weil derjenige, der ihn geschrieben habe, ein Verehrer von ihm sei. Er hätte nur: „Ach so!“ gesagt, und damit wäre die Sache erledigt gewesen. Aber das geht jetzt nicht mehr! Ich werde ihm wohl unbedingt klarmachen müssen, daß ich der Verantwortliche bin. Wenn alles reibungslos abgelaufen wäre, hätte ich mich mit gutem Gefühl unwissend stellen können. Jetzt, wo es schiefgegangen ist, ist mir unwohl, wenn ich schweige. Vor allem kann ich nicht gleichgültig zuschauen, wenn ein so gütiger Mensch wie er wegen Dingen, die ich zu verantworten habe, in eine so peinliche Situation gerät. Einmal abgesehen von der schwierigen Frage nach Recht und Unrecht habe ich mit ihm einfach schreckliches Erbarmen!“

Erstmals fand Sanshirō, Yojirō sei ein bewundernswerter Mann.

„Hat der Professor die Zeitung wohl gelesen?“

„Es stand zwar nicht in derjenigen, die wir zu Hause bekommen – drum habe ich auch nichts davon gewußt – aber in der Schule liest er verschiedene Blätter. Und wenn er sie nicht liest, wird ihn sicher jemand darauf aufmerksam machen.“

„Dann weiß er es also schon.“

„Natürlich weiß er es!“

„Hat er noch nichts zu dir gesagt?“

„Nein, noch gar nichts. Aber wir hatten in letzter Zeit sowieso nie die Gelegenheit, richtig miteinander zu reden, weil ich immer wegen der Theateraufführungen unterwegs war. Ja, die Theateraufführungen! Davon habe ich jetzt auch genug! Vielleicht höre ich auf damit. Was ist denn daran schon interessant, mit weiß geschminktem Gesicht auf der Bühne herumzurennen!“

„Wenn du mit dem Professor sprichst, wird er dich wohl ausschelten.“

„Ja, das wird er wohl; da kann ich nichts dagegen tun. Aber er tut mir so leid! Ich habe ihm durch mein unnötiges Getue Ärger bereitet – ihm, der doch gar kein Laster hat! Er trinkt nicht, er raucht . . .“ Hier brach Yojirō plötzlich ab. Die Menge philosophischen Rauches, die der Professor in einem Monat durch seine Nase blies, hätte eine riesige Wolke abgegeben.

„Er raucht zwar ziemlich viel, aber sonst kennt er gar kein Vergnügen. Er angelt nicht, er spielt nicht *Go,* er hat kein Familienleben, das er genießen kann. Das ist das Schlimmste! Wenn er Kinder hätte, wäre alles viel leichter. Er ist so unkompliziert!"

Yojirō verschränkte die Arme.

„Wenn ich mich nur einmal bemühe, ihn zu trösten, kommt alles falsch heraus! Geh du doch bitte auch zu ihm! Tu ihm den Gefallen!"

„Es geht nicht darum, ihm einen Gefallen zu tun! Ich muß ihn um Verzeihung bitten, weil auch ich mehr oder weniger verantwortlich bin."

„Du brauchst dich bei ihm nicht zu entschuldigen!"

„Dann rechtfertige ich mich eben!"

Darauf ging Yojirō nach Hause. Sanshirō legte sich ins Bett, wo er sich längere Zeit hin und her wälzte. Es schien ihm, er habe früher in seiner Heimat besser geschlafen. Der lügnerische Artikel – Professor Hirota – Mineko – der stattliche Mann, der gekommen war, sie abzuholen: Es gab verschiedenes, das ihn erregte.

Etwa von Mitternacht an schlief er fest. Am Morgen zur gewohnten Zeit aufzustehen bereitete ihm jedoch Schwierigkeiten. Am Waschplatz begegnete er einem Kollegen von der literarischen Fakultät, den er vom Sehen her kannte. Er vermutete, jener Student habe den Artikel gelesen, denn er grüßte nur sehr flüchtig. Da sein Gegenüber aber natürlich dem Thema auswich, versuchte Sanshirō nicht, sich zu rechtfertigen.

Als er eben den Duft der heißen Frühstückssuppe schnupperte, erreichte ihn ein Brief seiner Mutter aus der Heimat. Er war jetzt wieder von der gewohnten Länge. Es war Sanshirō heute zu mühsam, seine westlichen Kleider anzuziehen; also zog er eine *Hakama* über seinen Nachtkimono, steckte den Brief vorne hinein und verließ das Haus. Draußen glänzte es von feinem Frost.

Als er zur großen Straße gelangte, waren nahezu alle Passanten Schüler und Studenten, die in die gleiche Richtung eilten. Die kalte Straße war von der Lebendigkeit der jungen Männer erfüllt. Unter ihnen ragte der lange Schatten von Professor Hirota heraus, der einen schwarz-weiß gesprenkelten Mantel trug. Allein schon durch sein Schrittempo war der Professor inmitten der jugendlichen Reihen ein Anachronismus, denn er ging viel langsamer als die Leute in seiner Umgebung. Der Schatten des Professors verschwand hinter dem Eingangstor der Schule. Im Hof dieser Schule wuchs eine große Kiefer, die ihre Äste wie einen Riesenschirm ausbreitete und damit den Eingang des Gebäudes verdeckte. Als Sanshirō das Tor erreichte, war der Schatten schon verschwunden; er sah vor sich nur die Kiefer und darüber den Uhrenturm. Die Turmuhr ging immer falsch – oder dann war sie stehengeblieben.

Nachdem er ein Weilchen in den Hof gespäht hatte, murmelte er zweimal hintereinander „*Hydriotaphia*". Dieses Wort war das längste und schwierigste unter den ausländischen Ausdrücken, die er gelernt hatte, und zudem kannte er seine Bedeutung noch nicht. Er hatte die Absicht, Professor Hirota danach zu fragen. Yojirō nämlich hatte ihm, als er ihn darauf ansprach, nur gesagt, es sei etwas Ähnliches wie *de te fabula,* aber für Sanshirō bestand ein grundsätzlicher Unterschied zwischen den beiden Ausdrücken: Bei *de te fabula* war ihm, als müßte er tanzen, während er viel Zeit brauchte, nur um sich *Hydriotaphia* zu merken, und wenn er das Wort zweimal wiederholte, wurde sein Schrittempo wie von selber gemächlicher. *Hydriotaphia* tönte so, als hätten es die Menschen des Altertums eigens für Professor Hirota geschaffen.

In der Universität hatte Sanshirō das Gefühl, er sei als derjenige, den man für den Verfasser des *Großen Dunkels* hielt, der Mittelpunkt aller Aufmerksamkeit. Er versuchte, draußen zu bleiben, aber es war unerwartet kalt. Also blieb er im Korridor, zog zwischen zwei Vorlesungen den Brief seiner Mutter hervor und las darin.

„Komm während der Winterferien nach Hause!" stand da. Dieser Befehl erinnerte ihn an ähnliche während seiner Zeit in Kumamoto. Damals war folgendes passiert: Die Mutter hatte Sanshirō, kaum hatten die Ferien begonnen, ein Telegramm geschickt, er solle sofort kommen. Erschrocken war er überstürzt nach Hause geeilt, überzeugt, seine Mutter sei krank geworden. Als er ankam, war sie jedoch überglücklich, als wäre sie erleichtert, daß ihm nichts passiert sei. Als er sie fragte, warum sie das Telegramm geschickt habe, sagte sie: „Du bist so lange nicht nach Hause gekommen; da habe ich das Orakel des heiligen Inari befragt. Es sagte, du seist schon aus Kumamoto aufgebrochen. Da habe ich mir Sorgen gemacht, daß dir unterwegs etwas zugestoßen sei." Sanshirō erinnerte sich an jene

Geschichte und fragte sich, ob seine Mutter wohl auch diesmal ein Orakel befragt habe. Aber im Brief stand nichts vom heiligen Inari. Dafür war wie ein Kommentar zwischen den Zeilen die Bemerkung eingeschaltet, auch Miwata Omitsu warte sehnsüchtig auf ihn. Omitsu sei jetzt nicht mehr an der Mädchenschule von Toyotsu, sondern sei nach Hause zurückgekehrt. Sanshirōs Mutter habe sie gebeten, ihm ein wattiertes Gewand zu nähen, das er demnächst per Post erhalten würde. Danach beschrieb die Mutter lang und breit, wie dem Schreiner Kakuzō in den Bergen 98 Yen im Spiel abgenommen worden seien. Sanshirō fand diesen Teil eher mühsam und überflog ihn nur. Jedenfalls hieß es da, drei Männer seien gekommen, welche die Absicht kundgetan hätten, Kakuzōs Bergland zu kaufen. Kakuzō habe sie durch das Gebiet geführt und habe sein Geld in dieser Zeit verloren. Als er nach Hause gekommen sei, habe er versucht, sich damit herauszureden, daß er nicht wisse, wann er das Geld verloren habe. Seine Frau habe darauf gesagt, vielleicht sei ihm ein narkotisches Mittel unter die Nase gehalten worden, und da habe Kakuzō geantwortet: „Ja, es kommt mir vor, als hätte ich etwas gerochen." Aber alle Leute im Dorf vermuteten, er sei beim Spiel um sein Geld geprellt worden. Die Erzählung mündete in die Warnung, schon auf dem Land gehe es so; wie schlimm erst sei es in Tōkyō. Er müsse deshalb sehr gut aufpassen.

Als Sanshirō eben daran war, den langen Brief aufzurollen und zu versorgen, trat Yojirō zu ihm hin und sagte: „Sieh mal an, der Brief einer Frau!" Verglichen mit dem vergangenen Abend schien er seine Laune wieder soweit erlangt zu haben, daß er Witze reißen konnte. Sanshirō entgegnete etwas ungeduldig: „Woher auch! Er ist von meiner Mutter!" und steckte den Brief zusammen mit dem Umschlag in seine Kimonobrust.

„Dann ist er also nicht von Fräulein Satomi?"

„Nein."

„Hast du schon das Neuste von Fräulein Satomi vernommen?"

„Was denn?" fragte Sanshirō zurück, aber eben da trat ein Student zu Yojirō hin und sagte, unten warte jemand, der eine Karte für die Theatervorstellungen zu kaufen wünsche. Yojirō eilte sofort die Treppe hinunter.

Jetzt war er also verschwunden, und er erschien nicht wieder, obwohl Sanshirō ihn sich unbedingt wieder vorknöpfen wollte. Es blieb ihm also nichts anderes übrig, als fleißig Vorlesungsnotizen zu machen. Nach dem Unterricht ging er dann zu Professor Hirota, wie er es am vorigen Abend versprochen hatte. Wie immer war es im Haus still. Der Professor lag lang ausgestreckt auf dem Wohnzimmerboden und schlief. Auf die Frage, ob es ihm nicht gut gehe, antwortete die alte Dienerin, doch, es gehe gut, aber der Professor habe sich, als er vorhin nach Hause gekommen sei, über Schläfrigkeit beklagt, weil es gestern abend so spät geworden sei, und habe sich sogleich hingelegt. Über dem langen Körper des Professors war eine kleine Decke gebreitet. Sanshirō fragte die Alte leise, warum es denn gestern abend so spät geworden sei. Sie antwortete, der Herr Professor habe gestern abend nicht studiert, sondern ein langes Gespräch mit Herrn Sasaki geführt. Daß Sasaki an die Stelle des Studiums getreten war, reichte Sanshirō nicht als Erklärung für das Nachmittagsschläfchen des Professors, aber er wußte jetzt zumindest, daß Yojirō wie abgemacht mit ihm gesprochen hatte. Jetzt wollte sich Sanshirō eigentlich gerne erkundigen, was für eine Schelte Yojirō bekommen habe, aber das wußte die Alte sicher nicht. Die Gelegenheit, dies zu erfahren, war ihm dann entgangen, als ihm Yojirō, um den es hier ging, an der Schule entwichen war. Jedoch deutete die Tatsache, daß jener heute so gut gelaunt gewesen war, darauf hin, daß die Sache glimpflich abgelaufen war. Sanshirō setzte sich vor das lange Holzkohlebecken, in dem ein singender Eisenkessel stand; die Alte zog sich taktvoll ins Dienstmädchenzimmer zurück. Sanshirō saß im Schneidersitz da, wärmte sich die Hände über dem Eisenkessel und wartete darauf, daß der Professor aufwachen würde. Der schlief aber tief und fest. Sanshirō fühlte eine tiefe, angenehme Ruhe in sich. Mit dem Fingernagel tippte er an den Eisenkessel, dann goß er sich heißes Wasser in ein Teeschälchen, blies darüber hinweg und trank es. Der Professor lag mit dem Gesicht zur anderen Seite. Seine Haare waren ganz kurz – Offenbar hatte er sie vor wenigen Tagen schneiden lassen. Die Spitze seines dichten Schnurrbarts ragte neben dem Kopf hervor. Die Nase war nicht zu sehen, aber Sanshirō hörte, wie die Atemzüge durch die Nasenlöcher strömten. Es war ein friedlicher Schlaf.

Sanshirō nahm *Hydriotaphia* hervor, das er mitgebracht hatte in der Absicht, es zurückzugeben, und begann hier und dort flüchtig zu lesen. Er verstand so ziemlich nichts. Etwas stand da davon, daß man Blumen in die Gräber werfe, und daß die alten Römer für die Rose *affect* gehabt hätten. Sanshirō verstand dieses Wort nicht ganz, es schien ihm aber am ehesten mit „Vorliebe" übersetzbar zu sein. Dann stand weiter da, die alten Griechen hätten *Amaranth* gebraucht. Auch das war nicht ganz klar, schien aber der Name einer Pflanze zu sein. Was folgte, verstand Sanshirō dann gar nicht mehr. Er löste seinen Blick vom Buch und betrachtete den Professor, der immer noch schlief. Sanshirō fragte sich, warum er ihm ein so schwieriges Buch geliehen habe, aber auch, warum ihn dieses Buch so faszinierte, obwohl er es nicht verstand. Endlich kam er zum Schluß, der Professor sei eben selber *Hydriotaphia*.

Da erwachte dieser plötzlich, hob den Kopf und sah Sanshirō an.

„Wann sind Sie gekommen?" fragte er. Sanshirō redete ihm gut zu, doch noch ein Weilchen zu schlafen. In der Tat war es ihm überhaupt nicht langweilig gewesen. „Nein, ich stehe auf!" entschied sich der Professor. Er erhob sich und begann, seine gewohnten „philosophischen Rauchschwaden" von sich zu blasen. Im Schweigen bildeten sich regelrechte Rauchsäulen.

„Ich bringe das Buch zurück. Vielen Dank!"

„Ach so! Haben Sie es gelesen?"

„Ja, aber ich habe nicht viel davon verstanden. Ich weiß nicht einmal, was der Titel bedeutet."

„Hydriotaphia."

„Was bedeutet das?"

„Das weiß ich auch nicht! Es scheint jedenfalls Griechisch zu sein!"

Sanshirō hatte nicht den Mut, weiter zu fragen. Der Professor gähnte einmal.

„Ich war so müde! Jetzt habe ich gut geschlafen. Ich hatte einen interessanten Traum!"

Der Professor sagte, er habe von einem Mädchen geträumt. Sanshirō erwartete, er würde jetzt davon erzählen, aber statt dessen schlug er vor, ins öffentliche Bad zu gehen. Also verließen die beiden mit Frottiertüchern unter dem Arm das Haus.

Nach dem Bad stiegen sie auf das Gerät, das im Umkleideraum

stand, und maßen ihre Körpergröße. Professor Hirota war fünf Fuß sechs Zoll groß, Sanshirō nur fünf Fuß, vier Zoll, fünf *Bu*.

„Sie wachsen vielleicht noch!“ meinte der Professor.

„Nein, ich bin schon seit drei Jahren immer gleich groß!“ entgegnete Sanshirō.

„Ich weiß nicht!“ sagte der Professor darauf. Er schien Sanshirō noch für ein Kind zu halten. Als sie ins Haus zurückgekehrt waren, lud Hirota Sanshirō ein, doch noch ein Weilchen mit ihm zu reden, wenn er nichts Besonderes zu tun habe. Er öffnete die Türe zum Studierzimmer und betrat es zuerst; Sanshirō folgte nach, denn er wollte die Sache, zu der er sich verpflichtet fühlte, noch in Ordnung bringen.

„Sasaki scheint noch nicht zurück zu sein.“

„Heute hat er sich entschuldigt, es werde spät. Neuerdings scheint er viel in der Sache der Theateraufführungen unterwegs zu sein. Ich kann aber bei ihm nicht entscheiden: Ist er wirklich hilfsbereit, oder rennt er einfach herum?“

„Er meint es gut!“

„Seine Absichten sind zum Teil vielleicht gutgemeint, aber das, was sein Hirn zustandebringt, hat dann böse Folgen! Er kann nichts richtig machen. Oberflächlich gesehen scheint er zu wissen, was er tut, ja, es sogar nur zu gut zu wissen. Aber am Ende hat er vergessen, wofür er es tut, und alles gerät ihm durcheinander. Was immer ich ihm aber auch sage – Er ändert sich nicht! Also lasse ich ihn sein. Er scheint eigens dafür geboren worden zu sein, Lausbubenstreiche zu begehen.

Sanshirō dachte, es müsse doch einen Weg geben, Yojirō zu verteidigen, aber im vorliegenden Fall hatte es ja wirklich böse Folgen gegeben. Also ließ er es bleiben und wechselte das Thema.

„Haben Sie den Zeitungsartikel gelesen?“

„Ja.“

„Hatten Sie vorher noch überhaupt nichts davon gewußt?“

„Nein.“

„Sie waren sicher entsetzt!“

„Entsetzt . . . Ja. Ganz unüberrascht war ich nicht, aber ich weiß, daß es in der Welt bei allem gleich geht, und deshalb bin ich nicht so ehrlich erschrocken, wie es vielleicht ein jüngerer Mann gewesen wäre.“

„Sie ärgern sich wohl?“

„Ja, schon ein bißchen. Aber ein älterer Mann, wie ich es bin, der schon länger in der Welt gelebt hat, glaubt nicht alles, was in einem solchen Artikel steht, und deshalb ärgere ich mich nicht so sehr, wie es ein jüngerer Mann vielleicht täte. Yojirō hat viel dummes Zeug über Wiedergutmachungspläne geredet: Daß er im Zeitungsverlag jemanden kenne, den er bitten könne, die Wahrheit abzudrucken; daß er herausfinden werde, von wem der Artikel stammt, und zusehen werde, daß jener gemaßregelt werde; daß er in seiner eigenen Zeitschrift eine Widerlegung publizieren werde; undsoweiter undsofort – Er versteht überhaupt nicht, daß er solch überflüssiges Getue lieber schon von Anfang an lassen sollte, wenn er sich schon zu solcher Mühe hinreißen lassen will.

„Er hat alles nur für Sie getan, Herr Professor. Er hat sicher keine bösen Absichten gehabt."

„Wenigstens das – Sonst wär's ja noch schlimmer! Aber wenn jemand für mich eine Bewegung startet, ohne mich nach meiner Meinung zu fragen, ist es, wenn er nach seinem eigenen Gutdünken Pläne schmiedet und Maßnahmen trifft, schon vom allerersten Tag an so, daß er mit meiner Existenz nur spielt. Es ist wohl besser, ignoriert zu werden – Dann kann ich mindestens mein Gesicht wahren!"

Sanshirō blieb nichts übrig, als zu schweigen.

„Und dann dieses blöde *Große Dunkel*! – In der Zeitung steht zwar, Sie hätten es geschrieben, aber Sasaki hat gesagt, er sei der Verfasser."

„So ist es."

„Gestern abend hat Sasaki alles gestanden. Sie sind derjenige, der sich eigentlich ärgern müßte. Nur Sasaki kann einen so idiotischen Text schreiben! Auch ich habe ihn gelesen. Er ist substanzlos und ohne Würde, wie die Trommel der Heilsarmeesoldaten. Er scheint einzig dafür verfaßt worden zu sein, im Leser Widerwillen hervorzurufen. Von Anfang bis Ende besteht er nur aus unlauteren Absichten. Jedermann mit gesundem Menschenverstand sieht sofort, daß er einem bestimmten Zweck dient. Kein Wunder, daß sie gedacht haben, einer meiner Schützlinge habe das geschrieben. Als ich den Artikel gelesen hatte, fand ich das, was in der Zeitung stand, gar nicht mehr so abwegig."

Professor Hirota verstummte und blies wie immer den Rauch durch die Nase. Yojirōs Meinung zufolge konnte man aus der Art, wie der Rauch hervortrat, auf die jeweilige Stimmung des Professors schließen. Wenn er in gerader Linie hervorströmte, hatte der Professor den Höhepunkt philosophischen Denkens erreicht. Verflüchtigte er sich langsam, war sein Geist ruhig, oder dann bestand die Gefahr, von ihm verspottet zu werden. Wenn der Rauch unterhalb der Nase hängenblieb und so aussah, als könne er sich vom Schnurrbart nicht trennen, war der Professor nachdenklich, oder er hatte eine poetische Inspiration. Am erschreckendsten war es, wenn vor den Nasenlöchern Wirbel entstanden: Dann stand einem eine Schimpftirade des Professors bevor. Da diese Information von Yojirō stammte, konnte sich Sanshirō nicht darauf verlassen. Diesmal aber beobachtete er genau, welche Formen der Rauch annahm, konnte jedoch keine der deutlichen Eigenarten erkennen, die Yojirō beschrieben hatte; vielmehr schien der Rauch die meisten dieser Eigenschaften aufs Mal zu besitzen.

Eine Weile lang wartete Sanshirō ehrfürchtig und schwieg, bis der Professor wieder zu reden ansetzte:

„Nun, wir wollen das Vergangene vergessen! Sasaki hat sich gestern abend für alles entschuldigt. Heute eilt er wohl wieder in seiner gewohnten guten Laune geschäftig herum. Es nützt nichts, wenn wir ihn hinter seinem Rücken kritisieren – Er selber macht einfach weiterhin seine Runden und verkauft Theaterkarten oder sowas! Wir wollen doch lieber über interessantere Dinge sprechen!"

„Ja."

„Als ich vorhin mein Schläfchen machte, hatte ich einen interessanten Traum: Ich traf plötzlich wieder ein Mädchen, das ich im Leben nur ein einziges Mal gesehen habe. Das tönt vielleicht etwas romanhaft, aber ich glaube, es ist doch angenehmer, darüber zu sprechen, als über den Zeitungsartikel."

„Ja. Was für ein Mädchen war es?"

„Ein hübsches zwölf- oder dreizehnjähriges Mädchen mit einem Muttermal auf dem Gesicht."

Als Sanshirō das Alter des Mädchens vernahm, war er etwas enttäuscht.

„Wann haben Sie sie zum ersten Mal gesehen?"

„Vor etwa zwanzig Jahren."
Wieder war Sanshirō überrascht.
„Und Sie haben sie so leicht wieder erkannt?"
„Es war ein Traum. Im Traum erkennt man sich sofort, und Träume dürfen rätselhaft sein. – Jedenfalls ging ich durch einen großen Wald. Ich trug jenen verblichenen Sommeranzug und den alten Hut und dachte über komplizierte Dinge nach: Daß die Gesetze, die das Universum regieren, unveränderlich seien, daß aber sämtliche Dinge im Universum, die diesen Gesetzen unterstehen, sich bestimmt ändern, und daß deshalb die Gesetze unabhängig von den Dingen Bestand haben müssen. – Jetzt, wo ich wach bin, scheinen mir diese Gedanken unbedeutend, aber im Traum meinte ich sie ernst. Mit diesen Gedanken also ging ich im Wald so dahin, als ich plötzlich das Mädchen traf. Sie kam nicht auf mich zu, sondern stand drüben völlig unbeweglich da. Ihr Gesicht sah genau gleich aus wie früher, und auch ihre Kleider und ihre Haartracht waren gleich. Das Muttermal selbstverständlich auch – Kurz, sie hatte sich, seitdem ich sie vor zwanzig Jahren als zwölf- oder dreizehnjähriges Mädchen gesehen hatte, kein bißchen verändert. Ich sagte zu ihr: ‚Du hast dich überhaupt nicht verändert!' Sie antwortete: ‚Du bist viel älter geworden!' Darauf fragte ich: ‚Warum hast du dich nicht verändert?', und sie erwiderte: ‚Das Jahr, in dem ich dieses Gesicht hatte, der Monat, in dem ich diese Kleidung trug, und der Tag, an dem meine Haare so gekämmt waren, das war die Zeit, die ich am liebsten hatte', und so will ich immer bleiben!' ‚Wann war diese Zeit?' fragte ich. ‚Vor zwanzig Jahren, als ich dich traf', sagte sie. Ich rätselte, warum ich so gealtert sei, da erklärte sie es mir: ‚Du bist so geworden, weil du immer zu etwas noch Schönerem übergehen wolltest.' Ich zum Mädchen: ‚Du bist ein Bild', und sie: ‚Und du bist ein Gedicht!'"
„Und was geschah dann?" wollte Sanshirō wissen.
„Dann kamen Sie", sagte der Professor.
„Daß Sie das Mädchen vor zwanzig Jahren gesehen haben, ist das in Wirklichkeit so, nicht nur im Traum?"
„Das ist wirklich so. Darum ist es auch so interessant."
„Wo haben Sie das Mädchen getroffen?"
Wieder blies der Professor den Rauch durch die Nase. Er blickte

ihm nach und schwieg ein Weilchen. Dann begann er wieder zu sprechen:

„Die Verkündigung der Verfassung war 1889, nicht wahr? Damals wurde der Erziehungsminister Mori Arinori[51] ermordet . . . Sie erinnern sich wohl nicht daran. – Warten Sie mal, wie alt sind Sie eigentlich? Ach ja, Sie waren noch ein kleines Kind! – Nun, ich war damals Oberschüler. Wir mußten alle mit geschultertem Gewehr an den Trauerfeierlichkeiten teilnehmen. Als wir das Schulgebäude verließen, meinten wir eigentlich, wir würden zum Friedhof gehen, doch dem war nicht so. Statt dessen führte uns der Sportlehrer nur bis über die Brücke von Takebashi auf die Seite des Kaiserpalastes und reihte uns entlang der Straße auf. Hier sollten wir stehend dem Sarg des Ministers unser ‚Geleit geben', wie es hieß, obwohl es sich um nichts anderes handelte, als dem Leichenzug zuzuschauen. Jener Tag war sehr kalt – Ich weiß es noch heute! Wie wir so unbeweglich dastanden, begannen uns die Füße in den Schuhen zu schmerzen. Mein Nachbar schaute mich an und sagte: ‚Du hast ja eine ganz rote Nase!' Endlich kam der Zug heran. Er war äußerst lang. Vor unseren frierenden Augen zogen unzählige Pferdewagen und Rikschas langsam vorbei. In der Prozession war auch das Mädchen, von dem ich erzählt habe. Wenn ich jetzt versuche, mich an jene Zeit zu erinnern, weiß ich nichts mehr ganz genau. Nur jenes Mädchen steht mir ganz deutlich vor Augen, und auch ihr Bild ist über all die Jahre hinweg allmählich etwas verblichen, so daß ich mich nur noch selten an sie erinnere. Bis ich vorhin von ihr träumte, hatte ich sie sogar fast ganz vergessen. Damals jedoch hatte ich von ihr einen so starken Eindruck, daß sich ihr Bild meinem Geist einprägte. Seltsam . . ."

„Seither haben Sie das Mädchen nie wieder gesehen?"

„Nie wieder."

„Dann wissen Sie überhaupt nicht, wer sie ist und woher sie stammt?"

„Das versteht sich von selbst."

„Haben Sie sie nicht gefragt?"

„Nein."

51 Verkündigung der Meijiverfassung: 1889. Der Erziehungsminister Mori Arinori, der eine wichtige Figur in den Reformbewegungen der Meijizeit war, wurde auf dem Weg zur Verkündigungszeremonie ermordet.

„Und deshalb haben Sie nie . . .?“ Die Worte blieben Sanshirō im Hals stecken.

„Und deshalb?“

„Und deshalb haben Sie nicht geheiratet?“

Der Professor lachte.

„Ich bin kein so romantischer Mensch! Ich bin sogar weitaus prosaischer als Sie.“

„Aber wenn Sie jenes Mädchen hätten heiraten können, hätten Sie es getan oder nicht?“

„Ich weiß nicht . . .“ überlegte der Professor und ergänzte dann: „Doch, ich hätte sie wohl geheiratet.“ Sanshirō machte ein mitleidiges Gesicht. Da fuhr der Professor fort:

„Wenn Sie sagen wollen, ich sei dadurch gezwungen worden, ledig zu bleiben, so bedeutet das nichts anderes, als daß diese Frau mich zum Krüppel gemacht hätte. Aber es gibt Menschen, die sind von Natur aus zur Ehe unfähig, und es gibt solche, die umständehalber nicht heiraten können.“

„Gibt es in der Welt denn soviele Umstände, die jemanden vom Heiraten abhalten könnten?“

Der Professor starrte Sanshirō aus dem Rauch heraus mit festem Blick an.

„Sie wissen, daß Hamlet nicht heiraten wollte. Es gab wohl nur einen Hamlet, aber es gibt viele Leute, die ihm gleichen.“

„Was für Leute denn?“

„Zum Beispiel . . .“ Der Professor schwieg plötzlich. Der Rauch strömte unaufhörlich hervor.

„Nehmen Sie zum Beispiel an, wir hätten hier einen Mann, dessen Vater früh gestorben, und der von der Mutter aufgezogen worden ist. Die Mutter würde krank, und kurz vor ihrem Tod würde sie ihrem Sohn sagen, er solle zu Soundso gehen, der würde sich um ihn kümmern. Der Sohn hätte diesen Herrn nie gesehen, ja, er würde ihn nicht einmal kennen. Er würde fragen, wer es denn sei. Die Mutter gäbe keine Antwort. Erst auf dringliches Nachfragen hin würde sie leise sagen: ‚Es ist dein wirklicher Vater‘ – Das ist zwar nur eine Geschichte, aber nehmen Sie mal an, es gäbe einen solchen Sohn mit einer solchen Mutter. Es wäre dann einleuchtend, wenn jener Sohn allen Glauben an die Institution der Ehe verlöre.“

„Solche Menschen sind wohl selten."
„Sie sind selten, aber es gibt sie!"
„Sie sind doch nicht etwa einer von ihnen, Herr Professor?"
Der Professor lachte laut heraus.
„Ihre Mutter lebt noch, nicht wahr?"
„Ja."
„Und Ihr Vater."
„Der ist gestorben."
„Meine Mutter ist ein Jahr nach der Verkündigung der Verfassung gestorben."

XII

Die Theateraufführungen der *Literarischen Gesellschaft* fanden in einer vergleichsweise kalten Zeit statt. Das alte Jahr neigte sich allmählich seinem Ende zu, und der neue Frühling wartete kaum zwanzig Tage weit entfernt vor den Augen der Menschen. Die Bewohner der Marktplätze bereiteten sich auf ihre geschäftigste Zeit vor; den Armen fielen die Geldsorgen auf den Kopf. Mitten in diesem Trubel fanden die Theateraufführungen statt und empfingen die Müßigen, die Wohlhabenden und all diejenigen, die das neue Jahr vom alten nicht unterscheiden konnten.

Und davon gab es viele: meist junge Männer und Frauen. Nach dem ersten Tag verkündete Yojirō laut, es sei ein voller Erfolg gewesen. Sanshirō hatte eine Karte für den zweiten Tag. Yojirō sagte ihm, er solle doch Professor Hirota beim Hingehen abholen. Als Sanshirō einwandte, dieser besitze doch eine Karte für eine andere Vorstellung, erklärte Yojirō, das sei schon so, aber es sei zu befürchten, daß der Professor nicht hingehe, wenn man ihn sich selbst überlasse, und deshalb solle Sanshirō ihn doch bitte mitnehmen. Sanshirō erklärte sich einverstanden.

Als er am Abend hinging, hatte der Professor unter einer hellen Petrollampe ein großes Buch ausgebreitet und las darin. Als Sanshirō ihn fragte, ob er mitkomme, schüttelte er nur den Kopf und lächelte fein. Es war das Verhalten eines Kindes, und doch fand Sanshirō, es sei einem Gelehrten sehr angemessen. Er dachte wohl, es sei besonders vornehm zu schweigen. Sanshirō erhob sich halb und zögerte. Da tat es dem Professor leid, daß er abgelehnt hatte.

„Weil Sie es sind und Sie hingehen, komme ich bis dorthin mit – Es wird mir gerade als Spaziergang dienen."

Der Professor zog sich einen schwarzen Umhang über. Er schien darunter seine Hände in die Taschen gesteckt zu haben, aber ganz klar war es nicht zu sehen. Der Himmel hing tief über ihren Köpfen. Es war eine kalte, sternenlose Nacht.

„Es sieht nach Regen aus."

„Das wäre dumm!"

„Ja, vor allem, wenn wir dort sind. Das Aus- und Anziehen der Schuhe in den japanischen Theatern ist ja sogar bei schönem Wetter lästig. Und im Saal ist die Luft dann so stickig und der Tabakqualm so dicht, daß man Kopfweh bekommt – Ich weiß nicht, wie es alle aushalten!"

„Aber es ist wohl unmöglich, die Stücke im Freien aufzuführen!"

„Keinesfalls! *Kagura*-Tänze[52] zum Beispiel werden ja auch immer unter freiem Himmel aufgeführt, auch wenn es kalt ist."

Für Sanshirō war das kein gültiges Argument, und er sah von einer Antwort ab.

„Mir würde es im Freien jedenfalls sehr gut passen. Ich möchte mal, wenn es weder zu heiß noch zu kalt ist, unter einem schönen Himmel die reine Luft atmen und ein gutes Theaterstück sehen! Es scheint mir, dort wäre ein Theater möglich, das transparent wäre wie die Luft, rein und klar!"

„Vielleicht gäbe es so etwas, wenn Sie ihren Traum zum Drama umfunktionieren würden."

„Kennen Sie das griechische Theater?"

„Nicht gut. Es wurde jedenfalls im Freien aufgeführt, nicht wahr?"

„Jawohl. Am hellichten Tage. Es war eine gute Sache: Die Sitze waren Steine unter offenem Himmel. Alles war grandios. Leuten wie Yojirō würde ich gerne so etwas zeigen!"

Schon wieder schimpfte er über Yojirō. Das war lustig, weil dieser wohl eben jetzt emsig im Theaterraum umherhetzte und sich in überlegener Weise um alles kümmerte. Und noch lustiger würde es sein, wenn der Professor dann schließlich nicht mitkam. „Ach, er ist jetzt doch nicht gekommen! Wie sehr ich ihm auch zurede, daß es ihm gut täte, von Zeit zu Zeit eine solche Veranstaltung zu besuchen; er hört einfach nicht auf mich. Es ist zum Verzweifeln!" würde Yojirō seufzen.

Jetzt begann der Professor, den Aufbau eines griechischen Theaters genau zu beschreiben. Er erklärte Sanshirō Begriffe wie *Theatron, Orchestra, Skēnē, Proskēnion*. Er sagte, nach einem gewissen deutschen Gelehrten hätten im Theater von Athen 17 000 Zuschauer Platz gefunden. Und das sei sogar eher klein gewesen: Es habe größere Theater gegeben, die bis zu 50 000 Zuschauer gefaßt hätten.

52 *Kagura*-Tänze: Ältester Ritualtanz Japans, der bei Schreinfesten aufgeführt wird.

Es hätten zwei Sorten von Eintrittskarten existiert: aus Elfenbein und aus Blei. Beide seien medaillenartig geformt gewesen, und beide seien auf der Rückseite mit einem punzierten beziehungsweise geschnitzten Muster versehen gewesen. Der Professor kannte sogar den Eintrittspreis: Für eine kleine Aufführung von einem Tag habe er 12 Sen, für eine volle Sequenz von drei Tagen 35 Sen betragen. Sanshirō gab immer noch seinem Staunen über diese Ausführungen Ausdruck, als sie schon vor dem Theater ankamen.

Hier brannten zahlreiche elektrische Lichter. Nach und nach trafen die Zuschauer ein. Es war sogar noch lebhafter, als Yojirō es beschrieben hatte.

„Wie wär's; wollen Sie jetzt nicht mit hereinkommen, wo Sie schon hier sind?"

„Nein, ich komme nicht mit."

Der Professor wandte sich ab und ging wieder ins Dunkle zurück.

Sanshirō blickte ihm eine Weile lang nach, bis er sah, wie Leute, die im Rikscha herangefahren kamen, hineineilten, als sei es sogar um die Zeit zu schade, die sie bei der Schuhablage brauchten. Da ließ sich auch Sanshirō einen Zettel für seine Schuhe ausstellen und betrat den Saal, oder er wurde vielmehr regelrecht hineingestoßen.

Am Eingang standen ein paar Leute, die nichts zu tun hatten. Nur einer von ihnen, der eine *Hakama* anhatte, kontrollierte die Karten. Sanshirō spähte ihm über die Schulter in den weiten Saal hinein. Drinnen war es sehr hell. Fast wollte Sanshirō sich die Augen beschatten, als er zu seinem Platz geführt wurde. Während er sich in den engen Raum zwängte, der ihm zugewiesen wurde, blickte er sich um. Die Menschenmenge schillerte in allen Farben – nicht nur, weil Sanshirō seine Augen bewegte, sondern weil sich jeder der zahllosen Gäste mit den Farben seiner Kleider im weiten Raum nach eigenem Gutdünken bewegte.

Auf der Bühne hatte die Handlung schon begonnen. Die Schauspieler, die auftraten, hatten alle den Kopfschmuck und die Schuhe von Hofbeamten. Sie trugen auf den Schultern eine lange Sänfte. Mitten auf der Bühne war jemand, der sie zwang stehenzubleiben. Sie stellten eben die Sänfte nieder, als ein weiterer Mann auftrat, sein Schwert zückte und anfing, mit dem anderen, der den Zug aufgehalten hatte, zu kämpfen. Sanshirō verstand überhaupt nicht, worum es ging. Natürlich hatte ihm Yojirō den Gang der Handlung den Umrissen nach erzählt, aber er hatte nicht sehr aufmerksam zugehört und hatte immer nur: „Ja Ja“ geantwortet, denn er hatte gemeint, er würde das Stück schon verstehen, wenn er es sah. Dem war aber nicht so – Er begriff überhaupt nichts. In seinem Gedächtnis war nur der Name „Großminister Soga no Iruka“[53] hängengeblieben, und jetzt fragte er sich, welcher Schauspieler wohl Iruka sei. Da war er aber hoffnungslos verloren! Also betrachtete er die ganze Bühne als Manifestation von Iruka. Plötzlich bekamen die Kopfbedeckungen, die Schuhe, die Gewänder mit den engen Ärmeln, ja sogar die Worte alle etwas Iruka-haftes. Eigentlich hatte Sanshirō jedoch gar keine konkrete Vorstellung davon, wer Iruka gewesen war. Er hatte zwar japanische Geschichte gelernt, aber diese Sache lag so weit in der Vergangenheit, daß er den altertümlichen Iruka völlig vergessen hatte. Es schien ihm, jener habe zur Zeit der Kaiserin Suiko[54] gelebt – Oder war es in der Ära des Kaisers Kimmei[55] gewesen? Auf jeden Fall war es nicht Ojin oder Shōmu[56]; das war ganz sicher. Sanshirō war von einer Iruka-Stimmung erfüllt. „Mehr braucht es nicht, um dieses Theaterstück zu sehen“, dachte er, indem er die an China gemahnenden Kostüme und das Bühnenbild begutachtete. Den roten Faden der Handlung hatte er jedoch noch immer nicht erfaßt. Da fiel der Vorhang.

Kurz davor sagte der Mann, der neben Sanshirō saß, zu seinem anderen Sitznachbarn, die Stimmen der Schauspieler tönten so, als führten Eltern und Kinder in einem Sechs-Matten-Zimmer ein intimes Gespräch, und kritisierte sie als völlig ungeübt. Der andere kreidete den Schauspielern an, sie könnten nie stillstehen und fuchtelten zuviel herum. Die beiden kannten die Namen sämtlicher Schauspieler auswendig. Sanshirō hörte mit gespitzten Ohren ihrem Gespräch zu. Sie waren beide prächtig angezogen, und deshalb hielt er sie für bedeutende Persönlichkeiten. Wenn Yojirō ihre Worte

53 Soga no Iruka: Mitglied der mächtigen Soga-Sippe, das sich kaiserliche Ehren anmaßte und deshalb 645 vom Prinzen Naka no Oe umgebracht wurde. Diese Episode ist in der Japanischen Geschichte berühmt, darf aber nicht mit der in Anm. 27 erwähnten „Rache der Soga“ verwechselt werden.

54 Kaiserin Suiko: Reg. 592–628

55 Kimmei: Reg. 539–71

56 Ojin: Reg. 270–310; Shōmu: Reg. 724–749

gehört hätte, hätte er ihnen sicher widersprochen, dachte Sanshirō. Da ertönte von hinten eine laute Stimme, die: „Bravo, bravissimo!" rief. Sanshirōs zwei Sitznachbarn wandten sich um und verstummten. Das war der Moment, in dem sich der Vorhang senkte.

Hier und dort erhoben sich Zuschauer von ihren Plätzen. Vom Bühnen-Laufsteg bis zu den Ausgängen begann ein Wimmeln menschlicher Gestalten. Sanshirō stand halb auf und blickte sich auf alle Seiten um. Sie mußte doch hier sein! Er sah sie aber nicht. Schon während des Stücks hatte er eifrig nach ihr Ausschau gehalten, so gut es ging. Als er sie dann nirgends entdeckte, hatte er sich auf die Pause vertröstet. Jetzt war er enttäuscht. Es blieb ihm nichts anderes übrig, als seinen Blick wieder nach vorne zu richten. Die zwei Männer neben ihm schienen einen weiten Bekanntenkreis zu haben, denn sie drehten sich nach links und rechts und nahmen ununterbrochen die Namen berühmter Personen in den Mund, indem sie sagten: „Das ist Soundso, jener ist der und der." Mit einem oder zwei dieser Leute tauschten sie auch über die Sitzreihen hinweg Verbeugungen aus. Dank dieser zwei Männer brachte Sanshirō in Erfahrung, wer die Gattinnen gewisser bekannter Persönlichkeiten waren. Ein Paar war frisch verheiratet, was offenbar einer der zwei Männer nicht gewußt hatte, denn er wischte eigens seine Brille ab, um sie zu mustern, und murmelte: „Aha, aha!"

Da erschien vor dem Vorhang auf der anderen Seite der Bühne Yojirō. Im schnellen Schritt kam er dem Bühnenrand entlang. Nachdem er etwa zwei Drittel des Weges in Sanshirōs Richtung zurückgelegt hatte, blieb er plötzlich stehen, beugte sich etwas nach vorne, spähte ins Publikum hinein und sagte etwas. Sanshirō folgte seiner Blickrichtung und entdeckte ein paar Meter in einer geraden Linie von Yojirōs Platz auf dem Bühnenrand entfernt Minekos Gesicht im Profil.

Der Mann, der neben ihr saß, kehrte Sanshirō den Rücken zu. Inständig hoffte er, dieser Mann würde sich ihm aus irgendeinem Grund zuwenden – Und siehe da, es ergab sich, daß er aufstand. Offenbar war er vom langen Sitzen auf dem Boden des Zuschauerplatzes ermüdet, denn er setzte sich auf das Geländer der Abschrankung und begann, sich im Theatersaal umzusehen. Jetzt erkannte Sanshirō ganz deutlich Nonomiyas breite Stirn und seine großen

Augen. Als Nonomiya aufstand, entdeckte Sanshirō hinter Mineko Yoshikos Gestalt. Er wollte feststellen, ob in dieser Gruppe noch andere Leute anwesend waren, aber aus dieser Entfernung konnte er in der dichtgepackten Menschenmenge nichts unterscheiden – Der ganze Saal bildete sozusagen eine einzige Gruppe. Mineko und Yojirō wechselten anscheinend immer wieder Worte. Auch Nonomiya schien ab und zu etwas zu sagen.

Plötzlich erschien vor dem Vorhang Herr Haraguchi. Er stellte sich neben Yojirō hin und spähte mit diesem zusammen ins Publikum, wobei er wohl auch den Mund bewegte. Wie zum Zeichen nickte Nonomiya mit dem Kopf. Da schlug Haraguchi Yojirō von hinten mit der flachen Hand auf den Rücken. Yojirō drehte sich schlagartig um und verschwand hinter dem Vorhang. Nun stieg Herr Haraguchi von der Bühne herab und schlängelte sich durch das Publikum bis hin zu Nonomiya, der aufstand, um ihn durchzulassen. Mit einem Sprung tauchte Haraguchi ins Gewimmel ein und war irgendwo in der Nähe von Mineko und Yoshiko verschwunden.

Mit viel größerem Interesse, als er für die Theateraufführung aufbringen konnte, beobachtete Sanshirō das ganze Treiben dieser Gesellschaft, und plötzlich beneidete er Haraguchi um sein Benehmen. Ihm selber wäre es nie eingefallen, auf so praktische Art sich jemandem zu nähern. Vielleicht sollte er einmal versuchen, dieses Verhalten nachzuahmen. Andrerseits ließ eben das Bewußtsein, daß er etwas nachahmte, seinen Mut sofort wieder dahinschwinden. Dazu kam noch die Tatsache, daß er Hemmungen hatte, weil er sich vorstellte, daß der ganze zur Verfügung stehende Raum bei den andern schon dicht besetzt sei, und es deshalb schwierig sein würde, einen Platz zu finden. Also blieb er sitzen, und es gelang ihm nicht, sich von der Stelle zu bewegen.

Unterdessen hob sich wieder der Vorhang, und *Hamlet* begann. Sanshirō hatte in Professor Hirotas Haus einmal eine Photographie eines berühmten europäischen Hamlet-Darstellers gesehen. Der Hamlet, der jetzt vor Sanshirōs Augen erschien, war nicht nur ähnlich gekleidet wie jener, sondern auch sein Gesicht glich ihm: Beide hatten die Stirn in tiefe Furchen gelegt.

Dieser Hamlet bewegte sich wunderbar behend. Er agierte auf der Bühne heftig und belebte so die Handlung des ganzen Stückes. Das war etwas anderes als Irukas zurückhaltender, ans *Nō*-Theater gemahnender Aufführungsstil! Besonders wenn Hamlet in gewissen Situationen sich mitten auf die Bühne stellte, die Arme weit ausbreitete und zum Himmel emporstarrte, war das Publikum von ihm so fasziniert, daß es auf nichts anderes blicken konnte.

Die Sprache des Stückes war Japanisch – ein aus dem europäischen Original übersetztes Japanisch mit ausgeprägter Intonation und mit Rhythmus, das manchmal durch übermäßige Beredsamkeit fast allzu flüssig wirkte. Der Stil war großartig, vermochte den Zuhörer aber irgendwie nicht zu fesseln. „Wenn dieser Hamlet doch nur etwas japanischer wäre!" dachte Sanshirō. An einer Stelle zum Beispiel, wo Hamlet hätte sagen müssen: „Mutter, ist das Vater gegenüber nicht ungerecht?", zitierte er plötzlich frischfröhlich die Namen des Apollo und anderer Götter[57]. Trotzdem sahen Mutter und Sohn so aus, als würden sie demnächst in Tränen ausbrechen. Dieser Widerspruch war Sanshirō nur undeutlich bewußt, und er hatte nicht den Mut, das Stück entschieden als unsinnig abzutun.

So schaute er immer dann, wenn er *Hamlets* überdrüssig wurde, zu Mineko hinüber, und wenn Mineko von jemandem verdeckt wurde, blickte er zu *Hamlet* zurück.

Als das Stück eben an der Stelle angelangt war, an der Hamlet Ophelia auffordert, in ein Kloster zu gehen[58], erinnerte sich Sanshirō an etwas, was Professor Hirota gesagt hatte, nämlich daß Leute wie Hamlet nicht heiraten könnten. Nun war das zwar einleuchtend, wenn man das Stück las, aber wenn man es auf der Bühne sah, fragte man sich, warum er denn eigentlich nicht heiratete. Wenn Sanshirō es sich genau überlegte, schien das daher zu kommen, daß an dem Befehl, in ein Kloster zu gehen, etwas nicht stimmte. Der Beweis dafür war die Tatsache, daß man mit Ophelia nach dieser Szene gar kein Mitleid spürte.

Wieder senkte sich der Vorhang. Mineko und Yoshiko erhoben sich von ihren Plätzen, und auch Sanshirō stand auf. Im Korridor sah er aber, wie die zwei etwa in dessen Mitte mit einem Mann sprachen, dessen Körper zur Hälfte aus der Öffnung der Zugangstüre zu den

57 Hamlet vergleicht seinen Vater mit Apollo und anderen Griechischen Göttern (*Hamlet*, 3. Aufzug, 4. Szene).
58 *Hamlet*, 3. Aufzug, 1. Szene.

linken Sitzreihen hervorragte. Als Sanshirō das Gesicht dieses Mannes im Profil erblickt hatte, machte er rechtsumkehrt. Er ging jedoch nicht zurück zu seinem Platz, sondern holte seine Schuhe ab und verließ das Theater.

Es war eine dunkle Nacht. Als Sanshirō an Stellen vorbeiging, an denen durch menschliche Kraft Helligkeit verbreitet wurde, vermeinte er Regentropfen zu erkennen. Wind raschelte in den Zweigen der Bäume. Schnell eilte er in seine Studentenpension zurück.

Von etwa Mitternacht an begann es richtig zu regnen. Sanshirō lag im Bett und hörte dem Rauschen zu, während seine Gedanken nur immer um den einen Satz: „Geh in ein Kloster!" wie um eine Säule kreisten. Vielleicht lag Professor Hirota auch noch wach. Um welche Säule hatte wohl er seine Arme gelegt? Yojirō hingegen war sicher schon lange tief ins große Dunkel gesunken . . .

Am nächsten Tag hatte Sanshirō etwas Fieber. Da er einen schweren Kopf hatte, blieb er im Bett und aß dort auch zu Mittag. Dann machte er wieder ein Schläfchen, aus dem er diesmal schweißgebadet erwachte. Er fühlte sich auch etwas schwindlig. Da kam plötzlich gutgelaunt Yojirō hereingestürmt. Er sagte, er habe sich gewundert, weil er Sanshirō weder gestern abend noch heute in den Vorlesungen gesehen habe, und daß er deshalb nachfragen wolle, wie es ihm gehe. Sanshirō bedankte sich.

„Aber gestern bin ich doch dort gewesen! Ja, wirklich! Du bist auf die Bühne gekommen und hast mit Mineko aus der Ferne Worte gewechselt. Siehst du, ich weiß es genau!"

Sanshirō fühlte sich wie betrunken. Wenn er sprach, entglitten ihm die Worte fast. Yojirō streckte seine Hand aus und legte sie ihm auf die Stirn.

„Du hast recht hohes Fieber. Du mußt Medizin schlucken! Du hast dich erkältet!"

„Im Theater war es zu heiß und zu hell, und draußen dann plötzlich viel zu kalt und zu dunkel. Das tut nicht gut!"

„Vielleicht tut es nicht gut, aber was kann man dagegen tun?"

„Vielleicht kann man nichts dagegen tun, aber es ist trotzdem nicht gut!"

Sanshirō sprach in immer kürzeren Sätzen, und während Yojirō geduldig Aufmerksamkeit vortäuschte, schlief er ein. Etwa eine

Stunde später wachte er wieder auf, erblickte Yojirō und sagte: „Ach, bist du da?“ Er schien wieder ganz der alte zu sein. Auf die Frage, wie er sich fühle, antwortete er nur, daß er einen schweren Kopf habe.

„Es ist wohl eine Erkältung.“

„Es ist wohl eine Erkältung.“

Beide sagten dasselbe. Nach einer Weile sagte Sanshirō: „Du hast mich kürzlich gefragt, ob ich das Neueste über Mineko wisse.“

„Über Mineko? Wo denn?“

„In der Universität.“

„In der Universität? Wann war das?“

Yojirō erinnerte sich anscheinend immer noch nicht. Es blieb Sanshirō nichts anderes übrig, als ihm genau zu beschreiben, bei welcher Gelegenheit er es gesagt hatte.

„Ja, sowas hab ich dich vielleicht einmal gefragt“, meinte Yojirō. Sanshirō fand ihn verantwortungslos. Da hatte Yojirō Mitleid mit ihm und dachte etwas angestrengter nach. Schließlich kam er mit folgendem heraus:

„Ging es vielleicht darum, daß Mineko nächstens heiratet?“

„Steht das schon fest?“

„Es scheint schon entschieden zu sein, aber ich weiß es nicht genau.“

„Heiratet sie Nonomiya?“

„Nein, nicht Nonomiya.“

„Dann ...“ begann Sanshirō und verstummte plötzlich.

„Weißt du, wer es ist?“

„Nein“, sagte Sanshirō bestimmt. Da lehnte sich Yojirō etwas näher zu ihm herüber.

„Ich weiß nichts Genaues, aber irgend etwas ist seltsam an der Geschichte. Es ist schwer abzuschätzen, wie sie sich weiterentwikkeln wird.“

Sanshirō hätte gerne sofort gewußt, was so rätselhaft sei, aber Yojirō blieb gleichmütig und behielt alles für sich, auch seine ungelösten Fragen. Eine Weile lang beherrschte sich Sanshirō, dann wurde er aber schließlich ungeduldig und forderte Yojirō auf, ihm alles, was er über Mineko wisse, zu erzählen, ohne ihm etwas zu verbergen. Yojirō lachte nur und wechselte das Thema – vielleicht, um Sanshirō zu trösten. Er sprach von etwas völlig Unerwartetem.

„Du spinnst, wenn du auf jene Frau Absichten hast. Es ist hoffnungslos, vor allem deshalb, weil du nur etwa gleich alt bist wie sie. Frauen, die gleichaltrige Männer lieben, gibt's nicht mehr wie früher, zur Zeit der Krämerstochter Oshichi[59]!"

Sanshirō sagte nichts. Er verstand nicht genau, was Yojirō meinte.

„Ich werde dir sagen, warum: Stell dir mal einen zwanzigjährigen Mann und eine zwanzigjährige Frau nebeneinander vor! Die Frau ist bei allem überlegen; der Mann wird immer als der Tölpel dastehen. Eine Frau will wohl nicht einen Mann heiraten, den sie verachtet. Ausnahme ist da nur eine Frau, die sich für die beste der Welt hält: Wenn sie nicht jemanden heiratet, den sie verachtet, muß sie ledig bleiben. Nicht wahr, bei reichen Frauen ist es oft so: Sie heiraten zwar ganz gerne, verachten dann aber ihren Mann. Mineko ist da viel besser als jene – Sie wollte von Anfang an niemanden heiraten, den sie nicht als Gatten verehren konnte. Jedermann, der um sie wirbt, muß das verstehen. Aus diesem Grund sind Leute wie du und ich gar nicht qualifiziert, sie zu heiraten."

So nannte Yojirō schließlich sich und Sanshirō in einem Zuge, doch Sanshirō sagte immer noch nichts.

„Hör mal! Du und ich, wir sind doch viel besser als jene Frau – wir beide, so wie wir hier sind. Mineko jedoch wird das erst nach fünf oder sechs Jahren merken. Es ist aber nicht zu erwarten, daß sie so lange untätig wartet. Deshalb ist es leichter, ein Pferd und eine Kuh in der Brunstzeit zusammenzubringen, als dich mit ihr zu verheiraten!"

Yojirō lachte allein über seinen seltsamen Vergleich.

„Denk doch mal nach! In fünf oder sechs Jahren werden die Frauen noch viel besser sein, als es Mineko jetzt ist. Schon heute gibt es in Japan mehr Frauen als Männer. Du hast gar keinen Grund, dich zu erkälten und Fieber zu bekommen! Die Welt ist groß – Du mußt dir keine Sorgen machen! Ich habe auch schon einiges hinter

59 Krämerstochter Oshichi: Es geht hier um die Geschichte eines Mädchens, das 1628 während eines Feuers in einen Tempel floh, wo sie sich in einen jungen Tempeldiener verliebte. Später wurde sie zur Brandstifterin, damit sie wieder mit ihm zusammensein konnte, und wurde hingerichtet. Die Geschichte wurde von der erzählenden Literatur, dem Puppentheater und dem Kabuki aufgegriffen und verarbeitet.

mir. Zum Beispiel ging mir eine so auf die Nerven, daß ich eine Geschäftsreise nach Nagasaki vortäuschte, nur um von ihr loszukommen!"

„Wovon sprichst du eigentlich?"

„Von einer Frau, mit der ich ein Verhältnis hatte."

Sanshirō war verblüfft.

„Sie ist eine Art Frau, mit der du nie etwas zu tun gehabt hast. Ich sagte ihr, ich müsse nach Nagasaki, um Bakterientests zu machen, und darum sei es vorläufig aus mit uns zwei. Da sagte sie doch tatsächlich, sie wolle mir Äpfel an den Bahnhof bringen und mich dort verabschieden! Das war eine Bescherung!"

Sanshirō staunte immer mehr und mehr und fragte verblüfft: „Und was geschah dann?"

„Ich weiß es nicht. Wahrscheinlich wartete sie am Bahnhof mit ihren Äpfeln."

„Du bist schrecklich! Du machst immer solche schlimmen Sachen!"

„Ich weiß, es war böse und gefühllos; aber was konnte ich anderes tun? Das Schicksal hatte mich langsam bis zu diesem Punkt gebracht. Ich hatte ihr nämlich schon lange vorgetäuscht, ich sei Medizinstudent."

„Warum hast du sie so unnötig belogen?"

„Ich hatte jeweils meine Gründe. Aber einmal geriet ich deswegen auch in Verlegenheit, denn als sie einmal krank war, bat sie mich sage und schreibe um eine Diagnose!"

Sanshirō begann, die ganze Sache lustig zu finden.

„Ich täuschte sie damit, daß ich mir ihre Zunge anschaute und auf ihre Brust klopfte. Aber dann wollte sie, daß ich sie im Spital untersuche – Ich war ratlos!"

Jetzt mußte Sanshirō schließlich doch lachen. „Siehst du, solche Sachen passieren ständig. Es ist besser, die Ruhe zu bewahren", sagte Yojirō. Sanshirō wußte zwar nicht, was er damit meinte, aber jedenfalls fühlte er sich aufgeheitert.

Erst jetzt erklärte ihm Yojirō, was er an der Geschichte mit Mineko rätselhaft fand: Sowohl Yoshiko als auch Mineko hätten Heiratsanträge bekommen. Soweit so gut. Nun schienen aber diese Anträge von ein und derselben Person zu stammen. Das sei das Seltsame.

Sanshirō kam sich vor, als werde er zum Narren gehalten. Aber zumindest die Sache mit Yoshikos Heirat stimmte: Er war daneben gestanden, als darüber gesprochen wurde. Vielleicht hatte er das, was Yoshiko betraf, fälschlicherweise auf Mineko bezogen. Aber auch Minekos bevorstehende Heirat schien keine Lüge zu sein. Sanshirō wollte genau wissen, was schon bekannt war. Da jetzt eine gute Gelegenheit dazu war, bat er Yojirō, alles aufzuklären. Yojirō war sofort einverstanden: „Ich werde es so einrichten, daß Yoshiko dir einen Krankenbesuch abstattet; du kannst sie dann direkt fragen!" sagte er. Ein guter Einfall!

„Du brauchst jetzt nur deine Medizin zu nehmen und zu warten!"

„Ich bleibe hier liegen, und wenn ich wieder gesund werde!"

Lachend verabschiedeten sich die beiden voneinander. Auf dem Heimweg sorgte Yojirō dafür, daß ein Arzt aus der Umgebung Sanshirō besuchte.

Der Arzt kam am Abend. Sanshirō war zuerst etwas verwirrt, denn er konnte sich nicht erinnern, jemals selber einen Arzt empfangen zu haben. Erst als dieser ihm unterdessen schon den Puls fühlte, beruhigte er sich etwas. Der Arzt war ein junger, höflicher Mann, vermutlich ein Assistenzarzt. Er entschied nach fünf Minuten, Sanshirō habe die Grippe, und ermahnte ihn, am Abend jenes Tages eine Dosis Medizin zu schlucken und sich möglichst nicht dem Durchzug auszusetzen.

Als Sanshirō am nächsten Morgen erwachte, hatte er einen viel leichteren Kopf. Wenn er liegenblieb, fühlte er sich fast normal. Nur wenn er vom Bett aufstand, wurde es ihm schwindlig. Das Dienstmädchen kam herein und erklärte, im Zimmer stinke es nach Fieber. Sanshirō aß nichts, sondern blieb liegen und starrte die Decke an. Von Zeit zu Zeit schlief er ein. Ganz offenbar hatten das Fieber und die Müdigkeit ihn stark mitgenommen. Er ließ sich von ihnen in Beschlag nehmen und leistete keinen Widerstand. Wiederholt schlief er ein und wachte wieder auf. Es erfüllte ihn mit einer Art Wohlgefühl, sich in dieser Weise mit der Natur gehen zu lassen. Er nahm an, dies sei so, weil seine Symptome nicht gar zu schwer waren.

Nach vier oder fünf Stunden wurde es ihm allmählich langweilig. Er wälzte sich im Bett hin und her. Draußen war wunderschönes

Wetter. Die Sonne schien auf die papierbespannten Fenster und ließ die Schatten langsam darüberwandern. Die Spatzen zwitscherten. Sanshirō dachte, daß es schön wäre, wenn Yojirō auch heute auf ein Plauderstündchen vorbeikäme.

Da schob das Dienstmädchen die Schiebetüre weit auf und kündete Damenbesuch an. Sanshirō hatte nicht damit gerechnet, daß Yoshiko so bald kommen würde. Wie immer hatte Yojirō seine Arbeit pünktlich geleistet. Sanshirō blieb liegen und heftete seinen Blick auf die Türöffnung, wo endlich über der Schwelle Yoshikos hohe Gestalt erschien. Sie trug heute violette *Hakama*. Sie stand noch mit beiden Füßen im Korridor – Offenbar zögerte sie, einzutreten. Sanshirō hob die Schultern vom Kissen und rief: „Kommen Sie herein!"

Yoshiko schob die Türe zu und setzte sich ans Fußende des Bettes. Im Sechs-Matten-Zimmer herrschte große Unordnung, und es schien hier drinnen noch enger als sonst, weil heute morgen noch niemand sauber gemacht hatte. „Bleiben Sie ruhig liegen!" sagte Yoshiko zu Sanshirō, worauf er seinen Kopf auf das Kissen zurücksinken ließ. Er fühlte sich ganz ruhig.

„Stinkt es hier nicht?" fragte er.

„Doch, ein bißchen", antwortete Yoshiko, ohne jedoch die Nase zu rümpfen. „Haben Sie Fieber? Woran sind Sie denn erkrankt? War schon ein Arzt bei Ihnen?"

„Ja, er ist gestern abend gekommen. Es scheint eine Grippe zu sein."

„Heute morgen früh ist Herr Sasaki zu mir gekommen und hat mir gesagt, ich solle Sie besuchen, weil Sie krank seien. Ich wußte nicht, was Sie hatten, aber Herr Sasaki sagte es mir in einer Weise, als sei es etwas sehr Schlimmes. Mineko und ich waren sehr erschrocken."

Yojirō hatte wieder einmal übertrieben, böse gesagt schien es, als hätte er Yoshiko mit Lügen geködert. Sanshirō hatte Mitleid mit ihr, denn er war ein herzensguter Mensch. „Vielen Dank!" sagte er im Liegen. Jetzt packte Yoshiko ein in ein Stoffbündel gewickeltes Körbchen mit Mandarinen aus.

„Mineko hat mir vorgeschlagen, diese auf dem Weg hierher zu kaufen, und das habe ich auch getan!" sagte sie ehrlich. Sanshirō wußte deshalb nicht, von wem das Geschenk eigentlich stammte. Fürs erste bedankte er sich einmal Yoshiko gegenüber.

„Mineko wollte eigentlich auch kommen, aber in letzter Zeit hat sie immer so viel zu tun – Sie läßt Sie grüßen!"

„Gibt es irgend einen speziellen Grund, warum sie so beschäftigt ist?"

„Ja, es gibt einen", sagte Yoshiko. Aus ihren großen schwarzen Augen fiel ein Blick auf Sanshirōs liegendes Gesicht. Er schaute von unten her zu ihrer bleichen Stirn empor. Er erinnerte sich an damals, vor langer Zeit, als er sie zum ersten Mal im Spital gesehen hatte. Auch heute schien sie gleichzeitig träge und lebhaft zu sein. Sie brachte einen allumfassenden Trost an sein Bett, auf den er sich ganz verlassen konnte.

„Soll ich für Sie eine Mandarine schälen?"

Sie griff sich zwischen den grünen Blättern eine der Früchte. Durstig trank Sanshirō reichlich vom süßen, duftüberströmenden Saft.

„Nicht war, es schmeckt gut? Sie sind ein Geschenk von Mineko!"

„Jetzt bin ich satt!"

Yoshiko nahm aus ihrem Ärmel ein weißes Taschentuch hervor und wischte sich damit die Finger ab.

„Fräulein Nonomiya, was ist eigentlich aus Ihren Heiratsverhandlungen geworden?"

„Sie waren mit dem, was Sie gehört haben, zu Ende."

„Hat nicht auch Mineko einen Heiratsantrag bekommen?"

„Ja, es ist alles schon entschieden."

„Wer ist der Glückliche?"

„Derselbe, der eigentlich mich wollte. Hihihi – Das ist aber komisch! Er ist ein Freund von Minekos älterem Bruder. Jetzt werde ich bald wieder mit meinem Bruder zusammen in einem Haus wohnen. Wenn Mineko weggeht, kann ich unmöglich weiterhin den Satomis zur Last fallen."

„Werden Sie nicht heiraten?"

„Ich heirate nur denjenigen, den ich wirklich will!" erklärte Yoshiko und lachte herzlich. Es war ganz klar, daß sie im Moment niemanden wollte.

Sanshirō blieb noch vier weitere Tage im Bett. Am fünften Tag begab er sich furchtsam ins öffentliche Bad. Als er sich im Spiegel betrachtete, sah er ein Totenantlitz. Kurz entschlossen ging er noch zum Friseur, um sich die Haare schneiden zu lassen. Am nächsten Tag war Sonntag.

Nach dem Frühstück zog er mehrere Hemden übereinander und einen Mantel an, um ja nicht kalt zu haben, und ging Mineko besuchen. Am Eingang stand Yoshiko, die eben im Begriff war, ihre Schuhe anzuziehen. Sie wolle heute ihren Bruder besuchen, sagte sie. Mineko war nicht da. Zusammen mit Yoshiko trat Sanshirō wieder ins Freie.

„Sind Sie wieder ganz gesund?"

„Danke schön. Es geht mir wieder gut. Wo ist Satomi hingegangen?"

„Der Bruder?"

„Nein – Fräulein Mineko."

„Mineko ist in der Kirche."

Zum ersten Mal hörte Sanshirō, daß Mineko in die Kirche ging. Er ließ sich von Yoshiko erklären, welche Kirche es sei, und verabschiedete sich von ihr. Dreimal bog er in den Seitengassen um die Ecke, dann stand er gleich vor dem Gebäude. Er hatte bisher überhaupt keine Beziehung zum Christentum gehabt, hatte auch noch nie einen Blick in eine Kirche geworfen. Jetzt stand er vor dem Gebäude und betrachtete es. Er las die Ankündigungstafel für die Predigten. Er ging vor dem Eisenzaun auf und ab. Ab und zu lehnte er sich auch ein Weilchen dagegen. Er wollte auf jeden Fall warten, bis Mineko herauskam.

Endlich erklang Chorgesang. Es war wohl das, was man „Lobeshymne" nannte. Von innen her drang er durch die verschlossenen, hohen Fenster. Aus der Lautstärke konnte man schließen, daß recht viele Leute anwesend waren. Unter den Stimmen mußte auch diejenige Minekos sein. Sanshirō spitzte die Ohren. Der Gesang verklang. Der Wind blies. Sanshirō schlug den Kragen seines Mantels auf. Über den Himmel zogen die Wolken, die Mineko so gerne hatte.

Einstmals hatte er mit Mineko zusammen den Herbsthimmel betrachtet. Es war im ersten Stock des Hauses von Professor Hirota gewesen. Ein andermal hatte er am Ufer jenes Baches zwischen den Reisfeldern gesessen – auch damals nicht allein. *Stray sheep, stray sheep*. Die Wolken sahen aus wie Schafe. Plötzlich ging die Türe der Kirche auf, und Menschen strömten hervor, die vom Himmelreich zur vergänglichen Welt zurückkehrten. Mineko war die viertletzte. Sie sah aus, als ob sie friere. Mit gesenktem Blick kam sie die Eingangstreppe herunter. Mit ihren eingezogenen Schultern und den ineinandergelegten Händen beschränkte sie den Kontakt mit der Außenwelt auf ein Minimum. Bis zum Tor zur Straße hin behielt sie diese Haltung, die auf nichts einging, bei; dann hob sie ihr Gesicht, als sei sie erst jetzt auf die Betriebsamkeit der Straße aufmerksam geworden. Ihre Augen fielen auf Sanshirōs gezogenen Hut. Beim Ankündigungsbrett für die Predigten stießen die beiden zueinander.

„Ist etwas?"

„Ich wollte Sie vorhin zu Hause besuchen."

„Ach, dann kommen Sie doch mit!"

Mineko begann, sich abzuwenden. Sie hatte die gleichen niedrigen *Geta* an wie immer. Absichtlich näherte sich Sanshirō dem Zaun der Kirche.

„Ich wollte Sie nur ganz kurz sehen – Es geht auch hier! Ich habe hier gewartet, bis Sie herausgekommen sind."

„Sie hätten hereinkommen sollen. Haben Sie nicht gefroren?"

„Doch."

„Sind Sie schon gesund? Sie müssen Sorge zu sich tragen, sonst erleiden Sie einen Rückfall. Sie sehen ja noch ganz kränklich aus!"

Sanshirō erwiderte nichts, sondern zog aus seiner Manteltasche ein in einen Bogen Schreibpapier gewickeltes Päckchen hervor.

„Das ist das Geld, das ich von Ihnen leihen durfte. Vielen Dank! Ich wollte es Ihnen schon lange zurückgeben; jetzt hat es sich so lange verzögert."

Mineko blickte Sanshirō kurz an, nahm dann aber ohne Widerrede das Päckchen entgegen. Sie behielt es jedoch in der Hand, ohne es zu versorgen, und betrachtete es. Sanshirō blickte ebenfalls darauf. Eine Weile lang sagten beide nichts. Schließlich ergriff Mineko das Wort:

„Brauchen Sie es jetzt wirklich nicht mehr?"

„Nein, ich habe mir jetzt von zu Hause Geld schicken lassen. Bitte behalten Sie es doch!"

„Ja, dann nehme ich es an."

Mineko steckte das Päckchen in ihre Kimonobrust. Als sie die Hand wieder hinter ihrem Mantelkragen hervorzog, hatte sie ein weißes Taschentuch in den Fingern. Sie hielt es an die Nase, wobei sie Sanshirō anblickte. Sie schien an dem Taschentuch zu schnuppern. Schließlich streckte sie unerwartet ihre Hand aus. Das Taschentuch kam in die Nähe von Sanshirōs Gesicht. Er roch einen durchdringenden Duft.

„Heliotrop", sagte Mineko leise. Ohne es zu merken, hatte Sanshirō seinen Kopf nach hinten gezogen. Das Fläschchen mit dem Heliotrop. Der Abend in Yonchōme. *Stray sheep. Stray sheep.* Am Himmel hing hoch und hell die Sonne.

„Ich habe gehört, daß Sie heiraten."

Mineko ließ das Taschentuch in ihren Kimonoärmel fallen.

„Sie wissen es schon?" sagte sie und blickte Sanshirō mit ihren zu Schlitzen verengten Lidfaltenaugen an. Dieser Blick schien zu bedeuten, daß sie Sanshirō von sich weg in die Ferne versetzt hatte, oder daß sie sich von ihm zurückgezogen hatte, und daß sie sich darüber jetzt mehr Sorgen machte als nötig. Nichtsdestoweniger zeigten ihre Augenbrauen keinerlei Regung. Sanshirōs Zunge klebte am Gaumen.

Nachdem sie ihn eine Weile lang so betrachtet hatte, ließ Mineko einen ganz leisen, kaum vernehmbaren Seufzer über die Lippen. Schließlich legte sie ihre schlanke Hand an die Stirn oberhalb der dunklen Brauen und murmelte: „Denn ich erkenne meine Missetat, und meine Sünde ist immer vor mir."[60]

Dies sagte sie kaum hörbar, doch Sanshirō verstand jedes Wort. Danach trennten sich die beiden. Als Sanshirō in seine Pension zurückkehrte, fand er ein Telegramm seiner Mutter vor. Er öffnete den Umschlag. „Wann reist Du ab?" stand darin.

[60] Psalm 51, Vers 5.

XIII

Herr Haraguchis Bild war fertig. Die *Künstlergesellschaft* ließ es an die vordere Wand eines Saales hängen und davor eine lange Bank stellen. Diese lud dazu ein, sich auszuruhen, das Gemälde zu betrachten, oder, sich gleichzeitig zu erholen und das Bild zu genießen. So sorgte die *Künstlergesellschaft* für das Wohl der vielen Besucher, die das große Werk umschwärmen würden. Es war eine bevorzugte Behandlung. Man sagte, das sei deshalb, weil das Werk außergewöhnlich sei. Andere vermuteten, der Titel des Bildes würde die Leute anziehen. Einige wenige meinten, es sei so, weil jene Frau darauf dargestellt sei. Das eine oder das andere Mitglied der *Künstlergesellschaft* leitete es davon ab, daß das Werk einfach sehr groß sei. Und groß war es tatsächlich: In seinem mehr als fünf Zoll breiten Goldrahmen hatte es eine solche Ausdehnung, daß der Blick sich darin fast verlor.

Am Tag der Eröffnung machte Herr Haraguchi eine Stippvisite in der Ausstellung, um alles zu überprüfen. Er setzte sich auf die Bank und betrachtete das Bild lange, die Pfeife zwischen den Zähnen. Dann stand er plötzlich auf und machte einen sorgfältigen Rundgang durch die Ausstellung. Danach setzte er sich wieder auf die Bank und rauchte gemächlich eine zweite Pfeife.

Vom ersten Tag an drängten sich die Menschen vor der *Frau im Wald*. Die Bank, die man doch eigens hingestellt hatte, wurde zu einem nutzlosen länglichen Gegenstand. Nur diejenigen, die müde waren, setzten sich darauf, um das Gemälde nicht mehr sehen zu müssen, und sogar diese Leute diskutierten im Sitzen noch darüber.

Mineko kam am zweiten Tag in die Ausstellung. Sie brachte ihren Mann mit. Herr Haraguchi führte die beiden herum. Als sie vor der *Frau im Wald* standen, sagte er: „Nun, wie finden Sie sie?" und blickte die beiden an. „Ausgezeichnet!" rief der Ehemann, indem er das Bild durch seine Brillengläser hindurch unverwandt ansah.

„Die stehende Pose mit dem Rundfächer über der Stirn ist vortrefflich gelungen! Tatsächlich – Ein Fachmann sieht alles anders. Wer sonst wäre wohl darauf gekommen? Die Art, wie das Licht auf das Gesicht fällt, ist wirklich gut getroffen. Sonne und

Schatten sind klar in ihre Bereiche geteilt – Sogar im Gesicht gibt es interessante Lichtwechsel!"

„Nein, nein! Ich habe alles nur nach Fräulein Minekos Geschmack gemacht. Es ist nicht mein eigenes Verdienst."

„Vielen Dank", sagte Mineko.

„Auch Ihnen ein herzliches Dankeschön!" gab Haraguchi zurück.

Der Ehemann schien überglücklich zu sein darüber, daß alles das Verdienst seiner Frau war. Er war es, der sich am allerherzlichsten bedankte.

Am Nachmittag des ersten Samstags nach der Eröffnung der Ausstellung kamen alle die anderen zusammen: Professor Hirota, Herr Nonomiya, Yojirō und Sanshirō. Sie ließen vorerst die anderen Bilder aus und betraten sogleich den Saal mit der *Frau im Wald*. „Das ist es, das ist es!" sagte Yojirō. Eine große Menschentraube war vor dem Bild versammelt. Sanshirō zögerte bei der Türe ein wenig, während Nonomiya hineinging, als sei er über alles erhaben.

Sanshirō guckte nur über die Menge hinweg auf das Bild; dann zog er sich zurück, lehnte sich an die Bank und wartete auf die andern.

„Ein fabelhaft großes Bild!" sagte Yojirō.

„Haraguchi scheint es dir verkaufen zu wollen", meinte Professor Hirota.

„Eher als mir sollte . . ." begann Yojirō. Dann bemerkte er, daß Sanshirō sich mit vorwurfsvollem Gesicht gegen die Bank lehnte, und er schwieg.

„Die Wahl der Farben ist recht geistreich. Das Bild ist ganz *chic*!" bemerkte Nonomiya.

„Es ist ein bißchen allzu geistreich. Jetzt verstehe ich, warum Haraguchi von sich selbst gesagt hat, er könne kein Bild malen wie der Ton einer *Nō*-Trommel", sagte Professor Hirota.

„Was meinen Sie damit?"

„Ein Bild, so wunderbar blöd wie der Schlag einer *Nō*-Trommel."

Beide lachten. Sie diskutierten immer nur über die technische Ausführung des Bildes. Yojirō erhob Einspruch.

„Es ist doch wohl unmöglich, Fräulein Satomi in ‚wunderbar blöder' Manier zu malen, wer auch immer der Künstler sei!"

Nonomiya steckte seine Hand in seine Tasche und suchte nach

einem Bleistift, um damit eine Notiz in seinen Ausstellungskatalog zu machen. Er fand keinen; dafür zog er eine bedruckte Karte hervor. Es war die Einladungskarte zu Minekos Hochzeitsempfang, der schon lange vorbei war. Nonomiya und Professor Hirota waren in ihren Gehröcken dabeigewesen. Sanshirō hatte die Einladungskarte auf seinem Pult in der Studentenpension an dem Tag vorgefunden, an dem er wieder aus der Heimat nach Tōkyō zurückgekehrt war. Der Termin war damals schon verflossen.

Herr Nonomiya zerriß die Karte in Stückchen und warf sie auf den Boden. Dann erst begann er zusammen mit Professor Hirota die anderen Gemälde in der Ausstellung zu kritisieren. Nur Yojirō kam herüber zu Sanshirō.

„Wie findest du die *Frau im Wald*?"

„Der Titel stimmt nicht."

„Wie sollte er denn lauten?"

Sanshirō gab darauf keine Antwort. Nur für sich murmelte er leise immer wieder: *„Stray sheep, stray sheep."*

Nachwort

Biographische Notiz Natsume Sōseki wurde 1867 unter dem Namen Natsume Kinnosuke in Tōkyō geboren. Sōseki ist ein Künstlername, den er sich in jungen Jahren zulegte. Er wurde als Einjähriger von Masanosuke und Yasu Shiobasa adoptiert, durchlief normal die Mittel- und Oberschulen und ließ sich dann mit 21 Jahren wieder ins Familienregister der Natsume-Familie eintragen. Inwiefern seine eher unglückliche Kindheit sein späteres Werk beeinflußt hat, ist immer wieder Gegenstand der Diskussion gewesen. Obwohl Sōseki sich schon früh sehr für die chinesische Literatur interessierte, ließ er sich von seinem Bruder dazu überreden, englische Literatur zum Studienfach an der Universität zu wählen. 1889 lernte er in der Schule den gleichaltrigen Dichter Masaoka Shiki (1867–1902) kennen, mit dem er bis zu dessen frühem Tod eng befreundet war. Shiki bestärkte ihn in seiner Liebe zu einheimischen Dichttraditionen – Sōseki begann, vermehrt chinesische Gedichte und Haiku zu schreiben. Mit 23 Jahren trat er in die Abteilung für Englische Literatur der Kaiserlichen Universität Tōkyō ein. 1893 schloß er ab und übernahm die Stelle eines Lehrers an der Oberschule in Tōkyō. Nach einer Krise 1895 gab er diese Arbeit, die ihm eine ausgezeichnete Karriere eröffnet hatte, plötzlich auf und wurde Mittelschullehrer an einer Provinzschule in Matsuyama, Shikoku. 1896 übernahm er dann in Kumamoto, Kyūshū, der Heimat Shikis, eine ähnliche Stelle. Im gleichen Jahr heiratete er Nakane Kyōko.

1900 wurde Sōseki von der japanischen Regierung ein zweijähriges Stipendium für einen Studienaufenthalt in England zugesprochen. Dieser verlief jedoch eher unglücklich; Sōseki fand kaum Kontakt zur fremden Kultur. 1903 kehrte er nach Japan zurück. Als Professor hielt er an der Kaiserlichen Universität Vorlesungen über englische Literatur. Er war der Nachfolger des berühmten, charismatischen Lafcadio Hearn (1850–1904) und hatte einen entsprechend schweren Stand bei den Hörern. 1905 erschienen Sōsekis erste größere literarische Publikationen in Prosa, u. a. der erste Band von *Wagahai wa neko de aru* („Ich bin der Kater"). 1906 folgte dann *Kusamakura* („Gras-Kopfkissen"), das Resultat einer Rückkehr zu den asiatischen Traditionen, die Sōseki liebte, und im gleichen Jahr auch *Botchan (Der Tor aus Tokio*[61]). Natsume Sōseki entschied sich, die Schriftstellerei professionell zu betreiben. Schon an diesem Punkt heben sich die beiden Linien deutlich voneinander ab, die sich durch sein Werk ziehen: einerseits die liebevoll satirische bis selbstzerstörerische Darstellung der menschlichen Gesellschaft, andrerseits die Flucht in die Schönheit und Harmonie der Natur (besonders in *Kusamakura* und in den Gedichten).

1907 wurde Sōseki nach seinen ersten Erfolgen bei der Zeitung *Asahi Shinbun* als Autor von Fortsetzungsromanen (u. a. *Gubijinsō*, „Klatschmohn“) angestellt. Daneben publizierte er auch literaturtheoretische Aufsätze. 1908 erschienen Kōfu („Bergwerksarbeiter“) und *Sanshirō* in der *Asahi*-Zeitung, 1909 *Sorekara* („Und dann“). 1910 hatte sich Sōseki so überarbeitet, daß er wegen eines geplatzten Magengeschwürs fast gestorben wäre. Nachdem er sich erholt hatte, folgte eine weitere intensive Schaffensphase, in der die folgenden Romane entstanden: *Mon* („Das Tempeltor“, 1911), *Higan sugi made* („Bis nach der Tagundnachtgleiche“, 1912), *Kōjin* („Der Reisende“, 1914), *Kokoro* („Herz“, 1914), *Michikusa* („Gras am Wegrand“, 1915). 1916 starb Sōseki während der Arbeit am Romanfragment *Meian* („Hell-dunkel“).

Zu Sanshirō Schon zur Zeit Natsume Sōsekis war die Literatur in Japan überaus vielschichtig. Sie kannte zahlreiche Strömungen, Schulen und ausgeprägte Schriftstellerpersönlichkeiten. Ein Grund für diese Komplexität liegt darin, daß die japanische Kultur zwar auf einer Insel gewachsen ist, sich aber zuerst mit der chinesischen, und seit dem 19. Jahrhundert auch mit der westlichen Zivilisation auseinandergesetzt hat, so daß in der älteren Literatur japanische und sinojapanische Elemente, in der modernen Literatur traditionelle und eingeführte westliche Tendenzen einander auf untrennbare Weise durchdringen.

Natsume Sōseki nun erscheint mir für westliche Leser besonders geeignet, denn wenige haben so bewußt wie er die Problematik der Kommunikation zwischen den Kulturen formuliert und in ihren Werken zu verarbeiten versucht. Zeit und Persönlichkeit waren

61 Theseus Verlag (Zürcher Reihe Japanische Literatur) 1990

günstig für ein solches Unterfangen: Sōseki lebte in einer Epoche, in der die Entwicklung der modernen Literatur besonders rasant voranschritt. Seit der Meiji-Restauration 1868 hatten westliche Kulturbegriffe in Japan Eingang gefunden. Zudem war Sōseki besonders kritisch und sensibel in Bezug auf die Schwierigkeiten, die sich aufgrund der Öffnung zum Westen für die Literatur (und nicht nur für diese) ergeben hatten, denn er studierte einerseits englische Literaturgeschichte und schrieb Abhandlungen darüber, andrerseits sehnte er sich zeit seines Lebens nach den Idealen der eigenen Kultur zurück. Diese Spannung zwischen Ost und West ist es unter anderem, die Sōsekis Werke heute noch für uns interessant macht.

Sanshirō – So lautet der Titel unseres Romans, und so heißt auch die Hauptfigur. Der Name wird mit den Zeichen „Drei-vier-Junge" geschrieben. Er klingt zwar ganz alltäglich, weist aber unterschwellig auf das Alter des jungen Mannes – 23 Jahre – hin und impliziert gleichzeitig den Übergang von drei zu vier, was laut gewissen japanischen Kritikern bedeuten soll, daß Sanshirō eben an der Schwelle zum Erwachsensein, zur Bewußtwerdung steht in einem Japan, das sich zu modernisieren beginnt. Wie oft bei Natsume Sōseki weist also schon der Titel des Romans in versteckter Weise auf die Thematik hin: Der Mensch im Fluß der Zeit zwischen Vergangenheit und Zukunft, Geborgenheit und Unsicherheit.

Sanshirō erschien vom Herbst 1908 an als Fortsetzungsroman in der Zeitung *Asahi Shinbun*. Am 19. August kündigte ihn der Autor mit folgenden Worten an:

„Sanshirō, der die Oberschule auf dem Land abgeschlossen hat und nach Tōkyō gereist ist, um dort an der Universität zu studieren, kommt mit einer neuen Luft in Berührung. Durch den Kontakt mit Gleichaltrigen, aber auch mit älteren Männern und jungen Frauen wird in ihm einiges in Bewegung gesetzt. Meine einzige Arbeit besteht darin, die Menschen in diese Luft freizulassen. Danach schwimmen sie nach eigenem Belieben, und es ist zu erwarten, daß sich ein Drama von selbst entfaltet. Unterdessen werden, wie ich hoffe, sowohl der Leser als auch der Autor von der Atmosphäre angesteckt, und sie werden den Personen allmählich näherkommen. Wenn es nicht lohnt, sich von dieser Atmosphäre anstecken zu lassen und die Personen kennenzulernen, bleibt uns beiden, dem

Autor wie dem Leser, nichts anderes übrig, als uns damit abzufinden, daß wir Pech gehabt haben. Es ist alles ganz alltäglich – Wunderbares kann ich nicht schreiben!"

Sanshirō ist der dritte Fortsetzungsroman, den Natsume Sōseki für die *Asahi Shinbun,* bei der er seit 1907 fest angestellt war, geschrieben hat. Er stand damals auf dem Höhepunkt seiner Karriere: Ein Jahr zuvor hatte er sich entschieden, die Schriftstellerei zum Beruf zu machen, und neun Jahre intensivster Tätigkeit standen ihm noch bevor: die Zeit, in der er seine größten Werke schreiben sollte. Dem Roman *Sanshirō* kommt in seinem Werk also eine Art Schlüsselstellung zu: Er knüpft im Ton an die früheren, humorvollen Werke (z. B. *Der Tor aus Tokio*) an und bereitet auf die ernstere Thematik der späteren Erzählungen vor.

Sanshirō ist zwar ein eigenständiges Werk, gleichzeitig aber auch der erste Band einer locker konzipierten Trilogie. Die drei Romane haben keine durchgehende Handlung; in ihnen werden jedoch ähnliche Konstellationen von Personen in jeweils zunehmendem Alter vorgeführt. Thema der ganzen Trilogie ist der Druck, den der Schatten der Vergangenheit auf das gegenwärtige Leben ausübt. Typisch in diesem Sinne ist in *Sanshirō* die Figur des Professors Hirota, der ledig und erfolglos bleibt wegen gewisser Ereignisse in seiner Jugend. Ebenfalls typisch für die Trilogie sind Dreiecksbeziehungen, bei denen zwei Freunde um eine Frau werben (in unserem Fall Nonomiya und Sanshirō), dann auch Geschichten um Geld, welche die Schwierigkeit der Kommunikation zwischen den Menschen aufzeigen. Während diese Themen in *Sanshirō* noch mit einer gewissen Leichtigkeit abgehandelt werden und der Ausblick am Schluß noch optimistisch ist, verdüstert sich die Stimmung bei den späteren Romanen (*Sorekara,* „Und dann", 1909; *Mon,* „Das Tempeltor", 1910) wie auch im gesamten Spätwerk Sōsekis zunehmend.

Die oben übersetzte Vorankündigung gibt vielleicht den Eindruck, Sōseki lasse in *Sanshirō* die Geschichte sich zufällig entfalten, und er wisse selber nicht, wie sie ausgehe. In Wirklichkeit hatte er den Roman jedoch schon etwa drei Monate vor dem Erscheinen vollendet, und er hatte ihn wie alle seine Werke mit größter Bewußtheit durchstrukturiert. Der Eindruck von Leichtigkeit und Zufälligkeit, den man beim Lesen hat, ist berechnet. Sōseki gab sich gerne als Dilettant, der sich von den Hauptströmungen der Literatur ironisch distanzierte. Ein japanischer Kritiker hat *Sanshirō* als „Aquarell" bezeichnet im Gegensatz zu Sōsekis späteren „Ölgemälden". Er meinte damit wohl den optimistischen, humorvollen Tonfall, der in diesem Roman vorherrscht, denn *Sanshirō* ist sicher nicht ein Bild, bei dem irgendwelche Farbflecke zufällig oder flüchtig angebracht sind.

Dies ist schon daraus zu ersehen, daß der Autor, der es in den Intellektuellenkreisen Tōkyōs zu einiger Bekanntheit gebracht hatte, einen jungen Studenten zur Hauptfigur wählt, um die Welt aus dessen Sicht darzustellen. Es entsteht dadurch eine ironische Wirkung, daß der Leser entweder zusammen mit dem Autor mehr weiß als der Held selbst, oder aber daß er wie dieser verwirrt ist. Gewisse Details im Roman mögen zwar allenfalls Autobiographisches enthalten – man denke z. B. an Sanshirōs Alter (Sōseki war 23, als er anfing, an der Kaiserlichen Universität Tōkyō Englisch zu studieren, und hatte damals ein prägendes Liebeserlebnis) oder an die Figur des Professors Hirota (Sōseki verkehrte, als er *Sanshirō* schrieb, viel mit jungen Studenten und hatte ebenfalls einen markanten Schnurrbart). Jedoch manipuliert der Autor ganz in der Tradition der englischen Literatur des 18. Jahrhunderts, die er studiert und über die er kurz zuvor gelehrte Abhandlungen verfaßt hatte (*Bungakuron* 1907 und *Bungakuhyōron* 1909), seinen Stoff bewußt und gezielt nur im Hinblick darauf, im Leser bestimmte Eindrücke hervorzurufen. Der Leser muß denn auch kreativ sein, indem er versucht, dem Inhalt auf die Spur zu kommen – eine schwierige Aufgabe besonders für uns „Ausländer", die wir in einer anderen Zeit und Kultur leben, aber auch ein faszinierendes Unterfangen, denn es entsteht eine Art Dialog mit dem Werk.

Dies wirkt sich so aus, daß schon die kleinsten Details im Text als Hinweise für den Gesamtzusammenhang verstanden werden können. Als Beispiele werden gerne die Farben genannt, deren Symbolik sich durch sämtliche Werke Sōsekis zieht: Rot bedeutet Schicksal, Eintreten in das neue gegenwärtige Leben. Grün ist Ruhe, Beschaulichkeit; Weiß steht für die Faszination und die Gefahr der Erotik. Schwarz stellt den Schatten der Vergangenheit dar, der über vielen Figuren Sōsekis lastet. Es gibt unzählige Beispiele im Text – Als Anregung zum Suchen sei hier auf die weiße Pappschachtel und die weißgekleidete Europäerin in Kapitel I oder auf das rote Feuer in Kap. IX hingewiesen.

Der Leser wird nicht nur die Farben, sondern auch viele andere Motive im Roman als Metaphern erkennen, die helfen, eine Person oder ihre Situation zu verdeutlichen. Deshalb kann man bei *Sanshirō* keinesfalls von „Naturalismus" sprechen. Sōseki war nie der Realist, der photographische Genauigkeit anstrebte. Vielmehr sind die Szenen in seinen Romanen durch ein System von Symbolen bestimmt, das bemerkenswert konstant bleibt. Alle Schriften Sōsekis, ob humorvoll oder ernst, enthalten Momente, die irrelevant oder gar absurd erscheinen, die sich aber im Nachhinein als aussagekräftig entpuppen. Als Beispiel seien hier Professor Hirotas Geschichten von den Schweinen und Pfirsichen in Kap. I genannt: Die Schweine strecken ihre Schnauzen nach allem, was appetittlich ist; die Menschen ihrerseits essen vergiftete Pfirsiche, weil sie gut aussehen. In gleicher Weise ist auch Sanshirō durch sein Verhältnis zu den Frauen gefährdet.

In *Sanshirō* sind visuelle Motive sehr häufig – wohl deshalb, weil der Held sich über sein Wesen sehr wenig bewußte Gedanken macht und sich eher unausgedrückten Emotionen hingibt. Es ist interessant, daß dieser Mensch an der Universität ausgerechnet Literatur studiert, obwohl er zu der Welt der Intellektuellen wenig Zugang zu haben scheint. Bewußtheit erlangt er nur zeitweise, zum Beispiel als er in Kap. III plötzlich mit dem Tod der unbekannten jungen Frau konfrontiert wird. Eine weitere Schlüsselstelle in dieser Beziehung ist natürlich auch der Schluß des Romans. Er bleibt zweideutig: Hat Sanshirō durch seine Aussage *„stray sheep, stray sheep"* erkannt, daß Mineko und er verloren gewesen sind? Will er sein Erwachsenenleben bewußt in Angriff nehmen; oder weigert er sich vielmehr, dies zu tun, indem er auf Ungebundenheit und Unbestimmtheit beharrt? Der Ausgang ist unsicher. Es kann deshalb nicht von einem Entwicklungs- oder Bildungsroman im traditionellen Sinn gesprochen werden, obwohl gewisse Elemente davon vorhanden sind.

Sanshirō, der in der Provinz zur intakten traditionellen japanischen Gesellschaft gehört hat, ist der modernen städtischen Welt total ausgeliefert, denn er ist passiv, unkritisch und beeinflußbar. So gerät er schnell in den Konflikt zwischen traditioneller Geborgenheit und dem modernen Individualismus, der intellektuelle Autonomie und Selbstverantwortung, aber auch Einsamkeit bedeutet.

Von einer größeren Bewußtheit als Sanshirō ist wohl seine Angebetete, Mineko, die manchmal fast die eigentliche Hauptfigur des Romans zu sein scheint. Wir sehen sie nur durch Sanshirōs Augen, und sie bleibt uns deshalb bis zum Schluß rätselhaft. Ihr Verhalten ist oft sehr widersprüchlich. So ist sie einerseits frei und selbständig und flirtet gekonnt mit Nonomiya und Sanshirō; andererseits heiratet sie am Schluß plötzlich in traditioneller Manier den Partner, den ihr Bruder vorschlägt. Sie kann wie Sanshirō als Opfer der Spannung zwischen Tradition und Moderne, zwischen Individualismus und Eingebundenheit, in der sie die Orientierung verloren hat, angesehen werden. Sie erkennt, daß sie und Sanshirō „verlorene Schafe“ in ihrer Gesellschaft sind, fängt aber mit dem Wissen wenig an. Mineko hat etwas von einer „femme fatale“: Sie verführt unabsichtlich und instinktiv die Männer und macht sie unglücklich. Unter ihrem Äußeren verbergen sich heftige Regungen, die sie – vielleicht – durch ihre Beschäftigung mit dem Christentum zu verarbeiten versucht. Sie hat eine poetische Mentalität, wie ihre Gespräche mit Nonomiya über die Flugzeuge und mit Sanshirō über die weißen Wolken zeigen. Im Roman ist sie stets mit einer Art Unbeweglichkeit, Starrheit verknüpft, die im Gemälde Haraguchis gipfelt, auf dem ihre entschwindende Jugend festgehalten wird. Sanshirō kann sich an Mineko eine Veränderung nicht vorstellen, und es ist deshalb zu ahnen, daß er später ähnlich sein wird wie sein Freund Hirota, der auch von einem ewig jung bleibenden Mädchen träumt. Mineko ist wie andere Frauenfiguren Sōsekis verführerisch und bleibt rätselhaft, indem sie sich immer wieder vor den Männern zurückzieht und jede stärkere Bindung meidet. Die Art, wie Sōseki diese Frauengestalt behandelt, zeigt seine Misogynie, die er übrigens (wie Professor Hirota) offen zugibt.

Während Sanshirō sich also völlig von Mineko beherrschen und berauschen läßt, ohne eine eigentliche Kommunikation mit ihr zu suchen, merkt er nicht, welche andere Frau in seiner Nähe ist: Yoshiko, Nonomiyas Schwester. Sie ist eine Art Heilige, mütterlich und besänftigend. Während die Figur der Mineko von schattenhafter Symbolik begleitet ist, steht Yoshiko im Licht: Sie ist es, die Sanshirō in seiner Krankheit mit einer Frucht erquickt. Die beiden Frauen beschreiben für Sōseki wohl zwei Aspekte des Weiblichen. Sanshirō seinerseits merkt nicht, daß Yoshiko vielleicht die richtige Frau für ihn wäre. Das Detail ist interessant, daß Yoshiko, die immer die traditionellere der beiden Frauen zu sein scheint, sich gegen den Schluß des Romans plötzlich erfolgreich gegen den Heiratsvorschlag ihres Bruders wehrt. Es ist Mineko, die den Bewerber schließlich nimmt, vielleicht aus Angst vor Repressionen der Gesellschaft (die im Kap. V durch die düstere, wütend gaffende Männergestalt symbolisiert werden).

Die Geschichte der Beziehung zwischen Sanshirō und Mineko verbindet auf geniale Weise gesellschaftliche Momente mit grundlegenden menschlichen Problemen. Sie ist die Haupthandlung in dem Roman, dessen künstlicher, szenenartiger Aufbau fast wie ein Theaterstück anmutet. Eine Nebenhandlung *(subplot)* wäre dann die Geschichte, wie der Lausbub Yojirō versucht, seinem verehrten Herrn Hirota eine Stelle als Professor an der Universität zu verschaffen. Dieser Handlungsstrang erlaubt dem Autor, die Schicht der städtischen Intellektuellen seiner Zeit kritisch und humorvoll zu beschreiben. So entsteht ein facettenreiches Sittengemälde, das viele Themen anschneidet, die heute noch von Bedeutung sind.

Die Handlung von *Sanshirō* spielt sich übrigens innerhalb weniger Monate ab: vom Ende des Sommers bis zum folgenden Jahreswechsel. Einige Daten im Text geben den zeitlichen Rahmen, vor allem aber werden im Text immer wieder jahreszeitenspezifische Details erwähnt, die aus der Tradition der Haikudichtung stammen: Die Zikade steht für den Spätsommer, der blühende Buschklee für den Herbst. Dieses wesentliche Element von Sōsekis Schreibtechnik ist im Gegensatz zum Beispiel zu den Farbsymbolen rein japanischer Herkunft.

Sanshirō wird in Japan gerne Jugendlichen zur Lektüre empfohlen – vielleicht wegen der jungen Hauptfigur und der „taktvoll" präsentierten Geschichte einer ersten Liebe. Der Roman ist auch mehrmals verfilmt worden. Mir persönlich erscheint der Roman gerade für junge Leser eher schwierig, denn er ist formalistisch, voller Ironie und macht nur sehr unbestimmte Aussagen. Neben der „kulturellen Internationalität" sind es sicher die komplexe Struktur und der verschieden interpretierbare Inhalt, die *Sanshirō* zu einem wichtigen und lohnenden Werk der Weltliteratur machen.

Christoph Langemann

Nachbemerkung: Neben dem Herausgeber und dem Lektor möchte ich folgenden Personen gerne aufrichtig für ihre Hilfe danken: Frau Mariko Adachi, Frau Claudia Brüllmann, Herrn Dr. André Aeschbach, Herrn Dr. Takahito Saiki.

Zürcher Reihe Japanische Literatur im Theseus-Verlag

Natsume Sōseki DER TOR AUS TOKIO. Roman. Aus dem Japanischen von Jürgen Berndt und Shinohara Seiei
ISBN 3-85936-038-8

Natsume Sōseki SANSHIRŌ. Roman. Aus dem Japanischen von Christoph Langemann
ISBN 3-85936-046-9

RUF DER REGENPFEIFER. Japanische Gedichte. Übertragen von Takayasu Kuniyo und Manfred Hausmann
ISBN 3-85936-037-X

Ariyoshi Sawako KAE UND IHRE RIVALIN. Roman. Aus dem Japanischen von Urs Loosli
ISBN 3-85936-041-8

Miura Kiyohiro DER ÄLTESTE SOHN WIRD MÖNCH. Aus dem Japanischen von Bruno Rhyner
ISBN 3-85936-042-6

Weitere Werke folgen. Bitte verlangen Sie unseren Sonderprospekt.